先秦"立言"文化与文学

Theory Establishment on Culture and Literature
in Pre-Qin Times

胡大雷 著

图书在版编目(CIP)数据

先秦"立言"文化与文学/胡大雷著. —合肥:安徽大学出版社,2023.11
ISBN 978-7-5664-2689-5

Ⅰ.①先… Ⅱ.①胡… Ⅲ.①文化史－研究－中国－先秦时代②古典文学研究－中国－先秦时代 Ⅳ.①K220.3②I206.2

中国国家版本馆 CIP 数据核字(2023)第 213044 号

先秦"立言"文化与文学
Xianqin Liyan Wenhua Yu Wenxue

胡大雷 著

出版发行:	安 徽 大 学 出 版 社
	(安徽省合肥市肥西路 3 号 邮编 230039)
	www.bnupg.com
	www.ahupress.com.cn
印　　刷:	合肥远东印务有限责任公司
经　　销:	全国新华书店
开　　本:	710 mm×1010 mm　　1/16
印　　张:	19
字　　数:	311 千字
版　　次:	2023 年 11 月第 1 版
印　　次:	2023 年 11 月第 1 次印刷
定　　价:	56.00 元

ISBN 978-7-5664-2689-5

策划编辑:李　君		装帧设计:李　军	
责任编辑:陈宣阳		美术编辑:李　军	
责任校对:范文娟		责任印制:陈　如　孟献辉	

版权所有　侵权必究

反盗版、侵权举报电话:0551－65106311
外埠邮购电话:0551－65107716
本书如有印装质量问题,请与印制管理部联系调换。
印制管理部电话:0551－65106311

国家社科基金后期资助项目
出版说明

后期资助项目是国家社科基金设立的一类重要项目,旨在鼓励广大社科研究者潜心治学,支持基础研究多出优秀成果。它是经过严格评审,从接近完成的科研成果中遴选立项的。为扩大后期资助项目的影响,更好地推动学术发展,促进成果转化,全国哲学社会科学工作办公室按照"统一设计、统一标识、统一版式、形成系列"的总体要求,组织出版国家社科基金后期资助项目成果。

全国哲学社会科学工作办公室

序

20世纪90年代,文化研究的浪潮席卷中国学界,文化与文学的关系也成为古典文学研究的热点问题,相关论著层出不穷。但浏览这些成果,姑不论那些将文学作为材料的文化研究,就是那些取文化视角而立足于文学的研究,也只是将文化当作理解文学的参照系。就是说,虽然我们都知道文学是文化的一部分,但在实际研究中却往往将文化视为文学的生长环境,就像栽花的花盆,没有意识到文学本身就是文化的一种形式,文学的发展就是文化的生长。在文化史的早期,文学的发展甚至就是文化生长的主导形式。

这对文学史研究来说应该是个常识性问题,但以前我没意识到,是读了胡大雷教授的新著《先秦"立言"文化与文学》才引发上述反思。"太上有立德,其次有立功,其次有立言,虽久不废,此之谓不朽"(《左传·襄公二十四年》),至迟到春秋时代,人们已将"立言"与人生价值联系起来,视为堪与立德、立功相提并论的不朽依据。"立言"作为写作的初始形态,既孕育了后来的文学写作,同时也承担了王朝文化的建设。因此,它绝不是文化养育的幼苗,而是文化建构的主力,它就是文化本身。胡大雷教授的细致阐述,让我们更清楚地认识了这一点。

书的第一章"'立言'文化的生成与士的担当",首先确立全书的逻辑起点,从文化建设、太子教育、士的身份定位及"君子九能"四个方面阐明"立言"的本质及其文化功能。然后以两个章节分别就王官、诸子的"立言"展开讨论:王官包括巫祝、史官、行人、乐官等不同身份,诸子涉及儒、墨、道、法各家,从政治实践到学术话语,仔细爬梳了各种身份人士的话语生成、各家学派的学术脉络,从先秦时代纷繁多歧的文化建构中勾勒出贯穿其中的"立言"意志,使"立言"在文化生产和生成中的主导作用醒目地凸显出来。

"立言"的意义既然遍及文化建构,其中当然也包括文学。在先秦时代,"立言"与文学的关系显然较后代更为广泛也更为直接。第五、六章基于先秦的文学状况,提炼出几个敏锐的问题:(1)屈原以"自伤悼"而"立言不朽";(2)宋玉从政治"立言"衍生文学话语的"微辞";(3)君主、王官、卿士三大"立言"群体与文章学传统的雏形;(4)"立言"中的"土宜"因素与文学的风土意识之萌生;(5)"谈说之术"与"文以气为主"的内在关联。这些问题已涉及"诗可以怨"的讽谏传统,涉及文体学、文学地理学的基本观念乃至修辞学和风格学的一些理论命题,相比于古希腊、罗马时代留下的学说,可能显得有点零散和碎片化,但所涉及的问题之丰富、广泛,我觉得并不逊色于后者。

通过这番细致的梳理,胡大雷教授得出一系列有价值的结论。其中最重要的,是阐明了先秦君主、王官、卿士三个群体虽各有"立言",但"立言"对于士人意义尤为重大。它是士人"死而不朽"的依据,所以也是士人的安身立命之所。"立言"为他们提供了上升的空间与希望,成为士人身份定位的标志。其次则是通过分析王官与士人"立言"的不同特点,总结了先秦"立言"由政治实用转向学术化的子学经验。最后是揭示了先秦"立言"对文学、文章学的诸多影响。这些论述不仅对理解先秦文学的发展脉络有一定的启示意义,对认识后世文学的流变也有重要的参考价值。

当然,对先秦文学、文化这样一个久经深耕的学术领域来说,一部新著是不可能做到从头至尾全为创新的,事实上本书作者也征引了相关的前出成果。但从一个独特的同时也未受到重视的角度提出问题,围绕"立言"的制度因素和生产机制重新对先秦文化和文学展开全面的阐释,本书还是对上古文化建设和文学发生的历史脉络作了更清晰而有机的勾勒,同时也使一些耳熟能详的历史概念和命题如"君子九能""文以气为主""江山之助""哀怨起骚人"等,获得水到渠成的解释,这是本书很重要的贡献。

胡大雷教授是我在广西师范大学读硕士时的师兄,毕业后留校任教。多年来我一直通过阅读他的论著了解中古文学研究的进展,从诗赋、骈文到小说,从文学集团到文体学、文学批评。他撰写的系列专著,覆盖了整个中古文学。近年他的研究拓展到先秦文学和文化,打通了上古、中古文学。相比于他之前出版的著作,我觉得这部新著视野更阔通,思理更缜密,运用文献、谈论问题,信手拈来,头头是道,显出更成熟的理论思辨力和历史洞察力。这种炉火纯青的境地,是与他勤奋的阅读、孜孜不倦的写作分不开的。到这个年龄,还保有如此旺盛的学术热情和原创能力,真令人衷心钦佩。

从这个意义上说,这部阐述古人"立言"之旨的新著,也是胡大雷教授自身的"立言"。正是通过这种"立言",学者部分地完成了自己的文化建设职责,塑造了理想的生活样式和精神价值。这不只是学者自身的事,它也关系着文化的命运和前景。有一天,当全社会都能理解这种"立言"的意义和价值时,我们就拥有了文化的此刻,并可期待文化的未来。

同学弟蒋寅谨识于花城信可乐斋
2023 年 6 月 6 日

目　录

绪　论　先秦"立言"文化述略 …………………………………… 1

第一章　"立言"文化的生成与士的担当 ……………………… 18

　　第一节　"立言"与文化建设"王天下" ………………………… 18

　　第二节　太子教育与太子晋"立言" ……………………………… 32

　　第三节　臧文仲"立言不朽"与士的身份定位 ………………… 43

　　第四节　"君子九能"与"立言" ………………………………… 49

第二章　王官"立言"论 ……………………………………………… 62

　　第一节　巫祝"立言"与文学 ……………………………………… 62

　　第二节　礼崩乐坏下"修辞立其诚"的变型 …………………… 75

　　第三节　史官"立言"与"文胜质则史" ………………………… 90

　　第四节　行人使者"立言"与文辞自主性撰作 ………………… 101

　　第五节　乐官"立言"与先秦乐学的转型 ……………………… 115

第三章　诸子"立言"论 ……………………………………………… 127

　　第一节　儒家"立言"与"有德者必有言" …………………… 127

　　第二节　墨、道、法"立言"口号与文化精神 ………………… 139

　　第三节　诸子"立言"：从政治实践到学术话语 ……………… 151

　　第四节　诸子"立言"与诸子体系的他者生成 ………………… 161

第四章　刀笔吏、妇人、庶人"立言"论 …… 173

第一节　刀笔吏"立言"与以吏治天下 …… 173

第二节　敬姜：母教"立言" …… 178

第三节　庶人"立言" …… 182

第五章　赋家"立言"论 …… 193

第一节　荀子以论辩"立言" …… 193

第二节　屈原以辞赋"立言" …… 198

第三节　宋玉以"微辞""立言" …… 210

第六章　"立言"与文章学 …… 217

第一节　三大群体的"立言"与文章学传统 …… 217

第二节　"立言"与先秦学术话语体系 …… 232

第三节　"立言"与"土宜" …… 241

第四节　"立言"：从"谈说之术"到"文以气为主" …… 251

结　语　"立言"文化的后世影响 …… 265

第一节　"立言不朽"与张扬个性 …… 265

第二节　后世"立言"文化更广阔的意蕴 …… 271

第三节　"立德、立功、立言"与"笔书以为文" …… 290

参考文献 …… 297

绪论　先秦"立言"文化述略

"立言不朽"的问题,受到历代文人的关注,当今论者也多有撰文论述①,多从文士身份与文章自觉方面着眼。先秦时期,"立言不朽"是一种文化现象,也一步步成为"士"习惯的生活方式和精神价值,或者说成为其集体意识。此处全面探讨"立言"的生成、内涵、性质及意义,揭示其更为深刻、更为广阔的意蕴。

一、对"不朽"——生命延续问题的讨论

春秋时期,人们认识到生命总归逝去,于是思考怎样才能使生命换一种方式延续,即如何才能"死而不朽"。

血缘之脉的延续。远古社会有"禅让",尧让位于舜,舜让位于禹。禹死后,让位于伯益,但"禹子启贤,天下属意焉","故诸侯皆去益而朝启,曰'吾君帝禹之子也'。于是启遂即天子之位,是为夏后帝启"。② 自此,世袭制代替了禅让制。在世袭制下,又有世卿、世禄制,天子或诸侯国君之下的贵族,也世世代代父死子继。

社会上把生命的延续视为"有后",即后代能够继承自己的爵位官职,而自己则可享受祭祀,《左传》中多有记载。或为君王承诺,如:庄公三十二年,庄公临终前劝叔牙饮毒酒,曰:"饮此则有后于鲁国,不然,死且无后。"哀公十四年,向巢出奔,宋公止之,曰:"寡人与子有言矣,不可以绝向氏之祀。"或因其言语行为被他人作出预言、判断,如:僖公十一年,晋侯接受周王赏赐时显出懒洋洋的神情,周内史过即称:"晋侯其无后乎!""不敬则礼不行,礼不行则上下昏,何以长世?"文公元年,鲁公孙敖请周内史叔服给两个儿子看相,叔服称其大子谷(文伯)下颔丰满,其后嗣将在鲁国昌盛。昭公十五年,周王对"数典而忘其祖"的籍父作出"其无后乎"的判断。因此,

---

① 如过常宝、高建文《"立言不朽"和春秋大夫阶层的文化自觉》(《北京师范大学学报(社会科学版)》2014年第4期)等文,及拙文《"立言不朽":从个人到朝廷文化建设——兼论文士身份的定位》(《学术月刊》2016年第1期)、《先秦三大群体的"立言"与文章学》(《中南大学学报(社会科学版)》2017年第1期)等。

② (汉)司马迁:《史记·夏本纪》,北京:中华书局,1982年,第83页。

哀公十七年所载"怙乱灭国者无后"①,作为格言流传于世。

令人"有后",是谓善举。《尚书大传》载"古者诸侯始受封,则有采地","其后子孙虽有罪黜,其采地不黜,使其子孙贤者守之,世世以祠其始受封之人,此之谓兴灭国,继绝世"②。传统古典规则对"采地不黜"之事非常注意,此举也被称为仁义之举,《论语·尧曰》:"兴灭国,继绝世,举逸民,天下之民归心焉。"③《左传》载庄公十六年,郑厉公惩治参与雍纠之乱者,共叔段之孙出奔,"三年而复之,曰'不可使共叔无后于郑'"。宣公四年,楚王以子文功大而不杀子文之孙克黄,称"子文无后,何以劝善?"并"使复其所,改命曰生"。成公九年,韩厥向晋侯称赵氏曰:"成季之勋,宣孟之忠,而无后,为善者其惧矣。三代之令王,皆数百年保天之禄。夫岂无辟王,赖前哲以免也。"于是,乃立赵武,并返其领地。④ 故"有后"即为表彰"为善者",成为"为善"的动力。

但是,将"有后"视为生命的延续,这一观点渐渐不被认可,"不朽"追求的是"名"的流传。《国语·晋语九》载:赵简子叹曰:"雀入于海为蛤,雉入于淮为蜃。鼋鼍鱼鳖,莫不能化,唯人不能。哀夫!"动物能"化","化"而成他物以延续生命,人独不能,赵简子为此感到悲哀!其身旁的窦犨以为君子应该"哀名之不令",而不要"哀年之不登"⑤,即不要悲哀年岁不高。又,商鞅说秦孝公,秦孝公曾称贤君者,"各及其身显名天下"是其最大的愿望⑥。而且,名声是要流传下来的,"名"记下来就是"铭"! 古时称"夫铭,天子令德,诸侯言时计功,大夫称伐"⑦,这是对立德、立功之"名"的记载。

退一步讲,不能让人批评自己的身后之名。《吕氏春秋·长见》所载两个故事很好地说明了这个问题。一是荆文王曰:"苋嘻数犯我以义,违我以礼,与处则不安,旷之而不穀得焉。不以吾身爵之,后世有圣人,将以非不穀。"荆文王以后世之圣人"将以非不穀"为虑,以身后之名为虑,于是不敢

---

① 《春秋左传正义》,见《十三经注疏》,上海:上海古籍出版社,1997年,第1784页上、2174页上、1802页中、1836页下、2078页中、2179页下。
② 王闿运:《尚书大传补注》,北京:中华书局,1991年,第27页。
③ 《论语注疏》,见《十三经注疏》,上海:上海古籍出版社,1997年,第2535页上。
④ 《春秋左传正义》,见《十三经注疏》,上海:上海古籍出版社,1997年,第1772页中、1870页上、1905页上。
⑤ (先秦)左丘明著,(三国)韦昭注,胡文波校点:《国语》,上海:上海古籍出版社,2015年,第335页。
⑥ (汉)司马迁:《史记·商君列传》,北京:中华书局,1982年,第2228页。
⑦ 《春秋左传正义》,见《十三经注疏》,上海:上海古籍出版社,1997年,第1968页中。

任意而为。又一是"晋平公铸为大钟,使工听之,皆以为调矣",师旷曰"不调,请更铸之",并曰:"后世有知音者,将知钟之不调也,臣窃为君耻之。"①师旷以后世"将知钟之不调也"告诫晋平公,那样将会被后世嗤笑。后世的名声好坏尚且在顾虑之中,那么文化建设有关生命"不朽",更是在高位者所应重点关注的。

二、"三不朽"的提出

鲁国穆叔提出以"立德、立功、立言"为"不朽",如此才能使"名"之"不朽"。《左传·襄公二十四年》载:

> 春,穆叔如晋。范宣子逆之,问焉,曰:"古人有言曰'死而不朽',何谓也?"穆叔未对。宣子曰:"昔匄之祖,自虞以上为陶唐氏,在夏为御龙氏,在商为豕韦氏,在周为唐杜氏,晋主夏盟为范氏,其是之谓乎?"穆叔曰:"以豹所闻,此之谓世禄,非不朽也。鲁有先大夫曰臧文仲,既没,其言立。其是之谓乎!豹闻之,大上有立德,其次有立功,其次有立言,虽久不废,此之谓不朽。若夫保姓受氏,以守宗祊,世不绝祀,无国无之,禄之大者,不可谓不朽。"②

"三不朽"首先是"立德"。"立德"谈何容易。据服虔、杜预注,所谓"立德"者,为伏羲、神农、黄帝、尧、舜;《国语·周语下》载周太子晋所说,称圣王才能"命姓受氏,而附之以令名"③。"立德"者如何才能得到"令名"?春秋时对"立德"者"不朽"也有定义,最主要的是,国家的事业应该是有人去继续完成的,故要留下"法"。《左传·文公六年》载:秦伯任好死而"以子车氏之三子奄息、仲行、鍼虎为殉","君子"既批评秦伯"无法以遗后嗣"④,又提出"先王违世,犹诒之法"是一种生命延续方式。"法"即典礼、规章、制度。《国语·鲁语上》载:鲁庄公用丹漆涂刷桓宫的楹柱,又雕刻其椽桷。匠师庆对庄公说:"臣闻圣王公之先封者,遗后之人法,使无陷于恶。其为后世

---

① (秦)吕不韦:《吕氏春秋》,上海:上海古籍出版社,1989年,第83~84页上。
② 《春秋左传正义》,见《十三经注疏》,上海:上海古籍出版社,1997年,第1979页上、中、下。
③ (先秦)左丘明著,(三国)韦昭注,胡文波校点:《国语》,上海:上海古籍出版社,2015年,第71页。
④ 《春秋左传正义》,见《十三经注疏》,上海:上海古籍出版社,1997年,第1844页上、中。

昭前之令闻也,使长监于世,故能摄固不解以久。今先君俭而君侈,令德替矣。"①意思是说先代君王给人们留下的是行为的榜样,让后世发扬先人的美德而有所借鉴,所谓"遗后之人法",就是"圣王公之先封者"要在文化上留给后人可效法者。因此,谁能够创制"法"并能够给后人留下"法",谁就是"立德"者。故孔颖达称"立德"云:

> 大上谓人之最上者,上圣之人也。……立德,谓创制垂法,博施济众,圣德立于上代,惠泽被于无穷,故服以伏羲、神农,杜以黄帝、尧、舜当之,言如此之类,乃是立德也。……法施于民,乃谓上圣,当是立德之人。②

"立德"者为上圣之人,普通人是做不到的。

"其次有立功。"据服虔、杜预注,所谓"立功"者,是禹、稷。禹最卓著的功绩是治理滔天洪水,又划定中国国土为九州。禹死后安葬在会稽山上(现存禹庙、禹陵、禹祠),历代享受祭祀。稷,古代主管农事之官。《左传·昭公二十九年》:"稷,田正也。"孔颖达疏曰:"正,长也,稷是田官之长。"③《晋书·天文志上》:"稷,农正也,取乎百谷之长以为号也。"④稷也享受历代祭祀,《荀子·礼论》:"故社,祭社也;稷,祭稷也。"⑤孔颖达解释"其次有立功"云:

> (立功)谓大贤之人也。……立功,谓拯厄除难,功济于时,故服、杜皆以禹、稷当之,言如此之类,乃是立功也。《祭法》云:"圣王之制祭祀也,法施于民则祀之,以死勤事则祀之,以劳定国则祀之,能御大灾则祀之,能捍大患则祀之。"……其余勤民定国,御灾捍患,皆是立功者也。⑥

前引《左传》所载"保姓受氏,以守宗祊"的"世禄"的"世不绝祀",是指享受

---

① (先秦)左丘明著,(三国)韦昭注,胡文波校点:《国语》,上海:上海古籍出版社,2015年,第101页。
② 《春秋左传正义》,见《十三经注疏》,上海:上海古籍出版社,1997年,第1979页中。
③ 《春秋左传正义》,见《十三经注疏》,上海:上海古籍出版社,1997年,第2124页中。
④ (唐)房玄龄等:《晋书》,北京:中华书局,1974年,第307页。
⑤ (清)王先谦撰,沈啸寰、王星贤点校:《荀子集解》,北京:中华书局,1988年,第375页。
⑥ "襄公二十四年",《春秋左传正义》,见《十三经注疏》,上海:上海古籍出版社,1997年,第1979页中。

自己家族的祭祀,而"立功"者的"民则祀之",是全民的祭祀,性质是大大不同的;而享受全民祭祀的人,确定为"功济于时""勤民定国,御灾捍患"者。

如此说来,上圣之人、大贤之人方能"立德、立功","立德"者为伏羲、神农、黄帝、尧、舜,"立功"者为禹、稷,其他人是做不到的。那么,只有"立言",可适用于更广泛的人群。所谓"立言",孔颖达解释曰:"立言,谓言得其要,理足可传。"他又专门说哪些人可以被称为"立言不朽"者:"臧文仲既没,其言存立于世,皆其身既没,其言尚存,故服、杜皆以史佚、周任、臧文仲当之,言如此之类,乃是立言也。老、庄、荀、孟、管、晏、杨、墨、孙、吴之徒,制作子书,屈原、宋玉、贾谊①、杨雄、马迁、班固以后,撰集史传及制作文章,使后世学习,皆是立言者也。"②孔颖达所说"立言"者,概括而言是那些"言得其要,理足可传""既没,其言存立于世"者,就后世而言,具体的"制作子书"以及"撰集史传及制作文章,使后世学习","皆是立言者也"。

单独从"立言"来说,先秦时代有三大"立言"群体:

圣人君王是最早的"立言"者,《尚书》是其"立言"集中撰录的代表,其"立言"具有立法性并获得"立德"盛誉。

其次是王官职官的"立言",先秦"学在官府",王官是主要的"立言"者。王官职官包括巫、祝、卜、史之类,其"立言"主要的特点即规则性、规范性,祝辞叚辞有常法,祝、史莫敢变易;占卜有卦书,依据而言;史书有"义"有"法"。《史通·忤时》:"古之国史,皆出自一家,如鲁、汉之丘明、子长,晋、齐之董狐、南史,咸能立言不朽,藏诸名山。"③

卿大夫、士是先秦第三大"立言"群体,"听政"制度使卿大夫、士"立言"成为时代需要,其"立言",或献诗,或进谏,或出谋划策,或自主抒怀,都与现实密切相关。在历史的进程中,卿大夫、士逐渐成为"立言"主体的标志之一,就是"鲁有先大夫曰臧文仲,既没,其言立。其是之谓乎!豹闻之,大上有立德,其次有立功,其次有立言,虽久不废,此之谓不朽"的提出。在先秦的后期,"士"的"立言"一般称为"诸子立言",以"子"兼有男子的尊称、老师、学派学说而言。

---

① "贾谊"本作"贾迣",校勘记阮元曰"段玉裁校本逌作谊",据改。
② "襄公二十四年",《春秋左传正义》,见《十三经注疏》,上海:上海古籍出版社,1997年,第1979页中。
③ (唐)刘知几撰,(清)浦起龙释:《史通通释》,上海:上海古籍出版社,1978年,第590页。

三、士阶层作为"立言"主体及其养成

《左传·文公六年》载：

> 古之王者知命之不长，是以并建圣哲，树之风声，分之采物，著之话言，为之律度，陈之艺极，引之表仪，予之法制，告之训典，教之防利，委之常秩，道之礼则，使毋失其土宜，众隶赖之，而后即命。圣、王同之。①

"圣哲"，指具有超人的道德才智的人，《楚辞·离骚》也有"夫维圣哲以茂行兮，苟得用此下土"的说法。"古之王者"认为要做一些文化建设的事情才能使自己的生命延续，于是"并建圣哲"，任命、委托他们做"树之风声，分之采物，著之话言"之类文化建设的事情，令后世"众隶赖之"。孔颖达解释曰：

> 圣哲，是人之俊者。……知命之不长，知其必将有死，不得长生久视，故制法度以遗后人，非独为当己之世设善法也。并建圣哲以下，即位便为之，非临死始为此也。下云"众隶赖之，而后即命"，言其施行此事，功成乃就死耳，非谓设此法以拟死也。②

称其"即位便为之，非临死始为此也"，可见是即位就要做的事，是主动的追求，是自觉的。文化建设者被推举为"王"，"王"的职责包括进行文化建设。因此，"古之王者"在世时，就知道应该建设"法"遗留世人，如此才能使生命换一种方式延续下去。因此，进行"遗后之人法""犹治之法"之类的文化建设，成为"古之王者"的一种自觉行为。而"并建圣哲"，即委托卿大夫阶层去做这些事情。

古时又有"君子九能"之说，《诗·鄘风·定之方中》"卜云其吉"，毛传引：

> 故建邦能命龟，田能施命，作器能铭，使能造命，升高能赋，师旅能誓，山川能说，丧纪能诔，祭祀能语，君子能此九者，可谓有德

---

① 《春秋左传正义》，见《十三经注疏》，上海：上海古籍出版社，1997年，第1844页上、中。
② 《春秋左传正义》，见《十三经注疏》，上海：上海古籍出版社，1997年，第1844页上。

音,可以为大夫。①

仔细读来,"君子九能"之说的意味,其一在"以文取人",所谓"君子能此九者""可以为大夫";撰作已不再只是王官的职务职责或承袭旧例就可以的了。其二在"可以为大夫",即这些人本来不是大夫,那么他们是什么身份?应该是"士","立言"主体的身份又有所下降。其三在"可谓有德音",即指士"其言立"而有效。德音,或指善言,《诗·邶风·谷风》:"德音莫违,及尔同死。"郑玄笺:"夫妇之言无相违者,则可与女长相与处至死。"②或指德言,指合乎仁德的言语、教令,《国语·楚语上》:"忠信以发之,德音以扬之。"③无论是善言还是德言,总之是"立言"之有益于社会者。

士是如何养成的?古时有所谓"造士"之说,即造就士人。一是"乐正崇四术,立四教,顺先王诗、书、礼、乐以造士"④;二是"古之造士"又有"选事考言",以所做的事来考察所承诺的言。《礼记·文王世子》:"凡语于郊者,必取贤敛才焉。或以德进,或以事举,或以言扬。"孔颖达疏:"互言之,虽无德无事,而能言语应对,堪为使命,亦举用之。"⑤"言扬",以"考言"而用之。士的才能、职责,本有"言"一项,《国语·齐语》称:"令夫士,群萃而州处,闲燕则父与父言义,子与子言孝,其事君者言敬,其幼者言悌。(韦昭注:士,讲学道艺者也。闲燕,犹清净也。)"⑥"闲燕"而"言""义、孝、敬、悌",即"讲学道艺"。他们本"不治而议论",如稷下先生"驺衍、淳于髡、田骈、接子、慎到、环渊之徒七十六人,皆赐列第,为上大夫,不治而议论"⑦,余英时说:"'士'有议论的传统自周代已然,所以《左传》有'士传言'之语。"⑧

从"并建圣哲"到"君子九能",这是时代的进程。"并建圣哲"从社会角度而言,是君王委托大夫、士阶层以"立言",从事的是文化建设的工作。

---

① 《毛诗正义》,见《十三经注疏》,上海:上海古籍出版社,1997年,第316页中。
② 《毛诗正义》,见《十三经注疏》,上海:上海古籍出版社,1997年,第304页上。
③ (先秦)左丘明著,(三国)韦昭注,胡文波校点:《国语》,上海:上海古籍出版社,2015年,第356页。
④ 《礼记正义》,见《十三经注疏》,上海:上海古籍出版社,1997年,第1342页上。
⑤ 《礼记正义》,见《十三经注疏》,上海:上海古籍出版社,1997年,第1406页中。
⑥ (先秦)左丘明著,(三国)韦昭注,胡文波校点:《国语》,上海:上海古籍出版社,2015年,第149页。
⑦ (汉)司马迁:《史记·田敬仲完世家》,北京:中华书局,1982年,第1895页。
⑧ 余英时:《士与中国文化》,上海:上海人民出版社,1987年,第105页。

"君子九能"就个体来说,显示了士阶层以"立言"的才能从政,"可以为大夫"。《论语·季氏》载,"天下有道,则礼乐征伐自天子出;天下无道,则礼乐征伐自诸侯出""天下有道,则庶人不议"①,那么,天下无道,庶人则议,即"周室衰而王道废,儒墨乃始列道而议,分徒而讼"②。士有所"立言"成为必然,士阶层一步步成为"立言"的主体。

士阶层成为"立言"的主体,孔颖达正义曰:"立言,谓言得其要,理足可传,记传称史逸有言,《论语》称周任有言,及此臧文仲既没,其言存立于世,皆其身既没,其言尚存,故服、杜皆以史佚、周任、臧文仲当之,言如此之类,乃是立言也。老、庄、荀、孟、管、晏、杨、墨、孙、吴之徒,制作子书,屈原、宋玉、贾谊、杨雄、马迁、班固以后,撰集史传及制作文章,使后世学习,皆是立言者也。此三者虽经世代,当不朽腐,故穆子历言之。"

四、"立言"集团与"立言"口号

"士"的"立言"又以诸"立言"集团——诸子百家为主。诸子百家的"立言",往往有其最核心的价值观,我们称其为"立言"口号。"立言"口号的形成,是学派创始人的思想与学派传人的思想合一。

"立言"口号包含两方面的内容,一是就口号而言的,也是诸子核心观念的体现,如所谓"老聃贵柔,孔子贵仁,墨翟贵廉,关尹贵清,子列子贵虚,陈骈贵齐,阳生贵己,孙膑贵势,王廖贵先,儿(倪)良贵后"③;二是就语言表达而言的,如所谓"必有言""至言""不言""去言""言有三表"等。诸子以这些"立言"口号为核心形成各自的话语体系,是其文化精神最外露的、最集中的体现。以下列举儒、墨、道、法四家的"立言"口号。

孔子的"立言"口号为"有德者必有言"。孔子的时代礼崩乐坏,诸家"立言"以期以新思想、新理论建立新制度、新社会。孔子把"德"作为其"立言"的核心。这是称说自我的一种社会责任,孔子称"天生德于予"④,自认为是上天赋予其重任,是周文王的继承者,称自己的职责就是以"言"传"德"。贤而隐于下位者仪封人说:"天下之无道也久矣,天将以夫子为木

---

① 《论语注疏》,见《十三经注疏》,上海:上海古籍出版社,1997年,第2521页中。
② 《淮南子·俶真训》,见何宁:《淮南子集释》,北京:中华书局,1998年,第138页。
③ (秦)吕不韦:《吕氏春秋·不二》,上海:上海古籍出版社,1989年,第150页下。
④ 《论语·述而》,《论语注疏》,见《十三经注疏》,上海:上海古籍出版社,1997年,第2483页上。

铎。"这是"言天将命孔子制作法度以号令于天下"①。孔子没有职位,他周游列国,只有以"言"来推行自己的主张,其"有德者必有言"影响巨大,儒家即以此为社会责任。曾子曰:"士不可以不弘毅,任重而道远。仁以为己任,不亦重乎?死而后已,不亦远乎?"②所以他一往无前。孟子说:"予岂好辩哉?予不得已也!"③并自称"我善养吾浩然之气"④,有着文化建设的自觉与勇于担当社会责任的气度。

墨子提出"言有三表",言:"于何本之?上本之于古者圣王之事。于何原之?下原察百姓耳目之实。于何用之?废(发)以为刑政,观其中国家百姓人民之利。此所谓言有三表也。"⑤墨子"立言"口号的根本在于"实""利",都是与"百姓人民"的现实利益联系在一起的。墨子注重"用",其极端表现即提出了"以文害用"。楚王问田鸠为什么墨子"其身体则可,其言多而不辩",田鸠说:"墨子之说,传先王之道,论圣人之言以宣告人,若辩其辞,则恐人怀其文忘其直,以文害用也。"⑥墨家作为小生产者的代表,其兼爱、非攻、尚贤、尚同、天志、明鬼、非命、非乐、节用、节葬等主张,都是以"言之三表"作为衡量标准的。

老子、庄子以"不言""忘言"为"立言"口号。《老子》"圣人处无为之事,行不言之教"⑦,《庄子·齐物论》"大辩不言"⑧,等等。所谓"不言",并非不说话、不立论,而是如庄子的"至言去言",以特殊之"言"替代普通之"言"。庄子称事物的精深微妙处是"言"所不能论的,称"语之所贵者意也,意有所随;意之所随者,不可以言传也","言"贵在表达"意","意"具有某种特殊性,又以"轮扁斫轮"的故事来进一步说明"圣人之言"不能表"意",其原因就是"圣人已死",即"意之所随者"不存在,故其"意"或不能表达出来。⑨

---

① 《论语·八佾》,《论语注疏》,见《十三经注疏》,上海:上海古籍出版社,1997年,第2468页下。

② 《论语·泰伯》,《论语注疏》,见《十三经注疏》,上海:上海古籍出版社,1997年,第2487页上。

③ 《孟子·滕文公下》,《孟子注疏》,见《十三经注疏》,上海:上海古籍出版社,1997年,第2714页中。

④ 《孟子·公孙丑上》,《孟子注疏》,见《十三经注疏》,上海:上海古籍出版社,1997年,第2685页下。

⑤ (清)孙诒让撰,孙启治点校:《墨子间诂》,北京:中华书局,2001年,第266页。

⑥ 陈奇猷校注:《韩非子集释》,上海:上海人民出版社,1974年,第623页。

⑦ 任继愈:《老子今译》,北京:古籍出版社,1956年,第2页。

⑧ (清)郭庆藩撰,王孝鱼点校:《庄子集释》,北京:中华书局,1961年,第83页。

⑨ (清)郭庆藩撰,王孝鱼点校:《庄子集释》,北京:中华书局,1961年,第488页。

那么,什么东西能表达"意有所随"呢?这就是《庄子·寓言》所称"寓言""重言""卮言"。所谓"忘言",即不用一般性语言,只能"忘言"而用特殊化的手段才能表达。道家以"道"为核心,而"道可道,非常道。名可名,非常名",只能"不言""忘言",从道法自然、大道无为中探索。

商鞅以"以言去言"为"立言"口号,《商子·靳令》提出"以治去治,以言去言"①,《韩非子·饬令》继之,曰:"国以功授官与爵,则治见者省,言有塞(寡),此谓以治去治,以言去言。"②法家的"以言去言",不是不要"立言",而是以自己的话语替代他人的话语,《商子·赏刑》载:"民之欲富贵也,共阖棺而后止。而富贵之门必出于兵,是故民闻战而相贺也,起居饮食所歌谣者,战也。"③郭绍虞说:"他强调'以言去言',也就是要以歌颂耕战政策为内容的文艺,去代替儒家的诗书礼乐,所谓'起居饮食所歌谣者,战也',就反映了他这方面的要求。"④《韩非子·亡征》称"喜淫而不周于法,好辩说而不求其用,滥于文丽而不顾其功者,可亡也"⑤,武断地把不同意见的"言"称为"可亡也",确定了"去言"是合乎逻辑的;法家的文化专制主义也就自"以言去言"始。

诸子的"立言"口号,开拓了"立言"的理论化、体系化进程,而"立言"只有实现理论化、体系化,才能达到所谓"言立",才能实现价值的最大化。

五、听政问政、论辩、游说

古时有"听政"制度,《礼记·玉藻》:"君日出而视之,退适路寝听政。"⑥《左传·昭公元年》:"君子有四时,朝以听政,昼以访问,夕以修令,夜以安身。"⑦《国语·周语上》:"故天子听政,使公卿至于列士献诗,瞽献典,史献书,师箴,瞍赋,蒙(矇)诵,百工谏,庶人传语,近臣尽规,亲戚补察,瞽、史教诲,耆、艾修之,而后王斟酌焉,是以事行而不悖。"⑧在听政制度的保障下,如《左传·襄公十四年》所载"自王以下,各有父兄子弟,以补察其

---

① 山东大学《商子译注》编写组:《商子译注》,济南:齐鲁书社,1982年,第88页。
② 陈奇猷校注:《韩非子集释》,上海:上海人民出版社,1974年,第1123页。
③ 山东大学《商子译注》编写组:《商子译注》,济南:齐鲁书社,1982年,第114页。
④ 郭绍虞主编:《中国历代文论选》第一册,上海:上海古籍出版社,2001年,第41页。
⑤ 陈奇猷校注:《韩非子集释》,上海:上海人民出版社,1974年,第267页。
⑥ 《礼记正义》,见《十三经注疏》,上海:上海古籍出版社,1997年,第1474页中。
⑦ 《春秋左传正义》,见《十三经注疏》,上海:上海古籍出版社,1997年,第2024页上、中。
⑧ (先秦)左丘明著,(三国)韦昭注,胡文波校点:《国语》,上海:上海古籍出版社,2015年,第7页。

政。史为书,瞽为诗,工诵箴谏,大夫规诲,士传言,庶人谤,商旅于市,百工献艺",人人可得"谏失常也"①,即人人都有为"谏失常"而"立言"的机会,并通过听政制度让自己的"立言"被君王接受。

又有"问政",君王咨询或与之讨论为政之道。《礼记·中庸》载:在鲁时,"哀公问政,子曰'文武之政,布在方策'"②。孔子周游列国时,有齐景公问政孔子,孔子曰:"君君,臣臣,父父,子子。"这是孔子通过"立言"宣传复礼,维护原有的社会秩序。他日,景公复问政孔子,孔子曰:"政在节财。"③这是主张与人民生活相关的"仁"。《淮南子·道应》载周成王问政尹佚,《韩非子》载齐景公问政师旷,等等。

"立言"的传播还通过论辩。百家争鸣,诸子在相互辩论中,既要确立自己的学理建构,更要以自己的主张压倒对方。如公孙鞅、甘龙、杜挚在秦孝公面前"虑世事之变,讨正法之本,求使民之道"的论辩④,确定了变法的基本政策。诸子时期盛行演讲辩论,如"昔田巴毁五帝,罪三王,訾五霸于稷下,一旦而服千人。鲁连一说,使终身杜口"⑤。墨子以其"非攻"理论与公输班论辩,抵制了楚国入侵宋国。《荀子·强国》载荀子与应侯范雎论秦之短长,等等。先秦诸子以论辩建构学派的最好契机,是稷下学宫时期,诸子在这里充分展示着自己的学术才华,"不治而议论",尤其是在彼此论辩中明确并丰富自己的观点。如公孙龙虽以逻辑之学善辩,但也有辩不过他人之时,"公孙龙善为坚白之辩,及邹衍过赵言至道,乃绌公孙龙"⑥;庄子称他为"辩者之徒","饰人之心,易人之意,能胜人之口,不能服人之心"⑦。诸子的论辩是有自觉意识的。《孟子·滕文公下》载公都子曰:"外人皆称夫子好辩,敢问何也?"孟子曰:"予岂好辩哉?予不得已也。"⑧他是说要自觉地捍卫圣王思想,于是在意识中以杨朱、墨翟为论辩对象。惠子也以"今

---

① 《春秋左传正义》,见《十三经注疏》,上海:上海古籍出版社,1997年,第1958页上、中、下。
② 《礼记正义》,见《十三经注疏》,上海:上海古籍出版社,1997年,第1629页中。
③ (汉)司马迁:《史记·孔子世家》,北京:中华书局,1982年,第1911页。
④ 《商君书·更法》,见高亨:《商君书注译》,北京:中华书局,1974年,第13页。
⑤ (南朝梁)萧统编,(唐)李善注:《文选》,北京:中华书局,1977年,第593~594页。
⑥ (汉)司马迁:《史记·平原君虞卿列传》,北京:中华书局,1982年,第2370页。
⑦ 《庄子·天下》,见(清)郭庆藩撰,王孝鱼点校:《庄子集释》,北京:中华书局,1961年,第1111页。
⑧ 《孟子注疏》,见《十三经注疏》,上海:上海古籍出版社,1997年,第2714页中。

乎儒、墨、杨、秉,且方与我以辩,相拂以辞,相镇以声"①之言,称自己的论辩不得已。

今存诸子文本中多记载诸子间的论辩。如《墨子》记载墨子与执无鬼者的论辩;《列子》载杨朱与禽子的论辩;《孟子·滕文公上》载孟子与陈相面对面的论辩,"然则治天下独可耕且为与"②,孟子以论辩论证了其社会分工思想。

从现存先秦学说的文本中,我们可以看到诸子常常以某某为论辩对象,《庄子》一书最为盛行,其所载辩论,多以假设的对象展开。如惠施常常被设为论辩对象,是因为"惠施之口谈,自以为最贤"③,与惠施论辩更能显示自己的智慧,故惠子死,庄子伤心道:"自夫子之死也,吾无以为质矣,吾无与言之矣。"④论辩成为成熟学说的一种手段。

又有游说之类主动的"立言"传播。如商鞅"少好刑名之学"⑤,他对"刑名之学"是先有学习、研究的;商鞅入秦三见秦孝公,提出了帝道、王道、霸道,只有霸道得到秦孝公的赞许。苏秦,"东事师于齐,而习之于鬼谷先生",曾"闭室不出,出其书遍观之","得周书《阴符》,伏而读之。期年,以出揣摩,曰'此可以说当世之君矣'"⑥,正是通过游说把所读之书传播出去。又如邹衍,其目标就是"干世主","以儒术干世主,不用,即以变化终始之论,卒以显名"⑦。又如赵国公孙龙,其持别同异、离坚白的观点,看来只是逻辑之辩,但公孙龙曾"说燕昭王以偃兵"⑧,又曾与赵惠王论"偃兵",其逻辑之辩也是通过游说传播的。《墨子·鲁问》载:子墨子游,魏越曰:"既得见四方之君,子则将先语?"子墨子曰:"凡入国,必择务而从事焉。国家昏乱,则语之尚贤、尚同。国家贫,则语之节用、节葬。国家憙音湛湎,则语之非乐、非命。国家淫僻无礼,则语之尊天、事鬼。国家务夺侵凌,即语之兼

---

① 《庄子·徐无鬼》,见(清)郭庆藩撰,王孝鱼点校:《庄子集释》,北京:中华书局,1961年,第840页。
② 《孟子注疏》,见《十三经注疏》,上海:上海古籍出版社,1997年,第2705页下。
③ 《庄子·天下》,见(清)郭庆藩撰,王孝鱼点校:《庄子集释》,北京:中华书局,1961年,第1112页。
④ 《庄子·徐无鬼》,见(清)郭庆藩撰,王孝鱼点校:《庄子集释》,北京:中华书局,1961年,第843页。
⑤ (汉)司马迁:《史记·商君列传》,北京:中华书局,1982年,第2227页。
⑥ (汉)司马迁:《史记·苏秦列传》,北京:中华书局,1982年,第2241~2442页。
⑦ (汉)桓宽撰,马非百注释:《盐铁论简注》,北京:中华书局,1984年,第87页。
⑧ (秦)吕不韦:《吕氏春秋·应言》,上海:上海古籍出版社,1989年,第161页下。

爱、非攻。故曰：择务而从事焉。"①墨子就是要把这些观点传播出去。

无论听政问政、论辩、游说，都强调如何"立言"才能让对方接受，尤其是面对君王的游说，当"立言"文化兴起，时人就多有讨论。如《荀子·非相》称"凡说之难"，特以"以至高遇至卑，以至治接至乱"为例来说明，并提出"矜庄以莅之，端诚以处之，坚强以持之，分别以喻之，譬称以明之，欣驩、芬芗以送之，宝之，珍之，贵之，神之"等"谈说之术"，称"如是则说常无不受。虽不说人，人莫不贵。夫是之谓能贵其所贵"。②而《荀子》的《赋篇》《成相》，即以大众化的形式示人，当然是为了有利于更广泛人群的接受。又如《韩非子》以"难言"为题讲述这个道理。他说："言顺比滑泽，洋洋洒洒然，则见以为华而不实。"随后又列举十余种"口出"表达态度或方法，认为其决定着接受者对语言意义的认识。③所以孟子以"我知言"自傲，称能够看透外在形式而掌握"立言"的实质。

六、"三不朽"与"笔书以为文"

"立德"者名之"不朽"，其创制、遗留后世在"法"，既有"口出以为言"的口耳相传，更依靠"笔书以为文"的文字记载，"法"之"不朽"，其名声永存；"立功"者名之"不朽"，既有"口出以为言"的口耳相传，也更依靠"笔书以为文"的文字记载，文字"不朽"，功名永存。而"立言不朽"者，其"口出以为言"被"笔书以为文"记载下来，也是其"不朽"的必要条件。

"笔"，《说文解字·聿部》："聿，所以书也。楚谓之聿，吴谓之不律，燕谓之弗。从聿、一。凡聿之属皆从聿。笔，秦谓之笔，从聿、竹。"④《释名·释书契》："笔，述也，述事而书之也。"⑤"笔"写下来的"述"，是书面表达。笔，用作动词或换一种说法就是所谓"书"。《说文解字·聿部》："书，箸也。从聿，者声。"⑥《说文解字·叙》："箸于竹帛谓之书。"⑦《释名·释书契》："书，庶也，纪庶物也。亦言著之简纸，永不灭也。"⑧"言"，指口头表达，"笔

---

① （清）孙诒让撰，孙启治点校：《墨子间诂》，北京：中华书局，2001年，第475～476页。
② （清）王先谦撰，沈啸寰、王星贤点校：《荀子集解》，北京：中华书局，1988年，第84～86页。
③ 陈奇猷校注：《韩非子集释》，上海：上海人民出版社，1974年，第48～49页。
④ （清）段玉裁：《说文解字注》，上海：上海古籍出版社，1981年，第117页上、下。
⑤ 任继昉纂：《释名汇校》，济南：齐鲁书社，2006年，第322页。
⑥ （清）段玉裁：《说文解字注》，上海：上海古籍出版社，1981年，第117页下。
⑦ （清）段玉裁：《说文解字注》，上海：上海古籍出版社，1981年，第754页上。
⑧ 任继昉纂：《释名汇校》，济南：齐鲁书社，2006年，第332页。

书以为文",则指书面表达。

"笔书以为文",是以符号乃至文字形态体现在物质载体上的,故最早的文字记录叫作"书",《左传·隐公四年》:"卫人逆公子晋于邢。冬,十二月,宣公即位。书曰:卫人立晋。"①书,或书写或刻写,强调的是以文字的形式出现的记录、记载,即所谓"陈之简牍"。又有书于器物之上,如《周礼·秋官·司约》:"凡大约剂,书于宗彝。小约剂,书于丹图。"②就是把契约"书"于宗彝(宗庙祭祀所用酒器)、丹图上。又有与"书"连用的"契",本谓占卜时以刀凿刻龟甲,后泛指刻物。《诗·大雅·绵》:"爰始爰谋,爰契我龟。"毛传:"契,开也。"③即刻开其龟。《〈文选〉序》称伏羲氏"始画八卦,造书契,以代结绳之政,由是文籍生焉"④,"笔书以为文"之"文",就是"文籍",即形成文字者。"笔书以为文"的产生,是一个新时代的开启,在文化的传承上引起翻天覆地的变化,《淮南子·本经训》称"昔者,苍颉作书,而天雨粟,鬼夜哭"⑤,意义就在于此。"笔书以为文"使文化兴起有所依凭并有以实物为载体的传承,"天文""地文""人文"的连称,就是可以看得见的。《易·贲》:"观乎天文以察时变,观乎人文以化成天下。"孔颖达疏:"言圣人观察人文,则诗书礼乐之谓,当法此教而化成天下也。"⑥"人文"的基础就是"笔书以为文",三国时秦宓称"《河》《洛》由文兴,六经由文起"⑦。"笔书以为文",是一个伟大的时代的产物,《文心雕龙·原道》称"文之为德也大矣",称"人文之元"在乎"自鸟迹代绳,文字始炳"⑧。《礼记·中庸》:

> 哀公问政,子曰:"文武之政,布在方策。"郑玄注:"方,版也;策,简也。"《正义》:"言文王武王为政之道,皆布列在于方牍简策。"⑨

先王贤圣的为政之道是依靠"笔书"延续下来的。韩非子所说"先王寄理于

---

① 《春秋左传正义》,见《十三经注疏》,上海:上海古籍出版社,1997年,第1726页上。
② 《周礼注疏》,见《十三经注疏》,上海:上海古籍出版社,1997年,第881页上。
③ 《毛诗正义》,见《十三经注疏》,上海:上海古籍出版社,1997年,第510页中。
④ (南朝梁)萧统编,(唐)李善注:《文选》,北京:中华书局,1977年,第1页下。
⑤ 何宁:《淮南子集释》,北京:中华书局,1998年,第571页。
⑥ 《周易正义》,见《十三经注疏》,上海:上海古籍出版社,1997年,第37页下。
⑦ (晋)陈寿著,(南朝宋)裴松之注:《三国志》,北京:中华书局,1982年,第974页。
⑧ (南朝梁)刘勰著,詹锳义证:《文心雕龙义证》,上海:上海古籍出版社,1989年,第11~14页。
⑨ 《礼记正义》,见《十三经注疏》,上海:上海古籍出版社,1997年,第1629页中、下。

竹帛"①，即所谓"以文书于天下"，"文籍"——文书和档案的运用，"使行政过程变得精密、规范与可靠了"②，由此理解，"始画八卦，造书契，以代结绳之政"就是文字的产生，就蕴含了"笔书以为文"对于社会、文化、政治、行政管理等的意味。这也是"立德"与"笔书以为文"的关系，依靠着"笔书以为文"，方才"立德不朽"，进而能"立德"者不朽。

而"立功"，"夫铭，天子令德，诸侯言时计功，大夫称伐"③，这是讲对立德、立功的记载。铭，即刻在器物上的文字，功能之一即称述功德，刘熙《释名》曰："铭，名也，记名其功也。""铭，名也，述其功美，使可称名也④"。《左传·昭公七年》载：正考父辅佐宋戴公、武公、宣公，做了上卿，愈加恭敬，故正考父庙之鼎铭刻其事迹，云："一命而偻，再命而伛，三命而俯。循墙而走，亦莫余敢侮。饘于是，鬻于是，以糊余口。"⑤又，《左传·僖公二十五年》载：春，卫人伐邢，卫大夫礼至及其弟杀邢国正卿国子，礼至为铭，曰："余掖杀国子，莫余敢止。"杜预注：这是"铭功于器"。⑥《左传》还载有勋策、勋劳书，所谓功劳记录在册。《桓公二年》载："冬，公至自唐，告于庙也。凡公行，告于宗庙；反行，饮至、舍爵，策勋焉，礼也。"杜预注："爵，饮酒器也，既饮置爵，则书勋劳于策，言速纪有功也。"⑦又，《襄公十三年》载："春，公至自晋，孟献子书劳于庙，礼也。"杜预注："书勋劳于策也。"⑧这些都讲"立功"是要"笔书以为文"记载下来，方才"不朽"的。

上述"立德""立功"对"笔书以为文"的依靠，也就是对"立言"的依靠，由此可知"立言"的双重意义，除了针对其本身的所谓"言得其要，理足可传""既没，其言存立于世"，还有其作为工具、手段的意义，即"立德""立功"依靠作为工具、手段的"立言"方可"不朽"，故"三不朽"中，"立言"尤为重要且更意味深长。

---

① 《韩非子·安危》，见陈奇猷校注：《韩非子集释》，上海：上海人民出版社，1974年，第483页。
② 阎步克：《波峰与波谷——秦汉魏晋南北朝的政治文明》，北京：北京大学出版社，2009年，第62页。
③ 《春秋左传正义》，见《十三经注疏》，上海：上海古籍出版社，1997年，第1968页中。
④ 任继昉纂：《释名汇校》，济南：齐鲁书社，2006年，第178、346页。
⑤ 《春秋左传正义》，见《十三经注疏》，上海：上海古籍出版社，1997年，第2051页上。
⑥ 《春秋左传正义》，见《十三经注疏》，上海：上海古籍出版社，1997年，第1820页中。
⑦ 《春秋左传正义》，见《十三经注疏》，上海：上海古籍出版社，1997年，第1743页中。
⑧ 《春秋左传正义》，见《十三经注疏》，上海：上海古籍出版社，1997年，第1954页上。

七、"立言"文化历久弥新

先秦"立言"文化,发轫于对生命延续、对"不朽"的思索,立足于卿大夫、士的"立言"。"立言"从"不任职而论国事"向君王的"并建圣哲","君子九能,可以为大夫"过渡。于是,"立言"成为"士"习惯的生活方式和精神价值,成为其集体意识,而"立言"的意味也向文化建设、向理论方面迈进。这便是所谓庶人"议政",其意义在于文化建设,也即章学诚所谓"官守失传……诸子纷纷,则已言道矣……皆自以为至极,而思以其道易天下者也"①。"立言"对于国家来说,已经从单纯的"言得其要,理足可传"的事功,上升到文化建设层面。先秦"立言"文化的全部意味即在于此。

"立言"的意味在后世有所发展。《魏氏春秋》载荀彧称颂曹操"既立德立功,而又兼立言,诚仲尼述作之意;显制度于当时,扬名于后世"②,把"立言"与"显制度于当时"联系在一起,"立言"成为朝廷文化建设的目的,所谓"立象垂制"。李百药《赞道赋》"伊天地之玄造,洎皇王之建国;曰人纪与人纲,资立言与立德"③,大赞"立言"的文化建设作用。

曹丕《典论·论文》言:"年寿有时而尽,荣乐止乎其身,二者必至之常期,未若文章之无穷。是以古之作者,寄身于翰墨,见意于篇籍,不假良史之辞,不托飞驰之势,而声名自传于后。"④"生有七尺之形,死唯一棺之土,唯立德扬名,可以不朽,其次莫如著篇籍。"⑤把"立言"看作"笔书以为文"的"著篇籍",可以使"言"以物质形态保存下来,把"言立"扩大意味为"寄身于翰墨,见意于篇籍""著篇籍"之类就是"立言","立言"的意味,就从职业形式上使文人身份得到肯定,"立言"文化得以更为普及。而《魏书·文苑传》史臣曰:"古之人所贵名不朽者,盖重言之尚存,又加之以才名,其为贵显,固其宜也。"⑥"立言"的成效又扩大为文士在当代的"贵显"。《史通·序传》称:"则圣达之立言也,时亦扬露己才,或托讽以见其情,或选辞以显

---

① (清)章学诚著,仓修良编注:《文史通义新编新注·原道中》,北京:商务印书馆,2017年,第101~102页。
② (晋)陈寿著,(南朝宋)裴松之注:《三国志·荀彧传》注引,北京:中华书局,1982年,第317页。
③ (唐)吴兢:《贞观政要》卷四,长沙:岳麓书社,2014年,第166页。
④ (南朝梁)萧统编,(唐)李善注:《文选》,北京:中华书局,1977年,第720~721页。
⑤ (晋)陈寿著,(南朝宋)裴松之注:《三国志·文帝纪》注引,北京:中华书局,1982年,第88页。
⑥ (北齐)魏收:《魏书》,北京:中华书局,1974年,第1877页。

其迹,终不盱衡自伐,攘袂公言。"①称"立言"者,绝非扬眉举目(盱衡)的自夸其功(自伐),绝非撸起衣袖(攘袂)的公开谈论(公言),强调文士在论说时,还要讲究一定的风度。

于是,"立言不朽"与朝廷的文化事业、文士个人的当代"贵显"及生活方式、后世名声联系在一起。"立言"意味的扩大,表明了"立言"文化意味的扩大,是后世对先秦"立言"文化的继承与发扬光大。"立言"文化是中华传统文化不可或缺的组成部分,在历史上发挥过巨大的作用,批评地继承这份传统文化,使其在新的历史时期发挥积极的作用,这应该是我们的职责。

---

① (唐)刘知几撰,(清)浦起龙释:《史通通释》,上海:上海古籍出版社,1978年,第258页。

第一章 "立言"文化的生成与士的担当

远古时代,有巢氏、燧人氏乃至尧、舜、禹等先圣先王依凭物质文明建设而"王天下",其"王天下"的进程中运用了怎样的智慧,又要达到什么样的目的?

"王天下"者要把文明建设的成果推广开来,这也是统率治理天下的职责,如农业的发明者神农氏,其"王天下"的职责,即"教"农业而天下化之,发明农业并推广开来,则更是"王天下",是所谓"神"。进而,"王天下"要进行精神文明建设,要进行文化建设,文化建设的传承之一,就是文字,就是书契,其表现形式之一就是"立言"。此处以"立言"与"王天下"的关系,论述古代文化建设的历程,论述古代文化建设诸层次人士的担当。

第一节 "立言"与文化建设"王天下"

一、文明、文化建设者"王天下"

何谓"王"?《诗·大雅·皇矣》:"王此大邦,克顺克比。"①"王"即统治,统率治理,如《荀子·正论》所说"能用天下之谓王""天下归之之谓王"②,"王天下"即统率治理天下。古人认为,远古时期的"王天下",其基本条件是为民创制安宁的生活方式、进行物质文明建设,如《韩非子·五蠹》曰:

> 上古之世,人民少而禽兽众,人民不胜禽兽虫蛇,有圣人作,构木为巢,以避群害,而民悦之,使王天下,号之曰有巢氏。民食果蓏蚌蛤,腥臊恶臭而伤害腹胃,民多疾病,有圣人作,钻燧取火以化腥臊,而民说之,使王天下,号之曰燧人氏。③

---

① 《毛诗正义》,见《十三经注疏》,上海:上海古籍出版社,1997年,第520页中。
② (清)王先谦撰,沈啸寰、王星贤点校:《荀子集解》,北京:中华书局,1988年,第324页。
③ 陈奇猷校注:《韩非子集释》,上海:上海人民出版社,1974年,第1040页。

有巢氏、燧人氏因被推举而"王天下",如此的文化建设,就是因为进行了物质文明建设。东汉许慎《说文解字》曰:"王,天下所归往也。"①天下为什么要"所归往"? 就是因为物质文明建设促发了文化建设。

进而,"王天下"又要做什么? 要在物质文明建设的基础上进行精神文明建设、进行文化建设。这就是"立言",要依靠"言"的建设,依靠"书契"的力量。《周易·系辞下》:"上古结绳而治,后世圣人易之以书契,百官以治,万民以察。"②《〈文选〉序》:"逮乎伏羲氏之王天下也,始画八卦,造书契,以代结绳之政,由是文籍生焉。"③"王天下"后就要进行文化建设,文化建设使社会一步步发展进入文明时代。《庄子·马蹄》载:"夫赫胥氏之时,民居不知所为,行不知所之,含哺而熙,鼓腹而游,民能以此矣。"于是圣人进行文化建设,包括物质文化与非物质文化,"及至圣人,屈折礼乐以匡天下之形,县跂仁义以慰天下之心"④;虽然以下接着说"而民乃始踶跂好知,争归于利,不可止也,此亦圣人之过也",论及文化的发展带给人民好"利"之心,但是"圣人"进行"礼乐""仁义"等文化建设,带来了"正天下之形""慰天下之心"的社会治理,这是毫无疑问的。《礼记·中庸》说:

  王天下有三重焉,其寡过矣乎! (吕氏曰:"三重,谓议礼、制度、考文。")⑤

这是对"王天下"的总结,"王天下"必须进行以"议礼、制度、考文"为代表的"立言"工作,即文化建设。

或把"王天下"者进行物质文明建设的职责落实到"圣人""圣王"身上,即"大桡作甲子,黔如作虏首,容成作历,羲和作占日,尚仪作占月,后益作占岁,胡曹作衣,夷羿作弓,祝融作市,仪狄作酒,高元作室,虞姁作舟,伯益作井,赤冀作臼,乘雅作驾,寒哀作御,王冰作服牛,史皇作图,巫彭作医,巫咸作筮。此二十官者,圣人之所以治天下也。圣王不能二十官之事,然而使二十官尽其巧,毕其能,圣王在上故也"⑥,这是说"圣王在上"促进了物质文明建设。而彼时又有君子言"先王违世,犹诒之法""古之王者知命之

---

① (清)段玉裁:《说文解字注》,上海:上海古籍出版社,1981年,第 9 页下。
② 《周易正义》,见《十三经注疏》,上海:上海古籍出版社,1997年,第 87 页中。
③ (南朝梁)萧统编,(唐)李善注:《文选》,北京:中华书局,1977年,第 1 页下。
④ (清)郭庆藩撰,王孝鱼点校:《庄子集释》,北京:中华书局,1961年,第 341 页。
⑤ 《礼记正义》,见《十三经注疏》,上海:上海古籍出版社,1997年,第 1634 页上。
⑥ (秦)吕不韦:《吕氏春秋·勿躬》,上海:上海古籍出版社,1989年,第 145~146 页。

不长,是以并建圣哲"而"众隶赖之"①,这是讲文化建设,强调"古之王者"一定要在有生之年统率治理社会时进行文化建设,于是可知进行文化建设已成为"古之王者"的自觉。

倒过来讲,人们亦称赏进行文化建设的"立言"而实现"王天下"。史载周穆王时,祭公谋父称说周的历史:夏衰之时,"我先王不窋用失其官,而自窜于戎、翟(狄)之间",但是,"不敢怠业,时序其德",仍然重视农事,并且坚持不懈地进行文化建设,所谓"纂修其绪,修其训典,朝夕恪勤,守以敦笃,奉以忠信,奕世载德,不忝前人"的"立言";直到武王时期,"昭前之光明而加之以慈和,事神保民,莫弗欣喜",于是庶民"欣戴武王,以致戎于商牧。是先王非务武也,勤恤民隐而除其害也"②。也就是说,周并非以"务武"取得政权,而是以文化建设的"立言"成功取代了商朝。周建立后,其"乃偃武修文,归马于华山之阳,放牛于桃林之野,示天下弗服"③。"修文"的外在表现形式就是"立言",即采取措施加强文治,主要指修治典章制度、提倡礼乐教化等。

二、文化建设与"素王"之道

文化建设者"王天下"及"王天下"者进行文化建设的观念与实践,其影响在于执政者须进行文化建设,乃至各个阶层的优秀者都要进行文化建设。

如诸侯君王。《国语·齐语》载,齐桓公问管仲:"安国若何?"管仲答曰:"修旧法,择其善者而业用之;遂滋民,与无财而敬百姓,则国安矣。"④管仲"立言",先提出修订先王的典章文化制度,选择适用者加以创造性的运用,认为"安国"的首要任务就是文化建设;管仲进而提出增加财富、敬重百姓,认为如此才有"国安"。这也就是"安国"的两大要素:文化建设与增加百姓财富。

---

① "文公六年",《春秋左传正义》,见《十三经注疏》,上海:上海古籍出版社,1997年,第1844页上、中。
② (先秦)左丘明著,(三国)韦昭注,胡文波校点:《国语·周语上》,上海:上海古籍出版社,2015年,第2页。
③ 《尚书·武成》,《尚书正义》,见《十三经注疏》,上海:上海古籍出版社,1997年,第184页上。
④ (先秦)左丘明著,(三国)韦昭注,胡文波校点:《国语》,上海:上海古籍出版社,2015年,第152页。

春秋时，"国之大事，在戎与祀"，《左传》中记有许多戎事以文化建设为先的事例。僖公二十七年，晋侯教民作战，欲用兵，子犯曰："民未知义，未安其居。"于是，对外朝见周襄王，对内注重民生，人民安居乐业。又将用兵，子犯曰："民未知信，未宣其用。"于是，讨伐原国时展示出信义，做生意时买卖公平，不贪求利以示信义。晋侯问：这下可用兵了吧？子犯曰："民未知礼，未生其共。"于是，举行阅兵大典展示礼仪，搭配执秩官监察官员。于是"民听不惑"——百姓听从指挥，明辨是非，这才用兵，所谓"出谷戍，释宋围"，被评为"一战而霸，文之教也"①。此即所谓"文不犯顺，武不违敌"②，在"文"的方面无所违逆，那么在"武"的方面就无所规避。倒过来说："德、刑、政、事、典、礼不易，不可敌也，不为是征。""德立，刑行，政成，事时，典从，礼顺，若之何敌之？"③意即文化建设搞得好的国家，不可贸然与其作战。

如卿大夫。春秋时期，诸侯国多卿大夫执政，他们亦以文化建设为先。如赵宣子"始为国政，制事典，正法罪，辟狱刑，董逋逃，由质要，治旧污，本秩礼，续常职，出滞淹。既成，以授大傅阳子与大师贾佗，使行诸晋国，以为常法"④。从文化建设来看，人们可以"观其废兴"，所谓"若启先王之遗训，省其典图刑法，而观其废兴者，皆可知也"⑤。

《论语·季氏》载孔子论"天下无道"时代的文化建设者：

> 天下有道，则礼乐征伐自天子出；天下无道，则礼乐征伐自诸侯出。自诸侯出，盖十世希不失矣；自大夫出，五世希不失矣；陪臣执国命，三世希不失矣。天下有道，则政不在大夫；天下有道，则庶人不议。⑥

---

① "僖公二十七年"，《春秋左传正义》，见《十三经注疏》，上海：上海古籍出版社，1997年，第1823页上。
② "僖公三十三年"，《春秋左传正义》，见《十三经注疏》，上海：上海古籍出版社，1997年，第1834页上。
③ "宣公十二年"，《春秋左传正义》，见《十三经注疏》，上海：上海古籍出版社，1997年，第1878页下、1879页中。
④ "文公六年"，《春秋左传正义》，见《十三经注疏》，上海：上海古籍出版社，1997年，第1843页下。
⑤ （先秦）左丘明著，（三国）韦昭注，胡文波校点：《国语·周语下》，上海：上海古籍出版社，2015年，第71页。
⑥ 《论语注疏》，见《十三经注疏》，上海：上海古籍出版社，1997年，第2521页中。

春秋时期礼崩乐坏,"天下无道","礼乐"之类文化建设"自诸侯出""自大夫出",甚或有庶人议政,这是时代使然。一方面,其所谓"十世""五世""三世"之短暂,显示了孔子对其时"天下无道"现实的忧虑、蔑视;另一方面,随着"大夫"地位的提升,"大夫"所具备的文化建设能力也被时代所重视。如晋谋元帅,赵衰推荐郤縠,称其"说礼乐而敦《诗》《书》"故可以当元帅,称"《诗》《书》,义之府也;礼、乐,德之则也;德、义,利之本也"①,这些都是卿大夫进行文化建设的基本素质。春秋战国时期,出现了新型文化建设者"士",时称:"故建邦能命龟,田能施命,作器能铭,使能造命,升高能赋,师旅能誓,山川能说,丧纪能诔,祭祀能语,君子能此九者,可谓有德音,可以为大夫。"②即其原本不是"大夫",靠着"九能"——能够撰作这最为重要的九种文体,可以登上"大夫"之位,可以有名分。此即荀子所说"虽庶人之子孙也,积文学,正身行,能属于礼义,则归之卿相士大夫"。③"积文学""属于礼义",就是具备了"立言"的能力,具备了文化建设的条件。又有诸子百家的"士",以其"立言"宣传自己的政治主张,进行文化建设,君王采用其"立言"或达到富民强国的目的。

《礼记·中庸》载:

> 非天子,不议礼,不制度,不考文。今天下车同轨,书同文,行同伦。虽有其位,苟无其德,不敢作礼乐焉;虽有其德,苟无其位,亦不敢作礼乐焉。④

这是强调"天子"进行文化建设。没有"王"的"位",没有"王"的"德",怎么敢、怎么能够进行文化建设,建立文化之脉呢?而在春秋战国时期,从实践中已经产生了大量的没有"王"之"位"而进行文化建设的事例。于是,产生了文化建设者为"素王"的理论,即没有"其位"而有"其德"者进行文化建设,《庄子·天道》称之为"玄圣素王之道也",郭象注:"有其道为天下所归

---

① "僖公二十七年",《春秋左传正义》,见《十三经注疏》,上海:上海古籍出版社,1997年,第1822页下。
② 《诗·鄘风·定之方中》"卜云其吉"毛传引,《毛诗正义》,见《十三经注疏》,上海:上海古籍出版社,1997年,第316页中。
③ 《荀子·王制》,见(清)王先谦撰,沈啸寰、王星贤点校:《荀子集解》,中华书局,1988年,第148~149页。
④ 《礼记正义》,见《十三经注疏》,上海:上海古籍出版社,1997年,第1634页上。

而无其爵者,所谓素王自贵也。"①孔子晚年修订《诗》《书》《礼》《乐》《易》《春秋》六经,为万世尊,世称孔子为"素王",《淮南子·主术训》:"孔子之通,智过于苌宏,勇服于孟贲……然而勇力不闻,伎巧不知,专行教道,以成素王。"②汉代人以为孔子身虽无位,而修《春秋》以制明王之法,故称孔子为"素王"。"王"者,同类中最特出者。《老子》称:"江海所以能为百谷王者,以其善下之,故能为百谷王。"③孔子在文化建设方面为最特出者,其没有以实际权力统率治理天下,却以文化建设统率治理天下,即以文化建设"王天下"。后世又推广人人可为"素王",葛洪称"能立素王之业者,不必东鲁之丘"④,鼓励全社会成员进行文化建设而"立素王之业"。此即所谓"内圣外王",内有圣人之德,外施王者之政。

三、"智"与文明、文化建设

《淮南子·泰族训》载:

> 禹以夏王,桀以夏亡;汤以殷王,纣以殷亡。非法度不存也,纪纲不张,风俗坏也。三代之法不亡,而世不治者,无三代之智也。⑤

这是说治理天下是需要"智"的。君子所称文化建设中的"并建圣哲",杜预注为"建立圣知以司牧民"⑥,说的是文化建设如何运用聪明才智的问题。"圣哲"作"圣智"之义,既谓聪明睿智,无所不通,又指具有非凡的道德智慧。这些是说文化建设是需要智慧的事情,《墨子·尚同中》载"是故选择天下贤良圣知辩慧之人,立以为天子,使从事乎一同天下之义"⑦,谈到天子就是"贤良、圣知、辩慧之人"。孔颖达论"三立"之"大上""其次"曰:"以人之才知浅深为上、次也。"这是说"三不朽"是与人的聪明才智联系在一起

---

① (清)郭庆藩撰,王孝鱼点校:《庄子集释》,北京:中华书局,1961年,第457、461页。
② 何宁:《淮南子集释》,北京:中华书局,1998年,第695~697页。
③ 张葆全、郭玉贤:《老子今读》,桂林:广西师范大学出版社,2012年,第199页。
④ (晋)葛洪:《抱朴子·博喻》,见杨明照:《抱朴子外篇校笺》,北京:中华书局,1997年,第271页。
⑤ 何宁:《淮南子集释》,北京:中华书局,1998年,第1403页。
⑥ "文公六年",《春秋左传正义》,见《十三经注疏》,上海:上海古籍出版社,1997年,第1844页上。
⑦ (清)孙诒让撰,孙启治点校:《墨子间诂》,北京:中华书局,2001年,第78页。

的。《尚书》中,《仲虺之诰》称扬商汤为"天乃锡王勇、智",《召诰》称商纣灭亡是因为"智藏瘝(病)在"①;《国语·晋语二》载,晋太子申生受谗得祸,其傅杜原款自称:"款也不才,寡知不敏,不能教导。"②可见智及智者的重要性。

先秦哲人对智(知)有着很高的崇尚。庄子即曰:"吾生也有涯,而知也无涯。"③在儒家的道德规范体系中,"智"是最基本最重要的德目之一,也是儒家理想人格的重要标准之一。孔子虽然称"吾有知乎哉?无知也",但又称"知(智)者不惑,仁者不忧,勇者不惧"④,把"智"与"仁""勇"两个道德规范并举,定位为君子之道。孟子以"仁、义、礼、智"四德并举,到了汉代,儒家确立仁、义、礼、智、信"五常","智"位列其中。法家也认为不是用体力、武力,而是用智力进行文化建设,《史记·商君列传》载商鞅曰:"三代不同礼而王,五伯不同法而霸。智者作法,愚者制焉;贤者更礼,不肖者拘焉。"⑤而后世文化建设的主要承担者,"以才智用者谓之士"⑥,"士"的特征之一就是"智"。文化建设须有"智"的运用,且这是多方面的,此处仅举几例。

其一,按照"人"的模式进行文明、文化建设。前文明时代为"浑沌","浑沌"有人格化的象征,如《左传·文公十八年》称:"昔帝鸿氏(杜预注:帝鸿,黄帝)有不才子,掩义隐贼,好行凶德,丑类恶物,顽嚚不友,是与比周,天下之民谓之浑敦。"⑦又,《史记》载:"昔帝鸿氏有不才子,掩义隐贼,好行凶慝,天下谓之浑沌。"⑧《神异经》称:"昆仑西有兽焉……人有德行而往抵触之,有凶德则往依凭之。"⑨如何走出"浑沌"?《庄子·应帝王》进行了寓言化的叙说:

---

① 《尚书正义》,见《十三经注疏》,上海:上海古籍出版社,1997年,第161页中、212页中。
② (先秦)左丘明著,(三国)韦昭注,胡文波校点:《国语》,上海:上海古籍出版社,2015年,第191页。
③ 《庄子·养生主》,见(清)郭庆藩撰,王孝鱼点校:《庄子集释》,北京:中华书局,1961年,第115页。
④ 《论语·子罕》,《论语注疏》,见《十三经注疏》,上海:上海古籍出版社,1997年,第2491页下。
⑤ (汉)司马迁:《史记》,北京:中华书局,1982年,第2229页。
⑥ (南朝宋)范晔:《后汉书·仲长统传》,北京:中华书局,1965年,第1654页。
⑦ 《春秋左传正义》,见《十三经注疏》,上海:上海古籍出版社,1997年,第1862页中。
⑧ (汉)司马迁:《史记·五帝本纪》,北京:中华书局,1982年,第36页。
⑨ (汉)东方朔:《神异经·西荒经》,北京:中华书局,1991年,第17~18页。

> 南海之帝为儵，北海之帝为忽，中央之帝为浑沌。儵与忽时相与遇于浑沌之地，浑沌待之甚善。儵与忽谋报浑沌之德，曰："人皆有七窍以视听食息，此独无有，尝试凿之。"日凿一窍，七日而浑沌死。①

以"开窍"来改造"浑沌"，即以人之所以为人来改造"浑沌"，寓意以文明、以文化来进行改造，于是"浑沌死"，"浑沌"不存在了。文化战胜愚昧，走出"浑沌"时代，这个道理讲得非常合理而深刻。

又有以人的形象解释自然现象，如《述异记》卷上：

> 昔盘古氏之死也，头为四岳，目为日月，脂膏为江海，毛发为草木。秦汉间俗说：盘古氏头为东岳，腹为中岳，左臂为南岳，右臂为北岳，足为西岳。先儒说：盘古氏泣为江河，气为风，声为雷，目瞳为电。古说：盘古氏喜为晴，怒为阴。②

这自然是按照"人"的模式创造的。又如《玄中记》：

> 北方有钟山焉，山上有石，首如人首，左目为日，右目为月，开左目为昼，开右目为夜，开口为春夏，闭口为秋冬。③

这是整个宇宙的人化。

其二，按照自然的模式建立管理社会的制度。《左传·昭公三十二年》载赵简子问晋太史史墨：为什么季氏把国君赶出国，而人民还"服（顺从）"他，诸侯还和他交好；国君死在外国，却没有人治他的罪？史墨回答说：

> 物生有两，有三，有五，有陪贰。故天有三辰，地有五行，体有左右，各有妃耦。王有公，诸侯有卿，皆有贰也。天生季氏，以贰鲁侯，为日久矣。民之服焉，不亦宜乎？

史墨以自然万物都有"贰（辅佐）"来解释鲁侯有"贰"季氏，那么，鲁国人民"服（顺从）"季氏也是自然而然的；又以自然界"高岸为谷，深谷为陵"的变

---

① （清）郭庆藩撰，王孝鱼点校：《庄子集释》，北京：中华书局，1961年，第309页。
② （南朝梁）任昉：《述异记》，清《文渊阁四库全书》本。
③ （宋）李昉等：《太平御览》，北京：中华书局，1960年，第183页上。

化,解释"社稷无常奉,君臣无常位"的社会现象。①

《尚书·洪范》称五行为自然界的五种物质:"一曰水,二曰火,三曰木,四曰金,五曰土。水曰润下,火曰炎上,木曰曲直,金曰从革,土爰稼穑。润下作咸,炎上作苦,曲直作酸,从革作辛,稼穑作甘。"②《左传·昭公二十九年》载:史墨依据古代传说,提倡设置"五行之官",即木正、火正、望正、水正、土正管理社会。他认为,五行之物都有其官,"官宿其业,其物乃至",有利于国家和人民的财用。③《礼记·月令》用五行相生来解释四季的变化,邹衍用五行相胜说来解释朝代的变更,创立了五德终始说。这些都是以自然界的物质来叙说社会治理。

又如《左传·昭公十七年》载郯子讲以自然事物"名官":"昔者黄帝氏以云纪,故为云师而云名;炎帝氏以火纪,故为火师而火名;共工氏以水纪,故为水师而水名;大皡氏以龙纪,故为龙师而龙名。我高祖少皞挚之立也,凤鸟适至,故纪于鸟,为鸟师而鸟名。"④《吕氏春秋》博采众说,为秦王朝统一天下进行理论的论证。其组织编排,以"十二纪"与十二月相配,十二月被分配在四个季节中,但其四季与十二月,又不是只讲月令、物候、生产安排,而是与其配合进行学术的论述。

其三,根据新出现的情况而制定新的制度、政策,以解决社会、自然、个人出现的问题。如解决社会问题,《左传·襄公三十年》载:当年郑国"国小而逼,族大宠多",面临困境。至子产执政,"使都鄙有章,上下有服,田有封洫,庐井有伍。大人之忠俭者,从而与之;泰侈者,因而毙之","丰卷将祭,请田焉。弗许,曰:'唯君用鲜,众给而已。'子张怒,退而征役。子产奔晋,子皮止之而逐丰卷。丰卷奔晋。子产请其田里,三年而复之,反其田里及其入焉"⑤。子产面对国内的具体情况实施制度的改革,在制度政策的制定上屡出新招,在制度政策的执行上坚定不移。

又如解决自然问题,《左传·成公五年》载:梁山崩塌,黄河因之壅塞,晋侯召集大夫伯宗商议,路遇押运重车者,此人云"山有朽壤而崩",把它当作一种自然现象;又说:"国主山川,故山崩川竭,君为之不举、降服、乘缦、

---

① 《春秋左传正义》,见《十三经注疏》,上海:上海古籍出版社,1997年,第2128页中。
② 《尚书正义》,见《十三经注疏》,上海:上海古籍出版社,1997年,第188页中。
③ 《春秋左传正义》,见《十三经注疏》,上海:上海古籍出版社,1997年,第2123页中。
④ 《春秋左传正义》,见《十三经注疏》,上海:上海古籍出版社,1997年,第2083页上、中。
⑤ 《春秋左传正义》,见《十三经注疏》,上海:上海古籍出版社,1997年,第2013页下~2014页上。

彻乐、出次,祝币,史辞以礼焉。其如此而已,虽伯宗,若之何?"①即国家以山川为主,现在"山崩川竭",国君因此应该减抑自己的奢华生活,祝史之官因此而尽职尽责。这些是说自然界的灾害应该以人事活动的努力来解决,晋侯听从了。

又如解决个人问题,《左传·昭公二十年》载:"齐侯疥,遂痁,期而不瘳",诸侯都派人来探望。有人言于公曰:"是祝史之罪也。"晏子不认同,认为诛杀祝史不如自我"修德",应该废除某些苛求于民的制度政策,"山林之木,衡鹿守之;泽之萑蒲,舟鲛守之;薮之薪蒸,虞候守之;海之盐蜃,祈望守之。县鄙之人,入从其政,逼介之关,暴征其私;承嗣大夫,强易其贿。布常无艺,征敛无度;宫室日更,淫乐不违。内宠之妾,肆夺于市;外宠之臣,僭令于鄙。私欲养求,不给则应",于是齐侯"使有司宽政,毁关,去禁,薄敛,已责"等。②

由此,在当时形成一种观念:制度、政策是决定一切的。

四、"利于民"与文明、文化建设

刘勰《文心雕龙·序志》曰:

> 夫宇宙绵邈,黎献纷杂,拔萃出类,智术而已。岁月飘忽,性灵不居,腾声飞实,制作而已。③

"智"之大者,表现在"文"之"制作"上。当时提出文化建设的根本指向是"建立圣知以司牧民",并使"众隶赖之"。就是说,文化建设是与"民"紧密相关的。"三不朽"的"立德"是"创制垂法"的文化建设,即"博施济众,圣德立于上代,惠泽被于无穷"④。"建圣哲",孔颖达《正义》曰:"法施于民,乃谓上圣,当是立德之人。"⑤文化建设对于"王天下"者来说,就是"立德",就

---

① 《春秋左传正义》,见《十三经注疏》,上海:上海古籍出版社,1997年,第1901页下~1902页上。
② 《春秋左传正义》,见《十三经注疏》,上海:上海古籍出版社,1997年,第2092页中~2093页中。
③ (南朝梁)刘勰著,詹锳义证:《文心雕龙义证》,上海:上海古籍出版社,1989年,第1903页。
④ "襄公二十四年",《春秋左传正义》,见《十三经注疏》,上海:上海古籍出版社,1997年,第1979页中。
⑤ "襄公二十四年",《春秋左传正义》,见《十三经注疏》,上海:上海古籍出版社,1997年,第1844页上。

是"法施于民"。

春秋时期,"利于民"成为统率治理天下者的共同思想。如文公十三年,邾文公卜迁于绎,史曰:"利于民而不利于君。"邾子曰"苟利于民,孤之利也",并称自己"命在养民"。① 世称:"国将兴,听于民;将亡,听于神。神,聪明正直而一者也,依人而行。"②孟子曰:"民为贵,社稷次之,君为轻。是故得乎丘民而为天子。"③在这样的观念下,文化建设确立了"利于民"的根本指向。且对春秋战国的君王来说,所谓国家强盛,其判断标准就是"民加多",所谓"无民而能逞其志者,未之有也"④。即如《孟子·梁惠王上》载梁惠王曰:"寡人之于国也,尽心焉耳矣。"他也才会发出"察邻国之政,无如寡人之用心者。邻国之民不加少,寡人之民不加多,何也?"⑤这样的疑问。

《尚书·吕刑》载"一人有庆,兆民赖之,其宁惟永"⑥,意谓一人有善,万民赖之利之,则社会永远安宁。上述"众隶赖之"即来自"一人有庆,万民赖之",这也成为历代臣子劝诫君王重视文化建设的常用语。"利于民"与进行文化建设,二者是结合在一起的。《左传·桓公六年》载楚、随两国交战之事,楚大随小,季梁预测曰:如要以小敌大,必须尊道修政,"所谓道,忠于民而信于神也。上思利民,忠也;祝史正辞,信也","故务其三时,修其五教,亲其九族,以致其禋祀。于是乎民和而神降之福,故动则有成。……君姑修政而亲兄弟之国,庶免于难"⑦。随国尊道修政,就是"忠于民"而进行文化建设,故楚不敢伐。

文化建设"利于民"的意义有二。一是使"民"生活富足。《周礼·地官·司市》"利者使阜",郑玄注:"利,利于民,谓物实厚者。"⑧这是管仲治国进行文化建设的思路,《史记·管晏列传》载:

> 管仲既任政相齐,以区区之齐在海滨,通货积财,富国强兵,

---

① 《春秋左传正义》,见《十三经注疏》,上海:上海古籍出版社,1997年,第1852页下。
② "庄公三十二年",《春秋左传正义》,见《十三经注疏》,上海:上海古籍出版社,1997年,第1783页下。
③ 《孟子注疏》,见《十三经注疏》,上海:上海古籍出版社,1997年,第2774页中。
④ "昭公二十五年",《春秋左传正义》,见《十三经注疏》,上海:上海古籍出版社,1997年,第2107页上。
⑤ 《孟子注疏》,见《十三经注疏》,上海:上海古籍出版社,1997年,第2666页中。
⑥ 《尚书正义》,见《十三经注疏》,上海:上海古籍出版社,1997年,第249页中。
⑦ 《春秋左传正义》,见《十三经注疏》,上海:上海古籍出版社,1997年,第1749页下~1750页上。
⑧ 《周礼注疏》,见《十三经注疏》,上海:上海古籍出版社,1997年,第735页上。

与俗同好恶。故其称曰:"仓廪实而知礼节,衣食足而知荣辱,上服度则六亲固。四维不张,国乃灭亡。下令如流水之原,令顺民心。"故论卑而易行。俗之所欲,因而予之;俗之所否,因而去之。①

"俗"就是人民"仓廪实""衣食足"的愿望。《史记·孔子世家》载齐景公问政孔子,孔子一曰"君君,臣臣,父父,子子",二曰"政在节财"。②"政在节财"也是为了民生。此处的"利于民",民是被动的,民的"利"要从统治阶级那里得到,故《韩非子·外储说左上》就"利之所在民归之"进行论述③。

二是让人民有向上的空间。《周礼·地官·旅师》"散其利",郑玄注:"以作事业曰利。"④如商鞅的变法政策,"显耕战之士"⑤"有军功者,各以率受上爵""各以差次名田宅,臣妾衣服以家次""僇力本业,耕织致粟帛多者复其身""有功者显荣"⑥,就重视调动人们的积极性,让人们主动地以自己的行动获得"利"。"孝公用商鞅之法,移风易俗,民以殷盛,国以富强,百姓乐用,诸侯亲服"⑦,文化政策既使"民以殷盛",又使"百姓乐用",于是,秦国强盛起来了。

"利于民"又是与时俱进的,《淮南子·泛论训》:"故圣人制礼乐,而不制于礼乐。治国有常,而利民为本;政教有经,而令行为上。苟利于民,不必法古;苟周于事,不必循旧。"⑧

于是确定了民与文化建设的两大关系。一是文化建设为民。如周穆王时祭公谋父曰:"先王之于民也,茂正其德而厚其性,阜其财求而利其器用,明利害之乡,以文修之,使务利而避害,怀德而畏威,故能保世以滋大。"⑨二是民敬奉文化建设。如师旷曰:"良君将赏善而刑淫,养民如子,

---

① (汉)司马迁:《史记》,北京:中华书局,1982年,第2132页。
② (汉)司马迁:《史记》,北京:中华书局,1982年,第1911页。
③ 陈奇猷校注:《韩非子集释》,上海:上海人民出版社,1974年,第617页。
④ 《周礼注疏》,见《十三经注疏》,上海:上海古籍出版社,1997年,第745页上。
⑤ 《韩非子·和氏》,见陈奇猷校注:《韩非子集释》,上海:上海人民出版社,1974年,第239页。
⑥ (汉)司马迁:《史记·商君列传》,北京:中华书局,1982年,第2230页。
⑦ (秦)李斯:《谏逐客书》,见(汉)司马迁:《史记·李斯列传》,北京:中华书局,1982年,第2542页。
⑧ 何宁:《淮南子集释》,北京:中华书局,1998年,第921页。
⑨ (先秦)左丘明著,(三国)韦昭注,胡文波校点:《国语·周语上》,上海:上海古籍出版社,2015年,第1页。

盖之如天,容之如地。民奉其君,爱之如父母,仰之如日月,敬之如神明,畏之如雷霆。"①文化建设为民,民则如"奉其君"般敬奉文化建设。

五、"立言不朽"与文化建设

春秋时有身份、有地位者"知命之不长",于是怎样给后世留下一些东西以求"不朽",成为他们思索的问题。《左传·文公六年》载"君子曰":

> 古之王者知命之不长,是以并建圣哲,树之风声,分之采物,著之话言,为之律度,陈之艺极,引之表仪,予之法制,告之训典,教之防利,委之常秩,道之礼则,使毋失其土宜,众隶赖之,而后即命。圣、王同之。②

古之圣、王"知命之不长"而欲留下某些有用的东西,做一些文化建设的事情使自己的生命有所延续,这些事情是:

"树之风声",杜预注:"因土地风俗为立声教之法。"树立声威教化之法。

"分之采物",采物,指有彩色纹饰的旌旗、衣物等,古代以之区别等级。杜预注:"旌旗衣服各有分制。"孔颖达疏:"采物,谓采章物色。旌旗衣服,尊卑不同,名位高下,各有品制。"确立等级制度。

"著之话言",杜预注:"话,善也。为作善言遗戒。"要留下美好的、有训诫意义的话语。

"为之律度",杜预注:"钟律度量,所以治历明时。"

"陈之艺极",杜预注:"艺,准也;极,中也。贡献多少之法。"建立进奉、进贡的贡献制度。

"引之表仪",杜预注:"引,道也。表仪犹威仪。"建立祭享等典礼中的动作仪节及待人接物的礼仪以引导人们的行为。

"予之法制",建立法令制度。

"告之训典",杜预注:"训典,先王之书。"

"教之防利",杜预注:"防恶兴利。"

"委之常秩",杜预注:"委,任也;常秩,官司之常职。"常秩,一定的职

---

① "襄公十四年",《春秋左传正义》,见《十三经注疏》,上海:上海古籍出版社,1997年,第1958页上。

② 《春秋左传正义》,见《十三经注疏》,上海:上海古籍出版社,1997年,第1844页上、中。

务;或谓一定的俸禄。这是官制。

"道之礼则",礼则,礼法,以礼制等礼节法则规范人们的行为。

以上均为典章制度等方面的文化建设。除"土宜"(因地制宜)这一总原则外,具体而言即"并建圣哲"等十二项,它们不是物质层面的,也不是思想、主义等纯粹精神方面的东西,而是文化建设方面的,是可以具体呈现并实施的,即所谓"众隶赖之,而后即命"的东西。这些文化建设落实了,然后可以"即命",虽死而无憾也。如孔颖达解释曰:

> 知命之不长,知其必将有死,不得长生久视,故制法度以遗后人,非独为当己之世设善法也。并建圣哲以下,即位便为之,非临死始为此也。下云"众隶赖之,而后即命",言其施行此事,功成乃就死耳,非谓设此法以拟死也。①

称其为"即位便为之,非临死始为此也",可见此是君王即位就要做的事,是其主动的追求,是自觉的。人民推举文化建设者为"王","王"的职责是进行文化建设。因此,"古之王者"在世时,就知道应该建设"法"遗留世人,如此才能使生命换一种方式延续下去。因此,"遗后之人法""犹诒之法"之类的文化建设,成为"古之王者"的一种自觉行为。《汉书》记载:"古之王者世有史官。君举必书,所以慎言行,昭法式也。左史记言,右史记事,事为《春秋》,言为《尚书》,帝王靡不同之。"②"立言"本是君王的特殊权力,轮不到其他人,当古之圣、王"知命之不长",又欲给人们留下什么的时候,他们提出了"著之话言"。比起《尚书》所云"立功立事,可以永年"③,时代不同了,"可以永年"者不仅仅是"立功立事","著之话言"也是其中之一。进而又有"立德、立功、立言"的"三不朽"。"知命之不长"而"著之话言"得以"立言不朽"的,臧文仲是个现实的例子。

从文化建设"利于民"的宗旨与"智"的运用,我们知道传统文化为什么能够生生不息、发展壮大;从文化建设"王天下",我们知道中华民族之所以能够以文化而实现统一的渊源所在。

---

① "文公六年",《春秋左传正义》,见《十三经注疏》,上海:上海古籍出版社,1997年,第1844页上。
② (汉)班固:《汉书·艺文志》,北京:中华书局,1962年,第1715页。
③ (汉)班固:《汉书·刑法志》引,北京:中华书局,1962年,第1112页。

第二节　太子教育与太子晋"立言"

一、太子之位的设立

太子,即天子及诸侯之嫡长子;自家天下始,由嫡长子继承王位,太子即君主的儿子中被预定继承君位的人。《韩诗外传》曰:"五帝官天下,三王家天下。家以传子,官以传贤;故自唐虞已上,经传无太子称号。夏殷之王,虽则传嗣,其文略矣。至周始见文王世子之制。"①《韩氏易传》言:"五帝官天下,三王家天下,家以传子,官以传贤。"②太子,即家天下的产物,"家以传子",故"传嗣"者为太子。对于"家天下"来说,太子的职责是什么?周文王曾对太子发曰:"我身老矣,吾语汝,我所保与我所守,传之子孙。"所谓继承父辈的事业而"传之子孙"。"传之子孙"是由传太子开始的,一代代传下去。故太子又称世子,《公羊传·僖公五年》"世子,贵也。世子,犹世世子也"③,就是强调家天下的世世不绝。

但是,变动的情况时有发生,如果没有嫡长子,或没有生育,或嫡长子死,或有其他变故等,怎么办?《左传·襄公三十一年》有这样的记载:"大子死,有母弟则立之,无则长立。年钧择贤,义钧则卜,古之道也。"④立太子有一些变通,如晋厉公被杀,周子即位为晋悼公。周子并非嫡长子,为什么能当国君?当然是靠群臣的拥戴,《左传·成公十八年》解释说:"周子有兄而无慧,不能辨菽麦,故不可立。"⑤并非总是嫡长子为太子而继承大位的。事关将来为天子或当国君,当朝天子或国君的诸子间对将来的继承之位或有相争;当朝天子或国君对将来的继承者或另有所属。种种变动常有发生,在礼崩乐坏的春秋时期尤为激烈。如郑武公立庄公不立共叔段,生出著名的"郑伯克段于鄢"事件;齐桓公死,"五公子皆求立",酿成内祸;晋献公有八个儿子,骊姬逼杀太子申生,逼走重耳、夷吾,而立奚齐,晋国大

---

① (唐)徐坚等:《初学记》,北京:中华书局,1962年,第229页。
② (汉)班固:《汉书·盖宽饶传》引,北京:中华书局,1962年,第3247页。
③ 《春秋公羊传注疏》,见《十三经注疏》,上海:上海古籍出版社,1997年,第2250页上。
④ 《春秋左传正义》,见《十三经注疏》,上海:上海古籍出版社,1997年,第2014页中、下。
⑤ 《春秋左传正义》,见《十三经注疏》,上海:上海古籍出版社,1997年,第1923页上。

乱;周景王"无適(嫡)子,既立子猛,又许宾孟立子朝,未立而王崩"①,后周悼王继位,王子朝举兵攻走周悼王,立五年而败;楚共王有宠子五人,皆宠妾所生,不知立谁为太子合适,于是生出"楚其危哉"之说。②

就君王与朝廷来说,其对太子当然寄予极大的期望,这是关涉家天下能否继续"传之子孙"而"世世不绝"的大事。《史记·周本纪》载:"厉王出奔于彘。厉王太子静匿召公之家,国人闻之,乃围。召公……乃以其子代王太子,太子竟得脱。召公、周公二相行政,号曰'共和'。共和十四年,厉王死于彘。太子静长于召公家,二相乃共立之为王,是为宣王。"这是前王被逐,要太子来继续执掌王朝之例。③《韩诗外传》载:"赵简子太子名伯鲁,小子名无恤。简子自为二书牒,亲自表之,书曰:'节用听聪,敬贤勿慢,使能勿贱。'与二子,使诵之。居三年,简子坐清台之上,问二书所在?伯鲁忘其表,令诵不能得。无恤出其书于袖,令诵习焉。乃黜伯鲁而立无恤。"④这个故事是说:谁能够学习且自觉地学习,君王就更看重谁。

先秦时期的太子教育,是君王与朝廷实现对太子的期望的关键之一,而能"立言",能进行文化建设,也是太子教育及王朝对太子的期望的内涵之一,以下简述之。

二、太子教育的制度

先秦时期十分注重对下一代的教育,尤其注重包括太子在内的嫡长子的教育,如《国语·晋语七》记载:晋悼公上台之始,"定百事,立百官,育门子,选贤良,兴旧族,出滞赏,毕故刑,赦囚系,宥闲罪,荐积德,逮鳏寡,振废淹,养老幼,恤孤疾"等⑤,在下一代教育中特为提出"育门子"一项,"门子"为嫡长子,对其的培养与教育是朝廷的政策措施之一。

立太子一事,事关重大,对于"家天下"的长治久安具有某种决定性的作用,怎样保证其正常实施?一是常态下延续嫡长子继承制。虽然在具体

---

① (先秦)左丘明著,(三国)韦昭注,胡文波校点:《国语·周语下》,上海:上海古籍出版社,2015年,第74页。
② "昭公十三年",《春秋左传正义》,见《十三经注疏》,上海:上海古籍出版社,1997年,第2070页中、下。
③ (汉)司马迁:《史记》,北京:中华书局,1982年,第142~144页。
④ (宋)李昉等:《太平御览》,北京:中华书局,1960年,第712页下。
⑤ (先秦)左丘明著,(三国)韦昭注,胡文波校点:《国语》,上海:上海古籍出版社,2015年,第289页。

的实施中受各方面条件的制约,但这一制度还是由宗法制度保障的。二是对太子及其他公子进行教育。他们都是国家未来的主政者,其"慧"、其"仁",是保证"家天下"长治久安的必要条件。

《礼记·文王世子》有"抗世子法于伯禽(周公旦长子),欲令成王之知父子、君臣、长幼之道"之说,郑玄注曰:"抗犹举也,谓举以世子之法,使与成王居而学之。"①所谓"世子法",即对太子的教育与监督之"法",虽然这个"法"是什么现在已经不能完整地知道了,但太子应该"入学",是有明文记载的。《礼记·王制》曰:"王大子,王子,群后之大子,卿大夫元士之適(嫡)子,国之俊选,皆造焉。凡入学以齿。"②"入学",即到老师的地方去求学,曰:"天子之太子、诸侯之世子皆就于外者,尊师重先王之道也,故《曲礼》曰:礼闻来学,不闻往教也。"③

太子入学的目的,《礼记·文王世子》也有记载,称入学是所谓"行一物而三善皆得者,唯世子而已,其齿于学之谓",其一"知父子之道",其二"知君臣之义",其三"知长幼之节","父子、君臣、长幼之道,得而国治","一有元良,万国以贞,世子之谓也"④。太子入学的要点是学"礼",从广义来说,就是学习传统文化,传承传统文化,这一点就为太子进行文化建设而"立言"设置了很大的空间。

太子身边又要有辅佐或负责教导的人,即师、傅。《大戴礼》曰:"昔周成王幼,在襁褓之中,选天下孝悌、博闻、有道术者,以辅翼之,使与太子居处出入。故太子目见正事,耳闻正言,左右前后,皆正人也。"⑤贾谊言曰:"昔者成王幼在襁褓之中,召公为太保,周公为太傅,太公为太师。保则保其身体,傅则傅以德义,师则导之教训,此三公之职也。又置三少,曰少保、少傅、少师,是与太子宴者也。故乃孩提有职。"⑥太子成人后,虽然"免于保、傅之严",但有官员监督太子之"过",《大戴礼》曰:"太子既冠成人,免于保、傅之严,则有司过之吏,亏膳之宰。太子有过,吏必书其过,而宰彻其膳。"⑦太子有过,史必书之,其处理还表现在降低伙食规格上。

---

① 《礼记正义》,见《十三经注疏》,上海:上海古籍出版社,1997年,第1404页下。
② 《礼记正义》,见《十三经注疏》,上海:上海古籍出版社,1997年,第1342页上、中。
③ 《白虎通》,见(唐)欧阳询:《艺文类聚》,上海:上海古籍出版社,1982年,第292页。
④ 《礼记正义》,见《十三经注疏》,上海:上海古籍出版社,1997年,第1407页中、下。
⑤ (唐)徐坚等:《初学记》,北京:中华书局,1962年,第232~233页。
⑥ (宋)李昉等:《太平御览》,北京:中华书局,1960年,第626页下。
⑦ (唐)徐坚等:《初学记》,北京:中华书局,1962年,第233页。

于是就有"失教"问题的提出,虽然并非直接针对太子,但与太子教育相关。《左传·隐公元年》载:"《书》曰:'郑伯克段于鄢。'段不弟,故不言弟;如二君,故曰克;称郑伯,讥失教也。"①庄公被立为太子而共叔段未被立为太子,庄公"失教"于共叔段,故遭"讥"。又有卫公子州吁的例子。公子州吁,"嬖人之子也,有宠而好兵,公弗禁",因为是爱妾所生,卫庄公对公子州吁不管、不禁。于是石碏谏曰:爱子,就要用正道教育他,而不能让他走上邪路。"宠禄过也",就会导致他走上"骄、奢、淫、泆"之路。如果想立州吁为太子,就把这件事定下来;如果不是,"宠禄"就会引导他作乱而招来祸害。石碏还对卫庄公说:为人之君的任务,一定要去除祸害;招来祸害,恐怕不行吧!卫庄公未听。卫庄公死后,卫桓公立。隐公四年春,"卫州吁弑桓公而立",并发动伐郑的战争,鲁国众仲称其一定不会成功,曰:"夫州吁,阻兵而安忍。阻兵无众,安忍无亲,众叛亲离,难以济矣。夫兵犹火也,弗戢,将自焚也。夫州吁弑其君而虐用其民,于是乎不务令德,而欲以乱成,必不免矣。"②当年,州吁被杀。这个例子是说,公子不教,必走邪路,走上邪路,则祸国殃民,必死无疑。

太子犯法,是师、傅的"失教",要惩罚其师、傅。《史记·商君列传》载:"太子犯法。卫鞅曰:'法之不行,自上犯之。'将法太子。太子,君嗣也,不可施刑,刑其傅公子虔,黥其师公孙贾。"③

又有自悔少时"失教"的楚共王,《左传·襄公十三年》载:"楚子疾,告大夫曰:'不穀不德,少主社稷,生十年而丧先君,未及习师、保之教训而应(膺)受多福。是以不德,而亡师于鄢,以辱社稷,为大夫忧,其弘多矣。'"④楚共王把"亡师于鄢,以辱社稷"归结为少时"未及习师、保之教训",临终前自请恶谥"灵"或"厉"。

三、太子教育的理念:文化品质的培育启发其内心之"质"

春秋王朝及诸国都非常重视太子及诸公子的教育,或选好的老师来实施教育,如周成王幼年时,周公选伯禽(周武王姬发之侄,成王的堂兄)为其

---

① 《春秋左传正义》,见《十三经注疏》,上海:上海古籍出版社,1997年,第1716页中。
② 《春秋左传正义》,见《十三经注疏》,上海:上海古籍出版社,1997年,第1724~1725页。
③ (汉)司马迁:《史记》,北京:中华书局,1982年,第2231页。
④ 《春秋左传正义》,见《十三经注疏》,上海:上海古籍出版社,1997年,第1954页下。

傅;《国语·晋语七》载:人称"羊舌肸(叔向)习于春秋"①,于是召叔向为晋太子彪之傅。或者君王亲自教育,如《周书》载:"文王受命九年,时维暮春,在鄗,召太子发曰:'呜呼!吾语汝所保所守之哉。厚德广惠,忠信志爱,人君之行。不为骄侈,不为太靡,不淫于美,括柱茅茨,为民爱费。'"②

但彼时有识之士对太子教育提出一种看法:能不能"善",最重要的在于太子自身,而不在于对太子实施教诲的老师。《国语·晋语四》载:晋文公问胥臣曰:我想让阳处父当太子谨的老师来教诲他,不知阳处父能不能很好地完成这个任务。胥臣说了一段很有意思的话。他先说"是在谨也",认为太子谨能不能学好,关键在太子谨本人的本质如何。他又举例说:"蘧蒢(患直疾者)不可使俯,戚施(驼背)不可使仰,僬侥(矮人)不可使举,侏儒不可使援,矇瞍(瞎眼)不可使视,嚚喑(哑巴)不可使言,聋聩(聋耳)不可使听,僮昏(无知)不可使谋。"继而得出结论曰:"质将善而贤良赞之,则济可俟也。若有违质,教将不入,其何善之为!"质性将自善者,有贤良的师、傅赞导之,那么他成就功业是指日可待的。如果他本质邪恶,教育不入其心,哪里可以教好呢!胥臣又举周文王之例,称他在娘肚子里时,其母不觉怀孕受苦,出生时,其母不觉得疼痛;其母抚育他不感到担忧,其师、傅教育他不感到劳累与烦恼;不惹其父发火,善待其弟,慈爱其子,亲爱同宗兄弟。引《诗经》称赞他云:"刑于寡妻,至于兄弟,以御于家邦。"又举文王向四方贤良咨询治国方略,以周、召、毕、荣诸公为谋臣,安宁神灵,柔和万民之例。复引《诗经》云"惠于宗公,神罔时恫",强调并不是专门教诲的力量才使文王这样的。于是,晋文公又问:"然则教无益乎?"意思是:难道教育就没有作用了吗?胥臣回答曰:"胡为文,益其质。"为什么要有施加以"文"的教育?就是要在其美质上锦上添花。但"文"的关键还在于"学","故人生而学,非学不入"。晋文公又问:那么怎么对待上述"蘧蒢"这八类人?胥臣答以"官师之所材",即要因材而用、因材施教:"夫教者,因体能质而利之者也。若川然有原,以卭浦而后大。"③又回到问题的开始,"教诲"太子,只能根据他的本质而因势利导,就好像川道有源流,那就开挖河渠导其入海,如此一来,源流之水会越来越大。这也就是说,真正要教诲太子,还须"官师

---

① (先秦)左丘明著,(三国)韦昭注,胡文波校点:《国语》,上海:上海古籍出版社,2015年,第298页。
② (宋)李昉等:《太平御览》,北京:中华书局,1960年,第711页下。
③ (先秦)左丘明著,(三国)韦昭注,胡文波校点:《国语》,上海:上海古籍出版社,2015年,第259页。

之所材也",即要因材施教。

胥臣以人的身体条件难改变为例来说明"有违质,教将不入",但教育是一种思想的改造与技能的学习,当然是可以有效果的。因此,首要的事情是君王对太子的教育以及启发其受教育的自觉性,也就是太子自身文化品质的培育。

晋胥臣认为"善"与"不善"在太子自身而不在"傅""师",楚国士亹也有这样的观点。《国语·楚语上》载:楚庄王"使士亹傅太子箴",士亹推辞曰"臣不才,无能益焉",称不能给太子箴增益什么、使他有什么进步。楚庄王曰,"赖子之善善之也",即依靠你的"善"而使太子箴"善"。士亹对曰:"夫善在太子,太子欲善,善人将至;若不欲善,善则不用。"意思是说太子是否"善",全在太子自身欲不欲"善",他若"不欲善",外界他人的什么"善"都没有用。士亹还举例说:"故尧有丹朱,舜有商均,启有五观,汤有太甲,文王有管、蔡。是五王者,皆有元德也,而有奸子。夫岂不欲其善?不能故也。""皆有元德"之五王,"而有奸子",难道是五王不愿意让他们的儿子"善"吗?只是做不到而已。士亹又说:"若民烦,可教训。蛮、夷、戎、狄,其不宾也久矣,中国所不能用也。"①就像百姓反乱,是可以教训的,但蛮、夷、戎、狄反乱,则不可以教训,因为他们不愿服从我们;所以我们用力"教训"也没有用。意思是说,如果能够启发太子的"向善"之心,则"可教训";如果没有"向善"之心,则用劲也没有用。此中就暗含了一个问题:前面所说的"美质"源于何处?要从内启发它,而不在于外在的管教如何。

既然是启发式的教育,要是太子不服、不从怎么办?又怎样为"傅"?楚国申叔时谈到太子"若是而不从"而又"动而不悛"不肯改过时说:那就以文词风托事物让他执行,寻求贤良来辅佐他。如果"悛而不摄",改过了不能坚持,就以身作则来勉励他,多用经典与榜样来让他接受,务必谨慎敦诚使他坚持。如果"摄而不彻",坚持了又不能通达,那就"明施舍以道(导)之忠,明久长以道之信,明度量以道之义,明等级以道之礼,明恭俭以道之孝,明敬戒以道之事,明慈爱以道之仁,明昭利以道之文,明除害以道之武",既用"忠、信、义、礼、孝、仁、文、武"来教育他,又"明精意以道之罚,明正德以道之赏,明齐肃以耀之临",且告知他什么是"罚"、什么是"赏",以及如何去"临(做)"。进而还要强化"诵诗以辅相之,威仪以先后之,体貌以左右之,

---

① (先秦)左丘明著,(三国)韦昭注,胡文波校点:《国语》,上海:上海古籍出版社,2015年,第354页。

明行以宣翼之,制节义以动行之,恭敬以临监之,勤勉以劝之,孝顺以纳之,忠信以发之,德音以扬之"之类的文化品质培育。如此之"教"可谓非常完备了,但如果太子是"教备而不从者",还不起作用,还不能教育好太子,那作为师、傅,还能做什么呢?"若是而不济,不可为也"。太子"非人也,其可兴乎",怎么扶得起来呢?那只好让太子退位,"自退则敬,不则赧",不自退恐怕要有忧惧了。①

四、教材教育与实践教育

先秦时给太子教什么?笼统地说,就是以"礼"为核心。《礼记·文王世子》曰"教世子,凡三王教世子必以礼、乐。乐,所以修内也;礼,所以修外也""立大傅、少傅以养之,欲知其父子、君臣之道也。大傅审父子、君臣之道以示之;少傅奉世子,以观大傅之德行而审喻之。大傅在前,少傅在后,入则有保,出则有师,是以教喻而德成也。师也者,教之以事而喻诸德者也;保也者,慎其身以辅翼之,而归诸道者也"②,全在于"礼"。具体的事例如:"昔文王使太公望傅太子发",发嗜鲍鱼而公不与。文王问之,太公曰:"礼,鲍鱼不登乎俎,岂有非礼而可以养太子哉?"③这是说不在于具体的什么可做什么不可做,而在于不能以"非礼"来"养太子"。《文王世子》载:"凡学,世子及学士,必时:春夏学干戈,秋冬学羽籥,皆于东序。小乐正学干,大胥赞之。籥师学戈,籥师丞赞之,胥鼓《南》。春诵夏弦,大师诏之;瞽宗秋学礼,执礼者诏之;冬读书,典书者诏之。礼在瞽宗,书在上庠。"④这是说一要学"礼",二要"读书",读书也是学"礼"。

具体来说,先秦时太子教育的具体实施,首先是教材教育。《国语·楚语上》载:楚庄王一定"使士亹傅太子箴",士亹便去问楚国的贤大夫申叔时,申叔时于是向士亹传授了应该给太子教什么教材。

一是"教之《春秋》,而为之耸善而抑恶焉,以戒劝其心"。《春秋》,编年体史书,韦昭注称"以天时纪人事"。"纪人事"的作用即孟子所谓"孔子成

---

① (先秦)左丘明著,(三国)韦昭注,胡文波校点:《国语·楚语上》,上海:上海古籍出版社,2015年,第355~356页。
② 《礼记正义》,见《十三经注疏》,上海:上海古籍出版社,1997年,第1406页下~1407页上。
③ 《贾谊书》,见(唐)欧阳询:《艺文类聚》,上海:上海古籍出版社,1982年,第292页。
④ 《礼记正义》,见《十三经注疏》,上海:上海古籍出版社,1997年,第1404页下~1405页上。

《春秋》而乱臣贼子惧"①,"教之《春秋》"是为了惩恶扬善。

二是"教之《世》,而为之昭明德而废幽昏焉,以休惧其动"。《世》,韦昭注:"谓先王之世系也。""为之陈有明德者世显,而暗乱者世废也。"此以"先王之世系"中的"明德者""暗乱者"以警诫行为。

三是"教之《诗》,而为之道广显德,以耀明其志"。《诗》者,诗三百篇,《尚书·尧典》有"诗言志"之说,此称学习《诗》以开导美德,使自己立志高远光明。

四是"教之《礼》,使知上下之则",即通过学习《礼》,懂得做人的规则。

五是"教之《乐》,以疏其秽而镇其浮"。韦昭注"乐者,所以移风易俗,荡涤人之邪秽也",又镇其浮躁。

六是"教之《令》,使访物官"。韦昭注"令,谓先王之官法、时令也""使议知百官之事业",即通过各种法令的学习,知晓百官如何处理事物。

七是"教之《语》,使明其德,而知先王之务用明德于民也"。韦昭注"语,治国之善语",即古语古谣谚,集中了先王先民的智慧与经验。

八是"教之《故志》,使知废兴者而戒惧焉"。《故志》,韦昭注:"谓所记前世成败之书。"使其知何为废、何为兴而有所戒惧。

九是"教之《训典》,使知族类,行比义焉"。《训典》,韦昭注:"五帝之书也。"训典即王者教导民众的法则,学习这些法则,对各种行为进行类比,有所规范。②

这些教材都是"笔书以为文"的,都是有文本的,也就是说,这些都是前人的"立言"所成,于是"立言"定会给太子留下深刻的印象。

先秦时太子教育的具体实施,其次是实践教育,即实践性的学习。《尚书大传》载:"太子年十八,曰孟侯。孟侯者,于四方诸侯来朝,迎于郊者;问其所不知也,问人民之所好恶,土地所生,美珍怪异、山川之所有无。及父在时,皆知之。"郑玄注曰:"十八,向入太学,为成人博问庶事也。"③所谓"博问",是就太子本身而言的。《礼记》有《文王世子》篇,记载了太子时期的文王是如何服侍父母的,这是作为太子"孝"的榜样。

先秦时,太子的职责主要是辅政,太子更需要的是实践的锻炼。《周

---

① 《孟子·滕文公下》,《孟子注疏》,见《十三经注疏》,上海:上海古籍出版社,1997年,第2715页上。
② (先秦)左丘明著,(三国)韦昭注,胡文波校点:《国语》,上海:上海古籍出版社,2015年,第354~355页。
③ (宋)李昉等:《太平御览》,北京:中华书局,1960年,第712页上。

书》载:"大姒梦见商之庭产棘,太子发取周庭之梓树于阙,梓化为松柏棫柞。寐觉,以告文王。文王乃召太子发,占之于明堂,王及太子发并拜吉梦,受商之大命于皇天上帝。"①文王之妻大姒梦见文王之太子做事,醒后告知了文王,文王与太子共"占"并共"拜吉梦",太子与父共同担当。这也就是说,太子发辅助、辅佐文王;最终是太子发为周武王而灭掉了商。

实践教育则最重道德教育之"孝"的教育。《礼记·文王世子》载:文王之为世子,"鸡初鸣而衣服,至于寝门外,问内竖之御者曰:'今日安否何如?'内竖曰:'安。'文王乃喜""其有不安节,则内竖以告文王,文王色忧,行不能正履""食上,必在视寒暖之节;食下,问所膳,命膳宰"。武王为太子时,"帅而行之",以文王为榜样,"不敢有加焉。文王有疾,武王不说,冠带而养。文王一饭,亦一饭,文王再饭,亦再饭。旬有二日乃间"。②

太子的职责是辅助、辅佐国君,那么,太子就不能独当一面,永远是"副"。《左传·襄公十四年》载师旷曰:"天生民而立之君,使司牧之,勿使失性。有君而为之贰,使师保之,勿使过度。"③又如《国语·晋语一》载:晋献公十六年(闵公元年),作二军,晋献公将上军。太子申生将下军以伐霍,师未出,士蔿言于诸大夫曰:"夫太子,君之贰也,恭以俟嗣,何官之有?"给太子官位,是把太子当外人,所谓太子是"君之贰",即"称储君不能以臣下视之",应该作为国君的副手。晋献公曰:"寡人有子而制焉,非子之忧也。"士蔿对曰:"太子,国之栋也,栋成乃制之,不亦危乎!"④对于太子,是不能像管辖官员那样"制之"的。晋献公十七年,晋献公大子申生伐东山皋落氏。里克有谏,其中对太子的职责有所论述,其曰:"夫帅师,专行谋,誓军旅,君与国政之所图也,非太子之事。"其理由是:"师在制命而已,禀命则不威,专命则不孝,故君之嗣嫡不可以帅师。"指挥军队就在于制定命令,如果太子只执行君王的命令,则自身没有威严;如果太子自己制定命令而没有执行父王的命令,则是不孝。那么,太子的职责是什么? 里克曰:"太子奉冢祀、社稷之粢盛,以朝夕视君膳者也,故曰冢子。"也就是说,太子的工作职责就是奉礼仪以尽孝。

---

① (唐)欧阳询:《艺文类聚》,上海:上海古籍出版社,1982年,第1355页。
② 《礼记正义》,见《十三经注疏》,上海:上海古籍出版社,1997年,第1404页上。
③ 《春秋左传正义》,见《十三经注疏》,上海:上海古籍出版社,1997年,第1958页上。
④ (先秦)左丘明著,(三国)韦昭注,胡文波校点:《国语》,上海:上海古籍出版社,2015年,第179~180页。

五、太子晋"立言"及其寓意

周代另一有名的太子,是周灵王太子晋(前565－前549),字子乔,后世又称王子乔。《国语·周语下》载"太子晋谏灵王壅谷水"的"立言",长篇大论。他从"古之长民者,不堕山,不崇薮,不防川,不窦泽"谈到山、薮、川、泽各有所司:"夫山,土之聚也;薮,物之归也;川,气之导也;泽,水之钟也。夫天地成而聚于高,归物于下。疏为川谷,以导其气;陂唐污庳,以钟其美。"以此论证不能逆天地之性而壅防谷水。太子晋又论共工"虞于湛乐,淫失其身,欲壅防百川,堕高堙庳,以害天下",论崇伯鲧"播其淫心,称遂共工之过",其下场则或"灭"或"殛";而伯禹"念前之非度,厘改制量",废弃壅堵的治水方法,"疏川道滞",治水成功。于是提出以德治国,"若启先王之遗训,省其典图刑法,而观其废兴者,皆可知也;其兴者,必有夏、吕之功焉;其废者,必有共、鲧之败焉",并言"王将防斗川以饰宫,是饰乱而佐斗也,其无乃章祸且遇伤"。于是总结"自我先王厉、宣、幽、平而贪天祸,至于今未弭"的历史教训,称如今的行为是"我又章之,惧长及子孙,王室其愈卑"。他回顾"后稷以来宁乱,及文、武、成、康而仅克安民。自后稷之始基靖民,十五王而文始平之,十八王而康克安之",这是讲周代的成功历史,"其难也如是";而如今"王又章辅祸乱,将何以堪之?"但灵王未听,"卒壅之"。及周景王时,"多宠人,乱于是乎始生。景王崩,王室大乱。及定王,王室遂卑"①。太子晋的言论,一则是对现实问题的忧虑,二则体现了周室贵族对将历史经验的总结运用到现实中的期望。太子晋在讲述历史经验时曾提到:"唯有嘉功,以命姓受祀,迄于天下。及其失之也,必有慆淫之心间之。故亡其氏姓,踣毙不振;绝后无主,湮替隶圉。"②所谓王朝的延续,则是"唯有嘉功"所成。

太子晋的另一"立言",以"五称而三穷"形式展开。春秋战国时期流行一种"五称而三穷"的论辩游戏,即游戏双方各自提出五个问题("五称"),逼得对方回答不出三个("三穷"),则为胜。③《逸周书·太子晋》载:"晋平

---

① (先秦)左丘明著,(三国)韦昭注,胡文波校点:《国语》,上海:上海古籍出版社,2015年,第67~74页。
② (先秦)左丘明著,(三国)韦昭注,胡文波校点:《国语》,上海:上海古籍出版社,2015年,第70页。
③ 此处参考罗家湘对作为论辩术的"五称而三穷"的详细论证(罗家湘:《〈逸周书〉研究》,上海:上海古籍出版社,2006年,第186~192页)。

公使叔誉于周,见太子晋而与之言。五称而三穷,逡巡而退,其不遂。"先是晋叔誉与太子晋有"五称而三穷"的论辩,叔誉不胜,返归报告晋平公;师旷自告奋勇,"请使瞑臣往与之言"。师旷问了五个问题,一曰:"吾闻王子之语高于泰山,夜寝不寐,昼居不安,不远长道而求一言。"二曰:"吾闻王子,古之君子,甚成不骄,自晋始如周,行不知劳。"三曰:"古之君子,其行可则,由舜而下,其孰有广德?"四曰:"宣辩名命,异姓恶方。王侯君公,何以为尊,何以为上?"五曰:"温恭敦敏,方德不改,闻物□□,下学以起,尚登帝臣,乃参天子,自古谁?"太子晋都回答得很好,于是"师旷东躅其足",曰:"善哉,善哉!"太子晋又问师旷问题,一曰:"太师何举足骤?"二曰:"何自南极,至于北极,绝境越国,弗愁道远?"三曰:"太师亦善御之?"虽然师旷都做了回答,但问答至此,师旷已认负,对曰:"瞑臣无见,为人辩也,唯耳之恃,而耳又寡闻而易穷。""五称而三穷"的论辩结果是师旷认负。这个故事,既是对太子晋"立言"的考察,又体现了世人通过考察"立言"对太子的期待。而当师旷称赏太子晋曰"王子,汝将为天下宗乎!"时,太子晋非常清醒地说:"自太皞以下,至于尧舜禹,未有一姓而再有天下者,夫大当时不伐,天何可得?"①他是说靠血缘之脉不一定能够延续王朝。这是当时的普遍观念。《左传·昭公三十二年》载当时的史官史墨就这样对赵简子说:"社稷无常奉,君臣无常位,自古以然。故《诗》曰:'高岸为谷,深谷为陵。'三后之姓,于今为庶,王所知也。"②血缘之脉不可谓"不朽","唯有嘉功"方能"不朽",这应该是"三不朽"的题中之义。

但太子晋的形象则成功地留在人们心中,《列仙传》云:"王子乔,周灵王太子晋也。好吹笙作凤鸣。游伊洛之间,浮丘公接以上嵩高山。二十余年后,于山中谓桓良曰:'告我家,七月七日待我缑氏山头。'是日,果乘白鹤驻山岭,望之不得到,举手谢时人,数日而去。"③

---

① 黄怀信:《逸周书校补注译》(修订本),西安:三秦出版社,2006年,第368~374页。
② 《春秋左传正义》,见《十三经注疏》,上海:上海古籍出版社,1997年,第2128页中。
③ (宋)李昉等:《太平御览》,北京:中华书局,1960年,第149页上。

第三节 臧文仲"立言不朽"与士的身份定位

《左传·襄公二十四年》载：

> 穆叔如晋，范宣子逆之，问焉，曰："古人有言曰'死而不朽'，何谓也？"穆叔未对。宣子曰："昔匄之祖，自虞以上为陶唐氏，在夏为御龙氏，在商为豕韦氏，在周为唐杜氏，晋主夏盟为范氏，其是之谓乎？"穆叔曰："以豹所闻，此之谓世禄，非不朽也。鲁有先大夫曰臧文仲，既没，其言立。其是之谓乎！豹闻之，大上有立德，其次有立功，其次有立言，虽久不废，此之谓不朽。若夫保姓受氏，以守宗祊，世不绝祀，无国无之，禄之大者，不可谓不朽。"①

穆叔提出"禄之大者，不可谓不朽"，只有"立德、立功、立言"才是"不朽"。"立言"，杜预注曰："史佚、周任、臧文仲。"孔颖达曰："谓言得其要，理足可传，其身既没，其言尚存。"②臧文仲是什么人？其"立言不朽"是什么样的情况？

一、臧文仲"立言不朽"

臧文仲（？—公元前617年），姬姓，臧氏，名辰，谓臧孙辰。伯氏瓶次子，臧哀伯之孙，谥文，故死后又称臧文仲。春秋时鲁卿，世袭司寇，历事鲁庄公、闵公、僖公、文公四君，曾废除关卡，以利经商，于国于民，尽职尽责，其博学广知而不拘常礼。臧文仲登上鲁国政治舞台的时候，正值齐桓始霸、齐鲁力量对比悬殊之时，他受命于危乱之际，负斡旋之重任，充分显示了其军事及外交方面的才能。

先来看《左传》所载臧文仲的"言"。僖公二十年，宋襄公欲合诸侯，臧文仲闻之曰："以欲从人，则可；以人从欲，鲜济。"③意思是说：以己之欲望服从别人，则可；让别人服从己之欲，很难成。这种预见性也被事实证明。僖公二十一年夏，鲁国大旱。鲁公欲焚巫尪以求雨。臧文仲认为这不是抗旱的办法，并提出应该"修城郭，贬食、省用、务穑、劝分"，鲁公听而从之，百

---

① 《春秋左传正义》，见《十三经注疏》，上海：上海古籍出版社，1997年，第1979页。
② 《春秋左传正义》，见《十三经注疏》，上海：上海古籍出版社，1997年，第1979页中。
③ 《春秋左传正义》，见《十三经注疏》，上海：上海古籍出版社，1997年，第1811页上。

姓得以"饥而不害"。① 僖公二十二年，邾人出师攻打鲁国，臧文仲劝阻鲁公不可轻视，曰"国无小，不可易也。无备，虽众不可恃也"云云，鲁公弗听而败绩。② 僖公二十四年冬，周王室内乱，王使来告难，按照臧文仲的话，鲁国派人赶去慰问，获得好评。③ 僖公二十六年，臧文仲与东门襄仲"如楚乞师"，"以楚师伐齐，取谷"，以他国兵力战胜敌国。④ 僖公三十三年，齐国庄子来聘，"有礼"而且"敏（谨慎恰当）"，臧文仲赞赏国庄子有礼，并劝僖公朝见齐国。⑤ 庄公十一年，宋大水，臧文仲评价宋闵公所云"孤实不敬，天降之灾"，说：宋闵公"罪己"，且有"礼"，并得出"宋其兴乎"的结论，后来确实实现了。⑥ 文公五年秋冬，楚灭六与蓼二国，臧文仲听到后，感叹说："德之不建，民之无援，哀哉！"⑦这也是对某种事实所将产生后果的预见。

再来看《国语·鲁语上》所载。一是臧文仲主动"以名器请籴于齐"，解救国难。二是僖公二十八年，晋人执卫成公，臧文仲劝鲁僖公出面解救，说："臣闻之：班相恤也，故能有亲。"言此能赢得诸侯的尊敬，提高鲁国地位。三是臧文仲为驿站主人请赏，曰："臣闻之曰：'善有章，虽贱赏也；恶有衅，虽贵罚也。'今一言而辟境，其章大矣，请赏之。"四是为供祭海鸟"爰居"而勇于接受批评，并让史官把展禽的话写成三份简策。⑧ 臧文仲又在使齐被拘时以隐语报信，辞曰：

　　敛小器，投诸台。食猎犬，组羊裘。琴之合，甚思之。臧我羊，羊有母。食我以同鱼。冠缨不足，带有余。

信到国中，众人不解，于是请来臧孙母，臧孙母泣下襟曰："吾子拘有木治矣。"并解释曰："敛小器投诸台者，言取郭外萌，内之于城中也。食猎犬组羊裘者，言趣飨战斗之士而缮甲兵也。琴之合甚思之者，言思妻也。臧我羊羊有母者，告妻善养母也。食我以同鱼同者，其文错。错者，所以治锯；

---

① 《春秋左传正义》，见《十三经注疏》，上海：上海古籍出版社，1997年，第1811页中。
② 《春秋左传正义》，见《十三经注疏》，上海：上海古籍出版社，1997年，第1813页下。
③ 《春秋左传正义》，见《十三经注疏》，上海：上海古籍出版社，1997年，第1818页下。
④ 《春秋左传正义》，见《十三经注疏》，上海：上海古籍出版社，1997年，第1821页下。
⑤ 《春秋左传正义》，见《十三经注疏》，上海：上海古籍出版社，1997年，第1833页中。
⑥ 《春秋左传正义》，见《十三经注疏》，上海：上海古籍出版社，1997年，第1770页上、中。
⑦ 《春秋左传正义》，见《十三经注疏》，上海：上海古籍出版社，1997年，第1843页上。
⑧ （先秦）左丘明著，（三国）韦昭注，胡文波校点：《国语》，上海：上海古籍出版社，2015年，第103～112页。

锯者,所以治木也。是有木治系于狱矣。冠缨不足带有余者,头乱不得梳,饥不得食也。故知吾子拘而有木治矣。"国君以臧孙母之言,"军于境上"。"齐方发兵,将以袭鲁,闻兵在境上,乃还文仲而不伐鲁"①。这应该是以臧孙母的识微见远,衬托臧文仲的"立言"吧。

臧文仲这些"言"虽然在具体事件中产生了事功效益,都可谓"言得其要,理足可传",但是否能够实现"既没,其言立"呢? 史书没有明载,而真正实现了"其身既没,其言尚存"的,应该是《左传》所记载的以下事例。一是文公十七年,臧文仲已去世七年,鲁国襄仲如齐盟会,回复鲁文公说齐君说话很草率,然后引臧文仲有"言"曰:"民主偷,必死。"民主,民之主宰者,指君主;偷,苟且草率。襄仲引臧文仲所说:国君说话苟且草率,必死无疑。②事实上,第二年齐懿公就被杀了。二是文公十八年,鲁大史克曰:"先大夫臧文仲教行父事君之礼,行父奉以周旋,弗敢失队。曰:'见有礼于其君者,事之如孝子之养父母也。见无礼于其君者,诛之如鹰鹯之逐鸟雀也。'"③鲁大史克是以臧文仲的"立言"论证"事君之礼"。此二者都是征引臧文仲之"言",但脱略了臧文仲之"言"发生时的具体事件。

二、"言"的重要性

先秦时,"言"的重要性多有论述。如《国语·楚语上》载:殷武丁"于是乎三年,默以思道","卿士患之,曰:'王言以出令也,若不言,是无所禀令也。'"④《左传·襄公二十五年》引仲尼曰:"《志》有之:'言以足志,文以足言。'不言,谁知其志? 言之无文,行而不远。晋为伯,郑入陈,非文辞不为功。慎辞哉!"⑤《论语·子路》载"一言而可以兴邦""一言而丧邦"⑥。《国语·楚语下》载"楚之所宝者,曰观射父,能作训辞,以行事于诸侯,使无以寡君为口实"⑦,以"能作训辞"为"国宝"。《左传·襄公三十一年》载:

---

① (汉)刘向:《古列女传》,见《四部丛刊初编·史部》,第41页。
② 《春秋左传正义》,见《十三经注疏》,上海:上海古籍出版社,1997年,第1860页下。
③ 《春秋左传正义》,见《十三经注疏》,上海:上海古籍出版社,1997年,第1861页中。
④ (先秦)左丘明著,(三国)韦昭注,胡文波校点:《国语》,上海:上海古籍出版社,2015年,第372页。
⑤ 《春秋左传正义》,见《十三经注疏》,上海:上海古籍出版社,1997年,第1985页下。
⑥ 《论语注疏》,见《十三经注疏》,上海:上海古籍出版社,1997年,第2507页中。
⑦ (先秦)左丘明著,(三国)韦昭注,胡文波校点:《国语》,上海:上海古籍出版社,2015年,第390页。

> 叔向曰:"辞之不可以已也如是夫!子产有辞,诸侯赖之,若之何其释辞也?《诗》曰:'辞之辑矣,民之协矣。辞之绎矣,民之莫矣。'其知之矣。"①

好的话语"诸侯赖之",是世人所依赖的,能给世人带来好处的。另外,好的话语要记载下来,如《左传》的"君子曰""孔子曰"。《左传·昭公八年》载叔向评论师旷云:"子野之言君子哉!君子之言,信而有征,故怨远于其身。"②《国语·周语下》:"人有言曰:无过乱人之门。又曰:佐雍者尝焉,佐斗者伤焉。又曰:祸不好,不能为祸。"又:"昔史佚有言曰:'动莫若敬,居莫若俭,德莫若让,事莫若咨。'"③《易·大畜》之《象》曰:"君子以多识前言往行,以畜其德。"④

"左史记言,右史记事",《左传》中引有《军志》《周志》《前志》《史佚之志》《仲虺之志》《志》等,其中多有格言意味的"言"。如《军志》曰"允当则归""知难而退""有德不可敌""先人有夺人之心,后人有待其衰"⑤,《军志》即"兵书"。《周志》曰:"勇则害上,不登于明堂。"⑥《前志》曰:"敌惠敌怨,不在后嗣。""圣达节,次守节,下失节。"⑦《史佚之志》曰:"非我族类,其心必异。"《仲虺之志》云:"乱者取之,亡者侮之。推亡固存,国之利也。"⑧《志》曰"多行无礼,必自及也","言以足志,文以足言","买妾不知其姓,则卜之","能敬无灾","敬逆来者,天所福也","克己复礼,仁也","圣人不烦卜筮"⑨等。绝大多数为人们在谈话中的引用,少数为"君子曰"中的引用。

就文士所处时代的"立言"而论,《韩诗外传》曰:

> 传曰:鸟之美羽勾啄者,鸟畏之;鱼之侈口垂腴者,鱼畏之;人

---

① 《春秋左传正义》,见《十三经注疏》,上海:上海古籍出版社,1997年,第2015页中。
② 《春秋左传正义》,见《十三经注疏》,上海:上海古籍出版社,1997年,第2052页中。
③ (先秦)左丘明著,(三国)韦昭注,胡文波校点:《国语》,上海:上海古籍出版社,2015年,第72、75页。
④ 《周易正义》,见《十三经注疏》,上海:上海古籍出版社,1997年,第40页中。
⑤ 《春秋左传正义》,见《十三经注疏》,上海:上海古籍出版社,1997年,第1824页下、第1824页下、第1824页下、2098页上。
⑥ 《春秋左传正义》,见《十三经注疏》,上海:上海古籍出版社,1997年,第1838页下。
⑦ 《春秋左传正义》,见《十三经注疏》,上海:上海古籍出版社,1997年,第1845页上、1914页中。
⑧ 《春秋左传正义》,见《十三经注疏》,上海:上海古籍出版社,1997年,第2012页下。
⑨ 《春秋左传正义》,见《十三经注疏》,上海:上海古籍出版社,1997年,第1856页上、1985页下、2024页中、2032页下、2032页下、2064页下、2180页中。

之利口赡辞者,人畏之。是以君子避三端:避文士之笔端,避武士
之锋端,避辩士之舌端。《诗》曰:"我友敬矣,谗言其兴。"①

"立言"包括"笔端""舌端"二者,这是从反面来讲"立言"的威力的。那么从正面来讲,"立言"能对社会起到哪些作用呢?

臧文仲"既没,其言立",这是讲臧文仲"立言"的客观效果,即通过"言"为国家做成了某些具体事情。臧文仲还曾与人讨论过"辞"能否为国家解除危难,也有对"辞"的重要性的论述。《国语·鲁语上》载:

> 齐孝公来伐,臧文仲欲以辞告,病焉,问于展禽。对曰:"获闻之,处大教小,处小事大,所以御乱也,不闻以辞。若为小而崇以怒大国,使加己乱,乱在前矣,辞其何益?"文仲曰:"国急矣!百物唯其可者,将无不趋也。愿以子之辞行赂焉。其可乎?"②

展禽称"不闻以辞"而"御乱",那么"辞其何益"?而臧文仲以为在"国急"的情况下,是可以"以辞"一试的,于是展禽使乙喜出使交涉而最终齐国收兵。臧文仲主张"以辞"是可以"立功"的。

臧文仲"既没,其言立"又是说"立言"的影响,讲"言"始终具有社会价值。因此,"立言不朽"就是"言立"则人"不朽","言立"使"命"得以延续,后世还按照其"言"行事。虽然"立言"只在事功层面,还只是其就现实问题作出自己的判断,其能否"不朽",是要看后人的认定的,"立言"者本人并不处于主动地位,但士大夫阶层宣扬"立言不朽",充分体现出参政的主体意识。

体现后代有意识地令其人"其身既没,其言尚存"的,是"诔"这一文体的作法。《文心雕龙·诔碑》载:

> 详夫诔之为制,盖选言录行,传体而颂文,荣始而哀终。③

诔的"选言",是后人为了纪念逝者挑选其出彩之"言"。但如此的"立言"已不是其社会价值的再实现,只是为了"荣始而哀终"罢了。

---

① (汉)韩婴撰,许维遹校释:《韩诗外传集释》,北京:中华书局,1980 年,第 241~242 页。
② (先秦)左丘明著,(三国)韦昭注,胡文波校点:《国语》,上海:上海古籍出版社,2015 年,第 105 页。
③ (南朝梁)刘勰著,詹锳义证:《文心雕龙义证》,上海:上海古籍出版社,1989 年,第 442 页。

三、士以"立言"登上政治舞台

《左传·襄公十九年》载:"夫铭,天子令德,诸侯言时计功,大夫称伐。"而叔孙豹称说臧文仲"既没,其言立"而为"不朽",这是春秋时期的新思想。过常宝称:春秋时期有"天子令德,诸侯言时计功,大夫称伐"的铭礼,可知"三不朽"实际上表达了天子、诸侯、大夫三个阶层不同的价值追求。从"称伐"到"立言"的转变,表明了春秋大夫阶层的文化自觉。①《礼记·祭法》:"夫圣王之制,祭祀也:法施于民,则祀之;以死勤事,则祀之;以劳定国,则祀之;能御大灾,则祀之;能捍大患,则祀之。"②孔颖达引此语以证"三不朽",称:"法施于民,乃谓上圣,当是立德之人。其余勤民、定国、御灾、捍患,皆是立功者也。"③立德、立功者,本来在《祭法》中就有崇高的地位,而臧文仲之类卿大夫、士,则是以"立言"而"不朽"。

相比之下,从"大夫称伐"到臧文仲"立言不朽",宣扬士大夫阶层为"立言"的主体,显示出时代的改变。

孔子曾几次评价臧文仲。《左传·文公二年》载:

> 仲尼曰:"臧文仲,其不仁者三,不知者三。下展禽,废六关,妾织蒲,三不仁也。作虚器,纵逆祀,祀爰居,三不知也。"④

"三不仁":"下展禽"即臧文仲使展禽屈居于下位,《论语·卫灵公》载:"子曰:'臧文仲其窃位者与!知柳下惠之贤,而不与立也。'"⑤"废六关"即设立六关以收税;"妾织蒲",即让妾织蒲席贩卖,这是与民争利。"三不知":"作虚器",臧文仲曾私藏大蔡之龟并为它建造屋子,《论语·公冶长》载:"子曰:'臧文仲居蔡,山节藻棁,何如其知也。'"⑥"纵逆祀",夏父弗忌祭祀先鲁僖公后鲁闵公,得到臧文仲的纵容;"祀爰居",海鸟爰居,歇于鲁东门外三日,臧文仲让人祭祀它。这说明臧文仲之"立言"并非十全十美。由此

---

① 见过常宝、高建文:《"立言不朽"和春秋大夫阶层的文化自觉》,《北京师范大学学报(社会科学版)》2014年第4期,第60~65页。
② 《礼记正义》,见《十三经注疏》,上海:上海古籍出版社,1997年,第1590页中。
③ "襄公二十四年",《春秋左传正义》,见《十三经注疏》,上海:上海古籍出版社,1997年,第1979页中。
④ 《春秋左传正义》,见《十三经注疏》,上海:上海古籍出版社,1997年,第1839页中。
⑤ 《论语注疏》,见《十三经注疏》,上海:上海古籍出版社,1997年,第2517页下。
⑥ 《论语注疏》,见《十三经注疏》,上海:上海古籍出版社,1997年,第2474页下。

即可知《左传》"三不朽"以臧文仲称说"立言不朽",其根本是要说,卿、士大夫要以"立言"登上政治舞台了!《孔子家语·曲礼子贡问》:

> 冉求曰:"昔文仲知鲁国之政,立言垂法,于今不亡,可谓知礼矣。"孔子曰:"昔臧文仲安知礼?夏父弗綦逆祀而不止,燔柴于灶以祀焉。夫灶者,老妇之所祭,盛于瓮,尊于瓶,非所柴也。故曰礼也者,由体也。体不备,谓之不成人。设之不当,犹不备也。"①

尽管孔子对臧文仲是否"知礼"有异议,但臧文仲"立言垂法,于今不亡"是社会公认的。士人以"立言"登上历史舞台!

第四节 "君子九能"与"立言"

先秦时,立言者既有"不朽"之誉,又有"可以为大夫"之效,所谓:

> 故建邦能命龟,田能施命,作器能铭,使能造命,升高能赋,师旅能誓,山川能说,丧纪能诔,祭祀能语,君子能此九者,可谓有德音,可以为大夫。②

或多从文体学来看这段话,如郭绍虞说:"假使再从语言方面看问题,那么,'九能'之说,还是指的古时发言摘文,已有文体分类的胚胎迹象。"③"九能"之说,起码说明这是当时最为重要的九种文体。再仔细读来,"君子九能"之说有两大意味:一曰"以文取人",即所谓"君子能此九者","可以为大夫";二曰文章的革新性撰作,撰作本是王官的职务职责,无所谓"能"与"不能",此特提出让"君子"撰作,就意味着文章要变,不再是王官承袭旧例而作就可以了的。以下尝试就"君子九能"之说的两大意味论述之,以探讨先秦时期士大夫如何安身立命及其文章撰作起了哪些变化。

---

① (三国)王肃注,[日]太宰纯增注,宋立林校点:《孔子家语》,上海:上海古籍出版社,2019年,第367页。
② 《诗·鄘风·定之方中》"卜云其吉"毛传引。《毛诗正义》,见《十三经注疏》,上海:上海古籍出版社,1997年,第316页中。
③ 《提倡一些文体分类学》,见郭绍虞:《照隅室古典文学论集》下编,上海:上海古籍出版社,1983年,第551页。

一、职务性撰作的特点与"史"的追求

"笔书以为文"使过去的言、事以物质的形态留存下来,尤其表现在"史"上。《礼记·玉藻》所谓君王"动则左史书之,言则右史书之"①,《汉书·艺文志》所谓"左史记言,右史记事"②,现存的《尚书》《春秋》也都是据史官记载的材料编纂而成的。就当时的情况而言,《逸周书·大聚》载,周公发表"闻之文考,来远宾,廉近者"等言论,武王"再拜曰:'呜呼,允哉!天民侧侧,余知其极有宜。'乃召昆吾冶而铭之,藏府而朔之"③,要把周公的话铸铭在金版上,收藏于大府时常阅读。又,周公为周成王祈祷,"书而藏之记府"④;秦穆公梦见上帝,"史书而记藏之府"⑤;等等。刘知几《史通·外篇·史官建置》从史官建置的角度谈到文字记载的意义:

> 向使世无竹帛,时阙史官,虽尧、舜之与桀、纣,伊、周之与莽、卓,夷、惠之与跖、蹻,商、冒之与曾、闵,但一从物化。坟土未干,则善恶不分,妍媸永灭者矣。苟史官不绝,竹帛长存,则其人已亡,杳成空寂,而其事如在,皎同星汉。⑥

这是称"史"的作用就是"记言记事",实现"其事如在,皎同星汉"。

古代"史"之类的职官多为"家业世世相传",《庄子·天下》:"其明而在数度者,旧法世传之史尚多有之。"⑦有的"笔书以为文"本来就是不重意义而只重记录的。如《周礼·夏官·量人》所载"量人"的撰作:

> 量人掌建国之法。以分国为九州,营国城郭,营后宫,量市朝道巷门渠。造都邑,亦如之。营军之垒舍,量其市朝州涂,军社之

---

① 《礼记正义》,见《十三经注疏》,上海:上海古籍出版社,1997年,第1473页下~1474页上。
② (汉)班固:《汉书》,北京:中华书局,1962年,第1715页。
③ 黄怀信:《逸周书校补注译》(修订本),西安:三秦出版社,2006年,第185~192页。
④ (汉)司马迁:《史记·蒙恬列传》,北京:中华书局,1982年,第2569页。
⑤ (汉)司马迁:《史记·封禅书》,北京:中华书局,1982年,第1360页。以上参见阎步克:《乐师与史官:传统政治文化与政治制度论集》,北京:生活·读书·新知三联书店,2001年,第52页。
⑥ (唐)刘知几著,(清)浦起龙释:《史通通释》,上海:上海古籍出版社,1978年,第303页。
⑦ (清)郭庆藩撰,王孝鱼点校:《庄子集释》,北京:中华书局,1961年,第1067页。

所里。邦国之地与天下之涂数，皆书而藏之。①

《仪礼·大射》："司马命量人，量侯道，与所设乏，以狸步。"郑玄注："量人，司马之属，掌量道巷涂数者。"②量人所撰作，就是"道巷涂数"。罗家湘说："卜史巫祝等不同的王官群体……世代相传，把原始的祭祀活动重复固化为仪式，把仪式积累集结为制度，按制度记录的文字就成为独具特色的文学样式。掌握着不同知识的王官群体创造出不同的文学样式组合，形成一组组关系密切的文体。"③因此，这样的文件，多不表达个人自主意见，即便偶有，也只是附属而已；或许这成为职务性撰作发展道路上的缺憾。

但是，职官中的"史"并非只是被动地"记言记事"，其追求表现为也要发表自主性言论。其途径有二：一是通过讲史提出"教诲"。徐中舒说："当时有两种史官，即太史与瞽矇，他们所传述的历史，原以瞽矇传诵为主，而以太史的记录帮助记诵。"④如《国语·楚语下》载王孙圉论"国宝"："又有左史倚相，能道训典，以叙百物，以朝夕献善败于寡君，使寡君无忘先王之业；又能上下说乎鬼神，顺道其欲恶，使神无有怨痛于楚国。"⑤史官通过陈辞君王、通过讲史来提供从政鉴戒。所以，《国语·周语上》载天子听政，有所谓"瞽、史教诲"，"而后王斟酌焉"⑥。二是通过"记言记事"的以"义"为之来表达意见。如晋灵公不君，赵盾昆弟将军赵穿袭杀灵公于桃园，赵盾复位。晋太史董狐书曰"赵盾弑其君"，"以视于朝"。"盾曰：'弑者赵穿，我无罪。'太史曰：'子为正卿，而亡不出境，反不诛国乱，非子而谁？'孔子闻之，曰：'董狐，古之良史也，书法不隐。宣子，良大夫也，为法受恶。惜也，出疆乃免。'"⑦此即史的微言大义、史的"书法"。史官的职责在于"实录"，《国语·楚语上》所谓"史不失书，矇不失诵"⑧。因此，史的"记言记事"撰

---

① 《周礼注疏》，见《十三经注疏》，上海：上海古籍出版社，1997年，第842页中。
② 《仪礼注疏》，见《十三经注疏》，上海：上海古籍出版社，1997年，第1028页上。
③ 罗家湘：《先秦文学制度研究》，上海：上海古籍出版社，2011年，第33页。
④ 徐中舒：《左传的作者及其成书年代》，见《徐中舒历史论文选辑》，北京：中华书局，1998年，第1147页。
⑤ （先秦）左丘明著，（三国）韦昭注，胡文波校点：《国语》，上海：上海古籍出版社，2015年，第390页。
⑥ （先秦）左丘明著，（三国）韦昭注，胡文波校点：《国语》，上海：上海古籍出版社，2015年，第7页。
⑦ （汉）司马迁：《史记·晋世家》，北京：中华书局，1982年，第1675页。
⑧ （先秦）左丘明著，（三国）韦昭注，胡文波校点：《国语》，上海：上海古籍出版社，2015年，第370页。

作,只能依据"实录"发表自主性意见。

二、职务性撰作的缺憾与"述而不作"传统的被打破

职官的职务规定,要求其执行旧法、旧例。如《吕氏春秋·当务》载:

> 纣之同母三人,其长曰微子启,其次曰中衍,其次曰受德。受德乃纣也,甚少矣。纣母之生微子启与中衍也,尚为妾,已而为妻而生纣。纣之父、纣之母欲置微子启以为太子,太史据法而争之曰:"有妻之子,而不可置妾之子。"纣故为后。用法若此,不若无法。①

此即死守旧法。

职官的职务撰作形成学术的专门化,其思想之发挥、意见之表达,是从属于专业职事的记录与叙说的。《荀子·荣辱》:"循法则、度量、刑辟、图籍,不知其义,谨守其数,慎不敢损益也,父子相传,以持王公,是故三代虽亡,治法犹存,是官人百吏之所以取禄秩也。"②职官所从事的"笔书以为文"是职业撰作,其内容与形式是有明确规定的,可以"不知其义",但必须"谨守其数"。其专业职事的记录与叙说因为事涉他人,往往套用旧例,于是错由之而出。如《左传·哀公十六年》载鲁哀公错用诔文的事件:

> 夏四月己丑,孔丘卒。公诔之曰:"旻天不吊,不慭遗一老。俾屏余一人以在位,茕茕余在疚。呜呼哀哉!尼父无自律。"子赣曰:"君其不没于鲁乎!夫子之言曰:'礼失则昏,名失则愆。'失志为昏,失所为愆。生不能用,死而诔之,非礼也。称一人,非名也。君两失之。"③

邓国光说:"诔本为周天子大祝专掌的撰作,因为'读诔'是丧礼的必备仪式,诔文也和其他仪式一样的规范化和制度化,形成了一套表达的格式和规定的词汇,像'余一人'和'称天',便是大祝诔文的其中一项体要。鲁哀公的诔文,依礼应该是本国的宗祝所撰。宗祝以天子大祝诔文为范本,照

---

① (秦)吕不韦:《吕氏春秋》,上海:上海古籍出版社,1989年,第83页下。
② (清)王先谦撰,沈啸寰、王星贤点校:《荀子集解》,北京:中华书局,1988年,第59页。
③ 《春秋左传正义》,见《十三经注疏》,上海:上海古籍出版社,1997年,第2177页中、下。

办移抄,没有考虑哀公的身份,也依然袭用大祝诔文的格式,鲁哀公憒然不知,随手便发给史官去读了。"①鲁哀公由此遭到孔子学生子赣"君其不没于鲁乎"的批评。又,《墨子·鲁问》载:

  鲁君之嬖人死,鲁君为之诔,鲁人因说而用之。子墨子闻之,曰:"诔者,道死人之志也。今因说而用之,是犹以来(狸)首从服也。"②

鲁人觉得鲁君的嬖人之诔写得很好,于是用来哀悼其他人士。墨子批评说,这是不能随便套用的,用了就好像是以来(狸)拉马车,很不适合。这些情况说明,撰写诔文的职官,需要好好地提高自己的水平,针对不同的对象撰作不同的文章。

  《左传·昭公十五年》载:"言以考典,典以志经,忘经而多言举典,将焉用之?"③意指说话要稽考可以为法之"典",但"典"本是记载、表述准则和规范("经")的;如果不顾准则、规范,多举"典"又有什么意义?这是叔向批评周王"一动而失二礼"却又"举典"的行为。也就是说,"典"应该合乎现今的准则、规范,不能脱离现实而"举典"。所以,《吕氏春秋·察今》有这样的记载:"夫不敢议法者,众庶也;以死守者,有司也;因时变法者,贤主也。"④

  在礼崩乐坏的春秋时期,职官的职务撰作往往跟不上形势的发展。如《左传·僖公三十一年》载:

  冬,狄围卫,卫迁于帝丘。卜曰三百年。卫成公梦康叔曰:"相夺予享。"公命祀相。宁武子不可,曰:"鬼神非其族类,不歆其祀。杞、鄫何事?相之不享于此,久矣,非卫之罪也,不可以间成王、周公之命祀。请改祀命。"⑤

康叔,卫的始祖;相,夏启之孙,原居于帝丘。卫避狄难而迁都,占梦者则以此为相的故居请求祭祀,宁武子以"鬼神非其族类,不歆其祀"进行驳斥,改

---

① 邓国光:《〈周礼〉六辞初探》,载《中华文史论丛》第51辑,上海:上海古籍出版社,1993年,第157页。
② (清)孙诒让撰,孙启治点校:《墨子间诂》,北京:中华书局,2001年,第470～471页。
③ 《春秋左传正义》,见《十三经注疏》,上海:上海古籍出版社,1997年,第2078页下。
④ (秦)吕不韦:《吕氏春秋》,上海:上海古籍出版社,1989年,第127页上、下。
⑤ 《春秋左传正义》,见《十三经注疏》,上海:上海古籍出版社,1997年,第1832页上。

变了君王的成命。比较《左传·僖公四年》之事：

> 初，晋献公欲以骊姬为夫人，卜之，不吉；筮之，吉。公曰："从筮。"卜人曰："筮短龟长，不如从长。且其繇曰：'专之渝，攘公之羭。一薰一莸，十年尚犹有臭。'必不可。"①

卜人只能就卜说卜，不能像宁武子那样就现实而论，没能阻止以后的"骊姬乱政"。

于是，人们对职官的知识不能应用于现实多有批评。如《左传·昭公十二年》载对号称"良史"的左史倚相的批评：

> 左史倚相趋过。王曰："是良史也，子善视之。是能读《三坟》《五典》《八索》《九丘》。"（子革）对曰："臣尝问焉。昔穆王欲肆其心，周行天下，将皆必有车辙马迹焉。祭公谋父作《祈招》之诗，以止王心，王是以获没于祗宫。臣问其诗而不知也。若问远焉，其焉能知之？"②

前述王孙圉称左史倚相通过讲史来提供从政鉴戒，但此处称左史倚相不知祭公谋父《祈招》之诗，于是知倚相不能尽到对现实的君王的鉴戒责任，那当然不是一个好史官；所谓"问远"，即为问深远之事，是针对当前的。

于是，怎样突破职官撰作的旧例，渐渐被有识之士所注意。先是从观念上，兴起以文辞解释、权宜形势来突破旧例、旧法。正如《韩非子》所载"书约而弟子辩"③、《逸周书·大开武》所载"淫文破典""淫权破故"。"典""故"，即常法、旧法、先例之类。朱右曾言："淫文，巧言深文，变乱旧章。"唐大沛："权，谓权宜。"④这就是说，常法、旧法、先例，人们利用对其的解释，来寻求突破其原义之处；人们在运用时，或为了权宜之计而改变之，寻求自我作"典"、自我作"故"。明显的一个例子见于《国语·鲁语上》：

> 哀姜至，公使大夫、宗妇觌用币。宗人夏父展曰："非故也。"

---

① 《春秋左传正义》，见《十三经注疏》，上海：上海古籍出版社，1997年，第1793页中、下。
② 《春秋左传正义》，见《十三经注疏》，上海：上海古籍出版社，1997年，第2064页中、下。
③ 《韩非子·八说》，见陈奇猷校注：《韩非子集释》，上海：上海人民出版社，1974年，第976页。
④ 黄怀信等：《逸周书汇校集注》（修订本），上海：上海古籍出版社，2007年，第267~268页。

公曰:"君作故。"①

新妇哀姜娶进门,鲁庄公让大夫及其夫人来相见,并用钱财作见面礼,宗伯夏父展说:"这样做不合乎旧法先例。"庄公说:"君王做了,以后就成为旧法先例了。"因此,改变常法、旧法、先例,或已成为时代的风气,而这种风气也必将表现在文章撰作上。

从上述人们对职官因循旧例、不知与时俱进的批评,可知所谓"述而不作"的风气正在向名正言顺的"作"转换。《论语·述而》:"述而不作,信而好古,窃比于我老彭。"皇侃疏:"述者,传于旧章也。"朱熹《集注》:"述,传旧而已;作,则创始也。"②《中庸》有"非天子,不议礼,不制度,不考文"③的记载,"述而不作"即建立在此基础之上,但时代已是"天子失官"而导致学术下移,由周王室下移于侯国,由侯国下移于民间。孔子一方面说"述而不作",另一方面又说"殷因于夏礼,所损益可知也;周因于殷礼,所损益可知也。其或继周者,虽百世可知也"④"周监于二代,郁郁乎文哉!吾从周"⑤,认为三代以来王官之学的礼乐传统一直是在因革损益的变化中演进的。因此,其"述而不作"之"述",已经在"作"了。而孔子提出"有德者必有言"⑥,"有德者"要有自己的声音,那么,社会持各种各样观点的君子也应该发出自己的声音。

学术下移,故后世有"诸子出于王官"的说法,如《汉书·艺文志》载"儒家者流,盖出于司徒之官,助人君顺阴阳明教化者也""道家者流,盖出于史官,历记成败存亡祸福古今之道""阴阳家者流,盖出于羲和之官""名家者流,盖出于礼官""墨家者流,盖出于清庙之守""从横家者流,盖出于行人之官""杂家者流,盖出于议官""农家者流,盖出于农稷之官""小说家者流,盖出于稗官",刘歆言:"今异家者各推所长,穷知究虑,以明其指,虽有蔽短,

---

① (先秦)左丘明著,(三国)韦昭注,胡文波校点:《国语》,上海:上海古籍出版社,2015年,第102页。
② (宋)朱熹:《四书集注》,长沙:岳麓书社,1987年,第133页。
③ 《礼记注疏》,见《十三经注疏》,上海:上海古籍出版社,1997年,第1634页上。
④ 《论语·为政》,《论语注疏》,见《十三经注疏》,上海:上海古籍出版社,1997年,第2463页中。
⑤ 《论语·八佾》,《论语注疏》,见《十三经注疏》,上海:上海古籍出版社,1997年,第2467页中。
⑥ 《论语·宪问》,《论语注疏》,见《十三经注疏》,上海:上海古籍出版社,1997年,第2510页上。

合其要归,亦六经之支与流裔。"①胡适《诸子不出于王官论》,已证"某家出于某官"之说确不能成立。但余英时说"刘歆的九流出于王官说,分别以察,虽多不可通,但汇合以观则颇有理据",即诸子各就一端对古代王官学进行"突破","指出了古代道术由合而分的历史趋势"②。又如《墨子·非命上》所载墨子论"三表"法:"故言必有三表。何谓三表?子墨子言曰:有本之者,有原之者,有用之者。于何本之?上本之于古者圣王之事。于何原之?下原察百姓耳目之实。"③"原"也是"上本之于古者圣王之事"的出于六艺而受儒者之业,墨子"学儒者之业,受孔子之术",后"以为其礼烦扰而不说,厚葬靡财而贫民,服伤生而害事","故背周道而用夏政"④,这才独立成为墨家。"突破"古代王官学而各就一端的道术,就是崇尚创新之"作"而形成的。

三、"君子九能"与文章自主性

既然有职官失职的情况,"述而不作"的传统被打破,改变常法、旧法、先例的风气也必将表现在文章撰作上。于是,时代就从正面意义提出了撰作文章的"君子九能",所谓"君子"之"能"即是对重大事件提出自己的处理意见,其文辞有实用效益,从根本上讲,就是要发出自己的声音。

以下我们来看"君子九能"要点。

"命龟",将所卜之事告卜人以龟占之,有正问、反问二次;"建邦能命龟","命龟"即提出国都的迁徙,这是重大决策,而占卜则次之,如命辞验兆不如意,还可以再卜、三卜。

"田能施命",孔颖达疏:"谓于田猎而能施教命以设誓。若士师职云:三曰禁,用诸田役。注云:禁则军礼曰:无于车,无自后射,射其类也。大司马职云:斩牲以左右徇陈,曰:不用命者,斩之是也。田所以习战,故施命以戒众也。"⑤田猎是军事演习,"施命"者以其文辞展示自己的军事才能。

"作器能铭","铭者,论撰其先祖之有德善、功烈、勋劳、庆赏、声名,列

---

① (汉)班固:《汉书》,北京:中华书局,1962年,第1728~1746页。
② 余英时:《士与中国文化》,上海:上海人民出版社,1987年,第30、27页。
③ (清)孙诒让撰,孙启治点校:《墨子间诂》,北京:中华书局,2001年,第266页。
④ 《淮南子·要略》,见何宁:《淮南子集释》,北京:中华书局,1998年,第1459页。
⑤ 本部分所引"孔疏"均见于《毛诗正义》,《十三经注疏》,上海:上海古籍出版社,1997年,第316页中、下。

于天下,而酌之祭器,自成其名焉,以祀其先祖者也"①。郭预衡说:西周以前的铭文,"几乎没有什么说教的文字",到了西周时代,认识到天命无常,时有亡国的焦虑,故铭文"多讲历史的经验教训"②,这是需要眼光的。

"使能造命"有两种:一是事先有所准备,如郑国外交,"为命,裨谌草创之,世叔讨论之,行人子羽修饰之,东里子产润色之"③;二是"无常辞"情况下的随机应变,如孔颖达曰:"谓随前事应机造其辞命以对,若屈完之对齐侯、国佐之对晋师,君无常辞也。"屈完、国佐对答他国,取得主动,证明了自己的言辞能力。《国语·楚语下》载:王孙圉论"国宝"有观射父,"能作训辞,以行事于诸侯,使无以寡君为口实"④;虽然观射父是一位巫师,但"能作训辞"当是其成为参与政事的大夫的条件之一。两相比较,观射父强于仅为"良史"的倚相。

"升高能赋",或称即春秋时的外交赋诗⑤,这是士大夫任"行人(外交官)"的职业性修养,如果不懂"赋诗"或不会"赋诗",将受到嘲笑。"赋诗",有不见于《诗三百》者,或为逸诗,或为即兴创作,亦未可知。"升高能赋"或如孔颖达所说:"谓升高有所见,能为诗赋其形状、铺陈其事势也。"清夏炘《读诗札记》所谓"升高有所见"的撰作,"如陟北山而歌王事,陟岵屺而嗟父母之是也"⑥,皆自主性诗歌创作。

"师旅能誓",孔颖达疏:"谓将帅能誓戒之,若铁之战,赵鞅誓军之类。"此为出征前统帅向战士宣布作战意义,表示决心。《左传·哀公二年》载铁丘之战赵简子誓军,指责"今郑为不道,弃君助臣",宣布奖励政策:"克敌者,上大夫受县,下大夫受郡,士田十万,庶人工商遂,人臣隶圉免。"并称如若不胜,"若其有罪,绞缢以戮,桐棺三寸,不设属辟,素车朴马,无入于兆,下卿之罚也"⑦。这极大地鼓舞了士气,一举获胜。

---

① 《礼记·祭统》,《礼记正义》,见《十三经注疏》,上海:上海古籍出版社,1997年,第1606页下。
② 郭预衡:《中国散文史》上册,上海:上海古籍出版社,2000年,第1~2页。
③ 《论语注疏》,见《十三经注疏》,上海:上海古籍出版社,1997年,第2510页下。
④ (先秦)左丘明著,(三国)韦昭注,胡文波校点:《国语》,上海:上海古籍出版社,2015年,第390页。
⑤ 周勋初:《"登高能赋"说的演变和刘勰创作论的形成》,见《魏晋南北朝文学论丛》,南京:江苏古籍出版社,1999年,第137~149页。
⑥ (清)夏炘:《读诗札记》卷三,清咸丰三年刻本。所引诗为《诗·小雅·北山》:"陟彼北山,言采其杞。偕偕士子,朝夕从事。王事靡盬,忧我父母。"《诗·魏风·陟岵》:"陟彼岵兮,瞻望父兮。"
⑦ 《春秋左传正义》,见《十三经注疏》,上海:上海古籍出版社,1997年,第2156页。

"山川能说",据郑玄笺:或为"说其形势也",此当为自主性言说;或为"述其故事也",此多为典故。

"丧纪能诔",鲁哀公为孔子诔,已经证明不能依旧例实行。

"祭祀能语",孔颖达疏:"谓于祭祀能祝告鬼神而为言语,若荀偃祷河、蒯聩祷祖之类是也。"晋伐齐、伐郑,荀偃祷河、蒯聩祷祖都是大夫行为。

上述"君子九能",所展示的是能否运用某种文体作文章,这些文章一是针对重大事件而言,二是随机而言,并非因循守旧的套式公文,而是需要根据当前的情况作出自己的判断,才有可能进行撰作,有着较为充分的自主性。其特点集中表现为不是"述",而是"作",即如邓国光评论"祭祀能语"所言:"祝辞,所表达的是爱憎的讯息,所以说'作',即创作。至于史职,专掌书记,著录行言,是'述'。"①

众多文体提出以这九种来考验"君子"的能力,可见此九种文体的重要性。王官本专掌撰作之事,本无所谓"能"与"不能",现提出这个问题,就是说,"能"的要求不一样了。文辞撰作不能按照过去的制度、规则来,而是须在根据现实情况作出自己的判断后进行。所谓"君子能此九者,可谓有德音",《周礼·地官·师氏》"以三德教国子",郑玄注:"德、行,内外之称,在心为德,施之为行。"②德,指道德、品德,是人内心的力量。孔颖达释"三立"之"立德",曰:"立德,谓创制垂法,博施济众,圣德立于上代,惠泽被于无穷。"③德由内心而发,章学诚《文史通义·史德》说:"能具史识者,必知史德。德者何?谓著书之心术也。"④《礼记·学记》:"凡学:官先事,士先志。"⑤王官注重"事",而士则注重内心的"志",故能"创"。所谓"创",就是个体的自主性撰作,是相对于王官套话式的官方文件来说的。士是"造"出来的,所谓"顺先王诗、书、礼、乐以造士"⑥。"械数者,治之流也,非治之原也;君子者,治之原也。官人守数,君子养原,原清则流清,原浊则流浊"⑦。

---

① 邓国光:《〈周礼〉六辞初探》,载《中华文史论丛》第51辑,上海:上海古籍出版社,1993年,第140页。

② 《周礼注疏》,见《十三经注疏》,上海:上海古籍出版社,1997年,第730页中。

③ "襄公二十四年",《春秋左传正义》,见《十三经注疏》,上海:上海古籍出版社,1997年,第1979页中。

④ (清)章学诚著,仓修良编注:《文史通义新编新注》,北京:商务印书馆,2017年,第265页。

⑤ 《礼记正义》,见《十三经注疏》,上海:上海古籍出版社,1997年,第1522页上。

⑥ 《礼记·王制》,《礼记正义》,见《十三经注疏》,上海:上海古籍出版社,1997年,第1342页上。

⑦ (清)王先谦撰,沈啸寰、王星贤点校:《荀子集解》,中华书局,1988年,第232页。

君子高于仅知"守数"的官人。"养原"的君子撰作文章发出自己的声音,以能"博施济众",正应该是后世"文人"的准则,故清夏炘《读诗札记》称"君子九能"为"其后世文人之滥觞"①。

四、"立言不朽"与"可以为大夫"

"君子能此九者,可谓有德音,可以为大夫"。"可以为大夫"者,是相对于"士"而言的。大夫与士分属两个阶层,如《礼记·王制》"王者之制禄爵""诸侯之上大夫卿、下大夫、上士、中士、下士,凡五等"②。

庶人以"学"升为士,所谓"学而优则仕"。《吕氏春秋·尊师》载:

> 子张,鲁之鄙家也;颜涿聚,梁父之大盗也;学于孔子。段干木,晋国之大驵也,学于子夏。高何、县子石,齐国之暴者也,指于乡曲,学于子墨子。索卢参,东方之巨狡也,学于禽滑黎。此六人者,刑戮死辱之人也。今非徒免于刑戮死辱也,由此为天下名士显人,以终其寿,王公大人从而礼之,此得之于学也。③

有"刑戮死辱之人"通过"学"而成为"天下名士显人"的突出例子,一般庶人以"学"升为士不言而喻。其他如《管子·小匡》载农人之子"其秀才之能为士者",又有宁越的例子。《吕氏春秋·博志》载:

> 宁越,中牟之鄙人也。苦耕稼之劳,谓其友曰:"何为而可以免此苦也?"其友曰:"莫如学。学三十岁则可以达矣。"宁越曰:"请以十五岁。人将休,吾将不敢休;人将卧,吾将不敢卧。"十五岁而周威公师之。④

士为"能事其事者",《说文解字》:

> 士,事也。[段玉裁注:引申之,凡能事其事者称士。《白虎通》曰:士者事也,任事之称也。故《传》曰:通古今,辩(辨)然不,

---

① (清)夏炘:《读诗札记》卷三,清咸丰三年刻本。
② 《礼记正义》,见《十三经注疏》,上海:上海古籍出版社,1997年,第1321页下。
③ (秦)吕不韦:《吕氏春秋》,上海:上海古籍出版社,1989年,第35页上。
④ (秦)吕不韦:《吕氏春秋》,上海:上海古籍出版社,1989年,第214页下。

谓之士。]数始于一,终于十。孔子曰:推十合一为士。①

"能事其事者"就要有职位,《孟子·滕文公下》载周霄问孟子:"古之君子仕乎?"孟子给予肯定的答复,并称"士之失位也,犹诸侯之失国家也"②,这是指职位对士的重要性。

大夫本为世袭,春秋时期,墨子有著名的"尚贤"理论。"尚贤"即给予"士"官职使之成为"大夫":"古者圣王之为政,列德而尚贤,虽在农与工肆之人,有能则举之,高予之爵,重予之禄,任之以事,断予之令。""贤者举而上之,富而贵之,以为官长。"③士可因才华之"能"而为大夫。士的"能",主要还在"文"的方面。如《左传·僖公二十七年》载:

> (晋)作三军,谋元帅。赵衰曰:"郤縠可。臣亟闻其言矣,说礼、乐而敦《诗》《书》。《诗》《书》,义之府也。礼、乐,德之则也。德、义,利之本也。《夏书》曰:'赋纳以言,明试以功,车服以庸。'君其试之。"及使郤縠将中军。④

郤縠因"说礼、乐而敦《诗》《书》"而成为元帅。苏秦为了能够执政,对"书"进行"揣摩":

> 出游数岁,大困而归。兄弟嫂妹妻妾窃皆笑之,曰:"周人之俗,治产业,力工商,逐什二以为务。今子释本而事口舌,困,不亦宜乎!"苏秦闻之而惭,自伤,乃闭室不出,出其书遍观之。曰:"夫士已屈首受书,而不能以取尊荣,虽多亦奚以为!"于是得周书《阴符》,伏而读之。期年,以出揣摩,曰:"此可以说当世之君矣。"⑤

果然,苏秦佩六国相印。在齐国,有一大批士"为上大夫"。《史记·田敬仲完世家》:

---

① (清)段玉裁:《说文解字注》,上海:上海古籍出版社,1981年,第20页上。
② 《孟子注疏》,见《十三经注疏》,上海:上海古籍出版社,1997年,第2711页上。
③ 《墨子·尚贤》,见(清)孙诒让撰,孙启治点校:《墨子间诂》,北京:中华书局,2001年,第46,49页。
④ 《春秋左传正义》,见《十三经注疏》,上海:上海古籍出版社,1997年,第1822页下~1823页上。
⑤ (汉)司马迁:《史记·苏秦传》,北京:中华书局,1982年,第2241~2242页。

> 宣王喜文学游说之士,自如驺衍、淳于髡、田骈、接子、慎到、环渊之徒七十六人,皆赐列第,为上大夫,不治而议论。①

所谓"不治而议论"而"为上大夫",是指其享受大夫待遇。《史记·孟子荀卿列传》载:

> 自驺衍与齐之稷下先生,如淳于髡、慎到、环渊、接子、田骈、驺奭之徒,各著书言治乱之事,以干世主,岂可胜道哉!……于是齐王嘉之,自如淳于髡以下,皆命曰列大夫,为开第康庄之衢,高门大屋,尊宠之。览天下诸侯宾客,言齐能致天下贤士也。②

这些士是以"各著书言治乱之事"而为"列大夫"的。

我们再来看孔子的弟子由君子而为大夫。《史记·仲尼弟子列传》载:孔学四门十弟子,除了以"德行"称世的颜渊、闵子骞、冉伯牛、仲弓,此四人无政事,其他三门的杰出人物,都有为大夫的经历。如"政事":"冉求字子有,少孔子二十九岁。为季氏宰""子路为卫大夫孔悝之邑宰"。"言语":"宰我为临菑(淄)大夫,与田常作乱,以夷其族""子贡一出,存鲁,乱齐,破吴,强晋而霸越。子贡一使,使势相破,十年之中,五国各有变"。"文学":"子游既已受业,为武城宰"。子夏虽无大夫职位,但"孔子既没,子夏居西河教授,为魏文侯师",无其职而有其位。③

《左传·襄公二十四年》有关于"世禄"与"不朽"的讨论,所谓"大上有立德,其次有立功,其次有立言,虽久不废,此之谓不朽"④。那么,怎么"立言"?在哪些场合"立言"?"君子九能"之说给了很好的回答:"立言"即对重大事件提出自己的处理意见,其文辞有实际效益;文辞撰作并非只是公文性的因循旧例而须具有文人自主性意识的问题,已被世人所关注。对于文人来说,"立言"的最高层次是"虽久不废,此之谓不朽",但毕竟是身后之事;而眼前利益则是《礼运》所谓"天下为公,选贤与能",可以被"选","可以为大夫"。文人"立言"的"不朽"与"为大夫",虽然境界不同,但文人对此都有较大的向往,于是,文章撰作日益走向自觉。

---

① (汉)司马迁:《史记》,北京:中华书局,1982年,第1895页。
② (汉)司马迁:《史记》,北京:中华书局,1982年,第2346~2348页。
③ (汉)司马迁:《史记》,北京:中华书局,1982年,第2185~2203页。
④ 《春秋左传正义》,见《十三经注疏》,上海:上海古籍出版社,1997年,第1979页中。

第二章 王官"立言"论

王官,王朝的官员,或统称为"史"。《书·金縢》:"史乃册祝。"①《周礼·春官·占人》:"(凡卜筮)史占墨,卜人占坼。"②《礼记·玉藻》:"动则左史书之,言则右史书之。"③这几则材料分别说的是"史"担任祭祀、星历、卜筮、记事等职。《易·系辞下》:"上古结绳而治,后世圣人易之以书契,百官以治,万民以察,盖取诸夬。"孔颖达疏:"夬者,决也。造立书契,所以决断万事,故取诸夬也。"④"书契"是人类最早记载下来的"立言"。这种"立言"本为"圣人"意志所决定,即为王朝的社会规则所决定;而此处所叙说的是"礼崩乐坏"转型时期的情况,王官"立言"也处于转型时期,其"立言"的转型,又影响着其身份的转型。

第一节 巫祝"立言"与文学

巫祝沟通人与鬼神、交流人与鬼神,人依托他们向鬼神表达愿望,鬼神的意见也是通过他们传达的。此处考察以巫祝作为中介展开的人与鬼神的交流及其对古代文学作品中有关鬼神叙写的影响。巫祝主要是以"立言"沟通人与鬼神、交流人与鬼神,《文心雕龙·祝盟》所谓"祝史陈信,资乎文辞"⑤,此处又考察巫祝"立言"的内容、文体等对古代文学观念的影响。

一、巫祝与人、神沟通

《史记·历书》载:远古黄帝时,就有"天地神祇物类之官,是谓五官。

---

① 《尚书正义》,见《十三经注疏》,上海:上海古籍出版社,1997年,第196页中。
② 《周礼注疏》,见《十三经注疏》,上海:上海古籍出版社,1997年,第805页中。
③ 《礼记正义》,见《十三经注疏》,上海:上海古籍出版社,1997年,第1473页下~1474页上。
④ 《周易正义》,见《十三经注疏》,上海:上海古籍出版社,1997年,第87页中。
⑤ (南朝梁)刘勰著,詹锳义证:《文心雕龙义证》,上海:上海古籍出版社,1989年,第354~386页。本部分所引《文心雕龙·祝盟》的文字,均出自此,以下不再出注。

各司其序,不相乱也",于是"民神异业"①。但以后多有"民神杂扰"的情况,《尚书·吕刑》载,帝尧"乃命重、黎,绝地天通,罔有降格",孔颖达《疏》解释这一情况说:

> 三苗乱德,民神杂扰,帝尧既诛苗民,乃命重、黎二氏,使绝天地相通,令民神不杂,于是天神无有下至地,地民无有上至天,言天神、地民不相杂也。②

"民神不杂",则由专门的巫祝沟通人与鬼神的关系。《山海经·大荒西经》:"有灵山,巫咸、巫即、巫盼、巫彭、巫姑、巫真、巫礼、巫抵、巫谢、巫罗十巫,从此升降,百药爰在。"③据说早先的巫祝是可以从灵山升天降地沟通人神的,后来就只能"资乎文辞"了。

巫,能以舞降神的人,能调动鬼神之力为人消灾致富,如降神、预言、祈雨、医病等;或能实行巫蛊厌胜,或能诅咒。祝,祭祀时司礼仪的人,能够以语言与鬼神沟通。《礼记·曾子问》"祫祭于祖,则祝迎四庙之主",郑玄注:"祝,接神者也。"④祝,又是与鬼神沟通者的语言行为,《战国策·齐二》:"为仪千秋之祝。"《战国策·赵四》:"祭祀必祝之。"⑤祝即祷告,向鬼神求福。类似的说法还有:祝白,祷告;祝告,祷告于神灵;祝神,祝祷于神灵;祝庇,祝告神灵保佑;祝祓,求告神灵降福除灾。祝,又指祝颂,《左传·哀公二十五年》"公宴于五梧,武伯为祝",杜预注:"祝,上寿酒。"⑥巫祝或合称,《礼记·檀弓下》:"君临臣丧,以巫祝桃茢执戈,恶之也。"⑦

巫以动作为主与鬼神交流,祝则以"立言"为主,《说文解字》曰:"巫,祝也。女能事无形,以舞降神者也。""祝,祭主赞词者。"⑧与一般人间的行重言轻不同,巫祝与神沟通、交流,主要是以"文辞"。史载"祝"的职责:

> 且夫祝,社稷之常隶也。社稷不动,祝不出竟,官之制也。君以军行,祓社衅鼓,祝奉以从,于是乎出竟。若嘉好之事,君行师

---

① (汉)司马迁:《史记》,北京:中华书局,1982年,第1256页。
② 《尚书正义》,见《十三经注疏》,上海:上海古籍出版社,1997年,第248页中。
③ 袁珂:《山海经校译》,上海:上海古籍出版社,1985年,第270页。
④ 《礼记正义》,见《十三经注疏》,上海:上海古籍出版社,1997年,第1393页中。
⑤ (汉)刘向集录:《战国策》,上海:上海古籍出版社,1985年,第353、770页。
⑥ 《春秋左传正义》,见《十三经注疏》,上海:上海古籍出版社,1997年,第2182页中。
⑦ 《礼记正义》,见《十三经注疏》,上海:上海古籍出版社,1997年,第1302页下。
⑧ (清)段玉裁:《说文解字注》,上海:上海古籍出版社,1981年,第201页下、6页下。

从,卿行旅从,臣无事焉。①

"祝"伴随"社稷"牌位而动。

《国语·楚语下》对巫祝及其管理部门的职能都有阐述,其称"巫":

> 民之精爽不携贰者,而又能齐肃衷正,其知能上下比义,其圣能光远宣朗,其明能光照之,其聪能听彻之,如是则明神降之,在男曰觋,在女曰巫。

其能力表现在身体条件上,所谓"其知能""其明""其聪"等。其称"祝":

> 是使制神之处位次主,而为之牲器时服,而后使先圣之后之有光烈,而能知山川之号、高祖之主、宗庙之事、昭穆之世、齐敬之勤、礼节之宜、威仪之则、容貌之崇、忠信之质、禋洁之服,而敬恭明神者,以为之祝。

其能力表现在知识上,所谓"能知"云云。就地位而言,祝是"先圣之后之有光烈"者,巫是"民之精爽不携贰"者,"祝"自然比"巫"要高。巫祝之上又有管理部门,即分司天、地、神、民、类物的"五官",其能力表现在具体的管理上,如"心率旧典者为之宗""各司其序"等。如此,民、神既分离,又有交流,所谓"民是以能有忠信,神是以能有明德,民神异业,敬而不渎,故神降之嘉生,民以物享,祸灾不至,求用不匮"。②

巫祝之类职官责任重大,"故先王秉蓍龟,列祭祀,瘞缯,宣祝嘏辞说,设制度。故国有礼,官有御,事有职,礼有序","王前巫而后史,卜筮瞽侑皆在左右"。③ 座位也排列在王的前后左右。巫祝执掌沟通人神,但又处于先秦王官职官系统中,究竟是听命、取悦于君王,还是听命、取悦于鬼神,有时使其两难。《左传·昭公二十年》载:齐景公生病,一年不愈,就归罪于祝固、史嚚,晏子劝阻说:遇上有德之君,祝、史向上天诚信报告实情,"无愧心矣"。遇上淫暴之君,祝、史若向上天诚信报告实情,是报告国君的罪过;若

---

① "定公四年",《春秋左传正义》,见《十三经注疏》,上海:上海古籍出版社,1997年,第2134页上。
② (先秦)左丘明著,(三国)韦昭注,胡文波校点:《国语》,上海:上海古籍出版社,2015年,第376~377页。
③ 《礼记·礼运》,《礼记正义》,见《十三经注疏》,上海:上海古籍出版社,1997年,第1425页下。

掩饰而述说美德,则是虚诈欺骗。于是祝、史"进退无辞,则虚以求媚","是以鬼神不飨其国以祸之,祝、史与焉",祝、史也有一份。①《晏子春秋·内篇谏上》载晏子论祝的作用及其在遇上淫暴之君时的情况:"祝直言情,则谤吾君也;隐匿过,则欺上帝也。上帝神,则不可欺;上帝不神,祝亦无益。"②这些又都有以祝、史的两难而强调人事重于鬼神之意味。

二、从"事鬼神"到"通上下亲疏"

祝之"立言"有二,即祝辞与嘏辞。《礼记·礼运》"修其祝嘏,以降上神",郑玄注:"祝,祝为主人飨神辞也;嘏,祝为尸致福于主人之辞也。"孔颖达疏:"祝谓以主人之辞飨神,嘏谓祝以尸之辞致福而嘏主人也。"③

"立言"飨神之祝,是主人向神或先祖请求庇佑之文。代神"立言"之嘏,即古代祭祀时执事人(祝)为受祭者(尸)致福于主人之辞,为神的致福辞。祝官之辞多"口出以为言",如《周礼·冬官考工记·梓人》载:

> 祭侯之礼,以酒脯醢,其辞曰:"惟若宁侯,毋或若女不宁侯,不属于王所,故抗而射女。强饮强食,诒女曾孙诸侯百福。"④

侯即箭靶,《礼记·射义》:"故天子之大射,谓之射侯。射侯者,射为诸侯也。射中则得为诸侯,射不中则不得为诸侯。"⑤此辞为"祭侯之礼"上的祝文,意思是要做安顺的诸侯,到王这里来朝会,张弓射靶,努力饮酒用食,将留给子孙百福。官之辞也有"笔书以为文"者,如《尚书》载录的执册而读祝文者,《尚书·金縢》"史乃册祝曰",伪孔传:"史为册书祝辞也。"以下又有"王执书以泣"之"书"⑥。《史记·鲁周公世家》"史策祝曰",《集解》引郑玄曰:"策,周公所作,谓简书也。祝者读此简书,以告三王。"⑦从下文"乃纳册于金縢之匮中"看,"册祝"之"册"是文字书于简而编连诸简之谓,即《尚书·金縢》。而称"祝者读此简书",从中可知祝官之辞通常"以读出之"。

---

① 《春秋左传正义》,见《十三经注疏》,上海:上海古籍出版社,1997年,第2092页中～2093页上。
② 张纯一:《晏子春秋校注》,北京:中华书局,1959年,第18页。
③ 《礼记正义》,见《十三经注疏》,上海:上海古籍出版社,1997年,第1416页中。
④ 《周礼注疏》,见《十三经注疏》,上海:上海古籍出版社,1997年,第926页中。
⑤ 《礼记正义》,见《十三经注疏》,上海:上海古籍出版社,1997年,第1688页中。
⑥ 《尚书正义》,见《十三经注疏》,上海:上海古籍出版社,1997年,第196页中、197页中。
⑦ (汉)司马迁:《史记》,北京:中华书局,1982年,第1516～1517页。

祝官之辞往往呈现多方面内容,如《文心雕龙·祝盟》称"天地定位,祀遍群神",其对周代祝官之辞作了概括:

> 及周之太祝,掌六祝之辞。是以"庶物咸生",陈于天地之郊;"旁作穆穆",唱于迎日之拜;"夙兴夜处",言于祔庙之祝;"多福无疆",布于少牢之馈;宜社类祃,莫不有文:所以寅虔于神祇,严恭于宗庙也。

春秋时期,祭祀过多过滥,所谓"春秋已(以)下,黩祀谄祭,祝币史辞,靡神不至"。祭祀的场合也不讲究了,所谓"至于张老成室,致善于歌哭之祷;蒯瞆临战,获佑于筋骨之请:虽造次颠沛,必于祝矣"。但是到了战国时代,一下子不讲此事了,顾炎武《日知录·周末风俗》称:"春秋时犹严祭祀,重聘享,而战国无其事矣。"①到汉代,祭祀之事则变了味,《祝盟》称"汉之群祀,肃其旨礼,既总硕儒之义,亦参方士之术。所以秘祝移过,异于成汤之心;侲子驱疫,同乎越巫之祝:礼失之渐也",既掺入儒术,又掺入巫术。

最值得我们注意的是,祝官之辞本有"事鬼神示""同鬼神示"与"通上下亲疏远近"之别,《周礼·春官·大祝》载大祝所掌之辞:

> 大祝掌六祝之辞,以事鬼神示,祈福祥,求永贞。一曰顺祝,二曰年祝,三曰吉祝,四曰化祝,五曰瑞祝,六曰策祝。掌六祈以同鬼神示,一曰类,二曰造,三曰襘,四曰禜,五曰攻,六曰说。作六辞以通上下亲疏远近,一曰祠,二曰命,三曰诰,四曰会,五曰祷,六曰诔。(郑玄注:此皆有文雅辞令,难为者也。)②

祭司主持祭祀时作的祝文,要求文字庄重典雅,不容易写好,既"事鬼神示""同鬼神示",这是鬼神之事;又"通上下亲疏远近",这是人间之事。孙诒让《周礼正义》曰:"此以生人通辞为文,与上'六祝''六祈'主鬼神示言者异。"③既掌通鬼神之辞,又掌通人间之辞,其间就有转化或融合。"六辞",邓国光《〈周礼〉六辞初探》论之甚详④,此处但引"六辞"中"会、诔"二辞都

---

① (清)顾炎武著,黄汝成集释:《日知录集释》,上海:国学整理社,1936年,第304页。
② 《周礼注疏》,见《十三经注疏》,上海:上海古籍出版社,1997年,第808页下~809页中。
③ (清)孙诒让撰,王文锦、陈玉霞点校:《周礼正义》,北京:中华书局,1987年,第1993页。
④ 邓国光:《〈周礼〉六辞初探》,载《中华文史论丛》第51辑,上海:上海古籍出版社,第137~158页。以下不再出注。

有"主神示"与"生人通辞"二者示例。

"会",通"禬",指"主神示"祈福除殃的祭祀。《管子·幼官》:"则人君从会请命于天,地知气和,则生物从。"郭沫若等《集校》引尹桐阳曰:"会同禬,除疾殃祭也。"① 但"会"也有"生人通辞",郑众云:"会,谓王官之伯命事于会,胥命于蒲,主为其命也。"郑玄曰:"会谓会同,盟誓之辞。"②

"诔",祈祷文。《论语·述而》:"子疾病,子路请祷。子曰:'有诸?'子路对曰:'有之;诔曰:祷尔于上下神祇。'子曰:'丘之祷久矣。'"杨伯峻注:"诔,本应作讄,祈祷文,和哀悼死者的'诔'不同。"③ 列述死者德行,表示哀悼并以之定谥的"诔"见于《礼记·曾子问》,曰:"贱不诔贵,幼不诔长,礼也。"郑玄注:"诔,累也。累列生时行迹,读之以作谥,谥当由尊者成。"④

大祝作"六祝之辞""六祈"以"主神示",是自然而然的,但大祝作"生人通辞"之"六辞",会不会具有代神"立言"的性质,或受神的致福辞的影响?因此,祝的"资乎文辞"以沟通人、神的意味,又包含"文辞"自身的沟通——"主神示"的文辞与"生人通辞"的文辞之间的沟通与兼容;因此,大祝能够兼具"主神示"与"生人通辞"两种模式,恰恰说明大祝作辞,具有从"主神示"向为"生人通辞"进化或二者融合的性质。

祝辞在内容上也有兼通鬼神之事与人间之事的。如《文心雕龙·祝盟》载:

> 昔伊耆始蜡,以祭八神。其辞云:"土反其宅,水归其壑,昆虫毋作,草木归其泽。"则上皇祝文,爰在兹矣!舜之祠田云:"荷此长耜,耕彼南亩,四海俱有。"利民之志,颇形于言矣。

伊耆氏其辞为对神祈愿,舜之祠田则对人,二者都是"利民之语",巫祝"立言"的共性也就是"利民之语"。巫祝沟通人神,以人为主。《尚书·泰誓》:"天视自我民视,天听自我民听。"⑤《礼记·郊特牲》"天子大蜡八",其中有"祭坊与水庸"(坊,水坝;水庸,水沟)⑥,"土反其宅"云云为祭祀此二者时的祝文,祈求神灵庇佑,各自安守本分,土不崩坍安居山岭,水不泛滥回归

---

① 郭沫若、闻一多、许维遹:《管子集校》,北京:科学出版社,1956年,第139页。
② 《周礼注疏》,见《十三经注疏》,上海:上海古籍出版社,1997年,第809页中。
③ 杨伯峻:《论语译注》,北京:中华书局,2006年,第87页。
④ 《礼记正义》,见《十三经注疏》,上海:上海古籍出版社,1997年,第1398页上。
⑤ 《尚书正义》,见《十三经注疏》,上海:上海古籍出版社,1997年,第181页下。
⑥ 《礼记正义》,见《十三经注疏》,上海:上海古籍出版社,1997年,第1453~1454页。

河流沟壑,草木生长山林水泽,农田不生虫害不长野草。但是称"祭坊与水庸,事也",指人们做了水坝、水沟这些事,才能去祭祀祈愿。

三、巫祝"立言"的文体

《荀子·大略》载大旱之时汤祷,曰:

> 政不节与?使民疾与?何以不雨至斯极也!宫室荣与?妇谒盛与?何以不雨至斯极也!苞苴行与?谗夫兴与?何以不雨至斯极也!①

这是询问之语,运用多种猜测性的询问,希望能够猜中。

《吕氏春秋·顺民》载:

> 昔者汤克夏而正天下。天大旱,五年不收,汤乃以身祷于桑林,曰:"余一人有罪,无及万夫。万夫有罪,在余一人。无以一人之不敏,使上帝鬼神伤民之命。"于是剪其发,䥯其手,以身为牺牲,用祈福于上帝。民乃甚说,雨乃大至。则汤达乎鬼神之化、人事之传也。②

这是以自身为牺牲的祈福之语。

《仪礼·少牢馈食礼》载"皇尸命工祝"之嘏辞:

> 承致多福无疆,于女孝孙。来女孝孙,使女受禄于天,宜稼于田,眉寿万年,勿替引之。③

这是赐福之语。

《云笈七签·轩辕本纪》载:

> 帝巡狩,东至海,登桓山,于海滨得白泽神兽,能言,达于万物之情。因问天下鬼神之事,自古精气为物,游魂为变者,凡万一千五百二十种。白泽言之,帝令以图写之,以示天下。帝乃作《祝

---

① (清)王先谦撰,沈啸寰、王星贤点校:《荀子集解》,北京:中华书局,1988年,第504页。
② (秦)吕不韦:《吕氏春秋》,上海:上海古籍出版社,1989年,第67页上。
③ 《仪礼注疏》,见《十三经注疏》,上海:上海古籍出版社,1997年,第1202页下。

邪》之文以祝之。①

《祝邪》即诅咒文，纪昀评曰："诅骂亦祝之一体，《诅楚文》之类是也。"②

祝文又与某些文体有特定关联。除前文所述"六辞"外，又有"颂"。《毛诗序》曰："颂者，美盛德之形容，以其成功，告于神明者也。"③"告于神明者"，即为祝官之辞。《诗》有《周颂》，其中就有许多是周王的唱诵。还有"诗"，《诗经》中的祝代神而言之语。《诗·小雅·楚茨》：

> 我孔熯矣，式礼莫愆。工祝致告：徂赉孝孙。苾芬孝祀，神嗜饮食。卜尔百福，如几如式。既齐既稷，既匡既敕。永锡尔极，时万时亿！
>
> 礼仪既备，钟鼓既戒，孝孙徂位，工祝致告：神具醉止，皇尸载起。鼓钟送尸，神保聿归。诸宰君妇，废彻不迟。诸父兄弟，备言燕私。④

此二节中的"工祝致告"者，就是祝辞。

祝辞还与许多文体有关联，《文心雕龙·祝盟》：

> 若乃礼之祭祝，事止告飨；而中代祭文，兼赞言行。祭而兼赞，盖引神而作也。又汉代山陵，哀策流文；周丧盛姬，内史执策。然则策本书赠，因哀而为文也。是以义同于诔，而文实告神，诔首而哀末，颂体而祝仪，太史所作之赞，因周之祝文也。

这里涉及的文体有祭文、赞文、哀文、诔文等。

《逸周书》有《殷祝》《周祝》，黄怀信解释"《殷祝》"曰：

> 殷祝，殷商。祝，祝愿、诫嘱。殷祝，就殷事而发的祝愿，诫嘱后王。或云：祝，周官名，祭祀时主持祝告；殷祝，祝之习殷礼者。此篇盖殷祝所作，故名。⑤

---

① （宋）张君房：《云笈七签》卷一百，见《四部丛刊》正统道藏本，上海：商务印书馆，1936年，第683页。
② （清）黄叔琳：《文心雕龙辑注》，北京：中华书局，1957年，第105页。
③ 《毛诗正义》，见《十三经注疏》，上海：上海古籍出版社，1997年，第272页下。
④ 《毛诗正义》，见《十三经注疏》，上海：上海古籍出版社，1997年，第469页。
⑤ 黄怀信：《逸周书校补注译》（修订本），西安：三秦出版社，2006年，第379页。

《殷祝》篇以夏桀、商汤、士民三方对话展开,讲述商汤放逐夏桀前的事,突出"故天下者,唯有道者理之,唯有道者纪之,唯有道者宜久处之"的道理。①

黄怀信解释"《周祝》"曰:

> 周祝,为周人及周天子发的祝愿,含诚嘱之意。或云:祝,祭祀时主持祝告的人;周祝,专习周礼之祝;此篇为周祝所作,故名。此篇劝人明道、劝人思考,极富哲理性。其中诸多问句,堪为屈子《天问》先声。②

李学勤说,《周祝》篇"是把许多格言、谚语式的词句串联集合在一起"③。因此,《逸周书》以"祝"名篇者,虽然都是以"祝"之所作名篇,但《殷祝》是记事记言,而《周祝》则似乎是祝辞片段的串联集合。

祝、嘏两分,以祝为主。南朝梁文学家任昉《文章缘起》,探讨"自秦汉以来,圣君贤士沿著为文之始"④,故以汉董仲舒《祝日蚀文》为最早命名"祝文"并形成独立文体的文章。徐师曾《文体明辨》:"按祝文者,飨神之词也……考其大旨,实有六焉:一曰告、二曰修(修,常祀也)、三曰祈(求也)、四曰报(谢也)、五曰辟(读曰弭,让也,见《郊特牲》)、六曰谒(见也),用以飨天地山川社稷宗庙五祀群神,而总谓之祝文。"⑤

四、巫祝"立言"与《楚辞》

巫祝"立言"的本质特点即以人为主的人神交流。我们阅读《楚辞》,尤其是屈原的作品,大都也有这样的以人为主的人神交流的特点,甚或更进一层,借人神交流而抒发自我情感。

《九歌》。王逸称:

> 《九歌》者,屈原之所作也。昔楚国南郢之邑,沅、湘之间,其

---

① 黄怀信:《逸周书校补注译》(修订本),西安:三秦出版社,2006年,第381页。
② 黄怀信:《逸周书校补注译》(修订本),西安:三秦出版社,2006年,第383页。
③ 李学勤:《〈称〉篇与〈周祝〉》,载《道家文化研究》第3辑,上海:上海古籍出版社,1993年,第245页。
④ 郁沅、张明高编选:《魏晋南北朝文论选》,北京:人民文学出版社,1996年,第311~312页。
⑤ (明)徐师曾:《文体明辨序说》,北京:人民文学出版社,1962年,第155~156页。

> 俗信鬼而好祠,其祠,必作歌乐鼓舞以乐诸神。屈原放逐,窜伏其域,怀忧苦毒,愁思沸郁。出见俗人祭祀之礼,歌舞之乐,其词鄙陋。因为作《九歌》之曲,上陈事神之敬,下见己之冤结,托之以风谏。故其文意不同,章句杂错,而广异义焉。①

本是"歌乐舞鼓,以乐诸神",而屈原既以其"上陈事神之敬",又"下见己之冤结",于是,王逸称"故其文意不同",这个与"俗人祭祀之礼,歌舞之乐"不同之义,即为突出自我。

《招魂》《大招》。《文心雕龙·祝盟》:"若夫《楚辞·招魂》,可谓祝官之辞之组丽也。"纪昀评:"《招魂》似非祝词。"②一般认为二《招》是祝辞,如范文澜注曰:"《楚辞·招魂》王逸注谓宋玉哀(屈)原厥命将落,欲复其精神,延其年寿,故作《招魂》……又《招魂》句尾,皆用些字。《梦溪笔谈》曰:'今夔峡湖湘及江南僚人,凡禁呪句尾皆称些,乃楚人旧俗。'呪即祝之俗字。"③赵逵夫说:"《招魂》是屈原招怀王之魂所作,《大招》是招怀王之父威王所作,故按君王之辈分,名招威王之魂者曰'大招'。"④邓国光论《楚辞》之《招魂》《大招》为祝辞。招魂,召唤人的灵魂从鬼神世界回到人世。

《橘颂》。《大戴礼记·公冠》载祝主持冠礼,并有祝辞:

> 成王冠,周公使祝雍祝王,曰:"达而勿多也。"祝雍曰:"使王近于民,远于年,啬于时,惠于财,亲贤使能。"⑤

《仪礼·士冠礼》记载了冠礼的具体程序及其祝辞。先是"始加",祝曰:"令月吉日,始加元服。弃尔幼志,顺尔成德。寿考惟祺,介尔景福。"以下又有"再加""三加""醴辞""醮辞""再醮""三醮"以及"字辞",祝各有辞。⑥ 赵逵夫在《屈原的冠礼与他的早期任职》中,认为"《橘颂》为屈原行冠礼之作"⑦,是屈原受到祝在行冠礼时祝福的影响,写下的对自己的祝福与要求,但这已并非作为祝官的他人之辞而是自我的吟咏。

---

① (宋)洪兴祖:《楚辞补注》,北京:中华书局,1983年,第55页。
② (清)黄叔琳:《文心雕龙辑注》,北京:中华书局,1957年,第104页。
③ 范文澜:《文心雕龙注》,北京:人民文学出版社,1958年,第182页。
④ 赵逵夫:《屈原与他的时代》,北京:人民文学出版社,1996年,第126页。
⑤ (清)孔广森撰,王丰先点校:《大戴礼记补注》,北京:中华书局,2013年,第239~240页。
⑥ 《仪礼注疏》,见《十三经注疏》,上海:上海古籍出版社,1997年,第957页中、下。
⑦ 赵逵夫:《屈原与他的时代》,北京:人民文学出版社,1996年,第110页。

《离骚》。《离骚》中多有主人公与神的交流,如"就重华而陈词",王逸注:"重华,舜名也。《帝系》曰:瞽叟生重华,是为帝舜。葬于九疑(嶷)山,在沅湘之南。言己依圣王法而行,不容于世,故欲渡沅、湘之水,南行就舜,陈词自说。稽疑圣帝,冀闻秘要以自开悟也。"屈原在天上漫游,"前望舒使先驱兮,后飞廉使奔属。鸾皇为余先戒兮,雷师告余以未具。吾令凤鸟飞腾兮,继之以日夜。飘风屯其相离兮,帅云霓而来御",是与各位自然神的交流。屈原又抒发不能交流时的郁闷,"吾令帝阍开关兮,倚阊阖而望予""及荣华之未落兮,相下女之可诒。吾令丰隆乘云兮,求宓妃之所在。解佩纕以结言兮,吾令謇修以为理""望瑶台之偃蹇兮,见有娀之佚女。吾令鸩为媒兮,鸩告余以不好。雄鸠之鸣逝兮,余犹恶其佻巧。心犹豫而狐疑兮,欲自适而不可"①等。世人以"浮游尘埃之外,不获世之滋垢"来评价《离骚》②,就称其与神的交流。

《远游》。王逸称:

> 《远游》者,屈原之所作也。屈原履方直之行,不容于世,上为谗佞所谮毁,下为俗人所困极,章皇山泽,无所告诉,乃深惟元一,修执恬漠,思欲济世,则意中愤然,文采铺发,遂叙妙思,托配仙人,与俱游戏,周历天地,无所不到,然犹怀念楚国,思慕旧故,忠信之笃,仁义之厚也。是以君子珍重其志,而玮其辞焉。③

他称其为"托配仙人,与俱游戏"之作。

五、巫祝"立言"与文学观念

巫祝"立言"对人神交流、天地交流文学境界的开创有影响,前有《楚辞》作品,后继者层出不穷。兹略举二例。

先说汉魏晋盛行仙诗,如汉乐府《郊祀歌》中《练时日》《五神》《华烨烨》等的神仙叙写,多出现独立的神仙境界。又如《王子乔》:

> 王子乔,参驾白鹿云中遨。参驾白鹿云中遨,下游来,王子乔。参驾白鹿上至云,戏游遨。上建逋阴广里践近高。结仙宫,

---

① (宋)洪兴祖:《楚辞补注》,北京:中华书局,1983年,第20~47页。
② (汉)司马迁:《史记·屈原贾生列传》,北京:中华书局,1982年,第2482页。
③ (宋)洪兴祖:《楚辞补注》,北京:中华书局,1983年,第163页。

> 过谒三台，东游四海五岳，上过蓬莱紫云台。……①

但文人游仙诗，一则以人神交流的自我为主，显示出文人诗的本色。郭璞《游仙诗》"灵妃顾我笑。粲然启玉齿。蹇修时不存，要之将谁使""左挹浮丘袖。右拍洪崖肩"②，把遇到仙人并与之同游视为最高待遇、最高境界。二则突出自我，突出人世情怀，钟嵘《诗品》曰："但《游仙》之作，辞多慷慨，乖远玄宗。而云'奈何虎豹姿'，又云'戢翼栖榛梗'。乃是坎壈咏怀，非列仙之趣也。"李善注："(郭)璞之制，文多自叙。"

再说唐传奇小说。胡应麟说："魏、晋好长生，故多灵变之说；齐、梁弘释典，故多因果之谈。"③鲁迅先生说："中国本信巫，秦汉以来，神仙之说盛行，汉末又大畅巫风，而鬼道愈炽；会小乘佛教亦入中土，渐见流传。凡此，皆张皇鬼神，称道灵异，故自晋迄隋，特多鬼神志怪之书。"④志怪小说在佛教传入的影响下，多叙写鬼神世界，而待唐传奇小说兴起，其描摹鬼怪神异故事又回归先秦巫祝"立言"的传统，是以人为主体的。如初唐由志怪小说向传奇小说过渡时期的《古镜记》《补江总白猿传》《游仙窟》等，虽然也描摹鬼怪神异，但却是以人为主体的，甚至更注重名人的奇异故事，虽仍具鬼怪神异之"怪"，但已表露出向人神之间关系之"奇"的转化。在游仙诗与传奇小说中，鬼神往往并不构成一个独立的世界，它们是在与人的交往中获得自身的存在的；而且，在人神交流的世界里，突出的是人与鬼神的交流，人是占主体地位的。

巫祝"立言"又为古代文学抒情传统的发扬光大与诚信品质的强化做出过贡献。邓国光说：可以从"六辞"看到"中国古代文书所独具的抒情性质"，"祝辞，所表达的是爱憎的讯息"。祝辞表现出来的抒情性质是浓郁且多不加掩饰的，迥然不同于"温柔敦厚"或含蓄之类，如《史记·屈原贾生列传》所载屈原《离骚》的情感抒发：

> 夫天者，人之始也；父母者，人之本也。人穷则反本，故劳苦倦极，未尝不呼天也；疾痛惨怛，未尝不呼父母也。屈平正道直行，竭忠尽智以事其君，谗人间之，可谓穷矣。信而见疑，忠而被

---

① (宋)郭茂倩：《乐府诗集》，北京：中华书局，1979年，第437页。
② 逯钦立辑校：《先秦汉魏晋南北朝诗》，北京：中华书局，1983年，第865页。
③ (明)胡应麟：《少室山房笔丛·九流绪论下》，上海：上海书店出版社，2001年，第283页。
④ 鲁迅：《中国小说史略》，北京：人民文学出版社，2006年，第43页。

谤,能无怨乎？屈平之作《离骚》,盖自怨生也。①

"呼天"是情感抒发的极端,而如此做法则是从巫祝之辞而来。

巫祝"立言"还为文学作品的诚信订立了规范。文字表达的"诚"与"信",最初是表现在祝史之辞上的,《论语·八佾》载孔子"祭如在,祭神如神在"②,就是说虽然鬼神并没有实实在在地现身当前,但也要当作鬼神在场来对待,之所以这样说,就是因为有不诚信的情况。于是,人们赞赏"祝史正辞,信也",批评"祝史矫举以祭",所谓"臣不知其可也"③;赞赏"祝史陈信于鬼神,无愧辞"④。当"祝史陈信,资乎文辞"的"文辞"之"诚",扩大到整体的文字表达,从对待鬼神扩大到人世间的文字交往,于是有"君子进德修业忠信,所以进德也,修辞立其诚,所以居业也"的提出⑤,认定"修辞立其诚"才是"君子"。进而,祝文的许多特点都可作为普遍性的文章撰作的榜样。《文心雕龙·祝盟》在谈论祝文特点时说道:

> 凡群言发华,而降神务实,修辞立诚,在于无愧。祈祷之式,必诚以敬;祭奠之楷,宜恭且哀:此其大较也。班固之祀濛山,祈祷之诚敬也;潘岳之祭庾妇,奠祭之恭哀也:举汇而求,昭然可鉴矣。

其中说到的"实""诚""敬""恭"等,都应该是文章所具有的品质。

巫祝"立言"的某些品质对文学有影响,是建立在人人都可与鬼神交流的泛巫祝化的观念上的。《尚书·君奭》载贤臣或是巫祝,如周公列举的:

> 我闻在昔成汤既受命,时则有若伊尹,格于皇天。在太甲,时则有若保衡。在太戊,时则有若伊陟、臣扈,格于上帝;巫咸乂王家。在祖乙,时则有若巫贤。在武丁,时则有若甘盘。率惟兹有陈,保乂有殷,故殷礼陟配天,多历年所。⑥

---

① （汉）司马迁:《史记·屈原贾生列传》,北京:中华书局,1982年,第2482页。
② 《论语注疏》,见《十三经注疏》,上海:上海古籍出版社,1997年,第2467页上。
③ "桓公六年",《春秋左传正义》,见《十三经注疏》,上海:上海古籍出版社,1997年,第1749页下。
④ "襄公二十七年",《春秋左传正义》,见《十三经注疏》,上海:上海古籍出版社,1997年,第1996页下。
⑤ 《易·乾》,《周易正义》,见《十三经注疏》,上海:上海古籍出版社,1997年,第15页下。
⑥ 《尚书正义》,见《十三经注疏》,上海:上海古籍出版社,1997年,第223页下～224页上。

贤臣都能够"格于皇天""格于上帝",贤臣中或有具有巫祝身份者,如巫咸、巫贤等。而且,君王本来就是可以不通过巫祝而直接向鬼神祈祷的,如姚孝遂主编的《殷墟甲骨刻辞类纂》所载"王祝"一类,就是王亲自祝祷①;又如《文心雕龙·祝盟》载:

  至于商履,圣敬日跻,玄牡告天,以万方罪己,即郊禋之词也;素车祷旱,以六事责躬,则雩禜之文也。

上面就是成汤的祝辞行为。天子也可以为祝,《周颂》中就有许多是周王的唱诵。前述战国时期不载祭祀其事,其实是下移至民间了,《史记·滑稽列传》载:

  (淳于)髡曰:"今者臣从东方来,见道傍有禳田者,操一豚蹄,酒一盂,祝曰:'瓯窭满篝,污邪满车,五谷蕃熟,穰穰满家。'"②

这是战国时期民间的祭祀,人人可"祝",人人可与神交流,至汉代犹盛。《盐铁论·散不足》:"世俗饰伪行诈,为民巫祝,以取厘谢,坚额健舌,或以成业致富,故惮事之人释本相学。是以街巷有巫,闾里有祝。"③人人可为巫祝,祈福等不仅仅是"祝"的专利,或成为百姓的普遍性行为。因此,祝辞及其品质被整个社会大多数人所接受也是必然的。其意义在于:变巫祝的与神交流为文人的与神交流;变巫祝的沟通鬼神之辞为作品抒情主人公自我言志、抒情之辞;化祝辞的种种品性为人间"立言"的品性;祝辞的种种品性与文人的责任感以及自我意识结合起来,共同完成了巫祝"立言"消退后,士大夫"立言"占据社会主体地位的转变。

第二节 礼崩乐坏下"修辞立其诚"的变型

"修辞立其诚"见于《易·乾·文言》:

  九三曰"君子终日乾乾,夕惕若厉,无咎",何谓也?子曰:"君

---

① 罗家湘:《先秦文学制度研究》,上海:上海古籍出版社,2011年,第137页。
② (汉)司马迁:《史记》,北京:中华书局,1982年,第3198页。
③ (汉)桓宽撰,马非百注释:《盐铁论简注》,北京:中华书局,1984年,第233页。

子进德修业忠信,所以进德也,修辞立其诚,所以居业也。"①

或称"修辞"即"反映了从巫史作辞、正辞、用辞到春秋时期政教和外交辞令的发展";"立诚"即"主要强调历史传承的官守职业精神和敬慎持中的文化心理"。②孔子的"修辞立其诚"本是就《周易》爻辞而言的,而爻辞本就是筮官所记占筮的事和结果以供复查占验的文字,这样的"本义探微"是不错的。"修辞立其诚"先是以古典规则、普遍原理适应着先秦社会。把"修辞"作为"笔书以为文",即《礼记·玉藻》"动则左史书之,言则右史书之"的"书",③那么,"口出以为言"的"实"就要落实到文字的"实","修辞立其诚"于是有了文字的物质形态的保障。"修辞立其诚"的本义,即所谓"修辞,见于事者无一言之不实也"④,这是社会对文辞撰作者以及各种文辞撰作的一种要求。"修辞立其诚"之"诚",直接意义就是"事"之"实",要求文辞撰作者出于内心的"实"撰作文辞,所撰作的文辞达到"事"之"实"。

最值得我们注意的是孔子提出"修辞立其诚"的时代,彼时彼刻,"修辞立其诚"面临着礼崩乐坏的挑战而变型,或仍是其本义的"实",或是"实"与"义""法"的结合,这就是历史学;或是"实"与"谲谏"或寓言、重言、卮言的"不斥言"、不直言的结合,这就是某些文学文体。以下试作探讨。

一、文字、"立言"与"修辞立其诚"

古时结绳记事、"结绳为治","古者无文字,其有约誓之事,事大,大其绳;事小,小其绳。结之多少,随物众寡。各执以相考,亦足以相治也"⑤,但结绳记事有时做不到"修辞立其诚",许慎《说文解字叙》曰:"及神农氏结绳为治,而统其事,庶业其繁,饰伪萌生。"⑥即对某个"结绳"的"事"有"饰伪"的说法。文字的产生,使结绳记事"饰伪萌生"的情况有所缓解,所以《易·系辞下》曰:"上古结绳而治,后世圣人易之以书契,百官以治,万民以

---

① 《周易正义》,见《十三经注疏》,上海:上海古籍出版社,1997年,第15页下。
② 王齐洲:《"修辞立其诚"本义探微》,载《文史哲》,2009年第6期,第72～81页。
③ 《礼记正义》,见《十三经注疏》,上海:上海古籍出版社,1997年,第1473页下～1474页上。
④ (宋)朱熹注:《周易》,上海:上海古籍出版社,1987年,第3页。
⑤ 《集解》引《九家易》,见(唐)李鼎祚著,陈德述整理:《周易集解》卷十五,成都:巴蜀书社,1991年,第300页。《周易正义》孔颖达疏:"结绳者,郑康成注云:'事大大结其绳,事小小结其绳。'义或然也。"
⑥ (清)段玉裁:《说文解字注》,上海:上海古籍出版社,1981年,第753页下。

察,盖取诸夬。"孔颖达疏:"夬者,决也。造立书契,所以决断万事,故取诸夬也。"①有了文字,"百官以书治职万民,以契明其事"②。文字使"修辞立其诚"有物质的保障,得以落"实",官民办事有了文字依据。所以王粲《砚铭》称:"昔在皇颉,爰初书契,以代结绳,民察官理,庶绩诞兴。"③章太炎说:"知文辞始于表谱簿录,则'修辞立诚'其首也,气乎德乎,亦末务而已矣。"④最早的文辞多是实用性的登记之类,要"实"。如财物登记,《左传·昭公三十二年》:

> 己丑,士弥牟营成周,计丈数,揣高卑,度厚薄,仞沟洫,物土方,议远迩,量事期,计徒庸,虑材用,书糇粮,以令役于诸侯,属役赋丈,书以授帅,而效诸刘子。韩简子临之,以为成命。⑤

"书以授帅",就是把工程预算"书"于簿册交给负责人。《左传·昭公十八年》有"书焚室"云云⑥,就是把焚烧的房屋"书"于簿册,"书"即登记。

章学诚解释"上古结绳而治,后世圣人易之以书契,百官以治,万民以察",称"夫文字之用,为治为察"⑦;又称"古未尝有著述之事也。官师守其典章,史臣录其职载,文字之道,百官以之治而万民以之察,而其用已备矣"⑧。这些是说,文辞记载使规则固化并能够承续下来,于是"百官"可以依规则办事,"万民"也知道规则。尤其是文辞记载的公开化,就是用于实行统治与让百姓知晓治理规则并监督治理的。如刑法的定立:昭公六年,郑人铸刑书,叔向不同意,其诒子产书中,多说到民会依据公开了的、条文化的法律争执不已,所谓"征于书"云云,并举"昔先王议事以制,不为刑辟,惧民之有争心也""民知有辟,则不忌于上,并有争心,以征于书,而徼幸以成之,弗可为矣""民知争端矣,将弃礼而征于书"等以强调。⑨

---

① 《周易正义》,见《十三经注疏》,上海:上海古籍出版社,1997年,第87页中。
② 《九家易》,见(唐)李鼎祚著,陈德述整理:《周易集解》卷十五,成都:巴蜀书社,1991年,第301页。
③ (唐)欧阳询:《艺文类聚》,上海:上海古籍出版社,1982年,第1057页。
④ 章太炎:《国故论衡》,上海:上海古籍出版社,2003年,第55页。
⑤ 《春秋左传正义》,见《十三经注疏》,上海:上海古籍出版社,1997年,第2128页上。
⑥ 《春秋左传正义》,见《十三经注疏》,上海:上海古籍出版社,1997年,第2086页上。
⑦ (清)章学诚著,仓修良编注:《文史通义新编新注》,北京:商务印书馆,2017年,第103页。
⑧ (清)章学诚著,仓修良编注:《文史通义新编新注》,北京:商务印书馆,2017年,第47页。
⑨ 《春秋左传正义》,见《十三经注疏》,上海:上海古籍出版社,1997年,第2043页中~2044页中。

《国语·周语下》载单襄公评价晋厉公"言爽,日反其信"①,说话不守信用,则日渐失信于民。这一定程度上是由"言"的随意性、瞬间性、易改性等特性所决定的,但用文字写下来就不一样了。先秦时,朝廷控制下属官员说话不守信用,就要他们把言语写下来,即《韩非子·八经》所谓"言陈之日,必有策籍,结智者事发而验,结能者功见而[论]"②,目的是以奏章为依据驾驭臣子,即《韩非子·二柄》所称"君以其言授之事,专以其事责其功。功当其事,事当其言,则赏;功不当其事,事不当其言,则罚"③。又,云梦睡虎地秦墓出土简书《秦律十八种·内史杂》:

  有事请殹(也),必以书,毋口请,毋羁请。④

就是说一定要"笔书以为文",才能有所依据。

以上都是说,文字的产生使"修辞立其诚"能够得以验证。尽管如此,当来到礼崩乐坏的孔子时代,"修辞立其诚"还是因经受各种考验而产生了某些变化。

二、"修辞立其诚"与人神之间

"修辞立其诚"的"立言"经受着人神对话的考验。

当人神对话于"口出"时,一来对言辞有所验证的对象是不能确定的、无形无影的,失去了切实存在的对象,话似乎可以乱说了;二来口出之言可以随风飘去,话语本体无形无影,也是难以验证的。因此,提出"祝"体"修辞立其诚"的规范要求问题,是基于现实生活对"祝"这一行为有这样的要求,就是祝史是否"荐信"的问题。《左传·昭公二十年》:"其祝史祭祀,陈信不愧。"又:"其祝史荐信,无愧心矣。"杜预注:"君有功德,祝史陈说之,无所愧。"⑤"荐信"即陈其实情。祝史对鬼神所说无法验证,因此存在是否"荐信"的问题。《左传·桓公六年》:

---

① (先秦)左丘明著,(三国)韦昭注,胡文波校点:《国语》,上海:上海古籍出版社,2015年,第60页。
② 陈奇猷校注:《韩非子集释》,上海:上海人民出版社,1974年,第1001页。
③ 陈奇猷校注:《韩非子集释》,上海:上海人民出版社,1974年,第111页。
④ 睡虎地秦墓竹简整理小组编:《睡虎地秦墓竹简》,北京:文物出版社,1990年,释文第62页。
⑤ 《春秋左传正义》,见《十三经注疏》,上海:上海古籍出版社,1997年,第2092页下。

> 所谓道,忠于民而信于神也。上思利民,忠也;祝史正辞,信也。今民馁而君逞欲,祝史矫举以祭,臣不知其可也。(孔颖达疏:"祝官、史官正其言辞,不欺诳鬼神,是其信也。")①

这是就"祝史矫举以祭"提出"祝史正辞,信也"的问题。

但是,确实多有非"修辞立其诚"的情况。如《战国策·东周》:

> 赵取周之祭地,周君患之,告于郑朝。郑朝曰:"君勿患也,臣请以三十金复取之。"周君予之,郑朝献赵太卜,因告以祭地事。及王病,使卜之。太卜谴之曰:"周之祭地为祟。"赵乃还之。②

太卜贪图二十金,便占卜作假以吓唬赵国君王。《左传·僖公二十八年》载:晋侯有疾,"曹伯之竖侯獳货筮史",曹伯之竖侯獳贿赂晋的筮史,"使曰以曹为解",让他说晋侯之所以生病是因为灭了曹国,晋侯相信了筮史的话,"公说,复曹伯",曹伯就复位了。③ 筮史称自己是代表鬼神说话的,不由晋侯不信;不过筮史所说是否为鬼神所授,是无可验证的。

《左传·昭公二十年》载晏子之言:

> 若有德之君,外内不废,上下无怨,动无违事,其祝史荐信,无愧心矣。是以鬼神用飨,国受其福,祝史与焉。其所以蕃祉老寿者,为信君使也,其言忠信于鬼神。其适遇淫君,外内颇邪,上下怨疾,动作辟违,从欲厌私。高台深池,撞钟舞女,斩刈民力,输掠其聚,以成其违,不恤后人。暴虐淫从,肆行非度,无所还忌,不思谤讟,不惮鬼神,神怒民痛,无悛于心。其祝史荐信,是言罪也。其盖失数美,是矫诬也。进退无辞,则虚以求媚。是以鬼神不飨其国以祸之,祝史与焉。所以夭昏孤疾者,为暴君使也。其言僭嫚于鬼神。"④

遇"有德之君","祝史荐信,无愧心矣",这是应该的;而"适遇淫君",祝史

---

① 《春秋左传正义》,见《十三经注疏》,上海:上海古籍出版社,1997年,第1749页下~1750页上。
② (汉)刘向集录:《战国策》,上海:上海古籍出版社,1985年,第32页。
③ 《春秋左传正义》,见《十三经注疏》,上海:上海古籍出版社,1997年,第1827页中、下。
④ "昭公二十年",《春秋左传正义》,见《十三经注疏》,上海:上海古籍出版社,1997年,第2092页下~2093页上。

"盖失数美,是矫诬也。进退无辞,则虚以求媚","矫""虚"就是指祝史所言。吴讷《文章辨体序说》"祭文"类,曰:

> 大抵祷神以悔过迁善为主,祭故旧以道达情意为尚。若夫谀辞巧语,虚文蔓说,固弗足以动神,而亦君子之所厌听也。①

文字记载就是防止"谀辞巧语,虚文蔓说"的情况出现。《左传·庄公十年》载"牺牲玉帛,弗敢加也,必以信",②指祭祀时所用的祭品,不敢虚报;既然说"弗敢加",也就意味着当时已多有虚报之不"信"的事情。《盐铁论·散不足》载:

> 古者君子夙夜孳孳思其德,小人晨昏孜孜思其力。故君子不素餐,小人不空食。世俗饰伪行诈,为民巫祝,以取厘谢,坚额健舌,或以成业致富。故惮事之人释本相学。是以街巷有巫,闾里有祝。③

到了汉代,巫祝"饰伪行诈"而不"修辞立其诚"的情况更加严重。巫祝"饰伪行诈"的外在表现就是"善言",汉焦赣《易林·需之困》:"祝伯善言,能事鬼神,辞祈万岁,使君延年。"④

中国古代人神对话本需要文字载录,这就要依仗文字来达到"修辞立其诚"的目的。钱存训《书于竹帛》云:

> 殷人将文字记录应用在各种不同的场合,作为人鬼之间交流的桥梁。祭祀时,用文字昭告鬼神来享受奉献;祈祷时,也用文字来表达愿望,这显然和西方文化中口祷或默祷者不同。⑤

《周礼·春官·占人》载:

> 凡卜筮,既事,则系币,以比其命。岁终,则计其占之中否。(郑玄注:"杜子春云:'系币者,以帛书其占,系之于龟也。'云谓既

---

① (明)吴讷:《文章辨体序说》,北京:人民文学出版社,1962年,第54页。
② 《春秋左传正义》,见《十三经注疏》,上海:上海古籍出版社,1997年,第1767页上。
③ (汉)桓宽撰,马非百注释:《盐铁论简注》,北京:中华书局,1984年,第233页。
④ 芮执俭:《易林注译》,兰州:敦煌文艺出版社,2001年,第73页。
⑤ 钱存训:《书于竹帛》,上海:上海书店出版社,2006年,第5页。

卜,筮史必书其命龟之事及兆于策,系其礼神之币而合藏焉。")①

把占卜之事、占卜的征兆等都用文字记载下来,岁末计算实现了多少,这就相当于对人神之间的往来是否"修辞立其诚"作一验证。

《礼记·祭统》:"是故贤者之祭也,致其诚信,与其忠敬。"②《文心雕龙·祝盟》讲到"祝"的"修辞立其诚":一称"祝史陈信,资乎文辞",谓祝史祷告是真诚的,那是依靠文辞表现出来的;二称"凡群言务华,而降神务实,修辞立诚,在于无愧"③,谓各种各样的言语都可以有"务华"的要求,但请神的言语务求诚实,必须做到内心无愧,因为并非所有的人神对话都是可以用文字来表达的。

三、"修辞立其诚"与盟

"修辞立其诚"同时受到人与人之间关系的考验。

人与人之间讲诚信而有所依凭、有所验证,这就要定盟。春秋战国前的定盟多在诸侯国之间,也在上位者与下位者之间。如《左传·襄公十年》"子孔当国,为载书,以位序,听政辟",杜预注:"自群卿、诸司各守其职位,以受执政之法,不得与朝政。"④盟无所不在,包括在平等地位的人们之间。如《周礼·春官·大史》"凡邦国都鄙,及万民之有约剂者藏焉",郑玄注:"约剂,要盟之载辞及券书也。"⑤定盟是以"修辞"来"立其诚",即"修辞"来"定其诚"。定盟会出现各种情况,如商定盟辞,见《左传·襄公二十七年》:

> 是夜也,赵孟及子晳盟,以齐言。(杜预注:"素要齐其辞,至盟时不得复讼争。")⑥

"齐言",即商定如何统一盟辞。又如《左传·襄公二十五年》:

> 庆封为左相。盟国人于大宫,曰:"所不与崔、庆者。"晏子仰

---

① 《周礼注疏》,见《十三经注疏》,上海:上海古籍出版社,1997年,第805页中。
② 《礼记正义》,见《十三经注疏》,上海:上海古籍出版社,1997年,第1602页下。
③ (南朝梁)刘勰著,詹锳义证:《文心雕龙义证》,上海:上海古籍出版社,1989年,第355、第375页。
④ 《春秋左传正义》,见《十三经注疏》,上海:上海古籍出版社,1997年,第1948页中。
⑤ 《周礼注疏》,见《十三经注疏》,上海:上海古籍出版社,1997年,第817页上。
⑥ 《春秋左传正义》,见《十三经注疏》,上海:上海古籍出版社,1997年,第1996页上。

> 天叹曰:"婴所不唯忠于君、利社稷者是与,有如上帝。"乃歃。(杜预注:"盟书云:'所不与崔、庆者有如上帝。'读书未终,晏子抄答易其辞,因自歃。")①

崔、庆二人宣读盟辞,欲使与盟之人皆与结盟,但读盟辞未毕,晏子插话改之,即是不赞同"齐言"的表现。又如定盟时的讨价还价,见《左传·定公十年》:

> 将盟,齐人加于载书曰:"齐师出竟,而不以甲车三百乘从我者,有如此盟。"孔丘使兹无还揖对,曰:"而不反我汶阳之田,吾以共命者,亦如之。"②

双方都期望把合乎自己利益的条款加上去,以有依凭、有所验证,为自己争得利益,但总的有一条,即定了盟,大家就都应该遵守,"修辞立其诚"得以实现。如《左传·昭公十六年》载:韩宣子要从郑国商人那儿强买玉环,子产回答:"昔我先君桓公,与商人皆出自周……而共处之。世有盟誓,以相信也。曰:'尔无我叛,我无强贾,毋或匄夺。尔有利市宝贿,我勿与知。'恃此质誓,故能相保,以至于今。今吾子以好来辱,而谓敝邑强夺商人,是教敝邑背盟誓也,毋乃不可乎!"③称不能背弃与商人的盟誓。又,《左传·哀公十二年》载:吴国欲与鲁国重修盟约,鲁哀公不愿意,使子贡对曰"盟,所以周信也",称盟约是用来巩固信用的,是在"心以制之,玉帛以奉之,言以结之,明神以要之"的基础上订立的,故而"寡君以为苟有盟焉,弗可改也已",称盟约定了就是定了,不可重新再定,"若犹可改,日盟何益",即如果可以改动,每天定也没有用。④《诗经·小雅·巧言》称"君子屡盟,乱是用长"⑤,这是说大家虽然表面上订立了盟约,但实际上都不遵守盟约了。

春秋时期礼衰乐微,在订立盟约之事上较难做到彼此"修辞立其诚",事例比比皆是。如《左传·襄公九年》载:晋国兵临城下,与郑国订立盟约,晋士庄子为"载书(盟书)",曰"自今日既盟之后,郑国而不唯晋命是听,而

---

① 《春秋左传正义》,见《十三经注疏》,上海:上海古籍出版社,1997年,第1983页下~1984页上。
② 《春秋左传正义》,见《十三经注疏》,上海:上海古籍出版社,1997年,第2148页上。
③ 《春秋左传正义》,见《十三经注疏》,上海:上海古籍出版社,1997年,第2080页上。
④ 《春秋左传正义》,见《十三经注疏》,上海:上海古籍出版社,1997年,第2170页中。
⑤ 《毛诗正义》,见《十三经注疏》,上海:上海古籍出版社,1997年,第454页上。

或有异志者,有如此盟",要求郑国遵守盟约。而郑国不满意晋国以兵相逼,郑公子骓趋进曰:"天祸郑国,使介居二大国之间。大国不加德音而乱以要之,使其鬼神不获歆其禋祀,其民人不获享其土利,夫妇辛苦垫隘,无所厎告。自今日既盟之后,郑国而不唯有礼与强可以庇民者是从,而敢有异志者,亦如之。"言下之意是谁"有礼与强可以庇民"就服从谁。晋荀偃就要改"载书",郑公孙舍之则曰"昭大神,要言焉。若可改也,大国亦可叛也"①,称盟约已经报告神灵了,如果"载书"可改,那么什么事不能做?如此一来,就不是"修辞立其诚"。又如《左传·襄公十年》载:郑国子孔欲专国政,订立了官员恪守其位、听取法令的"载书",因为彼此并非"修辞立其诚"地订立盟约,诸大夫、诸司、门子不顺从,子孔就想诛杀他们。子产制止子孔,并请求焚烧载书"。子孔不同意,曰:"为书以定国,众怒而焚之,是众为政也,国不亦难乎?"子产曰:"众怒难犯,专欲难成,合二难以安国,危之道也。不如焚书以安众,子得所欲,众亦得安,不亦可乎?专欲无成,犯众兴祸,子必从之。"焚烧了载书,众人这才安定下来。②

于是出现伪造盟约的情况。如《左传·襄公二十六年》载:伊戾陷害宋太子,伪造太子与楚客结盟的现场,所谓"坎,用牲,加书,征之",即挖坑、加盟书于牺牲上,并验证之;宋平公派人查验了这些结盟的证据,于是处死了太子。③ 又,《左传·昭公六年》载:宋太子佐厌恶寺人柳有,其手下华合比说:我去杀掉柳有。柳有知道了,"乃坎、用牲、埋书,而告公曰:'合比将纳亡人之族,既盟于北郭矣。'公使视之,有焉,遂逐华合比,合比奔卫"。④《左传·昭公十三年》载:楚人观从为恢复蔡国,先是"以蔡公之命召子干、子晳,及郊而告之情,强与之盟",又"坎,用牲,加书",伪造结盟现场,迫使弃疾叛楚返蔡。⑤《史记·屈原贾生列传》记载了一次缺乏正式手续的盟约:

> 屈原既绌,其后秦欲伐齐,齐与楚从亲,惠王患之,乃令张仪详去秦,厚币委质事楚,曰:"秦甚憎齐,齐与楚从亲,楚诚能绝齐,秦愿献商、於之地六百里。"楚怀王贪而信张仪,遂绝齐,使使如秦

---

① 《春秋左传正义》,见《十三经注疏》,上海:上海古籍出版社,1997年,第1943页上。
② 《春秋左传正义》,见《十三经注疏》,上海:上海古籍出版社,1997年,第1948页中、下。
③ 《春秋左传正义》,见《十三经注疏》,上海:上海古籍出版社,1997年,第1990页下。
④ 《春秋左传正义》,见《十三经注疏》,上海:上海古籍出版社,1997年,第2044页下。
⑤ 《春秋左传正义》,见《十三经注疏》,上海:上海古籍出版社,1997年,第2069页中。

受地。张仪诈之曰:"仪与王约六里,不闻六百里。"①

结果张仪赖账。所以,《文心雕龙·祝盟》称订立盟约最要紧的是"修辞立其诚":

> 然义存则克终,道废则渝始,崇替在人呪何预焉?若夫臧洪歃辞,气截云蜺;刘琨铁誓,精贯霏霜;而无补于晋汉,反为仇雠。故知信不由衷,盟无益也。夫盟之大体,必序危机,奖忠孝,共存亡,戮心力,祈幽灵以取鉴,指九天以为正,感激以立诚,切至以敷辞,此其所同也。然非辞之难,处辞为难。②

意谓文辞写得再好,"指九天以为正",如果"信不由衷",则"盟无益也","非辞之难,处辞为难"耳。纪昀称《文心雕龙·祝盟》曰:

> 此篇独崇实而不论文,是其识高于文士处,非不论文,论文之本也。③

纪昀把刘勰论"祝盟"的"修辞立其诚"称为"论文之本也"。

四、"修辞立其诚"与史之"立言"

"修辞立其诚"又有"实"与"义""法"辩证关系的纠结。

"修辞立其诚"的"诚""实",有时并不意味着事实上的诚实,而意味着"义"的实、"法"的实,所谓事物发展道理上的"实"。司马迁称《春秋》"文成数万,其指数千"④,显然是说《春秋》记言记事是为了突出其"指","指"即"义"或"法"。《春秋·昭公十三年》载:

> 夏四月,楚公子比自晋归于楚,弑其君虔于乾溪。⑤

《左传·昭公十三年》载:

---

① (汉)司马迁:《史记》,北京:中华书局,1982年,第2483页。
② (南朝梁)刘勰著,詹锳义证:《文心雕龙义证》,上海:上海古籍出版社,1989年,第380~384页。
③ (南朝梁)刘勰著,詹锳义证:《文心雕龙义证》,上海:上海古籍出版社,1989年,第354页。
④ (汉)司马迁:《史记·太史公自序》,北京:中华书局,1982年,第3297页。
⑤ 《春秋左传正义》,见《十三经注疏》,上海:上海古籍出版社,1997年,第2068页下。

> 夏五月,癸亥,王缢于芊尹申亥氏。①

《春秋》与《左传》的记载不一致,前者是"比弑其君",后者是"王缢"。杨树达《春秋大义述》解释《春秋》的记载曰:

> 楚公子比不能死义,故加以弑君之罪。②

事件本身是"王缢",其"指"是贬斥楚公子比"不能死义",于是比被"加以弑君之罪"。又,襄公七年,郑伯被其大夫子驷弑之,而《春秋》不这样说,只说是"卒"③,《公羊传》解释说:"曷为不言其大夫弑之? 为中国讳也。"④又,《春秋·僖公二十八年》载"天王狩于河阳",杜预注曰:"晋实召王,为其辞逆而意顺,故《经》以'王狩'为辞。"⑤事是"晋实召王",记事则为"王狩",也是显示其"指"。显示其"指",实际上就是直接叙写出史家所认为的历史事件的原动力、原因、本质之类。不就事记事,而是探究其动力、本质之类,应该是中国古代史学自觉、高度发展的表现。《左传》把如此显示其"指"的记事称为"书法"。即如《左传·宣公二年》载:

> 赵穿攻灵公于桃园。宣子未出山而复。大史书曰:"赵盾弑其君。"以示于朝。宣子曰:"不然。"对曰:"子为正卿,亡不越竟,反不讨贼,非子而谁?"……孔子曰:"董狐,古之良史也,书法不隐。赵宣子,古之良大夫也,为法受恶。惜也,越竟乃免。"⑥

所谓记事以"法"就是为了显示其"指"。《孟子·离娄下》载孔子称古代史书:"其义则丘窃取之矣。"⑦《史记·孔子世家》称:"《春秋》之义行,则天下乱臣贼子惧焉。"⑧《春秋》记言记事,强调的是"指""义",期望揭示事件的原动力,或者事件的实际意味。如此记载,就是所谓"《春秋》笔法""书法""微言大义"。《春秋·襄公二十五年》载"夏五月,乙亥,齐崔杼弑其君

---

① 《春秋左传正义》,见《十三经注疏》,上海:上海古籍出版社,1997年,第2070页上。
② 杨树达:《春秋大义述》,上海:上海古籍出版社,2007年,第36页。
③ 《春秋左传正义》,见《十三经注疏》,上海:上海古籍出版社,1997年,第1938页上。
④ 《春秋公羊传注疏》,见《十三经注疏》,上海:上海古籍出版社,1997年,第2302页下。
⑤ 《春秋左传正义》,见《十三经注疏》,上海:上海古籍出版社,1997年,第1824页上。
⑥ 《春秋左传正义》,见《十三经注疏》,上海:上海古籍出版社,1997年,第1867页中、下。
⑦ 杨伯峻:《孟子译注》,北京:中华书局,1960年,第192页。
⑧ (汉)司马迁:《史记》,北京:中华书局,1982年,第1943页。

光"①,是其记事以"义"的突出一例。虽然不是崔杼直接动手弑君,但是在崔杼的指使下其君被弑,因此,以"书法"、以"义",就一定是"崔杼弑其君",这是透过表面现象看到了史事的本质。所以大史一定要这样记,即便被杀,其两个弟弟也还是要这样记。

事件的真实发生与事件背后的原因,一是言、事,一是"义",记言记事最终要达到"义"的境界,这是史学的最高宗旨;但是,如果是以"义"述"义",言、事则模糊了,失去了本来应该在史学中的地位。且事与"义",本不在一个叙写层面,因此有所出入是难免的。那么我们要问:《春秋》本可以既记述事件的真实情况,又揭示史家所认为的事件的原因和本质,为什么不这样做呢? 或以为,古时记言记事以简,且更注重观念,《春秋》认为,"义"比事更重要,事轻于"义",不能因为事而妨碍了"义"。如《左传·定公十四年》载:

> 大子告人曰:"戏阳速祸余。"戏阳速告人曰:"大子则祸余。大子无道,使余杀其母。余不许,将戕于余;若杀夫人,将以余说。余是故许而弗为,以纾余死。谚曰:'民保于信。'吾以信义也。"(杜预注:"使义可信,不必信言。")②

戏阳速的意思是说:做人必须有信用,但信用重在合于"义",不必死守"言",所以我假装答应太子而实际上并未去做。

因此,史的"修辞立其诚"以"义"以"法",要义在于寻绎社会、文化、政治等实际状况对于事实的构成与运行的制约作用,关注深藏在事实的构成与运行过程中乃至背后的历史语境和权力关系。于是,历史学视"义""法"为更高的"实",认为:真实地记载这些事实本身并不是目的,其意义在于由此获得对合理行为的指引。但以"义"以"法"为尚不能过分。《论语·雍也》:"质胜文则野,文胜质则史。"朱熹《集注》曰:"史,掌文书,多闻习事,而诚或不足也。"③《韩非子·难言》:"捷敏辩给,繁于文采,则见以为史。"如此称史,都有"文胜质则史"这样的意味。

---

① 《春秋左传正义》,见《十三经注疏》,上海:上海古籍出版社,1997年,第1982页下。
② 《春秋左传正义》,见《十三经注疏》,上海:上海古籍出版社,1997年,第2151页下。
③ (宋)朱熹:《四书集注》,长沙:岳麓书社,1987年,第127页。

五、"修辞立其诚"与文学文体的生成

"修辞立其诚"还面临着日益成熟的语言文字表达技巧的挑战。这些技巧如譬喻、反语、寓言等,似乎都不是实话实说,但又让语言文字的接受者得到了充分的"实",如此的进程,就促进了某些文学文体的生成。

其一,不实言、不斥言、不直言的讽谏、譬喻等。

《诗·周南·关雎序》:"上以风化下,下以风刺上,主文而谲谏,言之者无罪,闻之者足以戒,故曰风。"郑玄笺:"风化、风刺,皆为譬喻不斥言也。""谲谏,咏歌依违不直谏。"①《毛诗序》既称"谲谏",又称"风化、风刺","谲谏"与"风(讽)谏"应该意思相近。② 郑玄《六艺论》论以"诗"为"谏"的兴起:

> 诗者,弦歌讽喻之声也。自书契之兴,朴略尚质,面称不为谄,目谏不为谤,君臣之接如朋友,然在于恳诚而已。斯道稍衰,奸伪以生,上下相犯,及其制体,尊君卑臣,君道刚严,臣道柔顺。于是箴谏者希,情志不通,故作诗者以诵其美而讥其过。③

当"君臣之接如朋友"之时,彼此交流"恳诚而已";但到"尊君卑臣"而"情志不通"之时,"修辞立其诚"就要转换方式,这就是诗的"譬喻不斥言"。

又如反语,即运用跟本意相反的词语来表达此意,却含有否定、讽刺以及嘲弄的意思。《史记·滑稽列传》载优孟讽谏楚庄王欲以棺椁大夫礼葬其爱马:

> 左右争之,以为不可。王下令曰:"有敢以马谏者,罪至死。"优孟闻之,入殿门,仰天大哭。王惊而问其故。优孟曰:"马者王之所爱也,以楚国堂堂之大,何求不得,而以大夫礼葬之,薄;请以人君礼葬之。"王曰:"何如?"对曰:"臣请以雕玉为棺,文梓为椁,楩枫豫章为题凑,发甲卒为穿圹,老弱负土,齐赵陪位于前,韩魏翼卫其后,庙食太牢,奉以万户之邑。诸侯闻之,皆知大王贱人而

---

① 《毛诗正义》,见《十三经注疏》,上海:上海古籍出版社,1997年,第271页中。
② 《孔子家语·辨政》载:"忠臣之谏君,有五义焉。一曰谲谏,二曰戆谏,三曰降谏,四曰直谏,五曰风谏。"(郑州:中州古籍出版社,1991年,第66页。)"谲谏"与"风谏"还是有所区别的。
③ 《诗谱序》疏引,《毛诗正义》,见《十三经注疏》,上海:上海古籍出版社,1997年,第262页。

贵马也。"①

楚庄王以"寡人之过一至此乎!"承认不对。《晏子春秋·内篇谏上》载:景公使圉人养所爱马,暴病死,公怒,令"以属狱"。晏子数圉人其罪曰:"使公以一马之故而杀人,百姓闻之,必怨吾君;诸侯闻之,必轻吾国。汝杀公马,使怨积于百姓,兵弱于邻国,汝当死罪三也,今以属狱。"晏子正话反说,使圉人之罪皆成为景公之罪。景公听后喟然叹曰:"夫子释之!勿伤吾仁也。"②《史记·滑稽列传》载:

> 始皇尝议欲大苑囿,东至函谷关,西至雍、陈仓。优旃曰:"善。多纵禽兽于其中,寇从东方来,令麋鹿触之足矣。"始皇以故辍止。

> 二世立,又欲漆其城。优旃曰:"善。主上虽无言,臣固将请之。漆城虽于百姓愁费,然佳哉!漆城荡荡,寇来不能上。即欲就之,易为漆耳,顾难为荫室。"于是二世笑之,以其故止。③

以上三例都是通过反语把讽谏对象之行为说到极致,其荒谬也显示出来了,起到了讽谏的作用。反语对赋的产生有极大影响,"赋者,将以风也,必推类而言,极丽靡之辞,闳侈巨衍",就是把事物称说到"竞于使人不能加也",这才"归之于正"④,虽然被批评为"劝而不止",但却是赋的表现手法。

人们视诗、赋不斥言、不直言,但又"修辞立其诚",是从读者的角度着笔的。"修辞立其诚"而又不斥言、不直言,就要"饰"。所谓"饰小说以干县令",不"饰","小说"就是小的道理;"饰","小说"就有可能成为文学。

其二,不实言、不斥言、不直言的寓言之类。

庄子对语言之类有所论证,论证作者如此确是"修辞立其诚"。他称"可以言论者,物之粗也"⑤,称"语之所贵者,意也,意有所随;意有所随者,不可以言传也",对"修辞"是否能叙说真实、语言是否能够真实地表达有所怀疑,庄子又以"轮扁斫轮"的故事来进一步说明之。轮扁称,"圣人之言"

---

① (汉)司马迁:《史记》,北京:中华书局,1982年,第3200页。
② 陈涛:《晏子春秋译注》,天津:天津古籍出版社,1996年,第56页。
③ (汉)司马迁:《史记》,北京:中华书局,1982年,第3202~3203页。
④ (汉)班固:《汉书·扬雄传》,北京:中华书局,1962年,第3575页。
⑤ 《庄子·秋水》,见(清)郭庆藩撰,王孝鱼点校:《庄子集释》,北京:中华书局,1961年,第572页。

不能表"意",是"糟粕",其原因就是"圣人已死",即"意之所随者"不存在,故其"意"或不能表达出来,或表达出来就是"糟粕"。然后,轮扁又倒过来论证:轮扁斫轮的技巧"有数存焉于其间",这就是"意",这是一种真实的存在,但由于"斫轮,徐则甘而不固,疾则苦而不入,不徐不疾"的技巧,即所谓"意之所随"而"口不能言"者,故斫轮之"数","臣不能以喻臣之子,臣之子亦不能受之于臣"①,通过语言是不能表达这种真实的,而且,这种真实通过语言也接收不了。庄子称普通的语言不能表达"意有所随",不能表达实际存在的真实,那么,什么东西能表达"意有所随"、表达实际存在的真实呢?这就是其所称寓言、重言、卮言。寓言,郭象注曰:"寄之他人。"成玄英疏曰:"寓,寄也。世人愚迷,妄为猜忌,闻道己说,则起嫌疑,寄之他人,则十言而信九矣。"②《庄子·天下》:

> 古之道术有在于是者。庄周闻其风而悦之。以谬悠之说,荒唐之言,无端崖之辞,时恣纵而不傥,不以觭见之也。以天下为沈浊,不可与庄语,以卮言为曼衍,以重言为真,以寓言为广。独与天地精神往来而不敖倪于万物,不谴是非,以与世俗处。其书虽瑰玮而连犿无伤也。其辞虽参差而諔诡可观,彼其充实不可以已,上与造物者游,而下与外死生无终始者为友。③

为什么不能直说呢? 庄子论"天下为沈浊"是"不可与庄语",这样的世界应该以"谬悠之说,荒唐之言,无端崖之辞"来解释,所谓"时恣纵而不傥,不以觭见之也",也就是不斥言、不直言之义。那么,这虽不是通常意义上"修辞立其诚"的话语,但这些话语又"彼其充实不可以已,上与造物者游,而下与外死生无终始者为友";这是一种概括与典型的"实",是拨开表面的"实"而可以揭示真相的"实"。司马迁称"寓言"的作用:

> (庄子)其学无所不窥,然其要本归于老子之言。故其著书十余万言,大抵率寓言也。作《渔父》《盗跖》《胠箧》,以诋訾孔子之徒,以明老子之术。畏累虚、亢桑子之属,皆空语无事实。然善属

---

① 《庄子·天道》,见(清)郭庆藩撰,王孝鱼点校:《庄子集释》,北京:中华书局,1961年,第488~491页。
② 《庄子·寓言》,见(清)郭庆藩撰,王孝鱼点校:《庄子集释》,北京:中华书局,1961年,第947页。
③ (清)郭庆藩撰,王孝鱼点校:《庄子集释》,北京:中华书局,1961年,第1098~1099页。

书离辞,指事类情,用剽剥儒、墨,虽当世宿学不能自解免也。①

而对于作者来说,这是"独与天地精神往来"的话语,当然是更高层次的"修辞立其诚",即"气以诚为主"。曹丕《典论·论文》云:"文以气为主。"惠洪《冷斋夜话》云:"李格非善论文章,尝曰:诸葛孔明《出师表》、刘伶《酒德颂》、陶渊明《归去来辞》、李令伯《陈情表》,皆沛然从肺腑中流出,殊不见斧凿痕,是数君子在后汉之末、两晋之间,初未尝以文章名世,而其意超迈如此,吾是知文章以气为主,气以诚为主,故老杜谓之'诗史者,其大过人在诚实耳'。"②此即论文章之"修辞"则"气以诚为主"。

"修辞立其诚"正是在礼崩乐坏的挑战中,获得了对"实"的另一重意义的把握。于是,当"修辞立其诚"既依照事实,又依照"义""法"时,意味着中国古代历史学的成熟;当"修辞立其诚"以不实言、不斥言、不直言的面貌出现时,意味着中国古代文学某些文体的生成③。而刘师培所言"惟东汉以来,赞颂铭诔之文,渐事虚辞,颇背立诚之旨"等④,是另一个问题,容当后述。

第三节 史官"立言"与"文胜质则史"

一、史官撰作的规定性

《汉书·艺文志》云:

> 古之王者世有史官。君举必书,所以慎言行,昭法式也。左史记言,右史记事。⑤

先秦史官"君举必书",不仅仅是为社会政治"昭法式"而已,而且如何"左史记言,右史记事",也有着约定俗成的传统。自远古时代,史官史书撰作就有着严格的规定性,体现在怎样"记言记事"上。就《春秋》而言,被称为

---

① (汉)司马迁:《史记·老子韩非列传》,北京:中华书局,1982年,第2143~2144页。
② (宋)释惠洪著,黄进德批注:《冷斋夜话》,南京:凤凰出版社,2009年,第52页。
③ 促进古代文学某些文体生成的因素是多样化的,此处所说"修辞立其诚"的双重意味只是其一而已。
④ 刘师培:《中国中古文学史 论文杂记》,北京:人民文学出版社,1959年,第23页。
⑤ (汉)班固:《汉书》,北京:中华书局,1962年,第1715页。

"《春秋》笔法"的就是"微言大义"。"微言",微眇之言,《逸周书·大戒》言"微言入心"①,以"微言"述"大义",即历史记载有时不是实话实说,而是用精微的用词去暗示深刻的道理,如此才能打动人心。如《春秋》起首《隐公元年》"元年春王正月。三月,公及邾仪父盟于蔑",《左传》说"元年春,王周正月。不书即位,摄也。三月,公及邾仪父盟于蔑,邾子克也。未王命,故不书爵。曰'仪父',贵之也"②,就对为什么"不书即位""不书爵"作出解释;这些"不书"及称"仪父"就是最简单的"微言大义"。又如,《春秋·襄公七年》:

> 十有二月,公会晋侯、宋公、陈侯、卫侯、曹伯、莒子、邾子于鄬。郑伯髡顽如会,未见诸侯,丙戌,卒于鄵。③

本是郑伯被其大夫子驷弑之,而这里不这样说,只说是"卒"。为什么要这样记载?《公羊传》解释说:

> 操(鄵)者何?郑之邑也。诸侯卒其封内不地,此何以地?隐之也。何隐尔?弑也。孰弑之?其大夫弑之。曷为不言其大夫弑之?为中国讳也。曷为为中国讳?郑伯将会诸侯于鄬,其大夫谏曰:"中国不足归也,则不若与楚。"郑伯曰:"不可。"其大夫曰:"以中国为义,则伐我丧;以中国为强,则不若楚。"于是弑之。④

其"微言大义",即以书写郑伯死在自己的封地里,隐晦地表达郑伯是被弑而死,这是"为中国讳也",故"不言其大夫弑之"。而《穀梁传》是这样解释的:

> 未见诸侯,其曰如会何也?致其志也。礼,诸侯不生名,此其生名何也?卒之名也。卒之名,则何为加之如会之上?见以如会卒也。其见以如会卒何也?郑伯将会中国,其臣欲从楚,不胜其臣,弑而死。其不言弑何也?不使夷狄之民加乎中国之君也。⑤

---

① 黄怀信:《逸周书校补注译》(修订本),西安:三秦出版社,2006年,第245页。
② 《春秋左传正义》,见《十三经注疏》,上海:上海古籍出版社,1997年,第1713页中、下,1715页中。
③ 《春秋左传正义》,见《十三经注疏》,上海:上海古籍出版社,1997年,第1938页上。
④ 《春秋公羊传注疏》,见《十三经注疏》,上海:上海古籍出版社,1997年,第2302页下。
⑤ 《春秋穀梁传注疏》,见《十三经注疏》,上海:上海古籍出版社,1997年,第2426页下。

郑伯将会中原诸侯,其臣"欲从楚",如此意见不合而被弑;楚当时为"夷狄",《穀梁传》称如此记载是为了"不使夷狄之民加乎中国之君也"。因此,所谓"微言",就是没有明说,也没有细说,在当时的历史时代,亦有记事简略之义。

限于书写的物质条件,即简策繁重,当时史官"记言记事"是尽可能的简略,此即阮元《文言说》云:"古人以简策传事者少,以口舌传事者多;以目治事者少,以口耳治事者多。"①章太炎说:"古者简帛重烦,多取记臆。"②此即所谓原始史书的简言。所以从宋代起人们就"黜《春秋》之书,不使列于学官,至戏目为断烂朝报"③,称其只是大事记的标题而已。

上述原始史书的简言,再加上"微言"的表达形式,就使后世需要解释才能对"史"有明晰的理解,或者多用较为详细的叙事来说明史事,或者从"微言"中探求"大义",或者是二者的结合。我们从《公羊传》与《穀梁传》对同一事件的不同解释,可知人们对史官的原始记载有不同的理解而得出其不同的"大义"。这也从反面证明,史官的原始记载是需要人们去解释的,否则不大容易被读者理解。

二、讲史与"文胜质则史"

《论语·雍也》载:

> 子曰:"质胜文则野,文胜质则史。文质彬彬,然后君子。"④

野,指天然的原本的样子、未经雕饰者。皇侃《论语义疏》曰:"质,实也。胜,多也。文,华也。言若实多而文饰少,则如野人。野人鄙略,大朴也。"又曰:"史,记书史也。史书多虚华无实,妄语欺诈。言人若为事多饰少实,则如书史也。"⑤从"文胜质则史",可以知道上述所说简言与"微言"为"史"的"质"的阶段,那么怎么又进入"文胜质则史"阶段呢?

古时史官所为,需要阐释者很多,如史官的占卜结果,就是需要解说的。《左传·文公十三年》载:

---

① (清)阮元撰,邓经元点校:《揅经室集》,北京:中华书局,1993年,第605页。
② 章太炎:《国故论衡》,上海:上海古籍出版社,2003年,第52页。
③ (元)脱脱等:《宋史·王安石传》,北京:中华书局,1985年,第10550页。
④ 《论语注疏》,见《十三经注疏》,上海:上海古籍出版社,1997年,第2479页上。
⑤ (南朝梁)皇侃:《论语义疏》,桂林:广西师范大学出版社,2018年,第208页。

> 邾文公卜迁于绎。史曰:"利于民而不利于君。"邾子曰:"苟利于民,孤之利也。天生民而树之君,以利之也。民既利矣,孤必与焉。"左右曰:"命可长也,君何弗为?"邾子曰:"命在养民。死之短长,时也。民苟利矣,迁也,吉莫如之!"遂迁于绎。①

邾子就对史的卜辞"利于民而不利于君"作出了自己的判断。

"微言入心",这是需要相当的领悟能力的,而更多的情况是,"微言"需要经过解释才能让人们领悟,史事需要详细讲述才能知其来龙去脉;因此,在先秦的史官制度中,史官又有讲史的任务。当时有两种史官,"即太史与瞽矇","他们所传述的历史,原以瞽矇传诵为主,而以太史的记录帮助记诵"。②《周礼·春官·大史》载大史的职责:

> 大祭祀,与执事卜日,戒及宿之日,与群执事读礼书而协事。祭之日,执书以次位常,辨事者考焉,不信者诛之。大会同、朝觐,以书协礼事。及将币之日,执书以诏王。③

其中讲的就是大史"执书"以讲礼、讲史。如《逸周书·史记》载左史戎夫为周穆王讲史,罗列二十八件亡国之事。又如《国语·楚语下》载王孙圉论"国宝","又有左史倚相,能道训典以叙百物,以朝夕献善败于寡君,使寡君无忘先王之业"④,称史官陈辞君王,是通过讲史来提供从政鉴戒的。所以,《国语·周语上》载天子听政,有所谓"瞽、史教诲","而后王斟酌焉"⑤。

阎步克称:"古史传承本有'记注'和'传诵'两种形式。""史官记其大略于简册之上,其详情则由瞽矇讽诵。"⑥从讲史依据太史记录的底本来看,所谓《春秋》三传都是以《春秋》为底本的阐释,不过《左传》以释事为主,而《公羊》《穀梁》以义理为主。唐人刘知几《史通·六家》称说《左传》的叙事:

---

① 《春秋左传正义》,见《十三经注疏》,上海:上海古籍出版社,1997年,第1852页下。
② 徐中舒:《左传的作者及其成书年代》,见《徐中舒历史论文选辑》,北京:中华书局,1998年,第1147页。
③ 《周礼注疏》,见《十三经注疏》,上海:上海古籍出版社,1997年,第817页下。
④ (先秦)左丘明著,(三国)韦昭注,胡文波校点:《国语》,上海:上海古籍出版社,2015年,第390页。
⑤ (先秦)左丘明著,(三国)韦昭注,胡文波校点:《国语》,上海:上海古籍出版社,2015年,第7页。
⑥ 《乐师、史官文化传承之异同及意义》,阎步克:《乐师与史官:传统政治文化与政治制度论集》,北京:生活·读书·新知三联书店,2001年,第94页。

> 《左传》家者，其先出于左丘明。孔子既著《春秋》，而丘明受经作传。盖传者，转也，转受经旨，以授后人。……观《左传》之释经也，言见经文而事详传内，或传无而经有，或经阙而传存。其言简而要，其事详而博，信圣人之才羽翮，而述者之冠冕也。①

所谓"事详传内"就是《左传》的"释经"方式，即依《春秋》讲述事件。左丘明本来就是史官，"丘明既躬为太史，博总群书，至如《梼杌》《纪年》之流，《郑书》《晋志》之类，凡此诸籍，莫不毕睹。其《传》广包它国，每事皆详"②，他"释经"，即说明《春秋》笔法，更多的是依据深厚的史事材料来补充《春秋》。桓谭《新论》"《左氏》经之与传，犹衣之表里，相持而成，经而无传，使圣人闭门思之，十年不能知也"③，是说"传"之类的解释的重要性。

《公羊传》也是依《春秋》而讲史，《四库全书总目》"春秋公羊传注疏提要"称说其"释经"的渊源：

> 徐彦《疏》引戴宏《序》曰："子夏传与公羊高，高传与其子平，平传与其子地，地传与其子敢，敢传与其子寿。至汉景帝时，寿乃与齐人胡母子都著于竹帛。何休之《注》亦同。"（休说见《隐公二年》"纪子伯、莒子盟于密"条下）今观《传》中有"子沈子曰""子司马子曰""子女子曰""子北宫子曰"，又有"高子曰""鲁子曰"，盖皆传授之经师，不尽出于公羊子。④

《公羊传》专讲"微言大义"，如《公羊传·闵公元年》称《春秋》为尊者讳，为亲者讳，为贤者讳"⑤，那就要对这些情况作出说明。一般认为：《公羊传》讲"改制"，宣扬"大一统"，为后王立法；讲"所见异辞，所闻异辞，所传闻异辞"的"三世说"历史哲学。《穀梁传》则主要以语录体和对话体来注解《春秋》，宣扬儒家思想的礼义教化和宗法情谊。

由是，"文胜质则史"成为通论，如《韩非子·难言》称"捷敏辩给，繁于

---

① （唐）刘知几撰，（清）浦起龙释：《史通通释》，上海：上海古籍出版社，1978年，第10～11页。
② （唐）刘知几撰，（清）浦起龙释：《史通通释》，上海：上海古籍出版社，1978年，第418页。
③ （宋）李昉等：《太平御览》，北京：中华书局，1960年，第2746页上。
④ （清）永瑢等：《四库全书总目》，北京：中华书局，1965年，第210～211页。
⑤ "闵公元年"，《春秋公羊传注疏》，见《十三经注疏》，上海：上海古籍出版社，1997年，第2244页上。

文采,则见以为史"①,《仪礼·聘礼》称"辞无常,孙而说。辞多则史,少则不达"②,《论衡·量知》称"能雕琢文书,谓之史匠"③。可见"文胜质则史"的几个要点:其一,与《尚书》《春秋》的文字简略质朴相比,其特点显然是辞多,所谓"辞多则史,少则不达";其二,"捷敏辩给",即要有说服力,易于人们接受;其三,"繁于文采""雕琢",是指把历史事件说透说全且要能够说得好听。

孟子论先秦史学曰:

> 王者之迹熄而《诗》亡,《诗》亡然后《春秋》作。晋之《乘》,楚之《梼杌》,鲁之《春秋》,一也:其事则齐桓、晋文,其文则史。孔子曰:"其义则丘窃取之矣。"④

孟子的这段话先称"口出以为言"的《诗》亡而"笔书以为文"的《春秋》作;再叙说先秦史学的各个方面:一是"其事则齐桓、晋文","史"是叙事的。二是"其文则史","史"的"文",既是文字记述的,又是有"文"的。三是"史"虽然在"其事、其文"后,但"其义"仍是存在的,也就是说,"史"的"微言大义"的传统并未丢失,这个"义"也就是司马迁所称《春秋》"文成数万,其指数千"之"指"⑤。

三、"文胜质则史"与《左氏》"其失也巫"

晋人王接常谓"《左氏》辞义赡富"⑥,范宁称"《左氏》艳而富",正是"文胜质则史"的表现,但这还是就"史"的叙事而言,尚属正统的"史"的范畴。范宁又称《左氏》"其失也巫",则是"文胜质则史"另一方面的表现,而此恰恰成为日后正宗的文学。

古来"祝史"连称,《易·巽》"用史巫纷若",孔颖达疏:"史,谓祝史;巫,谓巫觋:并是接事鬼神之人也。"⑦《左传·桓公六年》"上思利民,忠也。祝

---

① 陈奇猷校注:《韩非子集释》,上海:上海人民出版社,1974年,第49页。
② 《仪礼注疏》,见《十三经注疏》,上海:上海古籍出版社,1997年,第1073页上。
③ (汉)王充:《论衡》,上海:上海人民出版社,1974年,第195页。
④ 杨伯峻:《孟子译注》,北京:中华书局,1960年,第192页。
⑤ (汉)司马迁:《史记·太史公自序》,北京:中华书局,1982年,第3297页。
⑥ (唐)房玄龄等:《晋书·王接传》,北京:中华书局,1974年,第1435页。
⑦ 《周易正义》,见《十三经注疏》,上海:上海古籍出版社,1997年,第69页上、中。

史正辞,信也",孔颖达疏:"祝官、史官,正其言辞,不欺诳鬼神,是其信也。"①祝官、史官共同的职责就是"不欺诳鬼神"。因此,史官作史,"文"之以鬼神或梦境是不奇怪的。唐人杨士勋注范宁"其失也巫"之语曰:

  巫者谓多叙鬼神之事,预言祸福之期;申生之托狐突,荀偃死不受含,伯有之厉,彭生之妖,是也。②

刘知几《史通·杂说上》称《左传》"思涉鬼神",柳宗元《非〈国语〉上》《卜》称"左氏惑于巫而尤神怪之"③。我们依杨士勋之语来看具体事例。

"申生之托狐突",事见《左传·僖公十年》:

  秋,狐突适下国,遇大子,大子使登,仆,而告之曰:"夷吾无礼,余得请于帝矣。将以晋畀秦,秦将祀余。""帝许我罚有罪矣,敝于韩。"④

晋大夫狐突适下国的途中遇到早已被骊姬害死的太子申生,已成为鬼的申生告诉狐突,秦将大败晋惠公夷吾。虽然这预言了僖公十五年韩原之战晋惠公将败于秦,但"史"本来就是追溯,如果追溯晋在僖公十五年为什么会战败,太子申生被骊姬害死而导致晋国的混乱,不能不说是原因之一。

"荀偃死不受含",事见《左传·襄公十九年》:

  荀偃瘅疽,生疡于头。济河,及著雍,病,目出。大夫先归者皆反。士匄请见,弗内。请后,曰:"郑甥可。"二月甲寅,卒,而视,不可含。宣子(士匄)盥而抚之,曰:"事吴,敢不如事主!"犹视。栾怀子曰:"其为未卒事于齐故也乎?"乃复抚之曰:"主苟终,所不嗣事于齐者,有如河!"乃瞑,受含。宣子出,曰:"吾浅之为丈夫也。"⑤

---

① 《春秋左传正义》,见《十三经注疏》,上海:上海古籍出版社,1997年,第1749页下~1750页上。
② 《春秋穀梁传注疏》,见《十三经注疏》,上海:上海古籍出版社,1997年,第2361页。
③ (唐)柳宗元:《柳宗元集》,北京:中华书局,1979年,第1291页。
④ 《春秋左传正义》,见《十三经注疏》,上海:上海古籍出版社,1997年,第1801页下~1802页上。
⑤ 《春秋左传正义》,见《十三经注疏》,上海:上海古籍出版社,1997年,第1968页上。

晋荀偃因病去世,眼不闭合、口不含玉,士匄为之盥洗抚尸并发誓愿,直到说了第二个誓愿,荀偃才目瞑受含。士匄出来后非常感慨,自恨浅薄,不能理解荀偃的心志。这是叙说荀偃一定要把攻打齐国之事进行到底的心愿。

"伯有之厉":伯有,郑大夫良霄的字。他主持国政时,和贵族驷带发生争执,被杀于羊肆。《左传·昭公七年》载:

> 郑人相惊以伯有,曰"伯有至矣",则皆走,不知所往。铸刑书之岁二月,或梦伯有介而行,曰:"壬子,余将杀带也。明年壬寅,余又将杀段也。"及壬子,驷带卒,国人益惧。齐、燕平之月壬寅,公孙段卒。国人愈惧。①

"伯有之厉"发生后,子产对伯有死后变为厉鬼作祟作了解释:"三世执其政柄,其用物也弘矣,其取精也多矣。其族又大,所冯厚矣。而强死,能为鬼,不亦宜乎?"②史家如此记载,也是为受屈或含冤而死的人鸣不平。

"彭生之妖":公子彭生,齐国大夫。鲁桓公与夫人文姜到齐国聘问,鲁桓公因得知文姜与其兄齐襄公私通之事,被齐襄公命公子彭生所杀。鲁人强烈不满,齐襄公归罪于彭生而杀之。后齐襄公打猎时遇到一头野猪,左右说是公子彭生,齐襄公大怒,一箭射去,野猪站起来哭泣。齐襄公大惊。当晚,齐襄公被连称、管至父所杀。

《左传》又多记梦,据称有二十七个之多,称说事件的语言与应验、揭示人物性格与深层心理而为人物添色加彩③,这也是《左传》"文胜质则史"的表现之一。"梦"在独立成集。《晋书·束晳传》载:太康二年,汲郡人不准盗发魏襄王墓,或言安厘王冢,得竹书数十车。其中有"《琐语》十一篇,诸国卜梦妖怪相书也"④,因是汲冢出土,后世又称"汲冢琐语",这就是志怪小说。

《左传》的"文胜质则史"又有"文"之以代言的特点。《左传·僖公二十二年》载:

---

① 《春秋左传正义》,见《十三经注疏》,上海:上海古籍出版社,1997年,第2049页下~2050页上。
② "昭公七年",《春秋左传正义》,见《十三经注疏》,上海:上海古籍出版社,1997年,第2050页中。
③ 详见郭丹《左传国策研究》(北京:人民文学出版社,2004年,第114~124页)"思涉鬼神、工侔造化"一节,此处不赘。
④ (唐)房玄龄等:《晋书》,北京:中华书局,1974年,第1433页。

> 晋大子围为质于秦,将逃归,谓嬴氏曰:"与子归乎?"对曰:
> "子,晋大子,而辱于秦,子之欲归,不亦宜乎?寡君之使婢子侍执
> 巾栉,以固子也。从子而归,弃君命也。不敢从,亦不敢言。"遂
> 逃归。①

夫妻密谋,何人知之?但史家通过密谋叙写出逃归是怎样实施的。又如《左传·宣公二年》:

> 宣子骤谏,公患之,使鉏麑贼之。晨往,寝门辟矣,盛服将朝,
> 尚早,坐而假寐。麑退,叹而言曰:"不忘恭敬,民之主也。贼民之
> 主,不忠。弃君之命,不信。有一于此,不如死也。"触槐而死。②

人死之前的独白,何以知之?当出自联想,只是按理来说应该是这样,以此来惩恶劝善。

世上本无鬼神,鬼神之事,出自根据事实发展结果的联想。《论衡·案书》称"《左氏》得实,明矣。言多怪,颇与孔子'不语怪、力'相违返也"③,一方面称其"实",另一方面又称其"言多怪",岂不矛盾?其实王充说出了一个道理,即《左传》是在记载历史事件之"实"的基础上"言多怪"的。孔子称"《春秋》之义行,则天下乱臣贼子惧焉"④,古代相信鬼神,于是鬼神也成为史书"义"的表现方法。2014 年诺贝尔文学奖获得者、法国人帕特里克·莫迪亚诺在领奖演说中谈到,"诗人与小说家有赋予人物以神秘性的本领,有赋予物体以神秘性的本领",诗人与小说家的角色就是"揭开这种存在于每一个个体生命深处的神秘性和在黑暗中闪着亮光的特质"⑤。如此看来,《左传》叙写鬼神之事,又与诗人与小说家的角色相通了。钱钟书说:

> 上古既无录音之具,又乏速记之方,驷不及舌,而何其口角亲
> 切,如聆謦欬欤?或为密勿之谈,或乃心口相语,属垣烛隐,何所
> 据依?如僖公二十四年介之推与母偕逃前之问答,宣公二年鉏麑
> 自杀前之慨叹,皆生无傍证、死无对证者。……盖非记言也,乃代

---

① 《春秋左传正义》,见《十三经注疏》,上海:上海古籍出版社,1997 年,第 1813 页中。
② 《春秋左传正义》,见《十三经注疏》,上海:上海古籍出版社,1997 年,第 1867 页上。
③ (汉)王充:《论衡》,上海:上海人民出版社,1974 年,第 438 页。
④ (汉)司马迁:《史记·孔子世家》,北京:中华书局,1982 年,第 1943 页。
⑤ 《新华文摘》2015 年第 24 期,第 156 页。

言也,如后世小说、剧本中之对话独白也。左氏设身处地,依傍性格身分,假之喉舌,想当然耳。……史家追叙真人实事,每须遥体人情,悬想事势,设身局中,潜心腔内,忖之度之,以揣以摩,庶几入情合理,盖与小说、院本之臆造人物,虚构境地,不尽同而可相通,记言特其一端。①

称史家的"代言"做法与"小说、院本之臆造人物""相通"。

《左传》亦有记事文辞上的夸张,如韩愈《进学解》称"《左氏》浮夸"②,元人盛如梓《庶斋老学丛谈》卷一云:

> 晋景公病,将食麦,张如厕,陷而卒,国君病,何必如厕? 假令如厕,岂能遽陷而卒,此皆文胜其实,良可发笑!③

事见成公十年。钱钟书说:

> 论景公事,言外意谓国君内寝必有如《周礼·天官·玉府》所谓"亵器"、《史记·万石君传》所谓"厕牏"者,无须出外就野溷耳。④

称如此叙说其事并无"史"的价值;这当然是作为讲史的遗留之风,只是为了增强读者对"史"的注意而已,这也是"文胜质则史"的效应。"文胜质则史"在司马迁《史记》的撰作中仍有表现,扬雄《法言·君子》称:

> 多爱不忍,子长也。仲尼多爱,爱义也;子长多爱,爱奇也。⑤

司马迁亦尚有《左传》之风,即所谓"好奇"。

四、从"文胜质则史"到"以能文为本"的文体学意义

最早的文字创造就是为了记事,郑康成谓之"事大,大结其绳;事小,小

---

① 钱钟书:《管锥编》第一册,北京:中华书局,1986年,第164、165、166页。
② 屈守元、常思春主编:《韩愈全集校注》,成都:四川大学出版社,1996年,第1910页。
③ (元)盛如梓:《庶斋老学丛谈》,见《丛书集成初编》第328册,北京:中华书局,1985年,第6页。
④ 钱钟书:《管锥编》第一册,北京:中华书局,1986年,第206页。
⑤ 汪荣宝撰,陈仲夫点校:《法言义疏》,北京:中华书局,1987年,第507页。

结其绳"①,刘勰引大舜云"书用识哉",谓之"所以记时事也"。② 最早书写制作称为"笔",《说文解字·聿部》:"聿,所以书也。楚谓之聿,吴谓之不律,燕谓之弗。从聿、一。凡聿之属皆从聿。笔,秦谓之笔,从聿、竹。"③《释名·释书契》:"笔,述也,述事而书之也。""笔"就是所谓"书",即写下来,故为制作,"书,庶也,纪庶物也。亦言著之简纸,永不灭也"④。"史"为最早的"笔"之一,"史"的甲骨文字形,上面是放简策的容器,下面是手,合起来表示掌管文书记录。《礼记·玉藻》称:"动则左史书之,言则右史书之。"将"文"作为文字及文字作品来讲时,"史"是最早的"文"。而我们在论证"文胜质则史"时,又是将"文"作为文采、文饰来讲的,"史"也是最早的"文"。

于是我们可以说,"史"是"文"的最早文体。但是,将"文"作为文学来讲,"史"是被排除在外的,以南朝梁萧统在其《文选序》中的表达最为明确。《文选》书名即标榜为"文"之"选",不录经、子、史、语。对于"史",《文选序》这样说:"至于记事之史,系年之书,所以褒贬是非,纪别异同,方之篇翰,亦已不同。"⑤其云《文选》所录的标准有三:一为集部文字;二为篇章、篇什、篇翰之类的单篇文章;三为有文采,"若夫椎轮为大辂之始,大辂宁有椎轮之质?增冰为积水所成,积水曾微增冰之凛,何哉?盖踵其事而增华,变其本而加厉。物既有之,文亦宜然""譬陶匏异器,并为入耳之娱;黼黻不同,俱为悦目之玩。作者之致,盖云备矣"。因此,"以能文为本"是《文选》的选录标准,本来所谓"文"的标杆的"文胜质则史"则被排除在《文选》之外。"道生一,一生二,二生三,三生万物",有文字而有文字作品,有文字作品而有各种文体。经、子、史、集,各自独立,至《文选》时代最为明确。文体如同天下大势,合久必分,分久必合,自宋代真德秀《文章正宗》至清代曾国藩《经史百家杂钞》,集部承担起一统文体的重任,伴随着"经、子、史"的文字都经过"剪截"一类的篇章再造而入集,"经、子、史、集"在入集的状态下又重新共同成为"文",影响至今。具有现代意义的作品集如朱东润《中国历

---

① 《易·系辞下》,《周易正义》,见《十三经注疏》,上海:上海古籍出版社,1997年,第87页中。
② 《文心雕龙·书记》,见(南朝梁)刘勰著,詹锳义证:《文心雕龙义证》,上海:上海古籍出版社,1989年,第918页。
③ (清)段玉裁:《说文解字注》,上海:上海古籍出版社,1981年,第117页上下。
④ 任继昉纂:《释名汇校》,济南:齐鲁书社,2006年,第322、332页。
⑤ (南朝梁)萧统编,(唐)李善注:《文选》,北京:中华书局,1977年,第1~2页。

代文学作品选》,就将"经、子、史、集"的文章以篇章的形式录入,成为文学。这也就是中国古代的"泛文学体系"。在文体一而众、众而一的"泛文学体系"的循环往复中,我们不应忽视:"史"本是中国古代"泛文学体系"的表现形态之一,"文胜质则史"的文学史意义就在于此。

第四节 行人使者"立言"与文辞自主性撰作

行人,先秦官名,掌管朝觐聘问的官,又为使者的通称。《管子·小匡》:"隰朋为行。"注曰:"行,谓行人也,所以通使诸侯。"①本节主要讨论行人"聘问"的职责,讨论专职的行人之"立言"或其他担任行人职责的人在外交场合之"立言",以及相关的内容与文章生成的关系。

一、"行人"的素质与社会地位

担任行人是要有专业素质的,"行人可不有私"②,行人一定是公而忘私的。《左传·襄公二十六年》载:秦伯之弟鍼如晋修好,晋叔向召集外交会谈人员。行人子员、行人子朱也要参与,叔向不应。子朱发怒,叔向曰:"秦、晋不和久矣!今日之事,幸而集,晋国赖之;不集,三军暴骨。子员道二国之言无私,子常易之。"③"无私"是行人的必要条件之一。

行人的素质,最重要的是忠于自己的祖国。《左传·宣公十五年》载:楚国围宋,晋国不打算救,却令解扬赴宋,说晋师即将来到。但解扬被楚国俘获,楚国让解扬告诉宋人晋不愿相救,厚赂并威逼再三,解扬才答应。解扬登上楼车,而把晋师即将来到告诉宋人。楚国责备解扬失信,要杀他。解扬说:"受命以出,有死无霣(无霣,即无陨,指不废君命),又可赂乎?臣之许君,以成命也。死而成命,臣之禄也。寡君有信臣,下臣获考死,又何求?"解扬视完成君命为第一要务,最终"楚子舍之以归"④。

《左传·僖公十五年》载:秦俘虏晋惠公,晋吕甥会秦伯,盟于王城。吕甥对秦伯说:如果不放回晋惠公,国人就会说"必报仇,宁事戎狄";如果放

---

① (唐)房玄龄注,(明)刘绩补注,刘晓艺校点:《管子》,上海:上海古籍出版社,2015年,第152页。
② (唐)房玄龄注,(明)刘绩补注,刘晓艺校点:《管子》,上海:上海古籍出版社,2015年,第250页。
③ 《春秋左传正义》,见《十三经注疏》,上海:上海古籍出版社,1997年,第1988页中。
④ 《春秋左传正义》,见《十三经注疏》,上海:上海古籍出版社,1997年,第1887页中。

回晋惠公,国人就会说"必报德,有死无二"。① 吕甥一面说普通民众坚决要报仇,一面说群臣希望秦释放惠公,体现了其似柔实刚的外交手腕。

《左传·昭公元年》载:鲁国季武子伐莒取郓地,莒到诸侯盟会告状。楚国跟晋国说:"寻盟未退,而鲁伐莒,渎齐盟,请戮其使。"此时鲁使是叔孙豹,晋乐桓子以索要腰带为名义索要贿赂,叔孙豹家臣梁其胫说:财货能够保身,不要舍不得。叔孙豹说:"诸侯之会,卫社稷也。我以货免,鲁必受师。"又说:鲁国的事是季孙主内、叔孙主外,我即使受戮,又何所怨!但他又知"弗与,不已",于是"召使者,裂裳帛而与之",说腰带窄小,只好撕下裳帛赠予。晋赵孟知道这件事后夸赞叔孙豹"临患不忘国,忠也;思难不越官,信也;图国忘死,贞也;谋主三者,义也",并言:"有是四者,又可戮乎?"坚决要求赦免叔孙豹。②

《左传·昭公二十三年》又载叔孙氏出使维护正义与尊严的故事:晋人为邾而问罪于鲁,鲁叔孙婼如晋被执,晋人使叔孙婼与邾大夫坐。叔孙曰:"列国之卿,当小国之君,固周制也。邾又夷也。"他强调使者等级,不与邾大夫坐。晋韩宣子准备把叔孙婼交给邾之众人,"叔孙闻之,去众与兵而朝",以示赴死;晋范献子以帽子的名义索要贿赂,叔孙婼就给他做了两顶帽子以塞其口;看守叔孙婼的小吏索要叔孙婼的吠犬,叔孙婼不与,临走时则"杀而与之食之",以示先前不与并非吝啬;"叔孙所馆者,虽一日必葺其墙屋,去之如始至",他所住的馆舍,即使仅住一日,也必修缮一新。③

各国对担任行人者有所尊重,对不尊重行人者有所处罚。如《左传·襄公二十二年》所载鲁国发生的一件事:鲁臧武仲足智多谋,人称圣人,出使晋国时途中遇雨,鲁御邑大夫御叔不接待,曰:"焉用圣人!我将饮酒而已,雨行,何以圣为?"称其下雨天出行,哪里称得上"圣"。鲁国主持外交的叔孙豹听到了,说御叔不配为使,还傲视使者,"国之蠹也",下令增加其一倍赋税。④

行人出使,又多有危险,或被杀、或被扣。如《左传·桓公九年》载:"楚子使道朔将巴客以聘于邓。邓南鄙鄾人攻而夺之币,杀道朔及巴行人。"⑤这是说行人出使路途上有危险。《左传·宣公十四年》载:楚子使申舟聘于

---

① 《春秋左传正文》,见《十三经注疏》,上海:上海古籍出版社,1997年,和1808页上。
② 《春秋左传正义》,见《十三经注疏》,上海:上海古籍出版社,1997年,第2020页下。
③ 《春秋左传正义》,见《十三经注疏》,上海:上海古籍出版社,1997年,第2101页中、下。
④ 《春秋左传正义》,见《十三经注疏》,上海:上海古籍出版社,1997年,第1974页上。
⑤ 《春秋左传正义》,见《十三经注疏》,上海:上海古籍出版社,1997年,第1754页中、下。

齐,有意蔑视宋而"无假道于宋",宋华元曰:"过我而不假道,鄙我也。鄙我,亡也。杀其使者,必伐我。伐我,亦亡也。亡一也。"乃杀之。①《左传·成公九年》载:晋国栾书伐郑,郑人使伯蠲去议和,晋人杀了伯蠲,史书批评晋,说:"非礼也。兵交,使在其间可也。"②《左传·襄公十一年》载:"诸侯悉师以复伐郑",郑国使者良霄、大宰石㚟到楚,说将顺服于晋,说能以玉帛安抚晋则好,如果不能,"则武震以摄威之"。于是楚人大怒,囚禁此二人。③《左传·宣公十七年》载:晋、齐"盟于卷楚",齐顷公不去,派四位大夫(高固、晏弱、蔡朝、南郭偃)作为使者前去,除"高固逃归"之外,"晋人执晏弱于野王,执蔡朝于原,执南郭偃于温"④。《左传·昭公八年》载:经书称"楚人执陈行人干征师杀之",是要说明"罪不在行人也"⑤。

行人亦或受辱。《左传·宣公十七年》载:晋郤克出使齐,"齐顷公帷妇人,使观之",让妇人观之,本是不敬;郤子是跛子,登台阶,"妇人笑于房",更是失礼。郤克十分生气,发誓曰:"所不此报,无能涉河。"⑥这就埋下了成公二年鞌之战晋郤克攻齐的伏笔。《左传·昭公五年》载:晋韩起、羊舌肸使楚,楚子曰:"晋,吾仇敌也。苟得志焉,无恤其他。今其来者,上卿、上大夫也。若吾以韩起为阍,以羊舌肸为司宫,足以辱晋,吾亦得志矣。可乎?"⑦阍为守门人,司宫为宫内阉官。虽然事被劝阻,但这足以说明行人有受辱的危险。

二、"辩给之材"与失辞

行人的才华与能力之一,就是语言表达功夫,行人的素质多从其外交行为中表现出来,而外交行为主要就是语辞活动。《韩非子·难言》称:"捷敏辩给,繁于文采,则见以为史。"这是说"讲史"之类的史官要口才好;三国魏刘劭《人物志·流业》讲"辩给之材,行人之任也"⑧,即称便言捷给、能言善辩是行人的职能所在。行人执掌的就是"应答"。

---

① 《春秋左传正义》,见《十三经注疏》,上海:上海古籍出版社,1997年,第1886页上。
② 《春秋左传正义》,见《十三经注疏》,上海:上海古籍出版社,1997年,第1905页下。
③ 《春秋左传正义》,见《十三经注疏》,上海:上海古籍出版社,1997年,第1950页下。
④ 《春秋左传正义》,见《十三经注疏》,上海:上海古籍出版社,1997年,第1889页中。
⑤ 《春秋左传正义》,见《十三经注疏》,上海:上海古籍出版社,1997年,第2052页下。
⑥ 《春秋左传正义》,见《十三经注疏》,上海:上海古籍出版社,1997年,第1889页上、中。
⑦ 《春秋左传正文》,见《十三经注疏》,上海:上海古籍出版社,1997年,第2041页下。
⑧ (魏)刘劭著,(凉)刘昞原注,王玫评注:《人物志》,北京:红旗出版社,1997年,第51页。

行人的语言表达功夫,一是指外交赋诗,没有这样的能力,是要受到嗤笑的。《左传·襄公二十七年》载:齐庆封聘鲁,叔孙"为赋《相鼠》,亦不知也"①,为第二年庆封逃亡张本。又,《昭公十二年》载:宋华定聘鲁,为赋《蓼萧》,弗知,又不答赋。这是无知与失礼的表现,于是鲁叔孙昭子曰:此人必亡。② 所以孔子曰:"诵《诗三百》,授之以政,不达;使于四方,不能专对;虽多,亦奚以为?"③

　　二是指行人的当场表达。《史通·内篇·言语》云:

　　　　大夫、行人,尤重词命,语微婉而多切,言流靡而不淫,若《春秋》载吕相绝秦,子产献捷,臧孙谏君纳鼎,魏绛对戮扬干是也。④

这些都是外交立功的言辞。

　　"捷敏辩给"的口才,往往助行人摆脱危险境地,《左传》多载此类事例。前述郑国使者良霄、大宰石㚟被楚囚禁,《左传·襄公十三年》又载大宰石㚟对楚令尹子囊说:如今楚国不强大,并非我们行人的罪过。良霄刚愎自用,楚国扣留了他,反而是为郑国做好事;不如放他回去,他"怨其君以疾其大夫"。那么郑国内部互相牵制,不是更好吗? 于是楚国放他们归去。⑤《左传·昭公五年》载:吴楚交战,"吴子使其弟蹶由犒师,楚人执之,将以衅鼓",要杀吴使蹶由祭鼓。蹶由说:临行前国君占卜,"龟兆告吉",称楚若善待使者,吴国则失去警惕;"忘无日矣",楚若发怒,"则吴知所备矣"。我们国家虽然赢弱,但早作准备,是可以击退楚国的。我来时卜吉,今若被杀,我吴国必有吉报。于是楚王不敢杀。⑥

　　仅从行人、使者保命的角度,便可知他们的说辞该是多么重要,但更重要的是,行人、使者的说辞关系着国家的利益。《左传·昭公元年》载:此年诸侯盟会。会后,曾长期担任行人一职的郑国外交家子羽评论出席盟会的诸国行人的言辞,称鲁叔孙穆子"绞而婉"——言辞恰切而委婉,称宋左师"简而礼"——无所臧否而有礼,称晋乐王鲋"字而敬"——自爱而恭敬,称

---

① 《春秋左传正义》,见《十三经注疏》,上海:上海古籍出版社,1997年,第1995页上。
② 《春秋左传正义》,见《十三经注疏》,上海:上海古籍出版社,1997年,第2061页下。
③ 《论语·子路》,《论语注疏》,见《十三经注疏》,上海:上海古籍出版社,1997年,第2507页上。
④ (唐)刘知几撰,(清)浦起龙释:《史通通释》,上海:上海古籍出版社,1978年,第149页。
⑤ 《春秋左传正义》,见《十三经注疏》,上海:上海古籍出版社,1997年,第1955页中。
⑥ 《春秋左传正义》,见《十三经注疏》,上海:上海古籍出版社,1997年,第2043页上、中。

郑子皮与蔡子家"持之"——说话得体,并称他们"皆保世之主也"——可以保持子孙数世的爵位;又称齐国子"代人忧"——替人忧虑,称陈公子招"乐忧"——以忧为乐,称卫齐子"虽忧弗害"——虽然忧虑却不以为害,并称此三国皆有"取忧之道也,忧必及之"——此三人必惹忧招祸。最后子羽作总结说:这就是"言以知物",即察言而知将要发生之事。①

春秋时期,各国都非常注重外交场合的语辞表达。《左传·襄公二十五年》载:晋赵文子执政,减轻诸侯贡赋,并以重礼相待诸侯。他对鲁叔孙豹说:"若敬行其礼,道之以文辞,以靖诸侯,兵可以弭。"②弭兵的实现,"道之以文辞",即外交辞令有礼,也是条件之一。又,《左传·襄公二十五年》载:郑国大败陈国,"郑子产献捷于晋,戎服将事。晋人问陈之罪",问"何故侵小",又问"何故戎服",子产一一回答,而晋士庄伯不能责问,回复上级赵文子。赵文子曰:"其辞顺,犯顺不祥。"乃受之。于是仲尼夸赞曰:"《志》有之:'言以足志,文以足言。'不言,谁知其志?言之无文,行而不远。晋为伯,郑入陈,非文辞不为功。慎辞也!"③又,《左传·襄公三十一年》载:晋侯见郑伯,礼节特别隆重,并令建筑诸侯使节的馆舍。叔向曰:"辞之不可以已也如是夫!子产有辞,诸侯赖之,若之何其释辞也?"④意思是:全靠子产的外交言辞,诸侯得其利,那么,如何能舍弃外交辞令呢?

于是,春秋时期对行人之"文"多有选择。《左传·定公四年》载:诸侯将盟会,卫国子行敬子向卫灵公推荐祝佗一起去,曰:"会同难,啧有烦言,莫之治也。其使祝佗从!"⑤"会同"即春秋时诸侯朝见天子,此种场合往往议论纷纷、相互抱怨责备,所以子行敬子推荐口才好的太祝子鱼随同。

春秋时期亦多有外交以"言"立功受奖受禄的事例。如《史记·平原君虞卿列传》载"以三寸之舌"立功的事例:

> 平原君已定从而归,归至于赵,曰:"胜不敢复相士。胜相士多者千人,寡者百数,自以为不失天下之士,今乃于毛先生而失之也。毛先生一至楚,而使赵重于九鼎大吕。毛先生以三寸之舌,

---

① 《春秋左传正义》,见《十三经注疏》,上海:上海古籍出版社,1997年,第2020页中、下。
② 《春秋左传正义》,见《十三经注疏》,上海:上海古籍出版社,1997年,第1985页上。
③ 《春秋左传正义》,见《十三经注疏》,上海:上海古籍出版社,1997年,第1985页上、中、下。
④ 《春秋左传正义》,见《十三经注疏》,上海:上海古籍出版社,1997年,第2015页中。
⑤ 《春秋左传正义》,见《十三经注疏》,上海:上海古籍出版社,1997年,第2134页上。

强于百万之师。胜不敢复相士。"遂以为上客。①

又如《史记·廉颇蔺相如列传》载"以口舌为劳"而立功的事例:

> (蔺相如)既罢归国,以相如功大,拜为上卿,位在廉颇之右。廉颇曰:"我为赵将,有攻城野战之大功,而蔺相如徒以口舌为劳,而位居我上,且相如素贱人,吾羞,不忍为之下。"②

行人"失辞",国家将蒙受重大损失。《左传·隐公五年》载:郑、邾联军攻打宋国,宋使者求救于鲁,鲁隐公听说联军已到宋都外城,问使者,使者却说"未及国","公怒,乃止",隐公以使者隐瞒实情而发怒,停止出兵。③又,文公十六年,齐、鲁盟会不成,《春秋穀梁传》称其原因是鲁季孙行父"失命矣",范注曰"行父出会失辞,义无可纳。故齐侯以正道拒而弗受"④,批评季孙行父"失辞"而令盟会不成。又,《左传·僖公十年》载:冬,秦伯使冷至报问,"币重而言甘",晋郤芮曰:"诱我也。"⑤让对方看穿了行人语辞所设的陷阱,也应该是行人"失辞"。行人的"失辞",或表现在身体语言上。《左传·文公十二年》载:秦行人当夜到晋师处警告称"两君之士皆未憖也,明日请相见也",说是明日决战。晋国臾骈曰:"使者目动而言肆,惧我也,将遁矣。薄诸河,必败之。"⑥他从秦使者"目动而言肆"的身体语言,看出秦国"惧我"而"将遁"的意向。果然不出所料,秦国连夜退兵了。

又有内部的外交意见不统一,表达出来则为有一方的"失辞"。《左传·宣公十二年》载:楚、晋交兵,楚少宰赴晋师,劝晋退兵,晋随季同意。但彘子以为是谄媚于楚,于是派赵括去更正说"行人失辞",称国君命令"无所逃命",一定要与楚军决战。⑦

三、受辞与成于众手

"受辞"是"行人"立言的形成之一,所谓"受辞",即听从君主的令辞。

---

① (汉)司马迁:《史记》,北京:中华书局,1982年,第2368页。
② (汉)司马迁:《史记》,北京:中华书局,1982年,第2443页。
③ 《春秋左传正义》,见《十三经注疏》,上海:上海古籍出版社,1997年,第1728页中。
④ 《春秋穀梁传注疏》,见《十三经注疏》,上海:上海古籍出版社,1997年,第2410页中。
⑤ 《春秋左传正义》,见《十三经注疏》,上海:上海古籍出版社,1997年,第1802页上。
⑥ 《春秋左传正义》,见《十三经注疏》,上海:上海古籍出版社,1997年,第1852页上。
⑦ 《春秋左传正义》,见《十三经注疏》,上海:上海古籍出版社,1997年,第1881页上。

《管子·形势》:"衔命者,君之尊也,受辞者,名之运也。"(注:"言受君之辞以出命,则名必运。")①很多情况下,行人出使是"受辞"而行的,即拿着准备好的外交文辞去处理事务,此可谓"受命受辞"。

《国语·鲁语上》载:僖公二十六年,齐孝公伐鲁,臧文仲请展禽准备文辞以退兵,展禽说:如果国家政策不定,"辞其何益"?臧文仲曰:"国急矣!百物唯其可者,将无不趋也。愿以子之辞行赂焉,其可乎!"于是鲁僖公"使展喜犒师",欲使其退兵,并"使受命于展禽",即让展喜向展禽请教犒劳齐师的辞令。齐侯还未入境,展喜去迎接,齐侯曰:"鲁国恐乎?"展喜回答:"小人恐矣,君子则不。"齐侯曰:"室如县罄,野无青草,何恃而不恐?"展喜对曰:我们依恃的是先王之命。以前鲁之始祖周文公与齐之始祖太公望辅佐周成王,周成王慰劳他们,让他们订立盟约,使"世世子孙,无相害也",盟约保存在盟府,由大师保管。因此,你们的齐桓公"纠合诸侯,而谋其不协,弥缝其阙,而匡救其灾,昭旧职也"。到君王您即位,诸侯都说您一定能继承桓公的功业,所以我们就不敢聚众防守,大家说:如果即位才九年时间,就废弃了先王的政策,那怎么对先王交代呢?认为您必然不会,所以我们"恃此以不恐"。② 于是,齐孝公撤兵。展喜这番取得成效的话,是展禽教给他的,是事先准备好的。

另有下授上的"受辞"情况。《左传·庄公十一年》载:宋国大水,诸侯有所慰问,宋闵公曰:"孤实不敬,天降之灾,又以为君忧,拜命之辱。"鲁臧文仲称赞其话说得好:"禹、汤罪己,其兴也悖焉;桀、纣罪人,其亡也忽焉。且列国有凶称孤,礼也。言惧而名礼,其庶乎。"于是得出结论,"宋其兴乎"。③ 后来听说是公子御说教给宋闵公的。

于是,"受辞"之"辞"就有一个怎么产生的问题。

《左传·襄公二十六年》载:楚国囚禁郑国印堇父并将其献给秦国,郑人从印氏处取财货来赎印堇父,子大叔为起草文件之官令正,写了赎词请示子产。子产说:这样写肯定不能赎回印堇父,称"受楚之功,而取货于郑,不可谓国,秦不其然",既接受楚国的献俘,又从郑国处贪求财货,有失国家体统,秦国不会这样做。应该说:"拜君之勤郑国,微君之惠,楚师其犹在敝

---

① (唐)房玄龄注,(明)刘绩补注,刘晓艺校点:《管子》,上海:上海古籍出版社,2015年,第5~6页。
② (先秦)左丘明著,(三国)韦昭注,胡文波校点:《国语》,上海:上海古籍出版社,2015年,第105页。
③ 《春秋左传正义》,见《十三经注疏》,上海:上海古籍出版社,1997年,第1770页上、中。

邑之城下。"即感谢秦国相助郑国,没有秦国的恩惠,恐怕楚军仍兵临郑国城下。子大叔不听,把赎词送了出去,"秦人不予";于是重派使者执货币前往,用子产之辞,"而后获之"①。

因此,准备外交辞令是一项很重要的事情。《国语·楚语下》王孙圉论"国宝":"楚之所宝者,曰观射父,能作训辞。"所谓"训辞",韦昭注曰"言以训辞交结诸侯",所以下文说:"以行事于诸侯,使无以寡君为口实。"②

春秋时郑国的子产善外交辞令,《左传·襄公三十一年》所谓"子产有辞,诸侯赖之,若之何其释辞也"③,之所以如此,是因为子产对外交辞令经常是有书面准备的。《左传·襄公三十一年》载:

> 子产之从政也,择能而使之。冯简子能断大事,子大叔美秀而文,公孙挥能知四国之为,而辨于其大夫之族姓、班位、贵贱、能否,而又善为辞令,裨谌能谋,谋于野则获,谋于邑则否。郑国将有诸侯之事,子产乃问四国之为于子羽,且使多为辞令。与裨谌乘以适野,使谋可否。而告冯简子使断之。事成,乃授子大叔使行之,以应对宾客。是以鲜有败事。④

这里有"诸侯之事"而"多为辞令",应该是为口头表达的"言"而做准备。

《论语·宪问》把"应对宾客"的外交辞令泛言化:

> 子曰:"为命,裨谌草创之,世叔讨论之,行人子羽修饰之,东里子产润色之。"⑤

命,教令、政令,王命、朝命。泛言、广义的"为命",应该是起草朝廷文件,卿大夫、士"立言"的集体撰作。于是朱自清说春秋战国时期,"论'辞'是论外交辞令或行政法令"⑥。

---

① 《春秋左传正义》,见《十三经注疏》,上海:上海古籍出版社,1997年,第1989页下～1990页上。
② (先秦)左丘明著,(三国)韦昭注,胡文波校点:《国语》,上海:上海古籍出版社,2015年,第390页。
③ 《春秋左传正义》,见《十三经注疏》,上海:上海古籍出版社,1997年,第2015页中。
④ 《春秋左传正义》,见《十三经注疏》,上海:上海古籍出版社,1997年,第2015页下。
⑤ 《论语注疏》,见《十三经注疏》,上海:上海古籍出版社,1997年,第2510页下。
⑥ 朱自清:《诗言志辨序》,见《朱自清全集》,南京:江苏教育出版社,1996年,第129页。

四、"行人"立言与"饰词专对"

以下我们讨论"行人"立言的形成之二：饰词专对。所谓"饰词专对"，即藻饰言辞作随机应答。这样的文辞是要有前提的，即"受命，不受辞"，接受君王之命但又没有接到君王下达的文辞，才可以藻饰言辞作随机应答。《公羊传·庄公十九年》曰："聘礼：大夫受命，不受辞。"何休注："以外事不素制，不豫设，故云尔。"理由就是"出竟（境）有可以安社稷利国家者，则专之可也"①。接受君王之命而出境办理外交事务，只要有利于国家社稷，说什么文辞是可以自己做主的，即"专"。接受了君王之命办理外交事务，"饰词专对"就是一种完成任务的表现。所以孔子称"诵《诗三百》"而"使于四方"而"专对"之用，何晏《集解》曰："专，犹独也。"②《汉书·王吉传》："光禄勋匡衡亦举骏有专对材。"颜师古注："专对谓见问即对，无所疑也。"③"饰词专对"的文辞，就是行人独自撰作的文辞。

我们来看"饰词专对"的事例。《左传·僖公四年》载：楚国使者屈完去齐国谈判，齐侯"陈诸侯之师，与屈完乘而观之"，炫耀武力并说："以此众战，谁能御之？以此攻城，何城不克？"而屈完回答说："君若以德绥诸侯，谁敢不服？君若以力，楚国方城以为城，汉水以为池，虽众，无所用之。"④针对齐侯的武力威胁，屈完提出齐应该以德服人，不然，楚就奉陪，作战到底；于是齐、楚订立盟约。

《左传·僖公十三年》载：齐侯使仲孙湫聘于周襄王，请他说情，允许逃到齐国的王子带回去，聘问之事结束，仲孙湫却不提王子带之事。回到齐国后，仲孙湫报告说"未可。王怒未怠，其十年乎。不十年，王弗召也"⑤，称周襄王正在气头上，十年以后再说。

又如《公羊传·成公二年》载齐败于晋、鲁、卫联军后的外交谈判：晋郤克对来谈判的齐使国佐说："与我纪侯之甗，反鲁、卫之侵地，使耕者东亩，且以萧同侄子为质，则吾舍子矣。"国佐回答说：前两项我国可以答应；但让

---

① 《春秋公羊传注疏》，见《十三经注疏》，上海：上海古籍出版社，1997年，第2236页上。
② 《论语·子路》，《论语注疏》，见《十三经注疏》，上海：上海古籍出版社，1997年，第2507页上。
③ （汉）班固：《汉书》，北京：中华书局，1962年，第3066～3067页。
④ 《春秋左传正义》，见《十三经注疏》，上海：上海古籍出版社，1997年，第1793页上。
⑤ 《春秋左传正义》，见《十三经注疏》，上海：上海古籍出版社，1997年，第1802页下～1803页上。

农人把垄亩改成东西向,把齐国的田地变成晋国的田地,这个做不到;萧同侄女是齐君的母亲,齐君的母亲就同于晋君的母亲,让她做人质,这个更做不到。如果你不同意讲和,那么齐国"请战,壹战不胜请再,再战不胜请三","三战不胜,则齐国尽子之有也,何必以萧同侄子为质"?于是作揖要离开。晋郤克示意鲁、卫使者,让他们同意国佐的话并替齐国求情,然后就同意了停战讲和,到袁娄订立盟约。何休称赏国佐曰:"传极道此者,本祸所由生。因录国佐受命不受辞,义可拒则拒,可许则许,一言使四国大夫汲汲迫与之盟。"①这就是"受命不受辞,义可拒则拒,可许则许",于是令四国订立盟约而重获和平。外交辞令往往需要行人随机应变,唐代孔颖达释"君子九能"之"使能造命",曰:"谓随前事应机造其辞命以对,若屈完之对齐侯,国佐之对晋师,君无常辞也。"②屈完、国佐对答他国,既取得主动权,也证明了自己的言辞能力。

《左传·僖公二十三年》载:秦穆公宴请晋公子重耳,让子犯随从,子犯说:"吾不如衰之文也。请使衰从。"此处的"文",应该就是指随机应变的文辞之"文"。去了以后,公子赋《河水》以表对秦国的尊敬,秦穆公赋《六月》,以重耳比尹吉甫,预示他必能返国,并担任辅佐天子的重任。赵衰马上说:"重耳拜赐。"于是公子退到阶下稽首,穆公也下阶一级表示不敢接受。赵衰曰:"君称所以佐天子者命重耳,重耳敢不拜。"③子犯推荐赵衰跟随重耳去会见秦穆公,就是因为赵衰言语之"文",善外交辞令以应付各种场面。

刘知几《史通·言语》称"饰词专对"曰:"饰词专对,古之所重也……周监二代,郁郁乎文,大夫、行人,尤重词命,语微婉而多切,言流靡而不淫,若《春秋》载吕相绝秦,子产献捷,臧孙谏君纳鼎,魏绛对戮杨干是也。战国虎争,驰说云涌,人持弄丸之辩,家挟飞钳之术,剧谈者以谲诳为宗,利口者以寓言为主,若《史记》载苏秦合从,张仪连横,范雎反间以相秦,鲁连解纷而全赵是也。"他称后世已无"专对",而被事先草拟完成的"章表"文字所替代:"逮汉、魏以降,周、隋而往,世皆尚文,时无专对。运筹画策,自具于章表;献可替否,总归于笔札。宰我、子贡之道不行,苏秦、张仪之业遂废

---

① 《春秋公羊传注疏》,见《十三经注疏》,上海:上海古籍出版社,1997年,第 2290 页下~2291 页上。
② 《毛诗正义》,见《十三经注疏》,上海:上海古籍出版社,1997,第 316 页中、下。
③ 《春秋左传正义》,见《十三经注疏》,上海:上海古籍出版社,1997年,第 1816 页上、中。

矣。"①这些"专对"文辞由史官记载并流传下来,《史通·史官建置》曰:"夫为史之道,其流有二。何者?书事记言,出自当时之简;勒成删定,归于后来之笔。然则当时草创者,资乎博闻实录,若董狐、南史是也。"②"专对"的记载或经过史官的"润色",后世如《南齐书·刘绘传》载当时南北谈判:"事毕,当撰《语辞》",即谈判记录,刘绘对人曰:"无论润色未易,但得我语亦难矣。"③从后推前,要把会谈的言语都记载下来,这个过程中有一个环节就是"润色"。

先秦职官多为"家业世世相传",《庄子·天下》:"其明而在数度者,旧法世传之史尚多有之。"④职官的职务规定,要求其执行旧法、旧例,职官的职务撰作形成学术的专门化,其思想之发挥、意见之表达,是从属于专业职事的记录与叙说的。《荀子·荣辱》:"循法则、度量、刑辟、图籍,不知其义,谨守其数,慎不敢损益也,父子相传,以持王公,是故三代虽亡,治法犹存,是官人百吏之所以取禄秩也。"⑤职官所从事的"笔书以为文"是职业撰作,其内容与形式,是有明确的规定的,虽可以"不知其义",但必须"谨守其数"。现在提倡外交可以"饰词专对",也就是注重自主性的文辞撰作。

五、揣摩的作用与个人的事先准备

"行人"立言的形成之三,为"揣摩"。先说公孙鞅游说秦孝公的事例。"秦孝公下令国中求贤者,将修缪公之业,东复侵地",但秦孝公到底想听点什么,公孙鞅心中并没有底。于是,公孙鞅先"说公以帝道,其志不开悟矣",又"说公以王道而未入也",最后"说公以霸道,其意欲用之矣"⑥。他试了几次,最终"说公以霸道"才得到秦孝公的认可。公孙鞅虽成功了,但风险很大,第一次没谈拢,秦孝公对介绍人景监怒道:"子之客妄人耳,安足用邪!"幸亏景监力荐,才有了第二次、第三次。又有苏秦游说的事例。《史记·苏秦列传》载:苏秦"出游数岁,大困而归",因各国君王不爱听,其所谈不得要领。"自伤,乃闭室不出,出其书遍观之。曰:'夫士业已屈首受书,

---

① (唐)刘知几撰,(清)浦起龙释:《史通通释》,上海:上海古籍出版社,1978年,第149~150页。
② (唐)刘知几撰,(清)浦起龙释:《史通通释》,上海:上海古籍出版社,1978年,第325页。
③ (南朝梁)萧子显:《南齐书》,北京:中华书局,1972年,第842页。
④ (清)郭庆藩撰,王孝鱼点校:《庄子集释》,北京:中华书局,1961年,第1067页。
⑤ (清)王先谦撰,沈啸寰、王星贤点校:《荀子集解》,北京:中华书局,1988年,第59页。
⑥ (汉)司马迁:《史记·商君列传》,北京:中华书局,1982年,第2228页。

而不能以取尊荣,虽多亦奚以为!'于是得周书《阴符》,伏而读之。期年,以出揣摩,曰:'此可以说当世之君矣。'"①《战国策·秦一》亦载:"(苏秦)乃夜发书,陈箧数十,得太公《阴符》之谋,伏而诵之,简练以为揣摩。"②苏秦"遍观"群书,重点钻研周书《阴符》,"揣摩"可以"说当世之君"的文辞言论,这应该是有的放矢的文辞准备。

《文史通义·诗教上》曰:

> 纵横之学,本于古者行人之官。观春秋之辞命,列国大夫聘问诸侯,出使专对,盖欲文其言以达旨而已。至战国而抵掌揣摩,腾说以取富贵,其辞敷张而扬厉,变其本而加恢奇焉,不可谓非行人辞命之极也。③

章学诚指出了战国时期"行人辞命"生成方式的转变:由群策群力的成于众手与个人随机应变的"饰词专对",到个人事先"抵掌揣摩"以有的放矢。

揣摩,意即揣度对方,以相比合。战国时的游说术,就是揣度国君心思,预先准备好游说文辞,使游说投合其本旨。"揣摩"亦称"长短术""纵横之术"。《史记·田儋列传》:"蒯通者,善为长短说,论战国之权变。"司马贞《索隐》:"言欲令此事长,则长说之;欲令此事短,则短说之。故《战国策》亦名曰'短长书'是也。"④《史记·酷吏列传》:"边通,学长短,刚暴强人也,官再至济南相。"裴骃《集解》引《汉书音义》:"长短术兴于六国时。行长入短,其语隐谬,用相激怒。"⑤南朝梁刘勰《文心雕龙·论说》:"暨战国争雄,辩士云涌,从横参谋,长短角势。"⑥《史记·平津侯主父列传》:"(主父偃)学长短纵横之术。"⑦汉王充《论衡·答佞》称张仪、苏秦为"排难之人也","处扰攘之世,行揣摩之术"。⑧

揣摩的根本,就是在确定接受对象的情况下做文辞准备;揣摩以成文

---

① (汉)司马迁:《史记》,北京:中华书局,1982年,第2241~2242页。
② (汉)刘向集录:《战国策》,上海:上海古籍出版社,1985年,第85页。
③ (清)章学诚著,仓修良编注:《文史通义新编新注》,北京:商务印书馆,2017年,第45~46页。
④ (汉)司马迁:《史记》,北京:中华书局,1982年,第2649页。
⑤ (汉)司马迁:《史记》,北京:中华书局,1982年,第3143~3144页。
⑥ (南朝梁)刘勰著,詹锳义证:《文心雕龙义证》,上海:上海古籍出版社,1989年,第710页。
⑦ (汉)司马迁:《史记》,北京:中华书局,1982年,第2953页。
⑧ (汉)王充:《论衡》,上海:上海人民出版社,1974年,第181页。

辞，一时形成风气。于是士人便设想游说时会出现的各种情况，预先"揣摩"而成文辞，这就是《战国策》之所以成书。《战国策》一部分是历史经验，一部分则是"揣摩"成辞以供游士学习与练习。正如杨宽先生所说："纵横家讲究'揣摩'……揣情摩意确是纵横家十分注意的。所有这些战国权变和游说故事的汇编，原是游说之士的学习资料，或者是练习游说用的脚本。"①缪文远称《战国策》"纯为游士练习模拟之作"，《战国策·齐三》"楚王死"章，缪文远"考辨"引齐思和语："此章胜意层出，奇变无穷，乃《国策》中之至文也，然索之于史实则皆虚，意纯为习长短者揣摩之谈耳。"②此如《战国策·齐三》中苏秦说薛公的例子：

> 楚王死，太子在齐质。苏秦谓薛公曰："君何不留楚太子，以市其下东国。"薛公曰："不可。我留太子，郢中立王，然则是我抱空质而行不义于天下也。"苏秦曰："不然，郢中立王，君因谓其新王曰：'与我下东国，吾为王杀太子；不然，吾将与三国共立之。'然则下东国必可得也。"③

蒋寅说"对这件事，《战国策》的编者列出了十种不同的结果和处理方式"，"书中一一加以演绎，于是读者看到了十种结果的变化图"④，即："苏秦之事，可以请行；可以令楚王亟入下东国；可以益割于楚；可以忠太子而使楚益入地；可以为楚王走太子；可以忠太子使之亟去；可以恶苏秦于薛公；可以为苏秦请封于楚；可以使人说薛公以善苏子；可以使苏子自解于薛公。"⑤这就是设想游说时会出现的各种情况，预先"揣摩"文辞，以供人们学习。

其他还有为"长短术"学习者的"揣摩"提供资料者，如《韩非子·说林》，王先慎引《索隐》云："说林者，广说诸事，其多若林，故曰说林也。"陈奇猷案曰："此盖韩非搜集之史料备著书及游说之用。"⑥又有《韩非子·难

---

① 杨宽：《战国史》，上海：上海人民出版社，2003年，第672～673页。
② 缪文远：《战国策新校注》，成都：巴蜀书社，1987年，第2、353页。
③ （汉）刘向集录：《战国策》，上海：上海古籍出版社，1985年，第365页。
④ 蒋寅：《〈左传〉和〈战国策〉中说辞的比较研究》，见《金陵生文学史论集》，沈阳：辽海出版社，2009年，第150～151页。
⑤ （汉）刘向集录：《战国策》，上海：上海古籍出版社，1985年，第366页。
⑥ 陈奇猷校注：《韩非子集释》，上海：上海人民出版社，1974年，第417页。

一》,旧注:"古人行事,或有不合理,韩子立义以难之。"①这应该是为驳斥对方的揣摩而搜集的资料。又如《韩诗外传》卷十第八章:

> 传曰:齐使使献鸿于楚。鸿渴,使者道饮鸿,鸿攫管溃失。使者遂之楚,曰:"齐使臣献鸿,鸿渴,道饮,攫管溃失。臣欲亡去,为失两君之使不通。欲拔剑而死,人将以吾君贱士贵鸿也。攫管在此,愿以将事。"楚王贤其言,辩其词,因留而赐之,终身以为上客。

接着直接说:"故使者必矜文辞,喻诚信,明气志,解结申屈,然后可使也。《诗》曰:'辞之怿矣,民之莫矣。'"②使者如何"矜文辞"呢？一是表现自己无私的"喻诚信",既不愿"两君之使不通",又不愿让君王承担"贱士贵鸿"的恶名;二是"欲拔剑而死"表示自己的气概;三是达到"解结申屈"的目的。正是这样的"矜文辞",令其获得了最大利益。《文心雕龙·论说》亦称这些辩士的语言威力即获得的好处:"转丸骋其巧辞,飞钳伏其精术。一人之辨,重于九鼎之宝;三寸之舌,强于百万之师。六印磊落以佩,五都隐赈而封。"③

《汉书·艺文志》说:"从横家者流,盖出于行人之官。""言其当权事制宜,受命而不受辞。此其所长也。及邪人为之,则上诈谖而弃其信。"④但与"饰词专对"相较而言,有为公与为私的不同。

六、余论

古代文辞的生成方式,最早本为王官职官所为,或为王官职官集体所为,因外交场合要应付随机出现的情况,故行人使者不得不随机应变而"饰词专对"。而当游说之术盛行、游说之人激增之时,随机应答变为主动腾说,于是,事先揣摩对方君王想听什么便成为文辞的出发点,根据对方君王想听什么来准备自己要说什么便成为第一要务。那么以后就有提供虚拟化文本者。从王官职官的职务撰作到个人腾说,成为关键点之一;而撰作的出发点,从命令、告知接受者转变为说服接受者,从重在自己的表达转变为重在对方的接受,成为关键点之二。

---

① 陈奇猷校注:《韩非子集释》,上海:上海人民出版社,1974年,第792页。
② (汉)韩婴撰,许维遹校释:《韩诗外传集释》,北京:中华书局,1980年,第344～345页。
③ (南朝梁)刘勰著,詹锳义证:《文心雕龙义证》,上海:上海古籍出版社,1989年,第710页。
④ (汉)班固:《汉书》,北京:中华书局,1962年,第1740页。

第五节 乐官"立言"与先秦乐学的转型

一、乐官职责及其从政方式

远古时乐官称为"瞽",他们懂音乐,以"乐"自立,以"乐"事君,不仅有特殊才华,而且还带有某种神秘色彩。《国语·周语上》载:"先时五日,瞽告有协风至。"韦昭注:"瞽,乐太师,知风声者。"①"知风声"即能从"风"中测算出气候的转换。《国语·周语上》:"瞽帅音官以风土。"韦昭注:"音官,乐官也。风土,以音律省土风,风气和则土气养。"②瞽率领音官以音律测试出地气,即"知风声"。那么,"协风至"能干什么?《国语·郑语》载:"虞幕能听协风,以成乐物生者也。"韦昭注:"协,和也。言能听知和风,因时顺气,以成育万物,使之乐生者。《周语》曰'瞽告有协风至,王乃耕籍'之类是也。"③"民之大事在农"④,"协风至"能"成育万物",瞽报告"有协风至",天子、诸侯就举行"耕籍"仪式,即春耕仪式,以示劝农。

作为乐官的瞽,其专长是音律。《国语·周语下》:"古之神瞽考中声而量之以制,度律均钟,百官轨仪,纪之以三,平之以六,成于十二,天之道也。"韦昭注:"神瞽,古乐正,知天道者也。"⑤瞽"知天道",即能够知道音乐的道理。《吕氏春秋·古乐》:"帝尧立,乃命质为乐。质乃效山林溪谷之音以歌,乃以麋革置缶而鼓之,乃拊石击石,以象上帝玉磬之音,以致舞百兽。瞽叟乃拌五弦之瑟,作以为十五弦之瑟。命之曰《大章》,以祭上帝。"⑥古时把自然界的风声、鸟声、流水声等称为天籁,瞽之类乐官能够"知风声",即指既能听懂天籁,又能把天籁再现出来。一是"效",就是"效山林溪谷之

---

① (先秦)左丘明著,(三国)韦昭注,胡文波校点:《国语》,上海:上海古籍出版社,2015年,第12页。
② (先秦)左丘明著,(三国)韦昭注,胡文波校点:《国语》,上海:上海古籍出版社,2015年,第13页。
③ (先秦)左丘明著,(三国)韦昭注,胡文波校点:《国语》,上海:上海古籍出版社,2015年,第344页。
④ 《国语·周语上》,见(先秦)左丘明著,(三国)韦昭注,胡文波校点:《国语》,上海:上海古籍出版社,2015年,第10页。
⑤ (先秦)左丘明著,(三国)韦昭注,胡文波校点:《国语》,上海:上海古籍出版社,2015年,第87页。
⑥ (秦)吕不韦:《吕氏春秋》,上海:上海古籍出版社,1989年,第44页。

音以歌"云云;二是"像",就是"象上帝玉磬之音",用再现出来的音乐"以祭上帝"。《诗·周颂·有瞽》,《诗序》称是对瞽"始作乐而合乎祖也"的吟咏①,可见其职责。

《礼记·乐记》:"昔者,舜作五弦之琴以歌南风,夔始制乐以赏诸侯。"郑玄注:"夔欲舜与天下之君共此乐也。"②乐官又是为人们提供审美享受的。

乐官也典掌教育事务,瞽宗就是中国最早的音乐教育机构。《礼记·文王世子》:"瞽宗,秋学礼,执礼者诏之;冬读书,典书者诏之。礼在瞽宗,《书》在上庠。"《礼记·明堂位》:"瞽宗,殷学也。"③《周礼·春官·大司乐》:"大司乐掌成均之法,以治建国之学政,而合国之子弟焉。凡有道者、有德者使教焉,死则以为乐祖,祭于瞽宗。"所教者,"以乐德教国子""以乐语教国子""以乐舞教国子"④,等等。

乐官还有"补察其政"的职责。《国语·周语上》载:

> 故天子听政,使公卿至于列士献诗,瞽献典,史献书,师箴,瞍赋,蒙(矇)诵,百工谏,庶人传语,近臣尽规,亲戚补察,瞽、史教诲,耆、艾修之,而后王斟酌焉,是以事行而不悖。⑤

天子巡守,"命太师陈诗,以观民风"⑥。师旷称"补察其政"有"瞽为诗"一项,以"谏失常"⑦。乐官"谏失常""陈诗",其前期工作是采诗,即所谓"古有采诗之官,王者所以观风俗,知得失,自考正也"⑧。刘歆《与扬雄书》称"三代周秦"之时,乐官"求代语、童谣、歌戏"⑨。

乐官或成为国家政权的象征。《史记·殷本纪》载:殷商末年,商纣王

---

① 《毛诗正义》,见《十三经注疏》,上海:上海古籍出版社,1997年,第594页下~595页中。
② 《礼记正义》,见《十三经注疏》,上海:上海古籍出版社,1997年,第1534页上。
③ 《礼记正义》,见《十三经注疏》,上海:上海古籍出版社,1997年,第1405页上、1491页上。
④ 《周礼注疏》,见《十三经注疏》,上海:上海古籍出版社,1997年,第787页中、下。
⑤ (先秦)左丘明著,(三国)韦昭注,胡文波校点:《国语》,上海:上海古籍出版社,2015年,第7页。
⑥ (唐)欧阳询:《艺文类聚》,上海:上海古籍出版社,1982年,第698页。
⑦ "襄公十四年",《春秋左传正义》,见《十三经注疏》,上海:上海古籍出版社,1997年,第1958页。
⑧ (汉)班固:《汉书·艺文志》,北京:中华书局,1962年,第1708页。
⑨ (清)严可均校辑:《全上古三代秦汉三国六朝文·全汉文》,北京:中华书局,1958年,第349页。

"愈淫乱不止","微子数谏不听,乃与大师、少师谋,遂去","殷之大师、少师乃持其祭乐器奔周"①。微子、比干、箕子"三仁"是进谏主角,其进谏或与大师、少师之类乐官相谋。当进谏不成,这些乐官"持其祭乐器奔周"。"祭乐器"之类朝廷重器,既是朝廷运转的礼器,又是政权的象征,所谓"毁其宗庙,迁其重器"②,就是灭亡政权;乐官带走殷商朝廷重器,促使其灭亡,显示出乐官在政权中的重要作用。

乐官或多有讽谏"立言"。《晏子春秋·内篇杂上》载:晋范昭使齐以探虚实,佯醉而起舞,谓太师曰:"能为我调成周之乐乎?吾为子舞之。"太师曰:"冥臣不习。"景公谓太师曰:"子何以不为客调成周之乐乎?"太师对曰:"夫成周之乐,天子之乐也。调之,必人主舞之。今范昭人臣,欲舞天子之乐,臣故不为也。"太师很有见识,称不能以天子之乐给臣子之人伴舞。范昭归,报告晋平公,曰:"齐未可伐也,臣欲试其君,而晏子识之;臣欲犯其礼,而太师知之。"于是晋停止了伐齐的谋划。仲尼闻之,曰"夫不出尊俎之间,而折冲于千里之外,晏子之谓也,而太师其与焉"③,称赞乐官参与"折冲于千里之外"的行动。这是乐官以"乐"的专业从事外交活动。

乐官的讽谏立言或从乐律入手。《国语·周语下》载:周景王二十三年,景王将铸无射钟,单穆公谏阻,称其"无益于乐,而鲜民财,将焉用之"。景王又问伶州鸠,伶州鸠既称"用物过度妨于财",又称其与大林钟不相配,言这是不应该做的事,"若夫匮财用,罢民力,以逞淫心,听之不和,比之不度,无益于教,而离民怒神,非臣之所闻也"。伶州鸠的谏阻多是从乐理出发而言的。但是景王不听,"卒铸大钟"。有伶人"媚王",对伶州鸠说:"钟果和矣。"伶州鸠对曰:"上作器,民备乐之,则为和。今财亡民罢,莫不怨恨,臣不知其和也。"④铸钟而百姓怨恨,怎么能说"和"呢?《左传·昭公二十一年》对这件事的记载,则侧重伶州鸠对大钟不"和"的危害的叙说与后果的预料:

  天王将铸无射。泠州鸠曰:"王其以心疾死乎?夫乐,天子之

---

① (汉)司马迁:《史记》,北京:中华书局,1982年,第108页。
② 《孟子·梁惠王下》,《孟子注疏》,见《十三经注疏》,上海:上海古籍出版社,1997年,第2681页上。
③ 吴则虞:《晏子春秋集释》,北京:中华书局,1962年,第325~326、331~332页。
④ (先秦)左丘明著,(三国)韦昭注,胡文波校点:《国语》,上海:上海古籍出版社,2015年,第81~86页。

职也。夫音,乐之舆也。而钟,音之器也。天子省风以作乐,器以钟之,舆以行之。小者不窕,大者不槬,则和于物,物和则嘉成。故和声入于耳而藏于心,心亿则乐。窕则不咸,槬则不容,心是以感,感实生疾。今钟槬矣,王心弗堪,其能久乎?"①

果然,景王于第二年去世。

以乐"立言"来影响政治,在春秋时期当以师旷为最。《吕氏春秋·长见》载:

> 晋平公铸为大钟,使工听之,皆以为调矣。师旷曰:"不调,请更铸之。"平公曰:"工皆以为调矣。"师旷曰:"后世有知音者,将知钟之不调也,臣窃为君耻之。"至于师涓,而果知钟之不调也。②

意指以其音乐才华而不媚君王,这是乐官应有的品格。《史记·乐书》载:卫灵公"至于濮水之上舍,夜半时闻鼓琴声",令师涓"为我听而写之";至晋,师涓为晋平公"援琴鼓之","未终,师旷抚而止之",曰"此亡国之声也",称此为"师延所作也","与纣为靡靡之乐,武王伐纣,师延东走,自投濮水之中,故闻此声必于濮水之上,先闻此声者国削"③。两个乐官对比,师涓只听从君王的指示,只是一个工具人而已;而师旷则会发表意见。《国语·晋语八》载:

> 平公说新声,师旷曰:"公室其将卑乎!君之明兆于衰矣。夫乐以开山川之风,以耀德于广远也。风德以广之,风山川以远之,风物以听之,修诗以咏之,修礼以节之。夫德广远而有时节,是以远服而迩不迁。"④

这是从乐说到"公室"政治。师旷的进谏,既符合自己的身份与专业,又显示其深远的政治眼光。又,《韩非子·外储说右上》载:齐景公到晋国,三次问政于师旷,师旷三次以"君必惠民"回答,齐景公领悟,返国后,"发禀粟以

---

① 《春秋左传正义》,见《十三经注疏》,上海:上海古籍出版社,1997年,第2097页上、中。
② (秦)吕不韦:《吕氏春秋》,上海:上海古籍出版社,1989年,第84页上。
③ (汉)司马迁:《史记》,北京:中华书局,1982年,第1235页。
④ (先秦)左丘明著,(三国)韦昭注,胡文波校点:《国语》,上海:上海古籍出版社,2015年,第309页。

赋众贫,散府余财以赐孤寡,仓无陈粟,府无余财,宫妇不御者出嫁之,七十受禄米"①,于是巩固了自己的王位。《韩非子·难一》载:晋平公与群臣饮,曰:"莫乐为人君! 惟其言而莫之违。"师旷批评说:"哑! 是非君人者之言也。"平公称之"以为寡人戒"②。先秦典籍中还有一些师旷从政的言行,这些记载,或为历史事实,或为人们讲的寓言故事。师旷作为乐官从政的一种象征,在记录乐官从政的某些史实的同时,表达了时代对乐官从政的期望。

二、以"乐"从政的不足之处与乐官的失职

乐官中多有识之士,如《左传·成公九年》载:楚国伶人(乐官)钟仪被晋国俘虏,持戴南冠,不忘楚操,恰如其分地回答问题,赢得晋国的尊重。晋范文子称赞曰:"楚囚,君子也。言称先职,不背本也;乐操土风,不忘旧也。称大子,抑无私也。名其二卿,尊君也。不背本,仁也;不忘旧,信也。无私,忠也;尊君,敏也。仁以接事,信以守之,忠以成之,敏以行之。事虽大,必济。君盍归之,使合晋、楚之成。"于是晋侯"重为之礼,使归求成"③,晋、楚两国和好,乐官钟仪以其"土风"的演唱表达爱国情怀。

又如襄公十年时,郑国"尉氏、司氏之乱,其余盗在宋";襄公十五年,郑以马四十乘与乐官师茷、师慧,和宋国换回作乱的余盗。师慧到宋国后便在其朝堂小便,称这里无人,其相(扶持乐官的人)问:朝堂上何故无人? 师慧曰:"必无人焉。若犹有人,岂其以千乘之相易淫乐之矇? 必无人焉故也。""千乘之相"谓子产等也,言早不替郑国的执政子产等人杀三盗,要等到有财礼才送回,是重淫乐(其自称"淫乐之矇")而轻国相,暗指宋无明哲之人。宋国便放回师慧④。

在上述几例中可见,乐官的政治言行均与"乐"相关,然乐官也有非"乐"专业的意见发表。《国语·鲁语上》载:夏天时鲁宣公滥捕于泗渊,里革砍断网罟并丢弃了它,鲁宣公接受里革的讽谏,并令有司收藏此"良罟之

---

① 陈奇猷校注:《韩非子集释》,上海:上海人民出版社,1974年,第715~716页。
② 陈奇猷校注:《韩非子集释》,上海:上海人民出版社,1974年,第806页。
③ 《春秋左传正义》,见《十三经注疏》,上海:上海古籍出版社,1997年,第1905页下~1906页中。
④ 《春秋左传正义》,见《十三经注疏》,上海:上海古籍出版社,1997年,第1959页下。

法"。乐官师存则曰"藏瞽不如置里革于侧之不忘也"①,称里革于君侧,可以时时讽谏。

但以"乐"从政也有其不足之处,有其局限,如其讽谏有时会带有某种神秘色彩。《左传·襄公十八年》载:

> 晋人闻有楚师,师旷曰:"不害。吾骤歌北风,又歌南风。南风不竞,多死声。楚必无功。"董叔曰:"天道多在西北,南师不时,必无功。"叔向曰:"在其君之德也。"②

师旷以歌的南风不竞北风来预测楚师无功,当然不及叔向所论战争的胜负在于"其君之德"可靠。师旷与掌权者(贤人)叔向相比,后者以正直和才识见称于时,孔子赞誉曰:"叔向,古之遗直也。"③

乐官在朝廷中以"乐"事君。《左传·襄公十四年》载:卫献公时孙林父、孙蒯父子跋扈不臣。一日,孙蒯入朝,献公"饮之酒,使大师歌《巧言》之卒章",以其卒章"彼何人斯,居河之麋。无拳无勇,职为乱阶"数句暗指孙林父、孙蒯父子骄横且无能耐,乐官大师恐激怒孙氏,推辞不奏。另一乐官师曹则主动请为。原来献公的嬖妾曾请师曹教琴,师曹鞭打处罚了她,献公很生气,就鞭打师曹三百;"故师曹欲歌之,以怒孙子,以报公"。师曹唱完了还不算,又朗诵了一遍,就是要惹恼孙氏;果然后来孙氏起兵攻打献公④。这虽然讲的是乐官公报私仇,但又说明乐官对于调和矛盾还是火上浇油,是可以左右的。

乐官失职还在于唯上唯君命。如师涓典乐,纣王让他"作新淫声,北里之舞,靡靡之乐"⑤,他就这样做了,没有考虑对政治的影响,这是乐官的失职。荀子说:乐官的职责就在于"贵礼乐而贱邪音",所谓"修宪命,审诛赏,禁淫声,以时顺修,使夷俗邪音不敢乱雅"⑥。

乐官唯上唯君命,多表现在外交赋诗场合,只按照当权者的旨意行事,

---

① (先秦)左丘明著,(三国)韦昭注,胡文波校点:《国语》,上海:上海古籍出版社,2015年,第117~118页。
② 《春秋左传正义》,见《十三经注疏》,上海:上海古籍出版社,1997年,第1966页上。
③ "昭公十四年",《春秋左传正义》,见《十三经注疏》,上海:上海古籍出版社,1997年,第2076页下。
④ 《春秋左传正义》,见《十三经注疏》,上海:上海古籍出版社,1997年,第1957页上。
⑤ (汉)司马迁:《史记·殷本纪》,北京:中华书局,1982年,第105页。
⑥ (清)王先谦撰,沈啸寰、王星贤点校:《荀子集解》,北京:中华书局,1988年,第381页。

而不顾是否合乎礼。以下仅举两例。一是《左传·文公四年》载：卫宁武子来聘鲁，鲁文公与之宴，为其赋诗，而宁武子既不辞谢，也不回答。原来，所赋《湛露》《彤弓》是天子宴飨诸侯的诗，以此飨宁武子，不合于礼；故宁武子佯为不知。① 鲁国的乐官更应该知道这是天子宴飨诸侯的诗，不应该在此种场合演奏，为什么只是执行鲁文公的指示而不提出意见？二是《左传·襄公四年》载：叔孙豹如晋，"晋侯享之。金奏《肆夏》之三，不拜。工歌《文王》之三，又不拜"，问及叔孙豹不拜的原因，其称："三《夏》，天子所以享元侯也，使臣弗敢与闻。《文王》，两君相见之乐也，臣不敢及。"② 晋国的乐官更应该知道这些诗臣子不应该享受，他们为什么不提出意见？

严格地说，乐官的失职就是政治上的失职，其原因如荀子所说：有一批世袭的王官，他们"循法则、度量、刑辟、图籍，不知其义，谨守其数，慎不敢损益也，父子相传，以持王公"，"是官人百吏之所以取禄秩也"③。乐官也是世袭的，"瞽之掌乐，固世官而宿其业"④，他们精通音律，对乐的"艺""器"精益求精，正如孟子所谓"师旷之聪，不以六律，不能正五音"⑤，对音律的掌握越来越严密，对"正五音"越来越精确。但是，"乐"是用来干什么的？"乐"在什么场合作什么用？乐官对此似乎不再关注，他们逐渐沦为工具式官员。乃至后代，"汉兴，制氏以雅乐声律，世在乐官，颇能纪其铿锵鼓舞，而不能言其义"⑥，也是只知声律而不知其义了。

乐官的失职，或与西周"乐教"的分工有关。周代乐教，其内容有乐德、乐义、乐语、乐律、乐舞、乐声等。文献中多有周代以乐"教国子"之说，这是音乐的普及教育；又有乐师专业人员的音乐教育，这是音乐的专业教育。国子之教重乐教的乐德、乐义、乐语等，专业之教重乐律、乐舞、乐声等。前者重在从政诸方面的运用，如讽谏、聘问等；后者重在音乐的具体操作及技巧方面，重在演奏、演唱及用乐场合的具体礼仪、程序，如祭祀、宴饮各种用乐。当礼崩乐坏，学在官府渐变为学在民间时，本是国子之教的"乐教"，成

---

① 《春秋左传正义》，见《十三经注疏》，上海：上海古籍出版社，1997年，第1840页下～1841页上。
② 《春秋左传正义》，见《十三经注疏》，上海：上海古籍出版社，1997年，第1931页下～1932页上。
③ （清）王先谦撰，沈啸寰、王星贤点校：《荀子集解》，北京：中华书局，1988年，第59页。
④ （清）汪中撰，戴庆钰、涂小马校点：《述学》，沈阳：辽宁教育出版社，2000年，第101页。
⑤ 《孟子·离娄上》，《孟子注疏》，见《十三经注疏》，上海：上海古籍出版社，1997年，第2717页上。
⑥ （汉）班固：《汉书·艺文志》，北京：中华书局，1962年，第1712页。

为士子之能;而对于作为重"乐声"等的专业"乐教",久而久之,乐官就只顾"乐"的操作了。当时社会对乐师只知音乐演奏而不知其义也多有批评。《左传·昭公九年》载:功臣荀盈死,晋侯照常饮酒,并有乐官奏乐。膳宰屠蒯借着敬酒批评乐官,说:"女为君耳,将司聪也。辰在子卯,谓之疾日。君彻宴乐,学人舍业,为疾故也。君之卿佐,是谓股肱。股肱或亏,何痛如之?女弗闻而乐,是不聪也。"①即批评乐官作为"卿佐""股肱",却没有尽到责任。甚或有因为奏淫乐不合乎礼而被孔子所杀的例子,如《史记·齐太公世家》载:"进莱乐,孔子历阶上,使有司执莱人斩之,以礼让(齐)景公。"②《史记·鲁周公世家》载:"齐欲袭鲁君,孔子以礼历阶,诛齐淫乐,齐侯惧,乃止。"③

春秋战国时期"礼崩乐坏",对"乐"来说结果有二:一是上述所说乐官的失职;二是"礼"与"乐"本身形态的混乱。《汉书·艺文志》云:

> 故自黄帝下至三代,乐各有名。孔子曰:"安上治民,莫善于礼;移风易俗,莫善于乐。"二者相与并行。周衰俱坏,乐尤微眇,以音律为节,又为郑卫所乱故无遗法。④

二者相辅相成,"礼崩乐坏",乐官当然不知"乐"之用如何了,于是可知乐学的转型是必然的。

三、士人成为乐学的主角

春秋战国时期乐学的转型在以下两方面有所表现。

其一,"士"阶层走向乐学理论前沿,成为主角。当时有云:

> 故建邦能命龟,田能施命,作器能铭,使能造命,升高能赋,师旅能誓,山川能说,丧纪能诔,祭祀能语;君子能此九者,可谓有德音,可以为大夫。⑤

---

① 《春秋左传正义》,见《十三经注疏》,上海:上海古籍出版社,1997年,第2057页下。
② (汉)司马迁:《史记》,北京:中华书局,1982年,第1505页。
③ (汉)司马迁:《史记》,北京:中华书局,1982年,第1544页。
④ (汉)班固:《汉书》,北京:中华书局,1962年,第1711~1712页。
⑤ 《诗·鄘风·定之方中》"卜云其吉"毛传引,《毛诗正义》,见《十三经注疏》,上海:上海古籍出版社,1997年,第316页中。

表示原本属王官的职务行为,可以由"君子"来做,做得好还"可以为大夫",这就极大地刺激了"士"的以"文"从政,其中也应该包含"士"的论乐,于是可知为什么先秦诸子多有论乐的言论了。如《老子》有"五色令人目盲;五音令人耳聋;五味令人口爽;驰骋田猎,令人心发狂;难得之货,令人行妨。是以圣人为腹不为目。故去彼取此"①;《墨子·非乐》有王公大人"厚措敛乎万民,以为大钟、鸣鼓、琴、瑟、竽、笙之声""亏夺民衣食之财以拊乐"云云②;《庄子·齐物论》有"女闻人籁而未闻地籁,女闻地籁而未闻天籁夫"③;《荀子》有《乐论》;等等。

"士"阶层论乐,有几个典型事例。如史载孔子论乐:孔子问宾牟贾乐之五事,答毕,孔子称宾牟贾所言与苌弘所言一致。既而宾牟贾起,免席而请曰:"夫《武》之备戒之已久,则既闻命矣。敢问迟之迟而又久,何也?"孔子曰:"居,吾语汝。"以下孔子就《武》的问题发表了自己的意见④。又如史载孔子学鼓琴师襄子,最终反倒是师襄子"辟席再拜"⑤,孔子对音乐的领悟赢得了乐官的尊重。又如史载:"子贡见师乙而问焉,曰:'赐闻声歌各有宜也,如赐者宜何歌也?'师乙曰:'乙,贱工也,何足以问所宜。请诵其所闻,而吾子自执焉。'"⑥士就具体的演唱问题请教乐官,乐官自称"贱工",乐官与士的地位已经调换了。

其二,乐官所承担的,主要是在实际操作中"谨守其数,慎不敢损益也",对乐之"器",他们更有发言权;诸子论乐,重"道",重在对乐之"义"方面作出阐释。乐学理论之"道"与"器"分离,以后的《乐记》走的就是这条路,所谓前十一篇,是关于"道"的,我们看不到的那十二篇,则是关于"器"的。⑦ 士人论乐之道,一是论证享用的"音"与礼仪的"乐"的不同。《史记·乐书》载子夏论乐,魏文侯问曰:"吾端冕而听古乐则唯恐卧,听郑卫之音则不知倦。敢问古乐之如彼,何也?新乐之如此,何也?"子夏曰:"今君之所问者乐也,所好者音也。夫乐之与音,相近而不同。"又曰:"天下大定,然后正六律,和五声,弦歌诗颂,此之谓德音,德音之谓乐。""郑音好滥淫

---

① 任继愈:《老子今译》,北京:古籍出版社,1956年,第8~9页。
② (清)孙诒让撰,孙启治点校:《墨子间诂》,北京:中华书局,2001年,第254~255页。
③ (清)郭庆藩撰,王孝鱼点校:《庄子集释》,北京:中华书局,1961年,第45页。
④ (汉)司马迁:《史记·乐书》,北京:中华书局,1982年,第1226~1230页。
⑤ (汉)司马迁:《史记·孔子世家》,北京:中华书局,1982年,第1925页。
⑥ (汉)司马迁:《史记·乐书》,北京:中华书局,1982年,第1233页。
⑦ 详见王小盾:《中国音乐文献学初阶》,北京:北京大学出版社,2014年,第58页。

志,宋音燕女溺志,卫音趣数烦志,齐音骜辟骄志,四者皆淫于色而害于德,是以祭祀不用也。"①这就是"音、乐异意",所以《礼记·乐记》曰:"凡音者,生于人心者也;乐者,通伦理者也。是故,知声而不知音者,禽兽是也;知音而不知乐者,众庶是也。唯君子为能知乐。"②二是"礼、乐相分"。《左传》往往称说"乐"在各种等级场合的运用,乐依附于礼,礼、乐不分。而在"礼崩乐坏"时期,关注的则是礼与乐的不同。《荀子·乐论》讲:"且乐也者,和之不可变者也;礼也者,理之不可易者也。乐合同,礼别异。"《荀子·乐论》还提出乐本身的许多问题:"夫乐者,乐也,人情之所必不免也,故人不能无乐。乐则必发于声音,形于动静,而人之道,声音、动静、性术之变尽是矣。""夫声乐之入人也深,其化人也速。""乐中平则民和而不流,乐肃庄则民齐而不乱。"所以先王制《雅》《颂》以"感动人之善心"③。其中虽然也多论乐的教化作用,但更多是从"乐"本身出发的,脱离"礼"仪式化的、形而上的束缚,为"乐"的独立发展提供了空间。

四、《诗三百》从"乐"到"文"

乐学的"诗、歌、器、舞"中,舞本来是最高形态。《尚书·舜典》载:

> 帝曰:"夔!命汝典乐,教胄子,直而温,宽而栗,刚而无虐,简而无傲。诗言志,歌永言,声依永,律和声。八音克谐,无相夺伦,神人以和。"夔曰:"于!予击石拊石,百兽率舞。"④

诗、歌、乐、舞本是四位一体的,虽说是"诗言志",但最终是由"八音克谐"到"百兽率舞"的。《毛诗序》曰:"在心为志,发言为诗。情动于中,而形于言。言之不足,故嗟叹之;嗟叹之不足,故永歌之;永歌之不足,不知手之舞之,足之蹈之也。"⑤诗是初级状态,舞是高级状态,即《舞赋》:"歌以咏言,舞以尽意。是以论其诗不如听其声,听其声不如察其形。"⑥舞亦"言志",所谓"以乐舞教国子",就如同传统京剧,重在唱与做,只要唱得好听、做得动人,

---

① (汉)司马迁:《史记》,北京:中华书局,1982年,第1221~1224页。
② 《礼记正义》,见《十三经注疏》,上海:上海古籍出版社,1997年,第1528页中、下。
③ (清)王先谦撰,沈啸寰、王星贤点校:《荀子集解》,北京:中华书局,1988年,第379~382页。
④ 《尚书正义》,见《十三经注疏》,上海:上海古籍出版社,1997年,第131页中、下。
⑤ 《毛诗正文》,见《十三经注疏》,上海:上海古籍出版社,1997年,第269页下~270页上。
⑥ (南朝梁)萧统编、(唐)李善注:《文选》,北京:中华书局,1977年,第247页上。

就是好戏。又如"晋侯与诸侯宴于温,使诸大夫舞,曰:'歌诗必类!'齐高厚之诗不类"①,即指舞的言志与"歌诗"的言志"不类"。

就《诗三百》来说,先是重"以声为用"。季札到鲁国"请观于周乐",曰:"美哉!"杜预注:"美其声。"孔颖达疏:"声能写情,情皆可见,听音而知治乱,观乐而晓盛衰。"②《礼记·乐记》载"声音之道与政通""审乐以知政"。所以有笙诗六篇(南陔、白华、华黍、由庚、崇丘、由仪),即只有音乐标题,没有歌辞。史载古时采诗,"行人振木铎徇于路,以采诗,献之大师,比其音律,以闻于天子",故"王者不窥牖户而知天下";"采诗"之后,是还要"比其音律"的。③ 所谓"君子以钟鼓道志""以乐语教国子"等。

外交赋诗更显示出"诗"的由"乐"而"文"。《左传·昭公十二年》载:"夏,宋华定来聘,通嗣君也。享之,为赋《蓼萧》。"孔颖达《正义》曰:"享燕之礼,自有常乐,今特云'为赋《蓼萧》'……非礼之常,公特命乐人以示意。则知此亦特命乐人,所以尝试华定。"④"常乐"即朝盟宴飨有规定诗歌演奏,如果有特定的意思要表达,则以"断章取义"的方式命乐官或演奏,或吟唱,或朗诵。"断章取义"即"以义为用";以后的论证引诗、著述引诗都是由此而来。

《墨子·公孟》:"诵《诗三百》,弦《诗三百》,歌《诗三百》,舞《诗三百》。"⑤诗有文、乐、歌、舞四种传播方式,随着"礼崩乐坏","以义为用"的"诵《诗三百》"占据了主导地位。《周礼·春官·瞽矇》载:"讽诵诗,世奠系。"郑玄注引郑司农云:"讽诵诗,主诵诗以刺君过,故《国语》曰:瞍赋、矇诵,谓诗也。"又云:"虽不歌,犹鼓琴瑟,以播其音,美之。"⑥伴奏成为从"歌"到"诵"的过程中的一环,但"诵"渐渐已成为《诗三百》传播的主要手段,所谓"以义为用"。《汉书·艺文志》称《诗三百》,"遭秦而全者,以其讽诵,不独在竹帛故也",或"讽诵"或"在竹帛",已不是"歌";《礼乐志》称"乃立乐府,采诗夜诵",也是以"诵"为主。至汉代"四家诗",重在对《诗》"大

---

① "襄公十六年",《春秋左传正义》,见《十三经注疏》,上海:上海古籍出版社,1997年,第1963页上。
② "襄公二十九年",《春秋左传正义》,见《十三经注疏》,上海:上海古籍出版社,1997年,第2006页上、中。
③ (汉)班固:《汉书·食货志》,北京:中华书局,1962年,第1123页。
④ 《春秋左传正义》,见《十三经注疏》,上海:上海古籍出版社,1997年,第2061页下。
⑤ (清)孙诒让撰,孙启治点校:《墨子间诂》,北京:中华书局,2001年,第456页。
⑥ 《周礼注疏》,见《十三经注疏》,上海:上海古籍出版社,1997年,第797页中。

义"的阐释与语词的解释,开创《诗经》研究新局面,重在对"诗"的文字内容的关注,重在对"赋比兴"特点的归纳与阐释,重在对"诗"的形式的继承而创作四言诗。《诗三百》完成了从音乐到文学的转型,也就从"六经"之一而成为文学的风骚传统的源头之一。

我们从《舞赋》的描摹可以看到彼时社会抒情表意的逆袭而动,从舞到歌,从歌到诵,诵成为最高境界。这就是《诗三百》从"乐"到"文"的时代意义!

第三章　诸子"立言"论

先秦后期,"士"的"立言"一般称为诸子"立言","子"本来就是先秦时期对人的尊称。《穀梁传·宣公十年》:"秋,天王使王季子来聘。其曰王季,王子也;其曰子,尊之也。"范宁注:"子者,人之贵称。"①"子"又指先秦时期对老师的尊称。《论语·学而》:"子曰:'学而时习之,不亦说乎!'"邢昺疏:"子者,古人称师曰子。"②"子"既是尊称,又指老师,诸家学派均有师传,于是,"子"或指先秦百家的著作。《汉书·艺文志》:"诸子十家,其可观者九家而已。皆起于王道既微,诸侯力政,时君世主,好恶殊方,是以九家之术蜂出并作。"③

第一节　儒家"立言"与"有德者必有言"

孔子称"有德者必有言"。东晋殷仲堪曰"由德有言,言则末矣,末可矫而本无假,故有德者必有言"④,认为"德"与"言"比,"言"可以矫饰而假托,内在的"德"无可假托,只有用语言来表达。"德"或称"道德",为社会意识形态之一,是人们共同生活及其行为的准则和规范。彼时所谓"道德",或单称"德",《书·盘庚上》:"汝克黜乃心,施实德于民,至于婚友,丕乃敢大言,汝有积德。"⑤"道德"是以"仁义"为核心的,即后世韩愈《原道》所说:"凡吾所谓道德云者,合仁与义言之也,天下之公言也。"⑥《韩非子·五蠹》以"上古竞于道德""中世逐于智谋""当今争于气力"称"世异则事异""事异则备变"的时代与世事的变化⑦;在孔子称"有德者必有言"的时代,"道德"与"智谋""气力"形成对立。

---

① 《春秋穀梁传注疏》,见《十三经注疏》,上海:上海古籍出版社,1997年,第2414页上、中。
② 《论语注疏》,见《十三经注疏》,上海:上海古籍出版社,1997年,第2457页上。
③ (汉)班固:《汉书》,北京:中华书局,1962年,第1746页。
④ 程树德撰,程俊英、蒋见元点校:《论语集释》,北京:中华书局,1990年,第952页。
⑤ 《尚书正义》,见《十三经注疏》,上海:上海古籍出版社,1997年,第169页中。
⑥ (唐)韩愈:《韩愈集》,长沙:岳麓书社,2000年,第145页。
⑦ 陈奇猷校注:《韩非子集释》,上海:上海人民出版社,1974年,第1042页。

言,指言语、文章经籍及其所含的学说、主张,即孟子所称"天下之言不归杨,则归墨"①之"言"。孔子的时代礼崩乐坏,诸家"立言"以期以新思想、新理论建立新制度、新社会,孔子提出"有德者必有言",直接把"德"作为其"立言"的核心。此处讨论"有德者必有言",即以"德、言"关系展开。

一、"德"咏于歌谣、书于竹帛

"德"者,有"德言",指合乎仁德的言论,如《书·康诰》:"呜呼!封汝念哉!今民将在祇遹乃文考,绍闻衣德言。"②"德"者,还有行,谓道德品行高尚,身体力行,即"德行",如《易·乾》:"君子进德修业。"《易·节》:"君子以制数度,议德行。"③"德"者,又有教,即"德教",如《周礼·春官·大司乐》:"凡有道者、有德者,使教焉。"④《孟子·离娄上》:"巨室之所慕,一国慕之;一国之所慕,天下慕之。故沛然德教溢乎四海。"⑤"德"者,行"德政",如《潜夫论·德化》:"德政中于民,则多涤畅姣好坚强考寿。"⑥又如《左传·隐公十一年》:"既无德政,又无威刑。"⑦德政与威刑对立。

"德"以"言"的形式出现,上古咏"德"于歌谣、书"德"于竹帛。这些记载多吟诵君德,称颂在这样的圣王统治下,社会充满着一种祥和的气氛。如《尚书大传》载《大唐歌》曰:

> 舟张辟雍,鸧鸧相从,八风回回,凤皇喈喈。⑧

又有《卿云歌》,《尚书大传》载:

> 于时俊乂百工,相和而歌《卿云》,帝舜乃唱之曰:卿云烂兮,礼缦缦兮,日月光华,旦或旦兮。⑨

---

① 《孟子·滕文公下》,《孟子注疏》,见《十三经注疏》,上海:上海古籍出版社,1997年,第2714页下。
② 《尚书正义》,见《十三经注疏》,上海:上海古籍出版社,1997年,第203页中。
③ 《周易正义》,见《十三经注疏》,上海:上海古籍出版社,1997年,第15页下、70页下。
④ 《周礼正义》,见《十三经注疏》,上海:上海古籍出版社,1997年,第787页中。
⑤ 《孟子注疏》,见《十三经注疏》,上海:上海古籍出版社,1997年,第2719页上。
⑥ (汉)王符著,(清)汪继培笺,彭铎校正:《潜夫论笺校正》,北京:中华书局,1985年,第372页。
⑦ 《春秋左传正义》,见《十三经注疏》,上海:上海古籍出版社,1997年,第1736页下。
⑧ 王闿运:《尚书大传补注》,北京:中华书局,1991年,第17页。
⑨ (唐)欧阳询:《艺文类聚》引,上海:上海古籍出版社,1982年,第13～14页。

《文心雕龙·明诗》称"尧有《大唐之歌》,虞造《南风之诗》,观其二文,词达而已"①,这些作品没有什么文采,但体现出来的和谐、安宁则令后人向往。

"竞于道德"的社会应该是一个无为而治的自然状态,其主要特点是"宁""和",即《诗·大雅·江汉》所描绘的"时靡有争,王心载宁"②,世间没有纷争战斗,君王之心与全社会之心宁静平和安详。所谓"礼之用,和为贵"③,孔子认为舜的时代是德治的典范,并将他的德治方式概括为"无为而治者,其舜也与,夫何为哉?恭己正南面而已矣"④。社会是和谐的、君王是无为的,古传有歌谣吟诵这样无为、和谐的时代。《帝王世纪》载:

> 天下大和,百姓无事,有五十老人击壤于道。观者叹曰:"大哉!帝之德也。"老人曰:"日出而作,日入而息,凿井而饮,耕田而食,帝何力于我哉。"于是景星曜于天,甘露降于地,朱草生于郊,凤皇止于庭,嘉禾孳于亩,醴泉涌于山。⑤

如此歌咏即崇尚自然状态的社会。又有舜之《南风歌》,《帝王世纪》载:

> 舜恭己无为,歌《南风之诗》,诗曰:"南风之时兮,可以阜吾人之财兮。南风之薰兮,可以解吾人之愠兮。"⑥

这样"竞于道德"的社会景象以及这些作品或许是出于后人的追想,但它们表达了人们的一种愿望,即只有在这样和谐、祥和的社会环境下,诗才能纯粹出于人的天然,正如《毛诗序》所说:"诗者,志之所之也。在心为志,发言为诗。情动于中,而形于言。言之不足,故嗟叹之;嗟叹之不足,故永歌之;永歌之不足,不知手之舞之,足之蹈之也。"⑦只有在这样的社会,才能如此自由自在地抒发情感。

古史又载君臣之间的吟咏,展现其和谐共事、互重相得的风度。《书·

---

① (南朝梁)刘勰著,詹锳义证:《文心雕龙义证》,上海:上海古籍出版社,1989年,第175页。
② 《毛诗正义》,见《十三经注疏》,上海:上海古籍出版社,1997年,第573页中。
③ 《论语·学而》,《论语注疏》,见《十三经注疏》,上海:上海古籍出版社,1997年,第2458页中。
④ 《论语·卫灵公》,《论语注疏》,见《十三经注疏》,上海:上海古籍出版社,1997年,第2517页上。
⑤ (唐)欧阳询:《艺文类聚》引,上海:上海古籍出版社,1982年,第214页。
⑥ (宋)李昉等:《太平御览》,北京:中华书局,1960年,第2580页下。
⑦ 《毛诗正义》,见《十三经注疏》,上海:上海古籍出版社,1997年,第269页下~270页上。

益稷》载：

> 帝庸作歌,曰:"敕天之命,惟时惟几。"乃歌曰:"股肱喜哉!元首起哉!百工熙哉!"皋陶拜手稽首飏言曰:"念哉!率作兴事,慎乃宪,钦哉!屡省乃成,钦哉!"乃赓载歌曰:"元首明哉,股肱良哉,庶事康哉!"又歌曰:"元首丛脞哉,股肱惰哉,万事堕哉!"①

"德"显于歌谣,又多见《诗》所载,其中多有对先王、先圣之"德"的吟诵。《周颂·维天之命》"文王之德之纯",颂扬周文王"德"之纯之盛;《周颂·烈文》"不显维德,百辟其刑之",言要显示出"德",才能成为众诸侯的榜样;《大雅·卷阿》"有冯有翼,有孝有德,以引以翼",言让"有孝有德"者成为引导者;《小雅·南山有台》颂扬"邦家之基"的重臣往往是"德音不已""德音是茂"之人。② 古时以"声"为用,《左传》载季札论乐:"为之歌《邶》《鄘》《卫》,曰:'美哉,渊乎!忧而不困者也。吾闻卫康叔、武公之德如是,是其《卫风》乎?'""为之歌《唐》,曰:'思深哉!其有陶唐氏之遗民乎?不然,何忧之远也?非令德之后,谁能若是?'""为之歌《小雅》,曰:'美哉!思而不贰,怨而不言,其周德之衰乎?犹有先王之遗民焉。'""为之歌《大雅》,曰:'广哉!熙熙乎!曲而有直体,其文王之德乎?'""为之歌《颂》,曰:'至矣哉!……盛德之所同也。'"③这些是论《诗》的声乐所表现的"德"。

德言、德行、德教、德政,所谓"上古竞于道德"的情况,须书于竹帛,用文字记载才能传续下来,"左史记言,右史记事"④,墨子称"恐后世子孙不能知也,故书之竹帛,传遗后世子孙。咸恐其腐蠹绝灭,后世子孙不得而记,故琢之盘盂、镂之金石以重之"⑤,古代圣贤有德之言、有德之行、有德之教,就是这样以书写的形式记载下来的。《书》为仁义、礼乐的代表,就是因为其书"德"于竹帛。《书》所载,《尧典》称帝尧"克明俊德";《舜典》称帝舜"玄德升闻",载帝舜要求官员"惇德允元";《大禹谟》载"德惟善政,政在养民";《太甲下》载"德惟治,否德乱""先王惟时懋敬厥德,克配上帝",称扬

---

① 《尚书正义》,见《十三经注疏》,上海:上海古籍出版社,1997年,第144页下。
② 《毛诗正义》,见《十三经注疏》,上海:上海古籍出版社,1997年,第584页上、585页中、546页中、419页中、419页下。
③ "襄公二十九",《春秋左传正义》,见《十三经注疏》,上海:上海古籍出版社,1997年,第2006页中、2007页。
④ (汉)班固:《汉书·艺文志》,北京:中华书局,1962年,第1715页。
⑤ (清)孙诒让撰,孙启治点校:《墨子间诂》,北京:中华书局,2001年,第237~238页。

"德治"才合乎天道。《咸有一德》内容为伊尹对太甲说的话,主题就是"一德之事",伊尹说:天命无常,只有经常修德,才可保住君位;停止修德,就会失去君位。"一德",又指恪守圣王之道,始终如一,永恒其德。《康诰》曰:"克明德慎罚。"《召诰》曰:"肆惟王其疾敬德,王其德之用,祈天永命。"《蔡仲之命》曰:"皇天无亲,惟德是辅。"①

这些咏于歌谣、书于竹帛之"德",是后世"以德治国"的依据,也是影响古来文章品格的依据。

二、古典规则的崩溃

"上古竞于道德"影响至深,春秋前期虽然多有战争,但在战争中也有仁义之施。如《白虎通义》所载以"仁义"而战并称霸的情况:

> 或曰:五霸,谓齐桓公、晋文公、秦穆公、宋襄公、楚庄王也。宋襄伐齐,不擒二毛,不鼓不成列。《春秋传》曰:"虽文王之战不是过。"知其霸也。②

时言"忘战必危""好战必亡",既不能遗忘战斗,也不能一味好战、争胜,则"竞于道德",即强调突出战争时的"爱"。如《古司马兵法》载:

> 战道不违时,不历民病,所以爱吾民也。(春夏兴师为违时。春兴师房五谷,夏兴师伤人民。故役不逾时,寒暑不易服,饥疫不行,所以爱民也。)不加丧,不因凶,所以爱夫其人也。(敌有丧、饥、疫不加兵,爱彼民如己民。)冬夏不兴师,所以兼爱彼民也。(大寒甚暑,吏士懈倦。)故国虽大,好战必亡;天下虽平,忘战必危。③

从中我们也看到了战争的古典规则,这些古典规则是以战争时"不怎么怎么做"显示给世人的。又如《荀子·议兵》论用兵之"王者之军制":"不杀老弱,不猎禾稼,服者不禽,格者不舍,奔命者不获。""王者有诛而无战,城守

---

① 《尚书正义》,见《十三经注疏》,上海:上海古籍出版社,1997年,第119页上、125页下、130页上、135页上、165页上、165页中、165页中~167页上、203页上、213页上、227页中。
② (汉)班固:《白虎通义》,《万有文库》本,上海:商务印书馆,1937年,第50页。
③ (宋)李昉等:《太平御览》引,北京:中华书局,1960年,第1262页上。

不攻,兵格不击。""不屠城,不潜军,不留众,师不越时。"①古《军志》载,战争中"德"应该是最高规则:

> 《军志》曰:"允当则归。"(杜预注:军志,兵书。)又曰:"知难而退。"又曰:"有德不可敌。"②

但是,在"逐于智谋",尤其是"争于气力"的时代,战争与用兵之道已不再"竞于道德"了。如《荀子·议兵》载临武君和孙卿子议兵,荀子坚持"仁人之兵",曰:

> 臣之所道,仁人之兵,王者之志也。君之所贵,权谋执(势)利也;所行,攻夺变诈也,诸侯之事也。仁人之兵,不可诈也。彼可诈者,怠慢者也,路亶者也,君臣上下之间滑然有离德者也。故以桀诈桀,犹巧拙有幸焉。以桀诈尧,譬之若以卵投石,以指挠沸;若赴水火,入焉焦没耳。③

临武君则认为"兵之所贵者执(势)利也,所行者变诈也",更看重用兵的智谋。时代不同了,以古之仁义等古典规则来对待战争,会遭到当世的嘲笑。《左传·僖公二十二年》载:

> 冬十一月己巳朔,宋公及楚人战于泓。宋人既成列,楚人未既济。司马曰:"彼众我寡,及其未既济也,请击之。"公曰:"不可。"既济而未成列,又以告。公曰:"未可。"既陈而后击之,宋师败绩。公伤股,门官歼焉。

事后,国人皆将"败绩"归咎于宋襄公的失误,宋襄公以古典规则的仁义、仁爱辩解,说:"君子不重伤,不禽二毛。古之为军也,不以阻隘也。寡人虽亡国之余,不鼓不成列。"宋襄公的庶兄司马子鱼批评宋襄公"未知战",其云:

---

① (清)王先谦撰,沈啸寰、王星贤点校:《荀子集解》,北京:中华书局,1988年,第278~279页。
② "僖公二十八年",《春秋左传正义》,见《十三经注疏》,上海:上海古籍出版社,1997年,第1824页下。
③ (清)王先谦撰,沈啸寰、王星贤点校:《荀子集解》,北京:中华书局,1988年,第266~267页。

> 君未知战。勍敌之人隘而不列,天赞我也。阻而鼓之,不亦可乎?犹有惧焉。且今之勍者,皆吾敌也。虽及胡耇,获则取之,何有于二毛?明耻教战,求杀敌也,伤未及死,如何勿重?若爱重伤,则如勿伤;爱其二毛,则如服焉。三军以利用也,金鼓以声气也。利而用之,阻隘可也;声盛致志,鼓儳可也。①

法家韩非批评宋襄公说:"此乃慕自亲仁义之祸。"②时代不同了,古典规则已经不适合当时的现实了。韩非称"世异则事异""事异则备变"时曾举例说:"古者文王处丰、镐之间,地方百里,行仁义而怀西戎,遂王天下。徐偃王处汉东,地方五百里,行仁义,割地而朝者三十有六国,荆文王恐其害己也,举兵伐徐,遂灭之。故文王行仁义而王天下,偃王行仁义而丧其国,是仁义用于古而不用于今也。"③"仁义用于古而不用于今",就是礼崩乐坏的当时现实。《韩非子·五蠹》又举例称:"当舜之时,有苗不服,禹将伐之,舜曰:'不可。上德不厚而行武,非道也。'乃修教三年,执干戚舞,有苗乃服。"是"干戚用于古不用于今也"④。所以《淮南子·泛论训》载:

> 古之伐国,不杀黄口,不获二毛。于古为义,于今为笑。⑤

"上古竞于道德"向后世"逐于智谋""争于气力"之转变,吴王夫差是个典型的例子。《礼记·檀弓下》载:吴国入侵陈国,砍伐社坛的树木,杀害染有疫疾的百姓,但没有彻底灭掉陈国。其退兵,夫差问陈国的外交使节怎样评价自己这支军队。陈国的外交使节云:"古代的军队在侵伐敌国时,不砍伐敌国社坛的树木,不杀害对方染病的百姓,不俘获头发斑白的老年人。而现在贵国的军队这样做了,那岂不是要被人称作杀害患病百姓的军队了吗?"夫差又问:"那归还占领的土地,送回俘虏的百姓,你们又将如何评论呢?"使节回答说:"贵国因敝国有罪而兴师讨伐,现在又悯怜而赦免之,何

---

① 《春秋左传正义》,见《十三经注疏》,上海:上海古籍出版社,1997年,第1813页下~1814页上。
② 《韩非子·外储说左上》,见陈奇猷校注:《韩非子集释》,上海:上海人民出版社,1974年,第658页。
③ 《韩非子·五蠹》,见陈奇猷校注:《韩非子集释》,上海:上海人民出版社,1974年,第1041~1042页。
④ 陈奇猷校注:《韩非子集释》,上海:上海人民出版社,1974年,第1042页。
⑤ 何宁:《淮南子集释》,北京:中华书局,1998年,第930页。

愁没有善名呢?"①吴王夫差犹豫于"德"与"力"之间,既要征伐又想获得善名,他打败越国又放掉勾践,合乎战争"善后"的古典规则,合乎《古司马兵法》所说的"又能舍服,是以明其勇也"②,以及孔子所说的"兴灭国,继绝世,举逸民"③,但夫差最后却被他所放掉的越王勾践所杀④。宋襄公、吴王夫差的例子说明,时代处于转型期,礼崩乐坏,仁义之"道德"已被人们视为是行不通的。

于是,法家提出"去仁息智"。《韩非子·五蠹》:

> 齐将攻鲁,鲁使子贡说之,齐人曰:"子言非不辩也,吾所欲者土地也,非斯言所谓也。"遂举兵伐鲁,去门十里以为界。故偃王仁义而徐亡,子贡辩智而鲁削。以是言之,夫仁义辩智,非所以持国也。去偃王之仁,息子贡之智,循徐、鲁之力使敌万乘,则齐、荆之欲不得行于二国矣。⑤

所以,虽然儒家荀子批评说"今女不求之于本而索之于末,此世之所以乱也",但李斯强调的则是"秦四世有胜,兵强海内,威行诸侯,非以仁义为之也,以便从事而已"。⑥

三、"有德者必有言"

礼崩乐坏时,应该建立怎样的社会制度、提出怎样的时政纲领?这就亟须提出新的指导行为的思想、学说,社会各阶层都有如此的自觉,这就是圣王、卿大夫、士三阶层人士"立言"的兴起。士阶层的"立言",即所谓诸子百家在"诸侯力政"之时为"取合诸侯"、建功立业的"立言"自觉。《汉书·艺文志》称:

> 诸子十家,其可观者九家而已。皆起于王道既微,诸侯力政,时君世主,好恶殊方,是以九家之术蜂出并作,各引一端,崇其所

---

① 《礼记正义》,见《十三经注疏》,上海:上海古籍出版社,1997年,第1305页上。
② (宋)李昉等:《太平御览》引,北京:中华书局,1960年,第1262页下。
③ 《论语·尧曰》,《论语注疏》,见《十三经注疏》,上海:上海古籍出版社,1997年,第2535页上。
④ 黄朴民《越王勾践的负面示范》论之甚详。见《光明日报》,2014年6月18日,第14版。
⑤ 陈奇猷校注:《韩非子集释》,上海:上海人民出版社,1974年,第1042页。
⑥ (清)王先谦撰,沈啸寰、王星贤点校:《荀子集解》,北京:中华书局,1988年,第280~281页。

善,以此驰说,取合诸侯。①

士阶层以"言"从政,追求"言"在现实生活中的实际应用,孔子提出"有德者必有言"亦是如此。

从"夫铭,天子令德,诸侯言时计功,大夫称伐"②至"立德、立功、立言"的"三不朽","立言"开始替代"称伐",但如臧文仲"立言",其还多在事功方面而不在思想、学说方面。而孔子"立言",则是宣传自己的思想、学说,在古典规则崩溃的当时,孔子是站出来以其"立言"应对礼崩乐坏局面最重要的一位。其"立言"的核心是"礼"与"仁",提出在当时还应"为政以德",主张用道德和礼教来治理国家,即所谓"德治"或"礼治"。

孔子"德"的由来有二:其一,殷商就崇尚"德",《书·盘庚上》记载盘庚自称"非予自荒兹德""予亦不敢动用非德""式敷民德,永肩一心"③,而孔子先人就在殷商后裔的封地——宋。《史记·孔子世家》载:"孔子生鲁昌平乡陬邑。其先宋人也,曰孔防叔。防叔生伯夏,伯夏生叔梁纥。纥与颜氏女野合而生孔子,祷于尼丘得孔子。鲁襄公二十二年而孔子生。生而首上圩顶,故因名曰丘云。字仲尼,姓孔氏。"④宋,子姓,周武王灭商后,封商王纣子武庚于商旧都(今河南商丘);成王时,武庚叛乱,被杀,又以其地封与纣的庶兄微子启,号宋公,为宋国。孔子出生在鲁国,本来就受到殷商文化的影响。又据《左传·定公四年》载"周公相王室"之时,"殷民六族,条氏、徐氏、萧氏、索氏、长勺氏、尾勺氏。使帅其宗氏,辑其分族,将其类丑,以法则周公,用即命于周,是使之职事于鲁,以昭周公之明德。分之土田陪敦,祝、宗、卜、史,备物、典策,官司、彝器"⑤,许多殷商的职官俘虏来到鲁国,还有其"典策,官司、彝器"等。其二,鲁国是当时保留"周礼"最多的诸侯国,晋侯使韩宣子到鲁国,"观书于大史氏,见《易》《象》与《鲁春秋》,曰'周礼尽在鲁矣。吾乃今知周公之德,与周之所以王也'"⑥。

---

① (汉)班固:《汉书》,北京:中华书局,1962年,第1746页。
② "襄公十九年",《春秋左传正义》,见《十三经注疏》,上海:上海古籍出版社,1997年,第1968页中。
③ 《尚书正义》,见《十三经注疏》,上海:上海古籍出版社,1997年,第169页中、下,172页中。
④ (汉)司马迁:《史记》,北京:中华书局,1982年,第1905页。
⑤ 《春秋左传正义》,见《十三经注疏》,上海:上海古籍出版社,1997年,第2134页中、下。
⑥ "昭公二年",《春秋左传正义》,见《十三经注疏》,上海:上海古籍出版社,1997年,第2029页上。

处于乱世的孔子,崇尚"上古竞于道德"的"礼让"。孔子说:"泰伯,其可谓至德也已矣。三以天下让,民无得而称焉。""三分天下有其二,以服事殷,周之德,其可谓至德也已矣。""能以礼让,为国乎何有!不能以礼让,为国如礼何。"孔子称"远人不服,则修文德以来之",认为"德"才是可以获取天下并且保住天下的方法。孔子称:"为政以德,譬如北辰,居其所而众星共之。""道之以政,齐之以刑,民免而无耻;道之以德,齐之以礼,有耻且格。"孟子提出种种德政的措施,荀子多从反面论证不以"仁义"则"此世之所以乱也",都是继承了孔子之说而强调"为政"必先"以德"。以上是孔子之"言"对"德"的崇尚,当其称"志于道,据于德,依于仁,游于艺",①视"德"为对社会中人的一种要求时,就是其"有德者必有言"之"言",以"言"来"克己复礼"。其"有德者必有言",我们起码可以领会到如下几方面的意味。

其一,孔子说"有德者必有言",是称说自我的一种社会责任感。《论语·宪问》"有德者必有言",何晏《集解》:"德不可以亿中,故必有言。"孔子称"天生德于予,桓魋其如予何",他又称"文王既没,文不在兹乎?天之将丧斯文也,后死者不得与于斯文也;天之未丧斯文也,匡人其如予何",②自认为是上天赋予其"德",其是周文王之"德"的继承者,于是无所畏惧。《论语·八佾》载贤而隐于下位者仪封人见了孔子后对孔子的弟子说:你们为什么要担忧孔子没有职位呢?"天下之无道也久矣,天将以夫子为木铎。"《集解》引孔安国言:"木铎,施政教时所振也,言天将命孔子制作法度以号令于天下。"③意思是说,木铎是要出声的,上天要让孔子施教于四方。孔子是没有职位的,他周游列国,只有以"言"来推行自己的主张。那么,"有德者必有言",就是孔子在称说自己的社会责任了,这是其"立言"的自觉。刘宝楠先是从人的本性"好言"及"君子必辩"论之,其云"德不以言见""而此云必有者,就人才性所发见推之也"。他又以荀子的话注"有德者必有言"所涵括的社会责任之义,其引《荀子·非相》篇曰:"法先王,顺礼义,党学者,然而不好言,不乐言,则必非诚士也。故君子之于言也,志好之,心安之,乐言之。故君子必辩。"④而且,孔子视宣扬"德"为社会责任,并不视其

---

① 《论语注疏》,见《十三经注疏》,上海:上海古籍出版社,1997年,第2486页中、2487页下、2471页下、2520页下、2461页下、2481页下。
② 《论语注疏》,见《十三经注疏》,上海:上海古籍出版社,1997年,第2510页上、2483页上、2490页上。
③ 《论语注疏》,见《十三经注疏》,上海:上海古籍出版社,1997年,第2468页下。
④ (清)刘宝楠:《论语正义》,石家庄:河北人民出版社,1986年,第301页。

思想是某一诸侯国的,而视其为全天下的,所以他认为作为士,一定要走出家乡,走向天下。因此他批评说"君子怀德,小人怀土""士而怀居,不足以为士矣"①。

其二,孔子一生也就是汲汲乎实践着"有德者必有言"的。刘宝楠又引《荀子·非相》篇曰"故仁言大矣。起于上所以道于下,正令是也;起于下所以忠于上,谋救是也。故君子之行仁也无厌",是从"言"的作用而言。刘宝楠称这"足发明德必有言之旨"②,他是从社会责任感以及"言"可以实现社会责任来论述的。孔子正是如此,他一生有职位的时间很短,多数情况下他或周游诸国或教育学生,皆以"言"推行"竞于道德"的理想。他还以整理"竞于道德"时代流传下来的"言"——典籍为职责。《史记·孔子世家》称"孔子以《诗》《书》《礼》《乐》教",孔子的工作就是整理典籍、整理教材;孔子"追迹三代之礼,序《书传》","故《书传》《礼记》自孔氏";孔子整理《乐》,"古者诗三千余篇,及至孔子,去其重,取可施于礼义";"孔子晚而喜《易》,序《彖》《系》《象》《说卦》《文言》";孔子"乃因史记作《春秋》"。③孔子是深知这些"言"的巨大作用的。

其三,三国魏何晏《集解》注"有德者必有言"说:"德不可以亿中,故必有言。"北宋邢昺《疏》曰:"德不可以无言亿中,故必有言也。"④这一是说"德"必须以"言"来表达,二是说"有德者"之"言"必"亿中"。"亿中",谓料事能中,语本《论语·先进》:"赐不受命,而货殖焉,亿则屡中。""德"怎样才能表现出来呢?不能让人们去猜,那自己就必须将其用语言表达出来;而且,其"立言"定能说中事实。

其四,反过来,孔子之"言"更使其成为一个完美的"有德者"。李充说:"甘辞利口,似是而非者,佞巧之言也。敷陈成败,合连纵横者,说客之言也。凌夸之谈,多方论者,辨士之言也。德音高合,发为明训,声满天下,若出金石,有德之言也。故有德必有言,有言不必有德也。"⑤孔子以"有德之言"践行着自己的人生之道。

其五,孔子称"有德者必有言",他对"言"有着自己的要求,如孔子提倡

---

① 《论语注疏》,见《十三经注疏》,上海:上海古籍出版社,1997年,第2471页中、2510页上。
② (清)刘宝楠:《论语正义》,石家庄:河北人民出版社,1986年,第301页。
③ (汉)司马迁:《史记》,北京:中华书局,1982年,第1938、1935、1936、1936、1937、1943页。
④ 《论语·宪问》,《论语注疏》,见《十三经注疏》,上海:上海古籍出版社,1997年,第2510页上。
⑤ 程树德撰,程俊英、蒋见云点校:《论语集释》,北京:中华书局,1990年,第952页。

"辞达而已矣",因此孔子多有对"利口""巧言"的批判。子曰:"巧言令色,鲜矣仁!"子曰:"巧言,令色,足恭,左丘明耻之,丘亦耻之。"子曰:"巧言乱德。"子曰:"恶利口之覆邦家者。"①这是对眼看着要盛行"逐于智某"的纵横家的批判,纵横家的本事就在"利口""游说",如苏秦"得周书《阴符》,伏而读之。期年,以出揣摩,曰'此可以说当世之君矣'"②。张仪遭到毒打,问其妻曰:"视吾舌尚在不?"得知舌在,张仪曰:"足矣。"③纵横家的主张没有一定,翻手云覆手雨。孔子的批判也合乎当时社会的普遍观念,即如《逸周书·武纪》所载:"币帛之间有巧言令色,事不成;车甲之间有巧言令色,事不捷。"④但孔子又要求表达得好,即所谓"言之无文,行而不远"⑤,"言"应该达到"言"的传播效果。又如孔子要求言行一致,认为"行"重于"言",所谓"敏于事而慎于言""古者言之不出,耻躬之不逮也""君子欲讷于言而敏于行""君子耻其言而过其行",甚至认为"先行其言而后从之"⑥,即应该先做后说。子曰:"耻有其辞而无其德,耻有其德而无其行。"⑦总归为德、言、行需一致。

四、对古代文章品格的影响

古代"三不朽"之一的"立言",有强调个人名声的意味;而"有德者必有言",则是从社会责任感方面强调"立言"的。《易·乾·文言》:

> 九三曰"君子终日乾乾,夕惕若厉,无咎",何谓也?子曰:"君子进德修业忠信,所以进德也,修辞立其诚,所以居业也。"⑧

罗根泽称:"这可以说是十足的儒家学说。虽则只是短短的几句话,却影响

---

① 《论语注疏》,见《十三经注疏》,上海:上海古籍出版社,1997年,第2457页中、2475页中、2518页中、2525页下。
② (汉)司马迁:《史记·苏秦列传》,北京:中华书局,1982年,第2241~2242页。
③ (汉)司马迁:《史记·张仪列传》,北京:中华书局,1982年,第2279页。
④ 黄怀信:《逸周书校补注译》,西安:西北大学出版社,1996年,第425页。
⑤ "襄公二十五年",《春秋左传正义》,见《十三经注疏》,上海:上海古籍出版社,1997年,第1985页下。
⑥ 《论语注疏》,见《十三经注疏》,上海:上海古籍出版社,1997年,第2458页下、2472页上、2472页上、2512页下、2462页中。
⑦ 《礼记·表记》,《礼记正义》,见《十三经注疏》,上海:上海古籍出版社,1997年,第1640页中。
⑧ 《周易正义》,见《十三经注疏》,上海:上海古籍出版社,1997年,第15页下。

了后来的载道派的文学观。我们应当注意者,是它所谓'立诚'是以'居业'的,而'居业'又是与'进德'并举的。"①而"有德者必有言"则将"德"与"言"建立起直接的因果关系。"修辞立其诚"与"有德者必有言"二者,成为古代道统与文统的结合。对历代有德者、有识者的"立言"提出一个最高的崇尚,闻一多所言"依孔子的见解,诗的灵魂是要'温柔敦厚'的"②,也是从这个意义上讲的。

"言"使"德"得以留存、传播,圣人的"立德"为"立法",所以留存后世而圣人"不朽"。而普通人的"德"是"德行",是人生行为,若没有"笔书以为文"的记载,就不能留存、传播。如蜀国的秦宓谈到"文章"令严君平、李仲元、扬雄扬名"不朽",称:严君平有道德有文章,自可扬名后世;扬雄这样的文章大家,"于今海内,谈咏厥辞",也会扬名后世;而李仲元没有文章,"无虎豹之文",但扬雄《法言·渊骞》称赏其为"其貌肃如""其言愀如""其行穆如"且"不屈其意,不累其身"的在野有德之士,如此"攀龙附凤",李仲元也依凭他人的文章扬名"不朽"③。文章使"立德"的情况留存下来,文章"不朽",文章所叙写的对象也"不朽"。

第二节　墨、道、法"立言"口号与文化精神

一、"立言不朽"与"成一家之言"

从外在条件讲"立言不朽",即"言"怎样才能"虽久不废"。先是要利于口耳相传。阮元称"言之不文,行之不远",曰:"古人简策繁重,以口耳相传者多,以目相传者少,是以有韵有文之言,行之始远。"④所谓"是必寡其词,协其音,以文其言,是人易于记诵,无能增改,且无方言俗语杂于其间,始能达意,始能行远"⑤。章太炎称:"故或用韵文,或用耦语,为其音节谐适,易

---

① 罗根泽:《中国文学批评史(一)》,上海:上海古籍出版社,1984年,第54页。
② 闻一多:《诗人的横蛮》,见《闻一多全集》,北京:生活·读书·新知三联书店,1982年,第409页。
③ 《与王商书》,见(晋)陈寿著,(南朝宋)裴松之注:《三国志·秦宓传》,北京:中华书局,1982年,第973页。
④ 《数说》,见(清)阮元撰,邓经元点校:《揅经室集》,北京:中华书局,1993年,第605页。
⑤ 《文言说》,见(清)阮元撰,邓经元点校:《揅经室集》,北京:中华书局,1993年,第605页。

于口记。"①就此而言,"既没,其言立"者,其言既可以说是格言式、警句式的,又可以说是脱略具体事件、事功效益升华而来的。随着时代的发展,普及化的"笔书"使"立言"得以永久保存。《墨子·兼爱下》言:

  吾非与之并世同时,亲闻其声,见其色也。以其所书于竹帛,镂于金石,琢于槃盂,传遗后世子孙者知之。②

史官更有条件"笔书",如史佚是西周初年太史,"左史记言,右史记事",他所记载的历史或称《史佚之志》。③《史记·晋世家》载:

  成王与叔虞戏,削桐叶为珪以与叔虞,曰:"以此封若。"史佚因请择日立叔虞。成王曰:"吾与之戏耳。"史佚曰:"天子无戏言。言则史书之,礼成之,乐歌之。"于是遂封叔虞于唐。④

这是史佚"记言"之一例,所以杜预以"史佚、周任、臧文仲"连称为有所"立言"。孔子曾说"言之无文,行而不远"⑤,或称其意之一是"只是说出来,没有写下来就不能流传久远",这是有道理的。"文"就是"字"⑥,鲁迅先生称:"独恃口耳之传,殊不足以行远或垂后。"⑦孙少华曰:"口耳相传的文献之所以被书于竹帛,大概还是为了'行远'。"⑧"行远"是具有时间意义的。因此,有些"言"之所以能够"不朽",重要原因就是其被文字记载下来了。即《史通·申左》所云:

  《左氏》述臧哀伯谏桓纳鼎,周内史美其说言;王子朝告于诸侯,闵马父嘉其辨说。凡如此类,其数实多。斯盖当时发言,形于

---

① 章太炎:《国故论衡》,上海:上海古籍出版社,2003年,第52页。
② (清)孙诒让撰,孙启治点校:《墨子间诂》,北京:中华书局,2001年,第120~121页。
③ 《左传·成公四年》有"'史佚之志'有之,曰:'非我族类,其心必异。'"的记载,见《春秋左传正义》,《十三经注疏》,上海:上海古籍出版社,1997年,第1901页中。
④ (汉)司马迁:《史记》,北京:中华书局,1982年,第1635页。
⑤ "襄公二十五年",《春秋左传正义》,见《十三经注疏》,上海:上海古籍出版社,1997年,第1985页下。
⑥ 《左传·昭公元年》:"于文,皿虫为蛊。"杜预注:"文,字也。"见《春秋左传正义》,《十三经注疏》,上海:上海古籍出版社,1997年,第2025页中。
⑦ 鲁迅:《汉文学史纲要》,见《鲁迅全集》,北京:人民文学出版社,2005年,第353页。
⑧ 孙少华:《论"言之无文,行而不远"的文学实践功能》,载《上海大学学报(社会科学版)》,2012年第1期,第78页。

翰墨；立名不朽，播于他邦。①

春秋时期，"士"是最具有条件以"笔书""立言"的。"士"阶层的兴起，一是贵族下降为"士"，而贵族本是文化的掌控者；又一是庶人上升为"士"，其中就有以学术而上升者。② 如《吕氏春秋·尊师》云：

> 子张，鲁之鄙家也；颜涿聚，梁父之大盗也；学于孔子。段干木，晋国之大驵也，学于子夏。高何、县子石，齐国之暴者也，指于乡曲，学于子墨子。索卢参，东方之巨狡也，学于禽滑黎。此六人者，刑戮死辱之人也。今非徒免于刑戮死辱也，由此为天下名士显人，以终其寿，王公大人从而礼之，此得之于学也。③

孔子以前"学在官府"，官府垄断了学校教育和一切学术文化，掌握着国家有文字记录的法规、典籍文献等，普通人没有"言"的场合。随着"天子失官"而学术下移，普通人也有了"言"的机会。如《左传·庄公十年》载：齐师伐鲁，鲁将战，曹刿请见。其乡人曰："肉食者谋之，又何间焉？"④但曹刿最终也能献言。"士"阶层崛起，并逐渐成为"立言"的主力。

随着文字的产生以及书写工具的便利化，"立言不朽"的可能性增大了，除了"理足可传"，还可通过"笔书"的形式，诸子时代，"笔书"的"立言"越来越普及。如《论语·卫灵公》载子张把孔子的言语"书诸绅"⑤。诸子百家有着直接的"笔书以为文"行为，如申不害"本于黄老而主刑名。著书二篇，号曰《申子》"；韩非"为人口吃，不能道说，而善著书""见韩之削弱，数以书谏韩王"。⑥即便是主张"自隐无名"的老子，也有著书的行为：

> 老子修道德，其学以自隐无名为务。居周久之，见周之衰，乃遂去。至关，关令尹喜曰："子将隐矣，强为我著书。"于是老子乃著书上下篇，言道德之意五千余言而去，莫知其所终。⑦

---

① （唐）刘知几撰，（清）浦起龙释：《史通通释》，上海：上海古籍出版社，1978年，第419页。
② 详见余英时：《古代知识阶层的兴起与发展》，见《士与中国文化》，上海：上海人民出版社，1987年，第1~83页。
③ （秦）吕不韦：《吕氏春秋》，上海：上海古籍出版社，1989年，第35页上。
④ 《春秋左传正义》，见《十三经注疏》，上海：上海古籍出版社，1997年，第1767页上。
⑤ 《论语注疏》，见《十三经注疏》，上海：上海古籍出版社，1997年，第2517页上。
⑥ （汉）司马迁：《史记·老子韩非列传》，北京：中华书局，1982年，第2146~2147页。
⑦ （汉）司马迁：《史记·老子韩非列传》，北京：中华书局，1982年，第2141页。

这是老子后学对老子"行不言之教""自隐无名"而又有文字的"言"所给予的一种合理解释——所谓"强为我著书"的非主动性。春秋战国时期,"笔书以为文"而使"言"能够"不朽"成为普遍现象,《史通·书志》所谓"伏羲已降,文籍始备。逮于战国,其书五车,传之无穷,是曰不朽"①,就是指物质形式的"文籍"可以很长时间留存、流传,其他如铭之类铸、刻或写在器物上的文字,因其物质材料的性质而文字"不朽"。

孟子说:"予岂好辩哉?予不得已也。"②诸子并非为"立言"而"立言","立言"是为解决社会问题,是所谓"以此驰说,取合诸侯",让诸侯采用自己的学说以治理国家。《汉书·艺文志》曰:

> (诸子)皆起于王道既微,诸侯力政,时君世主,好恶殊方,是以九家之术蜂出并作,各引一端,崇其所善,以此驰说,取合诸侯。其言虽殊,辟犹水火,相灭亦相生也。仁之与义,敬之与和,相反而皆相成也。③

与臧文仲"立言"的格言式、警句式不同,诸子的"立言"是著书立说,是学说式的,虽针对现实问题,但并非只针对具体事件而发。于是,"言"的理论成分增多了,"言"也由易于口记的简短形态而发展成为长篇大论。④

诸子百家时期,"士"不在世袭的官宦系统中,他们具有独立身份,所谓"不治而议论"者。《史记·田敬仲完世家》:

> 宣王喜文学游说之士,自如驺衍、淳于髡、田骈、接子、慎到、环渊之徒七十六人,皆赐列第,为上大夫,不治而议论。⑤

"不治而议论"对于"立言"而言,在于"言"不是在诸侯的旨意下产生的,也不是为处理官府具体事务而产生的,其"言"是个人意志、个人思想的表现,

---

① (唐)刘知几撰,(清)浦起龙释:《史通通释》,上海:上海古籍出版社,1978年,第61页。
② 《孟子·滕文公下》,《孟子注疏》,见《十三经注疏》,上海:上海古籍出版社,1997年,第2714页中。
③ (汉)班固:《汉书》,北京:中华书局,1962年,第1746页。
④ 也有"立言"先于"口出"而后"笔书",如"游说权谋之徒"的"言"。刘向《战国策书录》:"故孟子、孙卿儒术之士,弃捐于世,而游说权谋之徒,见贵于俗。是以苏秦、张仪、公孙衍、陈轸、代、厉之属,生从横短长之说,左右倾侧。"(汉)刘向集录:《战国策》,上海:上海古籍出版社,1985年,第1195~1197页。
⑤ (汉)司马迁:《史记》,北京:中华书局,1982年,第1895页。

具有充分的独立性;正由于其独立的身份与独立的思想,其"成一家之言"成为可能。因此,春秋战国时士的"立言",不见得具有臧文仲"立言"的事功意味而被统治阶级所采用。一直到司马迁撰作《史记》,尚称为"究天人之际,通古今之变,成一家之言";倒过来讲,司马迁称自己"成一家之言",就是因为自己的撰作并非秉承朝廷的旨意,而是仿效"俶傥非常之人"以及"贤圣发愤之所为作",这里就蕴含着充分张扬独立身份、独立意志的意义在内。所以班氏有所批评,称:"其是非颇缪于圣人,论大道而先黄、老而后六经,序游侠则退处士而进奸雄,述货殖则崇势利而羞贱贫。"①

《淮南子·俶真训》称:

> 周室衰而王道废,儒、墨乃始列道而议,分徒而讼。于是博学以疑圣,华诬以胁众,弦歌鼓舞,缘饰《诗》《书》,以买名誉于天下。②

虽是从反面说的,但"立言"者"买名誉于天下"的目的达到了;司马迁也说,自己的撰作也有针对"古者富贵而名摩灭,不可胜记"而发的意思。

先秦时期"三不朽"的提出,使"立言"成为士人的自觉。"立言"口号,包含两方面的内容:其一是就口号而言的,应该是诸子核心观念的体现;其二是就语言本身的表达而言的。合而言之,即体现核心价值观的语言运用。先秦时期的诸子百家有着各自的"立言"口号,如儒家的"有德者必有言"、墨家的"言有三表"、道家的"至言去言"、法家的"以言去言",等等。诸子百家以这些"立言"口号为核心构成各自的话语体系,因此,"立言"口号又表达着各自的文化精神;"立言"口号,正是文化精神最外露的、最集中的体现。本文拟讨论诸子百家的代表如儒、墨、道、法的"立言"口号,以探讨其话语体系的构成以及文化精神。而诸子百家的文化精神,正是传统文化最主要的组成部分。

诸子百家,又可分为各个"立言"集团,如聚三千弟子的孔子集团(上一节已作单独论述);组织严密、纪律严明的墨学集团,《淮南子·泰族训》称"墨子服役者百八十人,皆可使赴火蹈刃,死不还踵,化之所致也"③;孟子

---

① (汉)班固:《汉书》,北京:中华书局,1962年,第2737~2738页。
② 何宁:《淮南子集释》,北京:中华书局,1998年,第138~139页。
③ 何宁:《淮南子集释》,北京:中华书局,1998年,第1406页。

集团,《孟子·滕文公下》载"后车数十乘,从者数百人,以传食于诸侯"①。各个"立言"集团都有自己的"立言"口号。

二、墨家的"言之三表"

墨家以"言之三表"为"立言"口号。《墨子·非命上》:

> 子墨子言曰:必立仪。言而毋仪,譬犹运钧之上而立朝夕者也,是非利害之辨,不可得而明知也。故言必有三表。何谓三表?子墨子言曰:有本之者,有原之者,有用之者。于何本之?上本之于古者圣王之事。于何原之?下原察百姓耳目之实。于何用之?废以为刑政,观其中国家百姓人民之利。此所谓言有三表也。②

"三表"或为"三法"。"何谓三法?曰:有考之者,有原之者,有用之者。恶乎考之?考先圣大王之事。恶乎原之?察众之耳目之请。恶乎用之?发而为政乎国,察万民而观之。此谓三法也。"③此中"上本之于古者圣王之事""考先圣大王之事",从墨子早年"学儒者之业,受孔子之术"④,可知是理所当然的。墨家"立言"口号的根本在于"原察百姓耳目之实"与"观其中国家百姓人民之利",其所谓"实""利",都是与"百姓人民"的现实利益联系在一起的。

墨家学派或集团成员,多来自社会下层,有的直接参加劳动生产,因此处处为他们说话。墨子认为"民有三患",即"饥者不得食,寒者不得衣,劳者不得息"⑤,因此,"百姓人民"的现实利益就是这些衣食劳作之事。《墨子·鲁问》载:墨子对答鲁君"吾愿主君之上者尊天事鬼,下者爱利百姓",自称"翟虑耕而食天下之人矣"⑥。他是自觉为劳动者谋利益的。墨子从劳动者的利益出发,主张兼爱互助,"兼相爱,交相利"⑦,主张"有力者疾以

---

① 《孟子注疏》,见《十三经注疏》,上海:上海古籍出版社,1997年,第2711页中。
② (清)孙诒让撰,孙启治点校:《墨子间诂》,北京:中华书局,2001年,第265~266页。
③ 《墨子·非命下》,见(清)孙诒让撰,孙启治点校:《墨子间诂》,北京:中华书局,2001年,第278页。
④ 何宁:《淮南子集释》,北京:中华书局,1998年,第1459页。
⑤ 《墨子·非乐上》,见(清)孙诒让撰,孙启治点校:《墨子间诂》,北京:中华书局,2001年,第253页。
⑥ (清)孙诒让撰,孙启治点校:《墨子间诂》,北京:中华书局,2001年,第466、473页。
⑦ 《墨子·兼爱中》,见(清)孙诒让撰,孙启治点校:《墨子间诂》,北京:中华书局,2001年,第103页。

助人,有财者勉以分人,有道者劝以教人"①。墨子主张"非攻",称战争荒废农业生产,"百姓饥寒冻馁而死者,不可胜数";称战争中,"与其涂(途)道之修远,粮食辍绝而不继,百姓死者,不可胜数也。与其居处之不安,食饭之不时,饥饱之不节,百姓之道疾病而死者,不可胜数";总而言之,战争是"国家发政,夺民之用,废民之利"②。墨子主张"非乐",是因为其"上考之不中圣王之事,下度之不中万民之利",是因为"使丈夫为之,废丈夫耕稼树艺之时;使妇人为之,废妇人纺绩织纴之事",是因为"今惟毋在乎农夫说乐而听之,即必不能蚤出暮入,耕稼树艺,多聚叔粟,是故叔粟不足"③。

墨家的"立言"口号"言有三表",以现实生活、现实利益为尚,注重现实利益,注重"用"。正是由于注重"用",其极端表现即提出了"以文害用",这也是墨家话语体系中的主要命题。《韩非子·外储说左上》:

> 楚王谓田鸠曰:"墨子者,显学也。其身体则可,其言多而不辩,何也?"曰:"昔秦伯嫁其女于晋公子,令晋为之饰装,从衣文之媵七十人。至晋,晋人爱其妾而贱公女。此可谓善嫁妾,而未可谓善嫁女也。楚人有卖其珠于郑者,为木兰之柜,薰以桂椒,缀以珠玉,饰以玫瑰,辑以翡翠。郑人买其椟而还其珠。此可谓善卖椟矣,未可谓善鬻珠也。今世之谈也,皆道辩说文辞之言,人主览其文而忘有用。墨子之说,传先王之道,论圣人之言,以宣告人。若辩其辞,则恐人怀其文忘其直,以文害用也。此与楚人鬻珠、秦伯嫁女同类,故其言多不辩。"④

现实例子是墨家"恐人怀其文忘其直",故"其言多而不辩",而从观念上讲,就是"以文害用"。毫无疑问,"以文害用"把"文"与"用"对立起来,颇具片面性,但也应该看到,这是在注重"百姓人民"现实利益的基础上提出的对实用、实干的追求。

---

① 《墨子·尚贤下》,见(清)孙诒让撰,孙启治点校:《墨子间诂》,北京:中华书局,2001年,第70页。
② 《墨子·非攻中》,见(清)孙诒让撰,孙启治点校:《墨子间诂》,北京:中华书局,2001年,第130~132页。
③ 《墨子·非乐上》,见(清)孙诒让撰,孙启治点校:《墨子间诂》,北京:中华书局,2001年,第251、255、259页。
④ 陈奇猷校注:《韩非子集释》,上海:上海人民出版社,1974年,第623页。

三、道家的"不言""忘言"

道家以"不言""忘言"为其立言口号。《老子》"圣人处无为之事,行不言之教"①;《庄子·齐物论》"大辩不言"②、《庄子·知北游》"夫知者不言,言者不知,故圣人行不言之教"③、《庄子·徐无鬼》"不言之言"④,等等;进而又有《庄子·知北游》"至言去言,至为去为",成玄英疏:"至理之言,无言可言,故去言之;至理之为,无为可为,故去为之。"⑤道家用虚静无为的思想阐述事理,以"不言"为至言,以"忘言"为掌握语言的必要前提,道家的话语体系即以"不言""忘言"为核心展开。

既然"不言",为什么有《老子》五千言?《史记·老子韩非列传》载:

> 老子修道德,其学以自隐无名为务。居周久之,见周之衰,乃遂去。至关,关令尹喜曰:"子将隐矣,强为我著书。"于是老子乃著书上下篇,言道德之意五千余言而去,莫知其所终。⑥

老子本不想"言",被人"强"为之"言"。合理的解释在于,《老子》一书"没有引用西周以来官方的典籍训诰,其中吸收了不少民间谣谚"⑦,而学在官府的时代,只有官府有话语权,谣谚等民间话语算不得"言"。所以,"不言"的真正意味就是不以官府、权威的话语而"言"。

庄子对"至言去言"有自己的解释,即以特殊之"言"替代普通之"言"。《庄子·秋水》称事物的精深微妙处是"言"所不能论的:

> 可以言论者,物之粗也;可以意致者,物之精也;言之所不能论,意之所不能察致者,不期精粗焉。⑧

《庄子·天道》称"语之所贵者意也,意有所随;意之所随者,不可以言传

---

① 任继愈:《老子今译》,北京:古籍出版社,1956年,第2页。
② (清)郭庆藩撰,王孝鱼点校:《庄子集释》,北京:中华书局,1961年,第83页。
③ (清)郭庆藩撰,王孝鱼点校:《庄子集释》,北京:中华书局,1961年,第731页。
④ (清)郭庆藩撰,王孝鱼点校:《庄子集释》,北京:中华书局,1961年,第850页。
⑤ (清)郭庆藩撰,王孝鱼点校:《庄子集释》,北京:中华书局,1961年,第765、768页。
⑥ (汉)司马迁:《史记》,北京:中华书局,1982年,第2141页。
⑦ 任继愈:《中国哲学史》第一册,北京:人民出版社,1964年,第39页。
⑧ (清)郭庆藩撰,王孝鱼点校:《庄子集释》,北京:中华书局,1961年,第572页。

也"①。"言"贵在表达"意","意"具有某种特殊性,或体现在其产生上,即"一种情意的产生与形成,有其环境、时间、地点、条件的依据,它的前后左右有许多伴随着、相互联系着的事物与思想活动"。庄子认为,这些"意之所随者"是"不可以言传"的,即"那就不是用语言所能充分、全部表达出来的"。②庄子又以"轮扁斫轮"的故事来进一步说明之。轮扁称,"圣人之言"不能表"意",其原因就是"圣人已死",即"意之所随者"不存在,故其"意"或不能表达出来,或表达出来就是"糟粕"。

庄子以为语言不能表达"意有所随",那么,什么东西能表达"意有所随"呢?这就是《庄子·寓言》所称"寓言""重言""卮言",所谓"寓言十九,重言十七,卮言日出,和以天倪"。其实这些东西也是一种"言",一种特殊的"言"罢了。所谓"寓言",即以虚构的故事来说明"意"——事、理、情,即庄子所说的"借外论之"。郭象注曰:"寄之他人,则十言而九见信。"所谓"重言",即借德高年长者的言辞来论证"意"——事、理、情。成玄英疏:"重言,长老乡闾尊重者也。老人之言,犹十信其七也。"所谓"卮言",是"寓言""重言"的性质说明,即因物而变的语言。自然流吐的语言,郭象注:"夫卮,满则倾,空则仰,非持故也。况之于言,因物随变,唯彼之从,故曰日出。日出,谓日新也,日新则尽其自然之分,自然之分尽则和。"成玄英疏:"无心之言,即卮言也。"③

《庄子·天下》有一段话对寓言、重言、卮言的运用作了说明。其一,庄子论证这世界是"芴漠无形,变化无常"的,而从贬义上来说,"天下为沈浊"。其二,庄子提出如此世界"不可与庄语",是不可用一般性语言来解释的。其三,庄子认为"无常""沈浊"的世界应该"以谬悠之说,荒唐之言,无端崖之辞"来解释,所谓"时恣纵而不傥,不以觭见之也",就是要以"卮言为曼衍",运用"卮言"之类的语言,即"以重言为真,以寓言为广"。其四,如此的言辞是可以表达"意"的,庄子称其"独与天地精神往来",这样的言辞"彼其充实不可以已",可以"上与造物者游,而下与外死生无终始者为友","其应于化而解于物也,其理不竭,其来不蜕",显然,庄子论证它是可以表达"意"的。其五,庄子又认为这样的言辞合乎"无常""沈浊"的世界,因为这种言辞是"不敖倪于万物,不谴是非,以与世俗处"的。其六,庄子称这样的

---

① (清)郭庆藩撰,王孝鱼点校:《庄子集释》,北京:中华书局,1961年,第488页。
② 顾易生、蒋凡:《先秦两汉文学批评史》,上海:上海古籍出版社,1996年,第211页。
③ (清)郭庆藩撰,王孝鱼点校:《庄子集释》,北京:中华书局,1961年,第947~948页。

语言是美好的,所谓"其书虽瑰玮而连犿无伤也""其辞虽参差而諔诡可观"①。

因此,庄子的"不言""忘言",实际上就是要用特殊的语言来表达。"言者所以在意,得意而忘言"②,所谓"忘言",即不用一般性的语言,只有"忘言"而用特殊化的手段才能表达,这种特殊化的手段也是一种"言",即"寓言"之类艺术化、文学化之"言"。这既是一种对人生、社会的批评精神,也是一种面对人生、面对社会的追求艺术化的文化精神。

四、法家的"少言""去言"

法家思想以商鞅为先导。《商子·开塞》称:时代不同了,"古之民朴以厚,今之民巧以伪",故不可"效于古者,先德而治",而应该"效于今者,前刑而法"③。法家"以言去言"的"立言"口号,以《商子·靳令》提出为早。其曰:

> 国以功授官予爵,则治省言寡,此谓以治去治,以言去言。国以六虱授官予爵,则治烦言生,此谓以治致治,以言致言。则君务于说言,官乱于治邪,邪臣有得志,有功者日退,此谓失。守十者乱,守一者治。④

这是说,朝廷应该"以功授官予爵",而不是以"言"授官予爵。法家称礼乐、《诗》《书》、修善孝悌、诚信贞廉、仁义、非兵羞战等六种言论为"六虱"⑤,后《韩非子·饬令》继之。其曰:

> 法已定矣,不以善言售法。任功则民少言,任善则民多言。……国以功授官与爵,则治见者省,言有塞,此谓以治去治,以言去言。⑥

---

① (清)郭庆藩撰,王孝鱼点校:《庄子集释》,北京:中华书局,1961年,第1098~1099页。
② 《庄子·外物》,见(清)郭庆藩撰,王孝鱼点校:《庄子集释》,北京:中华书局,1961年,第944页。
③ 山东大学《商子译注》编写组:《商子译注》,济南:齐鲁书社,1982年,第60页。
④ 山东大学《商子译注》编写组:《商子译注》,济南:齐鲁书社,1982年,第88页。
⑤ 《商子·靳令》,见山东大学《商子译注》编写组:《商子译注》,济南:齐鲁书社,1982年,第89页。
⑥ 陈奇猷校注:《韩非子集释》,上海:上海人民出版社,1974年,第1122~1123页。

"善言售法",王先慎曰:"售当作害,形近而误,《商子》作害是其证。"陈奇猷曰:"王说是。《饰邪篇》云'治国之道,去害法者,则不惑于智能不矫于名誉矣',盖智能、名誉之士,务为仁义之言以害法,故去之。则此文'不以善言害法',谓不因智能名誉之士之善言即舍法而从私意。"①陈奇猷曰:"'以言去言'即上言寡之意。"②因此,法家的"以言去言",即针对儒家而言,认为"德"的提倡是与当时"农、战"的国策相对立的,不愿意因"仁义之言以害法",以"任功""国以功授官与爵"的行政政策,替代、去除"害法"的"仁义之言"之类。实际上,就是以少言甚至不言去多言,以行动代替语言。

法家认定儒家的"六虱"之言是妨害当时国策的,故法家批判"六虱"之言在现实生活中的应用;但法家的"以言去言"并不是什么话都不说,法家也要有自己的话语。如《商子·赏刑》所载:

> 民之欲富贵也,共阖棺而后止,而富贵之门必出于兵,是故民闻战而相贺也,起居饮食所歌谣者,战也。③

郭绍虞说:"他强调'以言去言',也就是要以歌颂耕战政策为内容的文艺,去代替儒家的诗书礼乐,所谓'起居饮食所歌谣者,战也',就反映了他这方面的要求。"④法家的"以言去言"开创了朝廷以行政力量进行文化建设的先例,历朝历代都注重用行政力量进行本朝代的文化建设,即从此而来。

法家对其"去言"有所解释。《韩非子·亡征》称:"喜淫而不周于法,好辩说而不求其用,滥于文丽而不顾其功者,可亡也。"⑤法家武断地把不同意见的"言"称为"好辩说""滥于文丽"者,把这些"言"确定为"不求其用""不顾其功",把其与"喜淫而不周于法"等同,这就等于确定了"去言"是合乎逻辑的。《韩非子·五蠹》称:"今人主之于言也,说其辩而不求其当焉;其用于行也,美其声而不责其功焉。是以天下之众,其谈言者务为辩而不周于用,故举先王言仁义者盈廷,而政不免于乱;行身者竞于为高而不合于功,故智士退处岩穴,归禄不受,而兵不免于弱,政不免于乱……"⑥这也是同样的逻辑。

---

① 陈奇猷校注:《韩非子集释》,上海:上海人民出版社,1974年,第1126页。
② 陈奇猷校注:《韩非子集释》,上海:上海人民出版社,1974年,第1130页。
③ 山东大学《商子译注》编写组:《商子译注》,济南:齐鲁书社,1982年,第114页。
④ 郭绍虞主编:《中国历代文论选》第一册,上海:上海古籍出版社,2001年,第41页。
⑤ 陈奇猷校注:《韩非子集释》,上海:上海人民出版社,1974年,第267页。
⑥ 陈奇猷校注:《韩非子集释》,上海:上海人民出版社,1974年,第1066页。

法家的"以言去言"很容易走向极端的文化专制主义,如秦始皇时李斯上言"焚书":

> 今皇帝并有天下,别黑白而定一尊。私学而相与非法教,人闻令下,则各以其学议之,入则心非,出则巷议,夸主以为名,异取以为高,率群下以造谤。如此弗禁,则主势降乎上,党与成乎下。禁之便。臣请史官非秦记皆烧之。非博士官所职,天下敢有藏《诗》《书》、百家语者,悉诣守、尉杂烧之。有敢偶语《诗》《书》者弃市。以古非今者族。①

这样的文化精神,既是秦朝把思想统一到农、兵方面来的方法,也是秦朝灭亡的原因之一。后世"文字狱"等以言定罪者,都是以暴力手段"去言"。而"坑儒"则是消灭人身以"去言",汉代亦有延续,如窦太后"去言"。《汉书·外戚传》:

> 窦太后好黄帝、老子言,景帝及诸窦不得不读《老子》尊其术。②

《汉书·窦婴传》:

> 太后好黄老言,而婴、蚡、赵绾等务隆推儒术,贬道家言,是以窦太后滋不说。③

《汉书·郊祀志》:

> 上乡儒术,招贤良。赵绾、王臧等以文学为公卿,欲议古立明堂城南,以朝诸侯,草巡狩封禅、改历、服色事,未就。窦太后不好儒术,使人微伺赵绾等奸利事,按绾、臧,绾、臧自杀,诸所兴为皆废。④

《汉书·儒林传》:

---

① (汉)司马迁:《史记·秦始皇本纪》,北京:中华书局,1982年,第255页。
② (汉)班固:《汉书》,北京:中华书局,1962年,第3945页。
③ (汉)班固:《汉书》,北京:中华书局,1962年,第2379页。
④ (汉)班固:《汉书》,北京:中华书局,1962年,第1215页。

窦太后好《老子》书,召问固。固曰:"此家人言耳。"太后怒曰:"安得司空城旦书乎!"乃使固入圈击彘。上知太后怒,而固直言无罪,乃假固利兵。下,固刺彘正中其心,彘应手而倒。太后默然,亡以复罪。①

这些是利用行政力量或者统治者个人好恶"去言"。相比之下,董仲舒"去言"倒是"以言去言"。其"天人三策"第三策:

《春秋》大一统者,天地之常经,古今之通谊也。今师异道,人异论,百家殊方,指意不同,是以上亡以持一统;法制数变,下不知所守。臣愚以为诸不在六艺之科孔子之术者,皆绝其道,勿使并进。邪辟之说灭息,然后统纪可一而法度可明,民知所从矣。②

他的主张有明显的法家色彩。

诸子百家的"立言"口号,其目标指向就是其文化精神。从积极方面而言,儒家的"有德者必有言",其文化精神把应该怎样实施全民的人文关怀放在首位,有着文化建设的自觉与勇于担当社会责任的气度。墨家的"言有三表",注重"言"应该怎样实现"百姓人民"现实利益尤其是物质利益,其文化精神与关注人民物质生活是联系在一起的。道家的"不言""忘言",尤其推崇艺术化、文学化的文化精神,其文化精神重在弘扬艺术精神。法家的"少言""去言",把文化建设作为实现天下统一的前提,注重朝廷应该以行政力量推行文化建设。当然,诸子百家的"立言"口号亦有偏颇之处,因为其本来就是以"一家之言"的面目出现的。当前进行文化建设,理所当然地应该以我国文化建设的先驱——诸子百家的文化精神为借鉴,而去其糟粕、取其精华是第一位的。

第三节　诸子"立言":从政治实践到学术话语
——诸子学说的文本生成

周室东迁以后,原有的社会制度逐渐动摇,在那个大变革的时代,产生了新型的社会阶层——士。他们大多是有学问有才能的人,各自有一套治

---

① (汉)班固:《汉书》,北京:中华书局,1962年,第3612页。
② (汉)班固:《汉书·董仲舒传》,北京:中华书局,1962年,第2523页。

国理政的思想与方法,百家争鸣,并以政治实践的方式为各国君王服务,这是诸子学说自我生成之始。那么,诸子学说经历怎样的历程而成熟、定型,成为学术话语、成为学术文本?

一、诸子的政治实践与学术话语

对先秦诸子学说生成的研究,有一个从何处开始的问题。如果我们意在用先秦诸子自己的社会经历来看待它、理解它,让先秦诸子用自己的声音说话,而不是用纯理论研究的条理来叙说它,那么,以先秦诸子学说开始发挥社会效益作为我们研究的起点,应该是有相当的合理性与必要性的。

管子的理论,都是在其从政中表现出来的。《国语·齐语》载:齐桓公问管仲"安国若何",管仲答曰:"修旧法,择其善者而用之;遂滋民,与无财,而敬百姓,则国安矣。"①管仲先提出修订先王的典章文化制度,选择适用者加以创造性地运用,认为"安国"的首要任务就是文化建设,进而提出增加财富、敬重百姓,认为如此才有"国安"。这也就是"安国"的两大要素:文化建设与增加百姓财富。他这样说也这样做,其学术话语与从政实践结合在一起。又如李悝,为魏文侯师,倡"尽地力之教"②;吴起,相楚悼王,主"明法审令,捐不急之官,废公族疏远者,以抚养战斗之士。要在强兵,破驰说之言从横者"③。他们都把学术理论运用在政治实践上。

诸子的从政以孔子最为急切,他周游列国,到处宣扬其从政理念。齐景公问政孔子,孔子曰:"君君,臣臣,父父,子子。"这是复礼,也即维护原有的社会秩序,景公听了很赞成,连说:假如不如此,"虽有粟,吾岂得而食诸"!他日,景公复问政孔子,孔子曰:"政在节财。"④这是与人民生活相关的"仁"。孔子周游列国时反复论述"仁"与"礼",期望在现实政治中得到运用。

有些诸子学说,是由政治实践生发而来的。如邹衍,"以儒术干世主,不用,即以变化终始之论,卒以显名"⑤,因此,阴阳家的理论,并非其从政

---

① (先秦)左丘明著,(三国)韦昭注,胡文波校点:《国语》,上海:上海古籍出版社,2015年,第152页。
② (汉)司马迁:《史记·孟子荀卿列传》,北京:中华书局,1982年,第2349页。
③ (汉)司马迁:《史记·吴起列传》,北京:中华书局,1982年,第2168页。
④ (汉)司马迁:《史记·孔子世家》,北京:中华书局,1982年,第1911页。
⑤ (汉)桓宽:《盐铁论·论儒》,马非百注释:《盐铁论简注》,北京:中华书局,1984年,第87页。

前的预先设定,而是在政治实践中转化而来的。又如公孙龙,其持别同异、离坚白观点,看来只是逻辑之辩,但也出自从政的需要。公孙龙曾"说燕昭王以偃兵"①,又曾与赵惠王论"偃兵"。其曰:"偃兵之意,兼爱天下之心也。兼爱天下,不可以虚名为也,必有其实。今蔺、离石入秦,而王缟素布总;东攻齐得城,而王加膳置酒。秦得地而王布总,齐亡地而王加膳,所非兼爱之心也。此偃兵之所以不成也。"②如此从反面论证"偃兵"之所以不成,显示出其逻辑之辩是为其从政服务的。故刘向《别录》称:"论坚白同异,以为可以治天下。"③公孙龙也有辩不过他人之时,史载"公孙龙善为坚白之辩,及邹衍过赵言至道,乃绌公孙龙"④;庄子称他为"辩者之徒","饰人之心,易人之意,能胜人之口,不能服人之心"⑤。公孙龙经常在政治上劝说他人,其话语自然要有逻辑性且具说服力。

诸子中有些没有做过官,但有从政经历,如墨子以其"非攻"理论与公输班论辩,抵制了楚国入侵宋国。诸子中没有做过官的,虽"不治而议论",即《盐铁论·论儒》所谓"不任职而论国事",或有被聘经历,因为其言论或有利于君王的政治实施,如墨子。《墨子·鲁问》载越王谓公尚过曰:"先生苟能使子墨子于越而教寡人,请裂故吴之地,方五百里,以封子墨子。"墨子回答:"奚能以封为哉!"⑥庄子是诸子中唯一不对君王发出话语的。楚王听说庄子很有才,便派了使者以厚金礼聘,被庄子婉拒了;而庄子对君王的拒绝,则是另一种政治实践,所谓无君论、社会治理回归原始等,都是庄子所主张的。故司马谈《论六家要指》曰:"夫阴阳、儒、墨、名、法、道德,此务为治者也。"⑦

二、诸子从学术到政治实践的路径

诸子本以学术、知识立足社会,他们以"学"获得了学术、知识,其之所

---

① (秦)吕不韦:《吕氏春秋·应言》,上海:上海古籍出版社,1989年,第161页下。
② (秦)吕不韦:《吕氏春秋·审应》,上海:上海古籍出版社,1989年,第153页下。
③ (汉)班固:《汉书·艺文志》名家"毛公九篇"条下颜师古注引,北京:中华书局,1962年,第1737页。
④ (汉)司马迁:《史记·平原君虞卿列传》,北京:中华书局,1982年,第2370页。
⑤ 《庄子·天下》,(清)郭庆藩撰,王孝鱼点校:《庄子集释》,北京:中华书局,1961年,第1111页。
⑥ (清)孙诒让撰,孙启治点校:《墨子间诂》,北京:中华书局,2001年,第474~475页。
⑦ (汉)司马迁:《史记·太史公自序》,北京:中华书局,1982年,第3288~3289页。

以能够以治国理念从政,是凭借其学术。如商鞅"少好刑名之学"①,他对"刑名之学"是先有学习、研究的。商鞅入秦三见秦孝公,提出了帝道、王道、霸道,只有霸道得到秦孝公的赞许,可见他是事先钻研过这三大"道"的。苏秦,"东事师于齐,而习之于鬼谷先生",曾"闭室不出,出其书遍观之","得周书《阴符》,伏而读之。期年,以出揣摩,曰'此可以说当世之君矣'"②。他是在"学"的方面作了充分准备再去从政的。因此,诸子之上应该都有"先生",如苏秦"习之于鬼谷先生",孟子"受业子思之门人"③,李斯"乃从荀卿学帝王之术"④,韩非亦从学荀子,等等。

以理论从政,就证明这些理论是与社会治理、国家治理有关的;诸子的学术,还是要靠在政治等实践上的运用,才能证明其效用而得以推广、传播。如稷下诸先生,自驺衍与齐之稷下先生淳于髡、慎到、环渊、接子、田骈、驺奭之徒,都是"各著书言治乱之事,以干世主"⑤,有治理之策才能从政的。诸子中法家取得了巨大的成功,"孝公用商鞅之法,移风易俗,民以殷盛,国以富强,百姓乐用,诸侯亲服,获楚、魏之师,举地千里,至今治强"⑥。又如史载:

> 昔者越王勾践困于会稽之上,乃用范蠡《计然》。……修之十年,国富,厚赂战士,士赴矢石,如渴得饮,遂报强吴,观兵中国,称号"五霸"。范蠡既雪会稽之耻,乃喟然而叹曰:"《计然》之策七,越用其五而得意。既已施于国,吾欲用之家。"⑦

范蠡的学术,"既已施于国",已经证明是成功的,范蠡又称"吾欲用之家",即用之于经商,看能否成功。

---

① (汉)司马迁:《史记·商君列传》,北京:中华书局,1982年,第2227页。
② (汉)司马迁:《史记·苏秦列传》,北京:中华书局,1982年,第2241~2242页。
③ (汉)司马迁:《史记·孟子荀卿列传》,北京:中华书局,1982年,第2343页。
④ (汉)司马迁:《史记·李斯列传》,北京:中华书局,1982年,第2539页。
⑤ (汉)司马迁:《史记·孟子荀卿列传》,北京:中华书局,1982年,第2346页。
⑥ (秦)李斯:《谏逐客书》,见(汉)司马迁:《史记·李斯列传》,北京:中华书局,1982年,第2542页。
⑦ (汉)司马迁:《史记·货殖列传》,北京:中华书局,1982年,第3256~3257页。《汉书》注引蔡谟曰:"《计然》者,范蠡所著书篇名耳,非人也。谓之计然者,所计而然也。群书所称勾践之贤佐,种、蠡为首,岂闻复有姓计名然者乎?若有此人,越但用半策便以致霸,是功重于范蠡,蠡之师也。焉有如此而越国不记其事、书籍不见其名、史迁不述其传乎?"(《汉书》,北京:中华书局,1962年,第3683页)

由上所述可知，先秦诸子的理论不仅仅是一种认知理论，而且还能够形成一套行动纲领。如墨子在回答"既得见四方之君，子则将先语"的问题时说："凡入国，必择务而从事焉。国家昏乱，则语之尚贤、尚同；国家贫，则语之节用、节葬；国家憙音湛湎，则语之非乐、非命；国家淫僻无礼，则语之尊天、事鬼；国家务夺侵凌，即语之兼爱、非攻。"①这完全可以说是行动纲领，以多重话语涉及社会治理的方方面面。因此，从认知到行动、施政纲领，先秦诸子的理论只有运用在政治实践中，才算是实现了创建理论的目的。因此，诸子"立言"的社会功用即为君王所实施的政治实践，而政治实践的基础，则是其学术性。诸子的政治实践与学术话语是相辅相成的，而诸子是有政治故事的人；这也就决定了诸子学说本质上是社会治理之学。

三、诸子话语在论辩中生成

诸子学说与从政实践相辅相成，只是完整的诸子学说生成的第一步，诸子学说又是在与其他学派的论辩中逐步成熟的。

诸子在相互对立的辩论中，以论辩逐步实现学理建构。如公孙鞅、甘龙、杜挚在秦孝公面前"虑世事之变，讨正法之本，求使民之道"的论辩②，确定了变法的基本政策。诸子时期盛行演讲辩论，如曹植《与杨德祖书》载："昔田巴毁五帝，罪三王，呰五霸于稷下，一旦而服千人。鲁连一说，使终身杜口。""齐之辩者曰田巴，辩于狙丘，而议于稷下。毁五帝，罪三王，一日而服千人。有徐劫弟子曰鲁连，谓劫曰：臣愿当田子，使不敢复说。"③先秦诸子以论辩建构学术话语的最好契机，是稷下学宫时期，"（齐）宣王喜文学游说之士，自如驺衍、淳于髡、田骈、接子、慎到、环渊之徒七十六人，皆赐列第，为上大夫，不治而议论。是以齐稷下学士复盛，且数百千人"④，诸子在这里充分展示着自己的学术才华，在"议论"中尤其是在彼此论辩中明确、丰富自己的观点。诸子的论辩是有自觉意识的，如《孟子·滕文公下》公都子问于孟子："外人皆称夫子好辩，敢问何也？"孟子曰："予岂好辩哉？予不得已也。""杨朱、墨翟之言盈天下，天下之言，不归杨，则归墨。"⑤他是

---

① （清）孙诒让撰，孙启治点校：《墨子间诂》，北京：中华书局，2001年，第475～476页。
② 《商君书·更法》，见高亨：《商君书注译》，北京：中华书局，1974年，第13页。
③ （南朝梁）萧统编，（唐）李善注：《文选》，北京：中华书局，1977年，第593～594页。
④ （汉）司马迁：《史记·田敬仲完世家》，北京：中华书局，1982年，第1895页。
⑤ 《孟子·滕文公下》，《孟子注疏》，见《十三经注疏》，上海：上海古籍出版社，1997年，第2714页中、下。

说要自觉地捍卫圣王思想,于是在意识中以杨朱、墨翟为论辩对象。惠子也说"今乎儒、墨、杨、秉,且方与我以辩,相拂以辞,相镇以声"①,称自己的论辩不得已。

今存诸子文本中多记载诸子间的论辩。如《墨子》记载墨子与执无鬼者的论辩。《论语》记载楚狂接舆歌而过孔子曰"凤兮凤兮,何德之衰?往者不可谏,来者犹可追。已而已而!今之从政者殆而",孔子欲与之言而不得的情况。②《列子》载杨朱与禽子的论辩。杨朱曰:"伯成子高不以一毫利物,舍国而隐耕。大禹不以一身自利,一体偏枯。古之人损一毫利天下不与也,悉天下奉一身不取也。人人不损一毫,人人不利天下,天下治矣。"禽子问杨朱,曰:"去子体之一毛以济一世,汝为之乎?"杨子曰:"世固非一毛之所济。"禽子曰:"假济,为之乎?"杨子弗应。③ 虽然《列子》一书为后世伪造,但诸子之书往往以论辩展开却是真实的。《孟子·滕文公上》载孟子与陈相面对面的论辩。陈相道许行之言,曰:"贤者与民并耕而食,饔飧而治。"孟子曰:"(许行)以粟易械器者,不为厉陶冶;陶冶亦以械器易粟者,岂为厉农夫哉?且许子何不为陶冶,舍皆取诸其宫中而用之?何为纷纷然与百工交易?何许子之不惮烦?"陈相曰:"百工之事固不可耕且为也。"孟子反驳曰:"然则治天下独可耕且为与?有大人之事,有小人之事。且一人之身,而百工之所为备,如必自为而后用之,是率天下而路也。"④ 孟子以论辩的形式论证了其社会分工思想。又如《荀子·强国》载荀子与应侯范雎论秦之短长。

从现存先秦学说的文本,我们可以看到诸子常常以某某为论辩对象,其中《庄子》一书最为盛行。《庄子》的论辩,往往以假设的对象展开。如其载:惠子相梁,庄子往见之。或谓惠子曰:"庄子来,欲代子相。"庄子往见之,曰:"南方有鸟,其名曰鹓雏,子知之乎?夫鹓雏,发于南海而飞于北海,非梧桐不止,非练实不食,非醴泉不饮。于是鸱得腐鼠,鹓雏过之,仰而视

---

① 《庄子·徐无鬼》,见(清)郭庆藩撰,王孝鱼点校:《庄子集释》,北京:中华书局,1961年,第840页。
② 《论语·微子》,《论语注疏》,见《十三经注疏》,上海:上海古籍出版社,1997年,第2529页上。
③ 《列子·杨朱》,见杨伯峻:《列子集释》,北京:中华书局,1979年,第230页。
④ 《孟子注疏》,见《十三经注疏》,上海:上海古籍出版社,1997年,第2705页中、下。

之曰：'吓！'今子欲以子之梁国而吓我邪？"①庄子以与惠子论辩的故事表达自己不仕的决心。惠施之所以常常被设为论辩对象，是因为"惠施之口谈，自以为最贤"②，与惠施论辩更能显示自己的智慧，故惠子死，庄子伤心道："自夫子之死也，吾无以为质矣，吾无与言之矣。"③

古时称赏先秦这些论辩，所谓"贤人之美辞，忠臣之抗直，谋夫之话，辨士之端，冰释泉涌，金相玉振，所谓坐狙丘，议稷下"，"盖乃事美一时，语流千载"④，这些论辩中的"美辞"而"语流千载"，即是称赏其理论的说服力。在对话论辩过程中，当其学理性的核心观点不仅仅能够说服人，而且还能解决现实问题时，此二者相辅相成，学理性的核心观点得以突出。

但是，当诸子学说运用于政治实践时，其论辩表现出的相互竞争、相互批判是十分激烈的。如孟子称"杨氏为我，是无君也；墨氏兼爱，是无父也。无父无君，是禽兽也"⑤；韩非称"儒以文乱法，侠以武犯禁"，人主"除此五蠹之民"⑥；等等。当诸子学说与权力联系在一起时，彼此之间有时甚至是你死我活的，如李斯所说"臣请诸有文学诗书百家语者，蠲除去之"⑦，或有焚书坑儒之举。

四、"退而著述"

先秦诸子多有早年从政、晚年"退而著述"的经历，此中即多有总结学术的意味，显示了从政治话语到学术话语的自觉意识。如老子：

> 老子修道德，其学以自隐无名为务。居周久之，见周之衰，乃遂去。至关，关令尹喜曰："子将隐矣，强为我著书。"于是老子乃

---

① 《庄子·秋水》，见（清）郭庆藩撰，王孝鱼点校：《庄子集释》，北京：中华书局，1961年，第605页。
② 《庄子·天下》，见（清）郭庆藩撰，王孝鱼点校：《庄子集释》，北京：中华书局，1961年，第1112页。
③ 《庄子·徐无鬼》，见（清）郭庆藩撰，王孝鱼点校：《庄子集释》，北京：中华书局，1961年，第843页。
④ 《文选序》，见（南朝梁）萧统编，（唐）李善注：《文选》，北京：中华书局，1977年，第2页。
⑤ 《孟子·滕文公下》，《孟子注疏》，见《十三经注疏》，上海：上海古籍出版社，1997年，第2714页下。
⑥ 《韩非子·五蠹》，见陈奇猷校注：《韩非子集释》，上海：上海人民出版社，1974年，第1057、1078页。
⑦ （汉）司马迁：《史记·李斯列传》，北京：中华书局，1982年，第2546页。

> 著书上下篇,言道德之意五千余言而去,莫知其所终。①

由此可知老子晚年"退而著述"的学术话语的形成,于是,老子的思想,由"口出以为言"而成为"笔书以为文"。

诸子晚年"退而著述"总结学术话语或受到"臧文仲,既没,其言立"的影响。"立言,虽久不废"而为"不朽"②,臧文仲的"立言"在其身后作为历史经验或行事原则而具有存在价值,也就是说,这些"立言"已经转变为学术话语。臧文仲的"立言"是"其身既没,其言尚存",那么,诸子为什么不在其身尚存之时,把自己一生的话语总述一下呢?

孔子为世人确立了晚年"退而著述"的典范。"孔子之去鲁凡十四岁而反乎鲁",便"追迹三代之礼,序《书传》,上纪唐虞之际,下至秦缪,编次其事","故《书传》《礼记》自孔氏"。孔子曰:"吾自卫反鲁,然后乐正,《雅》《颂》各得其所。"史载"孔子晚而喜《易》,序《彖》《系》《象》《说卦》《文言》"③,孔子为政而不可行,于是退而从事文化整理,虽然孔子自称其"述而不作",但世人视其以"述"为"作"。

又有孟子"退而著述",史载孟子从政,"游事齐宣王,宣王不能用;适梁,梁惠王不果所言,则见以为迂远而阔于事情","天下方务于合从连衡,以攻伐为贤,而孟轲乃述唐、虞、三代之德,是以所如者不合",于是"退而与万章之徒序《诗》《书》,述仲尼之意,作《孟子》七篇"④。又如《汉书·艺文志》杂家有《尸子》二十篇,刘向《别录》称《尸子》一书:"楚有尸子,疑谓其在蜀。今按《尸子书》,晋人也,名佼,秦相卫鞅客也。卫鞅商君谋事画计,立法理民,未尝不与佼规之也。商君被刑,佼恐并诛,乃亡逃入蜀。自为造此二十篇书,凡六万余言,卒,因葬蜀。"⑤其书是亡逃入蜀时作。又如《荀子》一书,荀子在齐时"最为老师","齐尚修列大夫之缺,而荀卿三为祭酒焉。齐人或谗荀卿,荀卿乃适楚,而春申君以为兰陵令。春申君死而荀卿废,因家兰陵","荀卿嫉浊世之政,亡国乱君相属,不遂大道而营于巫祝,信机祥,鄙儒小拘,如庄周等又猾稽乱俗,于是推儒、墨、道德之行事兴坏,序列著数

---

① (汉)司马迁:《史记·老子韩非列传》,北京:中华书局,1982年,第2141页。
② "襄公二十四年",《春秋左传正义》,见《十三经注疏》,上海:上海古籍出版社,1997年,第1979页中。
③ (汉)司马迁:《史记·孔子世家》,北京:中华书局,1982年,第1935~1937页。
④ (汉)司马迁:《史记·孟子荀卿列传》,北京:中华书局,1982年,第2343页。
⑤ (汉)司马迁:《史记·孟子荀卿列传》"楚有尸子",《集解》注引,北京:中华书局,1982年,第2349页。

万言而卒。因葬兰陵"。① 可见其书也是晚年所作。又如《韩非子》一书，其书也是从政不成退而作的。韩非"见韩之削弱，数以书谏韩王，韩王不能用"，于是韩非"疾治国不务修明其法制"等，"悲廉直不容于邪枉之臣，观往者得失之变，故作《孤愤》《五蠹》《内外储》《说林》《说难》十余万言"②。

"退而著述"含有作者本人对其学说进行理论化整理的过程。赵岐《孟子题辞》曰：

> 于是退而论集所与高第弟子公孙丑、万章之徒难疑答问，又自撰其法度之言，著书七篇。③

"难疑答问"为实践；"自撰其法度之言"为话语学术化。

五、成于众手

古书编纂有成于众手的规则，如章学诚称"古人并无私自著书之事，皆是后人缀辑"④，严可均称"先秦诸子，皆门弟子或宾客或子孙撰定，不必手著"⑤，孙诒让称"《墨子》书，今存五十三篇，盖多门弟子所述，不必其自著也"⑥，等等。余嘉锡《古书通例》论"古书不皆手著"，先引诸人之言，又自己总结出几条，有曰："编书之人记其平生行事附入本书，如后人文集附列传、行状、碑志之类也。"或曰："古书既多后人所编定，故于其最有关系之议论，并载同时人之辩驳，以著其学之废兴，说之行否，亦使读者互相印证，因以考见其生平，即后世文集中附录往还书札、赠答诗文之例也。"⑦古书编纂成于众手的规则，对诸子学说有进一步丰富化之功，如《管子》，其后学以管子之言行丰富之。章学诚曰："春秋之时，管子尝有书矣。然载一时之典章政教，则犹周公之有官礼也。记管子之言行，则习管氏法者所缀辑，而非管仲所著述也。"⑧在后人的"缀辑"中，个人著述的理论化更广阔。如余嘉

---

① （汉）司马迁：《史记·孟子荀卿列传》，北京：中华书局，1982年，第2348页。
② （汉）司马迁：《史记·老子韩非列传》，北京：中华书局，1982年，第2147页。
③ 《题辞解》，《孟子注疏》，见《十三经注疏》，上海：上海古籍出版社，1997年，第2662页。
④ 见（清）章学诚著，仓修良编注：《文史通义新编新注》，北京：商务印书馆，2017年，第47页。
⑤ （清）严可均：《书〈管子〉后》，见《铁桥漫稿》卷八，文类六，清道光十八年四录堂刻本。
⑥ （清）孙诒让撰，孙启治点校：《墨子后语·墨子传略》，见《墨子间诂》，北京：中华书局，2001年，第691页。
⑦ 余嘉锡：《古书通例》，北京：中国人民大学出版社，2004年，第270、273页。
⑧ （清）章学诚著，仓修良编注：《文史通义新编新注》，北京：商务印书馆，2017年，第47页。

锡论众人对《荀子》一书的贡献,曰:

> 《荀子·大略篇》文多细碎,以数句说一事。《宥坐》《子道》《法行》《哀公》《尧问》五篇,杂叙古事,案而不断,文体皆不与他篇同。杨惊于《大略篇》注曰:"此篇盖弟子杂录荀卿之语,皆略举其要,不可以一事名篇,故总谓之'大略'也。"①

杂录荀卿之语而略举其要,当然是丰富了荀子学说。

诸子学说成于众手,各学派的弟子门人又承袭前辈继续论证,这是诸子学说理论化的重要进程。如墨家后学中的辩者流派,继承与发扬墨子擅长辩说的特点,在游说实践中创立了著名的墨辩逻辑学,在中国逻辑史上第一次提出了辩、类、故等逻辑概念。《墨子》书中的《经》上下、《经说》上下、《大取》《小取》等六篇,当是墨家辩者流派所诵习的经典。《庄子》杂篇,学术界一般认为是庄子后学所为。郭沫若在《庄子的批判》中称"庄子后学和思孟学派接近的倾向,在《杂篇》中颇为显著,屡屡把'诚'作为本体的意义使用,和思孟学派的见解完全相同"②,又举出大量《杂篇》中论述"诚"的例子。《杂篇》中的《天下》篇,则是庄子后学对先秦诸子百家的主要思想进行的论述及批评性的总结的汇总。

于是我们看到属于社会治理之学的诸子学说生成的清晰路径:与政治实践相结合、在论辩中成熟、晚年"退而著述"进行总结、最终成于众手。此可谓诸子学说的自我生成,其形态为今所可见的诸子文本。

后人总结诸子"立言"的学术话语形态,大致经历了从语录体到对话论辩体、从对话论辩体到专题论文体的演变。这也是诸子学说的文体化历程,即文学史所说先秦诸子散文发展的三个阶段:第一阶段是《论语》与《墨子》,第二阶段是《孟子》与《庄子》,第三阶段是《荀子》与《韩非子》③。但单家学说的生成,则经历了从社会治理出发而形成学术理论的历程,其中经由论辩而个性突出,再经由"退而著述"而构成文本基础,或有成于众手的最终的文本定型。

这个过程,显示了诸子学说由政治实践转化为学术话语建构的发展过程,也是诸子学说追求理论化的过程。尽管如此,论辩、"退而著述"、成于

---

① 余嘉锡:《古书通例》,北京:中国人民大学出版社,2004年,第276页。
② 郭沫若:《郭沫若全集·历史编》,北京:人民出版社,1982年,第210页。
③ 游国恩等:《中国文学史》,北京:人民文学出版社,1979年,第60页。

众手三者因为都是在诸子创始人政治实践与学术话语相结合的基础上进行的,所以都未曾改变诸子学说社会治理之学的性质;即便是专题论文,也是针对政治实践而论的。如在《荀子》中有《议兵》《强国》等篇章,在《韩非子》中有《存韩》《问田》等篇章,或为荀子、韩非与君王论政,或为荀子、韩非与某子相辩,还有着政治实践的痕迹。

第四节　诸子"立言"与诸子体系的他者生成
——古代学术的子学经验

后人总结诸子"立言"学术话语形态的演变,大致从政治实践转化为学术话语建构,在此发展过程中,诸子学说追求理论化,经过论辩、"退而著述"、成于众手而最终文本定型。上述是诸子学说的自我生成,但诸子学说的生成,还依靠着社会对其的接受与阐释,此可谓诸子学说的他者生成。

一、先秦诸子的相互评论

诸子学说在创建之始主要是运用于实践的,其核心观点在实践中突出,但学术话语的表述并未得以凸显。诸子创建其学说的目的,当然是期望世人接受其思想并将之推广到实践之中,尤其是期望君王接受其思想。不同于诸子学说运用于政治实践时的全面推行,君王以及世人对诸子思想的认识,往往是针对其学说的核心观点的;诸子间的论辩,也是要针对彼此的核心观点的。可以说,诸子学说的核心观点往往是经过世人的评论尤其是诸子间的评论而定型的,当然,只有世人认可,诸子学说的核心观点才成其为核心观点。进而,诸子间的评论以及世人的评论,又往往涉及对诸子学说体系的评说。因此又可以说,诸子学说理论化的生成乃至体系的生成,是由诸子间的评论以及社会的评论所决定的。相对于诸子学说的自我生成,我们称其为诸子学说的他者生成。诸子学说的他者生成经历过两个阶段:一是诸子间相互评论阶段;二是诸子争鸣时代之后的学术总结阶段。

先秦诸子对其他诸子学说的评论,往往以相互攻讦的形式出现,就事论事、就观点论观点,并不系统有序。而到诸子争鸣的后期则呈现系统化地总结概括诸子学说的特点,且往往以理论化、学理化的话语来进行,又往往围绕诸子学说的核心价值观展开,于是促成了先秦诸子的"立言"由政治实践向学术话语的转换。如《庄子·天下》,就是对先秦诸子理论的历史渊源、来龙去脉进行总结概括,其对惠施与"天下之辩者"的话语作出抽绎化、摘录化处理,称惠子的辩论有"卵有毛,鸡三足,郢有天下,犬可以为羊,马有卵,丁子有尾,火不热,山出口,轮不蹍地,目不见,指不至,至不绝,龟长于蛇,矩不方,规不可以为圆,凿不围枘,飞鸟之景未尝动也,镞矢之疾而有不行不止之时,狗非犬,黄马骊牛三,白狗黑,孤驹未尝有母,一尺之捶,日取其半,万世不竭"等种种问题,显然,这不是惠子论辩过程的客观再现,而是对惠子论辩的理性总结。于是《庄子·天下》总结出名家惠子的十个命题,即"历物十事":

> 历物之意,曰:"至大无外,谓之大一;至小无内,谓之小一。无厚,不可积也,其大千里。天与地卑,山与泽平。日方中方睨,物方生方死。大同而与小同异,此之谓小同异;万物毕同毕异,此之谓大同异。南方无穷而有穷,今日适越而昔来。连环可解也。我知天下之中央,燕之北、越之南是也。泛爱万物,天地一体也。"①

这是对一家学术的概括与总结。先秦诸子的话语,很多虽没有被完整保留下来,但通过时人或稍后时代人们对其的总结概括及评价,其话语以多具理论形态的形式被人们所认识。但《庄子》对惠施等辩者的评价,则以否定为多,称惠施"其道舛驳,其言也不中",称"桓团、公孙龙辩者之徒,饰人之心,易人之意,能胜人之口,不能服人之心,辩者之囿也"②。这是因为惠施、桓团、公孙龙是作为自己的论辩对象出现的,不否定不足以表现自己的正确。

《庄子·天下》则论整体上的"古之道术",其对各诸子学说进行了概括:"不侈于后世,不靡于万物,不晖于数度,以绳墨自矫而备世之急"之墨子、禽滑釐;"不累于俗,不饰于物,不苟于人,不忮于众,愿天下之安宁以活民命,人我之养毕足而止,以此白心"之宋钘、尹文;"公而不当,易而无私,决然无主,趣物而不两,不顾于虑,不谋于知,于物无择,与之俱往"之彭蒙、田骈、慎到;"以本为精,以物为粗,以有积为不足,澹然独与神明居"之关尹、老聃;"芴漠无形,变化无常,死与生与,天地并与,神明往与!芒乎何

---

① 《庄子·天下》,见(清)郭庆藩撰,王孝鱼点校:《庄子集释》,北京:中华书局,1961年,第1102页。
② 《庄子·天下》,见(清)郭庆藩撰,王孝鱼点校:《庄子集释》,北京:中华书局,1961年,第1102、1111页。

之,忽乎何适,万物毕罗,莫足以归"之庄子自身,共五派十子。① 这些评价是结合政治实践的理论概括,显现了诸子从政治实践到学术话语的过渡。

《荀子·非十二子》对十二子进行评价:"纵情性,安恣睢,禽兽行,不足以合文通治"之它嚣、魏牟;"忍情性,綦溪利跂,苟以分异人为高,不足以合大众,明大分"之陈仲、史鳅;"不知壹天下、建国家之权称,上功用,大俭约而僈差等,曾不足以容辨异、县君臣"之墨翟、宋钘;"尚法而无法,下修而好作,上则取听于上,下则取从于俗,终日言成文典,反紃(循)察之,则倜然无所归宿,不可以经国定分"之慎到、田骈;"不法先王,不是礼义,而好治怪说,玩琦辞,甚察而不惠,辩而无用,多事而寡功,不可以为治纲纪"之惠施、邓析。以上诸家,荀子又都冠以"然而其持之有故,其言之成理,足以欺惑愚众"之语,指出他们立足于世的原因。又有"略法先王而不知其统,犹然而材剧志大,闻见杂博。案往旧造说,谓之五行,甚僻违而无类,幽隐而无说,闭约而无解。案饰其辞而祗敬之曰:此真先君子之言也"之子思、孟轲,"子思唱之,孟轲和之。世俗之沟犹瞀儒嚾嚾然不知其所非也,遂受而传之,以为仲尼、子游为兹厚于后世,是则子思、孟轲之罪也"。② 荀子的评价同样是脱略具体事例的阐述,具有半政治实践半理论概括的特点,但突出一个"非"字,他的评价是要张扬自家的学说。

《荀子·解蔽》从"解蔽"角度对六子学说的核心及"蔽"进行评价,其先说"凡人之患,蔽于一曲而暗于大理",这是说"蔽"之由来;再说"今诸侯异政,百家异说,则必或是或非,或治或乱。乱国之君,乱家之人,此其诚心莫不求正而以自为也"。其中又专论"百家异说"之"蔽":"墨子蔽于用而不知文,宋子蔽于欲而不知得,慎子蔽于法而不知贤,申子蔽于执(势)而不知知(智),惠子蔽于辞而不知实,庄子蔽于天而不知人。"解释诸子之"蔽"是因为其皆为"道之一隅":"故由用谓之道,尽利矣;由欲谓之道,尽嗛矣;由法谓之道,尽数矣;由执(势)谓之道,尽便矣;由辞谓之道,尽论矣;由天谓之道,尽因矣:此数具者,皆道之一隅也。"总结概括墨子、宋子、慎子、申子、惠子、庄子思想的核心,分别是"用""欲""法""执(势)""辞""天",而其"蔽"分别是"不知文""不知得""不知贤""不知知(智)""不知实""不知人"③。

---

① 《庄子·天下》,见(清)郭庆藩撰,王孝鱼点校:《庄子集释》,北京:中华书局,1961年,第1072~1098页。
② (清)王先谦撰,沈啸寰、王星贤点校:《荀子集解》,北京:中华书局,1988年,第91~95页。
③ (清)王先谦撰,沈啸寰、王星贤点校:《荀子集解》,北京:中华书局,1988年,第386~393页。

《韩非子·显学》对儒、墨分派有所论述："世之显学,儒、墨也。儒之所至,孔丘也。墨之所至,墨翟也。自孔子之死也,有子张之儒,有子思之儒,有颜氏之儒,有孟氏之儒,有漆雕氏之儒,有仲良氏之儒,有孙氏之儒,有乐正氏之儒。自墨子之死也,有相里氏之墨,有相夫氏之墨,有邓陵氏之墨。故孔、墨之后,儒分为八,墨离为三,取舍相反不同,而皆自谓真孔、墨。"他要用"参验"的方式来"定儒、墨之真"①。

《尸子·广泽》:"墨子贵兼,孔子贵公,皇子贵衷,田子贵均,列子贵虚,料子贵别。囿其学之相非也,数世矣而已,皆奔于私也。"②

二、后诸子时代对诸子学说的概括与诸子体系

在后诸子时代,天下走向一统的过程之初,已经有以更具概括性的理论来评论诸家思想之作。如《吕氏春秋·不二》评论诸子十家:"老耽(聃)贵柔,孔子贵仁,墨翟贵廉,关尹贵清,子列子贵虚,陈骈贵齐,阳生贵己,孙膑贵势,王廖贵先,兒(倪)良贵后。"③不论其简要的概括是否准确,但从其以一个字概括诸子的特点,可知概括性更强了。秦以法家导致速亡,汉代统一天下,这里就有一个运用什么思想统治天下的问题。汉初统治者采取休养生息的政策,于是黄老思想成为社会主流,但在好黄老之术的窦太后死后,"绌黄老、刑名百家之言,延文学儒者数百人"④。汉武帝时追求思想上一统天下,"罢黜百家,独尊儒术"成为国策,时过境迁,诸子学说被视为纯粹的学问,被视为前代的学术遗产。"汉兴,改秦之败,大收篇籍,广开献书之路。迄孝武世,书缺简脱,礼坏乐崩,圣上喟然而称曰:'朕甚闵焉!'于是建藏书之策,置写书之官,下及诸子传说,皆充秘府"⑤。汉代大有把诸子学说作为纯粹学问而进行研究之作,其中有三家最可述说。

一是《淮南子·要略》,其讨论紧紧切合诸子学说产生的政治形势与环境。其称"孔子修成、康之道,述周公之训,以教七十子,使服其衣冠,修其篇籍,故儒者之学生焉";称墨子"以为其礼烦扰而不说,厚葬靡财而贫民,服伤生而害事,"故背周道而行夏政""故节财、薄葬、闲服生焉";称《管子》之书是因"桓公忧中国之患,苦夷狄之乱,欲以存亡继绝,崇天子之位,广文、武之业"

---

① 陈奇猷校注:《韩非子集释》,上海:上海人民出版社,1974年,第1080页。
② 上述《韩非子·显学》《尸子》对诸子的评论,是评审专家所提出,特此说明并致谢。
③ (秦)吕不韦:《吕氏春秋》,上海:上海古籍出版社,1989年,第150页下。
④ (汉)司马迁:《史记·儒林列传》,北京:中华书局,1982年,第3118页。
⑤ (汉)班固:《汉书·艺文志》,北京:中华书局,1962年,第1701页。

而生;称《晏子》之谏是因齐景公时正值乱象而生,"晚世之时,六国诸侯""力征争权","故纵横修短生焉";称申子刑名之书,其产生是因为"晋国之故礼未灭,韩国之新法重出,先君之令未收,后君之令又下,新故相反,前后相缪,百官背乱,不知所用";称"孝公欲以虎狼之势而吞诸侯,故商鞅之法生焉"①。《淮南子》讨论诸子学说的产生,或重在产生于什么样的时代,或重在顺应什么样的需要;如此论述诸子是在什么样的时代应什么样的需要而产生的,隐含着对今天应该以何种思想来实施政治统治的思考。

二是司马谈《论六家要指》,分析诸家学说在运用于政治实践时有长有短、有优有劣:

> 尝窃观阴阳之术,大祥而众忌讳,使人拘而多所畏;然其序四时之大顺,不可失也。儒者博而寡要,劳而少功,是以其事难尽从;然其序君臣父子之礼,列夫妇长幼之别,不可易也。墨者俭而难遵,是以其事不可遍循;然其强本节用,不可废也。法家严而少恩;然其正君臣上下之分,不可改矣。名家使人俭而善失真;然其正名实,不可不察也。

这些可以说是对诸家学说基础理论进行的具体深切的理论概括。其称阴阳、儒、墨、名、法诸家无论有什么样的长短、优劣,其一致之处在于"务为治者也"。因此,运用到政治统治上,都有可采纳之处。适应着汉初政治与切合黄老思想,《论六家要指》最称道的是道家学说,称"道家使人精神专一,动合无形,赡足万物"。其最推崇道家的"术":

> 因阴阳之大顺,采儒墨之善,撮名法之要,与时迁移,应物变化,立俗施事,无所不宜,指约而易操,事少而功多。

这是说道家思想能够综合诸家思想的长处。最后论证道家学说虽然"其辞难知",但却"其实易行",又用很大的篇幅从理论上阐述道家的理论,所谓"道家无为,又曰无不为,其实易行,其辞难知。其术以虚无为本,以因循为用。无成执,无常形,故能究万物之情。不为物先,不为物后,故能为万物主。有法无法,因时为业;有度无度,因物与合"云云。② 如此的理论阐述,

---

① 刘文典撰,冯逸、乔华点校:《淮南鸿烈集解》,北京:中华书局,1989年,第709~711页。
② 以上见(汉)司马迁:《史记·太史公自序》,北京:中华书局,1982年,第3288~3292页。

表明对诸子学说的论证,通过对其学术理论的叙说来实现其在政治实践中的运用。

三是对先秦诸子的理论进行溯源。随着大一统社会的建立,儒家学说实际上的统一天下,学术界兴起在总结前代学术的基础上对先秦诸子的理论化概括。如《汉书·艺文志》叙说"诸子十家"的理论主旨、学术功用以及过犹不及之处,并重在归纳其出于何种源头:"儒家者流,盖出于司徒之官,助人君顺阴阳明教化者也。""道家者流,盖出于史官,历记成败存亡祸福古今之道。""阴阳家者流,盖出于羲和之官,敬顺昊天,历象日月星辰,敬授民时。""法家者流,盖出于理官。信赏必罚,以辅礼制。""名家者流,盖出于礼官,古者名位不同,礼亦异数。""墨家者流,盖出于清庙之守,茅屋采椽,是以贵俭;养三老五更,是以兼爱;选士大射,是以上贤;宗祀严父,是以右鬼;顺四时而行,是以非命;以孝视天下,是以上同。""从横家者流,盖出于行人之官……其当权事制宜,受命而不受辞。""杂家者流,盖出于议官,兼儒、墨,合名、法,知国体之有此,见王治之无不贯。""农家者流,盖出于农稷之官,播百谷,劝耕桑,以足衣食""小说家者流,盖出于稗官。"①刘歆、班固的做法,即所谓"诸子出于王官说",以古代职守的所作所为为诸子源头,认为职守的所作所为促使学术的产生,而学术的源头为职守的实践所为。

以上就是诸子学说的他者生成,诸子学说的体系由此而建立:一是明确了核心理论,这是由庄子、荀子、韩非子、尸子、吕不韦所完成的;二是指出了其产生的现实原因以及现实运用,这是由刘安所完成的;三是对基础理论进行阐释,这是由司马谈所完成的;四是对实践性源头进行论证,这是由刘歆、班固所完成的。而他们对诸子学说的论述,又都是从正反两方面展开的,是站在理解的角度上进行的论述,显示出社会治理之学与哲学结合在一起了。于是我们看到,是社会对诸子学说的学术认识与评价,构成了完整的诸子学说的理论体系,这个理论体系是由中心话语组织构建而成的。如此的理论体系,属诸子学说的他者生成,这个理论体系就是子学。

三、子学经验与学术愿景

于是,我们知道了子学的某些学术经验与学术愿景。

其一,九流十家概括首创的学术总结是能够创建学派乃至建立学科

---

① (汉)班固:《汉书》,北京:中华书局,1962年,第1728~1746页。

的。诸子学派的构建,本是由创始人在其从政实践及与其他学派的论辩中逐步成熟,再到晚年"退而著述",最后其著述以及理论整体成于众手的,这是一个完整的学派自我构建历程。而诸子话语的他者生成,从各个方面对诸子学说进行理论概括,实现了诸子学说的体系构建。

学派的构建,或因学术观点的不同。如儒、墨、道、法等,以中心话语为核心,以师承为集合。前人论述详尽,此处不赘。

学派的构建,或因其理论形态的不同。如杂家,《汉书·艺文志》称其"兼儒、墨,合名、法,知国体之有此,见王治之无不贯,此其所长也。及荡者为之,则漫羡而无所归心",其要点就在于"王治之无不贯",但其形态为"杂"。又如小说家,《汉书·艺文志》称其为"街谈巷语,道听途说者之所造也","必有可观者焉",称其"如或一言可采,此亦刍荛狂夫之议也"①。桓谭亦称"小说家合丛残小语,近取譬论,以作短书,治身理家,有可观之辞"②,小说家的理论形态为"小",或"如或一言可采",或"丛残小语"之类。又如纵横家,《汉书·艺文志》称"言其当权事制宜,受命而不受辞。此其所长也。及邪人为之,则上诈谖而弃其信"③。纵横家为出现于战国的策辩之士,实际上就是一批非常特殊的外交政治家,以从事政治外交活动为主,以思想、智谋、手段、策略来处理国与国之间的问题,他们从事的是同一职业,其理论形态为所谓"权事制宜",即"变",只要能谋求利益的最大化就行。

学派的构建,或因其理论对象的相同。如名家是研究逻辑学问题的、农家是研究农业问题的、阴阳家是研究"敬授民时"问题的,等等。

如此又有为先秦诸子学说建立学科的意味,此即集合各个学派理论的相同点、整合各种资源而创建的学科。如农家所谓"播百谷,劝耕桑,以足衣食"之学,班固注《神农》二十篇,曰"六国时,诸子疾时怠于农业,道耕农事,托之神农"④,明言是"诸子"所为,而非一家之作。又如名家,即综合各学派有关"名"的论述而构建。胡适《诸子不出于王官论》说:"老子有无名之说,孔子有正名之论,墨子有三表之法,《别墨》有墨辩之书。荀子有正名之篇,公孙龙有名实之论,尹文子有刑名之论,庄周有齐物之篇,皆其'名

---

① (汉)班固:《汉书》,北京:中华书局,1962年,第1742、1745页。
② 《桓子新论》,见(南朝梁)萧统编,(唐)李善注:《文选》注引,北京:中华书局,1977年,第444页下。
③ (汉)班固:《汉书》,北京:中华书局,1962年,第1740页。
④ (汉)班固:《汉书·艺文志》,北京:中华书局,1962年,第1742页。

学'也。"其结论是:"古无有无'名学'之家,故'名家'不成为一家之言。"①也就是说,《汉书·艺文志》把各家"名学"综合在一起,就构成了中国古代的"名学"。把各家的要点集中在一起——重在学科的归类而非学派的归类,这就有以学科为宗旨的意味了。阴阳家亦是,以"历象日月星辰""敬授民时"之学立,以学科立。进而,除"诸子略"外,"诗赋略""兵书略""数术略""方技略",都是以学术观点的相同对象而被归类,这就是学科。

诸子学说体系是后人总结概括而成的,诸子学说的学派生成,崇尚单一化与中心话语化,它剥离事件而进入理论,它脱略具体而进入概括,它剔除庞杂而进入纯粹。只有把其核心观点剥离出来,才有《吕氏春秋》称老聃、孔子、墨翟的"贵柔""贵仁""贵廉"等;并围绕着核心观点构建出体系,它才能成为一种理论如哲学、逻辑学等,此时它只突出中心话语,是纯粹的。

其二,诸子学说得以衍生阐释并与新时代相适应。诸子学说作为社会治理性质的学说,因社会治理多方面化而具有话语的多重性,如魏文侯时,"李克著《法经》,吴起偾表徙车辕以立信,皆以儒家而尚法"②,辞称法家的学说除了自我特色,还有儒家成分。本来,诸子之说的各家就不是界限分明的,除了主要观点有时会壁垒对立,很多地方是相通、相混杂的。从人事交往来说,有孔子问道老子之说;从思想渊源来说,有墨子"学儒者之业,受孔子之术"③;从学术观点来讲,《韩非子》有《解老》《喻老》,讲《老子》之"术"等,申子之学"本于黄老而主刑名"④,庄子"其学无所不窥,然其要本归于老子之言"⑤。又如邹衍"以儒术干世主,不用,即以变化始终之说,卒以显名"⑥,邹衍的阴阳学说来自儒家;韩非"喜刑名法术之学,而其归本于黄老"⑦;等等。因此,前述此中有一个特殊的现象,即同一师门下的诸位学者有时属各个学派,"如田子方、段干木、吴起、禽滑釐之属,皆受业于子夏之伦,为王者师"⑧,正是因为从政,他们或只选取其师多重化的学术话

---

① 胡适:《诸子不出于王官论》,见《胡适文存》卷二,上海:上海书店,1989年,第23~33页。下引该文均同此,不再出注。
② 钱穆:《先秦诸子系年》,石家庄:河北教育出版社,2002年,第168页。
③ 何宁:《淮南子集释》,北京:中华书局,1998年,第1459页。
④ (汉)司马迁:《史记·老子韩非列传》,北京:中华书局,1982年,第2146页。
⑤ (汉)司马迁:《史记·老子韩非列传》,北京:中华书局,1982年,第2143页。
⑥ (汉)桓宽:《盐铁论·论儒》,马非百注释:《盐铁论简注》,北京:中华书局,1984年,第87页。
⑦ (汉)司马迁:《史记·老子韩非列传》,北京:中华书局,1982年,第2146页。
⑧ (汉)司马迁:《史记·儒林列传》,北京:中华书局,1982年,第3116页。

语之一端而发挥,进而以政治实践成就自己的学术。

作为社会治理之学的诸子学说,其多重话语为后世阐释诸子学说提供了丰富的资源,为诸子学说的衍生阐释以及学说如何与新时代相适应提供了路径。以儒学为例,汉代董仲舒汲取各家学说,并将儒家各派统一在孔子名义以及《春秋》公羊学名义下,其称:"《春秋》大一统者,天地之常经,古今之通谊也。今师异道,人异论,百家殊方,指意不同,是以上亡以持一统;法制数变,下不知所守。臣愚以为诸不在六艺之科孔子之术者,皆绝其道,勿使并进。邪辟之说灭息,然后统纪可一而法度可明,民知所从矣。"①儒学从本重"仁、礼"变为重"大一统",以此为"独尊儒术"。又,"孝"本非先秦儒学的核心观点,汉代则是"以孝治天下"。又,汉代时宣帝就说:"汉家自有制度,本以霸王道杂之,奈何纯任德教,用周政乎!且俗儒不达时宜,好是古非今,使人眩于名实,不知所守,何足委任!"②因此,儒家的以德治国与法家的以刑制国,"达则兼济天下"与"穷则独善其身",作为社会治理、个人处世最核心的存在,对社会治理来说本是一种综合性的运用,就是要汲取诸家之说为我所用。

先秦儒家把天理看作本然之性。子贡曰:"夫子之文章,可得而闻也;夫子之言性与天道,不可得而闻也。"③孔子本不多言"性与天道",而程朱理学将"天理"引申为"天理之性",是"仁、义、礼、智"的总和,即伦理纲常。学术的张力,不断从诸子的社会治理之学——文本中,寻找出新的学术增长点。如庄学,庄子后学中的述庄派对庄子思想的发挥和改造、道家性超善恶论的提出、无君派以及融合儒法等④,都是从《庄子》文本中寻找出一个新的学术增长点。又如后世康有为托古改制,今日还有新儒学。

其三,"诸子出于王官说"建立古代探求学术渊源的传统。古代学术或以理为源,如前述孔子问礼老子,庄子"其学无所不窥,然其要本归于老子之言",以及"申子之学本于黄老而主刑名",韩非"喜刑名法术之学,而其归本于黄老",田子方、段干木、吴起、禽滑釐之属,"皆受业于子夏之伦,为王

---

① (汉)班固:《汉书·董仲舒传》,北京:中华书局,1962年,第2523页。
② (汉)班固:《汉书·元帝纪》,北京:中华书局,1962年,第277页。
③ 《论语·公冶长》,《论语注疏》,见《十三经注疏》,上海:上海古籍出版社,1997年,第2474页上。
④ 刘笑敢对庄学演变有所论述。刘笑敢:《庄子哲学及其演变》,北京:中国人民大学出版社,2010年。

者师"①,等等。又如孟子说"圣王不作,诸侯放恣,处士横议,杨朱、墨翟之言盈天下。天下之言不归杨,则归墨"②,称儒家之外的天下之言源于杨、墨二家。又有司马迁称"皆原于道德之意"的诸家:

> 太史公曰:老子所贵道,虚无,因应变化于无为,故著书辞称微妙难识。庄子散道德,放论,要亦归之自然。申子卑卑,施之于名实。韩子引绳墨,切事情,明是非,其极惨礉少恩。皆原于道德之意,而老子深远矣。③

但是,古代学术更以实为理之源,如朱维铮所说,诸子都宣布自己是某一位或几位远古英雄人物的学说继承者。例如儒家言必称尧、舜,墨家法禹,道家诵念黄帝,阴阳家也崇奉黄帝,农家、杂家都讲神农;法家虽主张"法后王",然而商鞅、韩非也时常称引从伏羲、神农到文、武、老、孔。诸子争鸣在表现形式上的这个特色,一直到晚清还不断重现。④ 但这些追溯过于遥远,包括春秋战国时的那些思想家本人,也都曾提出疑问。如墨子批评赞成和反对厚葬的两种人,说:"曰二子者,言则相非,行即相反,皆曰:'吾上祖述尧、舜、禹、汤、文、武之道者也。'而言即相非,行即相反,于此乎后世之君子皆疑惑乎二子者言也。"⑤韩非称:"孔子、墨子俱道尧、舜,而取舍不同,皆自谓真尧、舜。尧、舜不复生,将谁使定儒、墨之诚乎?"⑥

《汉书·艺文志》"辨章学术、考镜源流"的方法,其"诸子出于王官",是为诸子寻找一种"实"的源头,其核心思想在于把学术归源为实践,此即章学诚所说"古人未尝离事而言理"。章学诚曰诸子百家"其所以持之有故而言之成理者,则以本原所出,皆不外于《周官》之典守。其支离而不合道者,师失官守,末流之学,各以私意恣其说尔,非于先王之道,全无所得,而自树

---

① (汉)司马迁:《史记》,北京:中华书局,1982年,第2143、2146、2146、3116页。
② 《孟子·滕文公下》,《孟子注疏》,见《十三经注疏》,上海:上海古籍出版社,1997年,第2714页下。
③ (汉)司马迁:《史记·老子韩非列传》,北京:中华书局,1982年,第2156页。
④ 朱维铮对此有很好的论述,见朱维铮著,廖梅、姜鹏整理:《中国史学史讲义稿》,上海:复旦大学出版社,2015年,第57页。
⑤ (清)孙诒让撰,孙启治点校:《墨子间诂》,北京:中华书局,2001年,第169~170页。
⑥ 《韩非子·显学》,见陈奇猷校注:《韩非子集释》,上海:上海人民出版社,1974年,第1080页。

一家之学也"①,称"诸子出于王官",即把思想归源为职守。先秦诸子某种学术的产生,一定与古代官职的具体工作有联系;某种具体工作,一定会产生某种学术传统。"诸子出于王官",从理论哲学回归或转向实践,其目的当然在于诸子之"用",王官是这样"用"的,诸子是否还能这样来"用"?在社会治理的实践中探索诸子百家的源头,古代学术追溯源头的体系就这样构建起来了,这是古代学术"辨章学术、考镜源流"的一种理念。

"诸子出于王官"体现出的"古人未尝离事而言理"的学术传统,对后世有巨大的影响。如后世有"才性出自王官说",《人物志·流业》总结各类人物才性从何种职务发展而来,言:"清节之德,师氏之任也。法家之材,司寇之任也。术家之材,三孤之任也,三材纯备,三公之任也。三材而微,冢宰之任也。臧否之材,师氏之佐也。智意之材,冢宰之佐也。伎俩之材,司空之任也。儒学之材,安民之任也。文章之材,国史之任也。辩给之材,行人之任也。骁雄之材,将帅之任也。"②又有"六经皆史"论,章学诚曰"六经皆史也""六经皆先王之政典也"③。"史"者,记言记事也,"政典"者,由言、事所由出矣,故"六经皆史"。

四、胡适"诸子不出于王官"辨

胡适有《诸子不出于王官论》,从四个方面展开:第一,刘歆以前之论周末诸子学派者皆无此说也;第二,九流无出于王官之理也;第三,《艺文志》所分九流未得诸家派别之实也;第四,章太炎先生之说亦不能成立。

胡适是实用主义哲学大师杜威的学生,以西方学术方法,以学术的"理性"与"实证"来撰作《中国哲学史大纲》。蔡元培作序赞扬胡适的长处是"证明的方法""扼要的手段""平等的眼光""系统的研究"④,为国人的学术研究开辟一条新的路径,力图实现古代学术的现代转型。胡适"诸子不出于王官"论的成功之处,一是运用"征验"之学,论证"诸子之学皆起于救世之弊应时而兴",而刘歆以前之论周末诸子学派者皆无"诸子出于王官"说。二是把诸子百家作为一个整体看待,认为"诸家既群起,乃交相为影响,虽

---

① (清)章学诚著,仓修良编注:《文史通义新编新注》,北京:商务印书馆,2017年,第1、17页。
② (魏)刘邵著,(凉)刘昞原注,王玫评注:《人物志》,北京:红旗出版社,1997年,第50~51页。
③ (清)章学诚著,仓修良编注:《文史通义新编新注》,北京:商务印书馆,2017年,第1页。
④ 胡适:《中国哲学史大纲》,北京:东方出版社,2004年,第1~2页。

明相攻击,而冥冥之中已受所攻击者之薰化",诸子百家的学术观点,你中有我,我中有你。此即胡适"晏子岂可在儒家？管子岂可在道家？管子既在道家,韩非又安可属法家？"的疑问,只是晏子有观点可归入儒家,管子有观点可归入道家,韩非有观点可归入法家,如此而已。三是通过讨论"新者已兴而旧者未踣,其是非攻难之力往往亦能使旧者更新。儒家之有孟、荀,墨家之有'别墨',其造诣远过孔、墨之旧矣。有时一家之言蔽于一曲,坐使妙理晦塞,而其间接之影响,乃更成新学之新基",论证诸子百家在不断发展变化,并影响到新学的产生。

但"诸子不出于王官"的论述亦有其缺陷。

胡适是以西方所谓纯哲学的观念来看待诸子之学的。而我们说,从诸子之学的自我生成来看,其本是社会治理之学,因此,以西方纯哲学的观念从理论出发"征验"诸子之学与从事社会管理、社会治理的王官的关系,确实很多地方是合不上的,就如以西方纯文学的观念来看待中国古代文学,先秦的许多实用性文体的作品就不能归为文学。因此,如果视诸子学说为一种哲学理论,"诸子不出于王官"自然有其道理。诸子百家学说在突出其核心观点的同时,还突出作为治国理政的学说的综合性,它不能不包括其他学派成功的社会治理经验,胡适所说的"交相为影响"也有这样的原因。当对诸子百家"辨章学术,考镜源流"而总结概括其核心观点及其体系时,它是哲学;而当把它运用于实践时,它就是社会治理之学。从前面的论述中我们知道,诸子学说是与其政治实践紧密联系在一起的,诸子学说本是一种政治实践之学,而"王官"则是社会治理的执行者,"王官"所从事的是一种政治的社会治理工作,其所具有的是一种政治的社会治理理念,如果实事求是地视诸子学说为一种社会治理的理论,诸子与"王官"二者自然就有天生的承袭关系。因此,胡适探讨的是从理论到理论的学术史研究路径,而以《汉书·艺文志》为代表的"辨章学术,考镜源流"的方法,则探讨理论的源头是哪种实践,或者从什么样的实践中可以产生何种理论。

胡适以西方学术为观照看到了古代学术的种种不同,而我们在此基础上总结概括出古代学术的种种特点,阐释它、完善它,使它走向世界而被理解、被敬仰。

第四章　刀笔吏、妇人、庶人"立言"论

王官代表朝廷"立言",其职官的身份,表明其"立言"就是朝廷的意见,其意见是属于强制社会接受的;诸子代表文人团体"立言",无论其治国理政话语还是学术话语,都是期望君王接受的,其以自由职业者的身份,只能恳求社会去接受自己的"立言",或者凭其理论自身的力量,或者凭其话语的魅力。现在我们要讨论的"立言"中,刀笔吏的"立言",是一种执行力的表现;妇人的"立言",则体现出家族的力量;而庶人的"立言",虽然他们本身不在其位,但当时社会也对他们做出了"庶人谤""庶人传语"的要求,并十分重视他们直抒胸怀的歌谣,朝廷也有"采诗"之举。现在讨论此三个阶层人士的"立言",讨论其"立言"有别于王官、诸子的特殊之处。

第一节　刀笔吏"立言"与以吏治天下

下级佐史也称为"史"。《周礼·天官·宰夫》:"六曰史,掌官书以赞治。"郑玄注:"赞治,若今起文书草也。"①这里便突出"起文书草"的意义。

御史,官名。春秋战国时期列国皆有御史,为国君亲近之职,掌文书及记事。秦设御史大夫,职副丞相,位甚尊;并以御史监郡,遂有纠察弹劾之权,盖因近臣使作耳目。汉以后,御史职衔累有变化,专司纠弹,而文书记事乃归太史掌管。太史,官名。西周、春秋时太史掌记载史事、编写史书、起草文书,兼管国家典籍和天文历法等。

《战国策·秦五》载司马空曰:"臣少为秦刀笔,以官长而守小官,未尝为兵首。"②"刀笔"一词据说可以追溯到一种器物——削。《周礼·冬官·筑氏》:"筑氏为削,长尺,博寸,合六而成规。欲新而无穷,敝尽而无恶。"③古人用简牍时,书写于竹简,如有错讹,即以刀削去重写,故古时的读书人及政客常常随身带着刀和笔,以便随时修改错误。《史记·酷吏列传》:"临

---

① 《周礼注疏》,见《十三经注疏》,上海:上海古籍出版社,1997年,第655页下。
② (汉)刘向集录:《战国策》,上海:上海古籍出版社,1985年,第286页。
③ 《周礼注疏》,见《十三经注疏》,上海:上海古籍出版社,1997年,第915页上。

江王欲得刀笔为书谢上,而都禁吏弗与。"①"欲得刀笔"为写作的前提。《后汉书·刘盆子传》:"酒未行,其中一人出刀笔书谒欲贺,其余不知书者起请之。"李贤注:"古者记事书于简册,谬误者以刀削而除之,故曰刀笔。"②因刀笔并用,历代的文职官员也就被称作"刀笔吏"。

阎步克说:"从战国到汉初,官僚行政的主要承担者和集中代表者,首推文法吏,而非士人。"③此所谓"秦任刀笔之吏","以文吏治天下",也就是所谓"以文书御天下"④。这种局面或规则的形成,在《商君书》中就有端倪。据《商君书·定分》所载,商鞅时代就规定了:"诸官吏及民有问法令之所谓也于主法令之吏,皆各以其故所欲问之法令明告之。各为尺六寸之符,明书年、月、日、时、所问法令之名,以告吏民。主法令之吏不告,及之罪,而法令之所谓也,皆以吏民之所问法令之罪,各罪主法令之吏。即以左券予吏之问法令者,主法令之吏谨藏其右券木柙,以室藏之,封以法令之长印。即后有物故,以券书从事。"⑤即如果有人问法令,主管官员必须明确答复,而且还要制符券以记载这次问答的内容,待以后有所查询以定相关人员之罪。由此可见文书的重要性,这或许就是所谓"以文书御天下"吧。

《秦律十八种·内史杂》:"有事请殹(也),必以书,毋口请,毋羁请。"⑥就是说一定要有文书,才能有所依据,否则口说无凭。《韩非子·主道》载:

> 故群臣陈其言,君以其言授其事,事以责其功。功当其事,事当其言则赏;功不当其事,事不当其言则诛。⑦

即便是"群臣陈其言",也应当作之为文书,以供日后对是否"事当其言"进行查验。

秦时的"刀笔吏",以司法官吏最重。《商君书·定分》载:"吏、民知法令者,皆问法官。故天下之吏民,无不知法者。""故圣人必为法令置官也,

---

① (汉)司马迁:《史记》,北京:中华书局,1982年,第3133页。
② (南朝宋)范晔:《后汉书》,北京:中华书局,1965年,第481~482页。
③ 阎步克:《波峰与波谷——秦汉魏晋南北朝的政治文明》,北京:北京大学出版社,2009年,第55页。
④ (汉)王充:《论衡·别通》,上海:上海人民出版社,1974年,第206页。
⑤ 高亨:《商君书注译》,北京:中华书局,1974年,第186页。
⑥ 睡虎地秦墓竹简整理小组编:《睡虎地秦墓竹简》,北京:文物出版社,1990年,释文第62页。
⑦ 陈奇猷校注:《韩非子集释》,上海:上海人民出版社,1974年,第68页。

置吏也,为天下师,所以定名分也。""天子,置三法官;殿中,置一法官;御史,置一法官及吏;丞相,置一法官。诸侯、郡、县皆各为置一法官及吏,皆此秦一法官。"①故"刀笔",有时特指法律案牍。《史记·李斯列传》载赵高答李斯之问,称:"高固内官之厮役也,幸得以刀笔之文进入秦宫,管事二十余年。"②

"笔"的地位在汉代不断地提升。虽然朝廷公家实用性的文字撰作是文字工作,但人们多认为这是吏者所为,是有别于诗、赋的,属"政事"。《荀子·荣辱》称:"循法则、度量、刑辟、图籍"一类工作,撰作者可以"不知其义,谨守其数,慎不敢损益也",因为这是"官人百吏之所以取禄秩也"③,这些即公家实用性文字。贾谊称"俗吏之所务,在于刀笔筐箧"④,称"善书而为吏耳"⑤;王充则直接称"且笔用何为敏?以敏于官曹事"⑥,把"笔"与"官曹事"视为一体,所以刘勰《文心雕龙·书记》称"书记"一类的朝廷公家实用性文字为"虽艺文之末品,而政事之先务也"⑦。

"刀笔"是治国的日常性工作,《论衡·别通》所谓"萧何入秦,收拾文书,汉所以能制九州者,文书之力也",此即所谓"以文书御天下"⑧。但秦至汉初,这些"刀笔"之吏的地位并不高,名声也不怎么样。如史称萧何"于秦时为刀笔吏,《史记》原文如此,简化录录未有奇节"⑨。有人以"奇才"向御史大夫周昌推荐赵尧,周昌笑曰:"尧年少,刀笔吏耳,何能至是乎!"⑩李广谓自己"不能复对刀笔之吏",遂引刀自刭⑪。史或称"刀笔之吏专深文巧诋,陷人于罔,以自为功"⑫。虽多有以"刀笔"升迁者,如《史记·酷吏列传》所载赵禹"以刀笔吏积劳,稍迁为御史",张汤"无尺寸功,起刀笔吏,陛下幸致为三公",尹齐"以刀笔稍迁至御史"⑬,但汲黯这样骂道:"天下谓刀

---

① 高亨:《商君书注译》,北京:中华书局,1974年,第188、190页。
② (汉)司马迁:《史记》,北京:中华书局,1982年,第2549页。
③ 章诗同:《荀子简注》,上海:上海人民出版社,1974年,第28页。
④ (汉)班固:《汉书·贾谊传》,北京:中华书局,1962年,第2245页。
⑤ (汉)贾谊:《新书·时变》,见《贾谊集》,上海:上海人民出版社,1976年,第48页。
⑥ (汉)王充:《论衡·定贤》,上海:上海人民出版社,1974年,第420页。
⑦ (南朝梁)刘勰著,詹锳义证:《文心雕龙义证》,上海:上海古籍出版社,1989年,第942页。
⑧ (汉)王充:《论衡》,上海:上海人民出版社,1974年,第206页。
⑨ (汉)司马迁:《史记·萧相国世家》,北京:中华书局,1982年,第2020页。
⑩ (汉)司马迁:《史记·张丞相列传》,北京:中华书局,1982年,第2678页。
⑪ (汉)司马迁:《史记·李将军列传》,北京:中华书局,1982年,第2876页。
⑫ (汉)班固:《汉书·汲黯传》,北京:中华书局,1962年,第2319页。
⑬ (汉)司马迁:《史记》,北京:中华书局,1982年,第3136、3143、3148页。

笔吏不可以为公卿,果然。"①

"刀笔吏"的成分与文化素养在汉武帝独尊儒术时有了变化。一是汉武帝"征天下举方正贤良文学材力之士,待以不次之位"②,多有儒生充任"刀笔",最终促使儒生"文吏化"与文吏"儒生化"③,"经明行修"的儒士进入政府,与文法吏并立朝廷。二是儒生、文吏的专业化程度提高了,二者都要经过测试才能从业,如阳嘉年间,左雄上言察举,"皆先诣公府,诸生试家法,文吏课笺奏,副之端门,练其虚实,以观异能,以美风俗"④。因此,后汉的情况是,陈球"少涉儒学,善律令"⑤,王顺"敦儒学,习《尚书》,读律令,略举大义"⑥,"刀笔吏"兼具儒术与政事才能。

儒家文化的介入使"政事"公文变得"温文尔雅"。公孙弘上疏云"臣谨案诏书律令下者,明天人分际,通古今之谊,文章尔雅,训辞深厚,恩施甚美。小吏浅闻,不能究宣,亡以明布谕下"⑦,明确要求公家之文"文章尔雅,训辞深厚"。由于"刀笔吏"成分的改变与文化素养的提高,"政事"的"笔"也确实发生了变化,先是"彼刀笔之吏,岂生而察刻哉,起于几案之下,长于官曹之间,无温裕文雅以自润",而在儒家文化的滋润下,实现了"吏服训雅,儒通文法"⑧。"吏服训雅,儒通文法"的"笔"类文字,其表达以《诗》《书》为榜样的"训雅"化是必然的进程。如《文选》所录汉武帝《贤良诏》,其中有"若涉渊水,未知所济",李善注:"《尚书》曰:予唯小子,若涉渊水,予惟往求朕攸济。"又"猗欤伟欤",颜如淳曰:"犹《诗》曰猗欤那欤也。"又有"上参尧舜,下配三王"云云⑨,都有浓郁的儒家色彩。

《文心雕龙》论述文体,多有论及汉代之"笔"在撰作上的"温裕文雅以自润"。如《诏策》称"观文、景以前,诏体浮杂,武帝崇儒,选言弘奥。策封三王,文同训典;劝戒渊雅,垂范后代"⑩,明确指出是儒学使"诏体"发生了

---

① (汉)司马迁:《史记·汲郑列传》,北京:中华书局,1982年,第3108页。
② (汉)班固:《汉书·东方朔传》,北京:中华书局,1962年,第2841页。
③ 参见阎步克:《波峰与波谷——秦汉魏晋南北朝的政治文明》之第五章《儒·法与儒·吏》,北京:北京大学出版社,2009年,第89~106页。
④ (南朝宋)范晔:《后汉书·左雄传》,北京:中华书局,1965年,第2020页。
⑤ (南朝宋)范晔:《后汉书·陈球传》,北京:中华书局,1965年,第1831页。
⑥ (南朝宋)范晔:《后汉书·循吏传》,北京:中华书局,1965年,第2468页。
⑦ (汉)班固:《汉书·儒林传》,北京:中华书局,1962年,第3594页。
⑧ (汉)王粲:《儒吏论》,见俞绍初辑校:《建安七子集》,北京:中华书局,2005年,第132页。
⑨ (南朝梁)萧统编,(唐)李善注:《文选》,北京:中华书局,1977年,第499页下。
⑩ (南朝梁)刘勰著,詹锳义证:《文心雕龙义证》,上海:上海古籍出版社,1989年,第736页。

变化。其《章表》称："左雄奏议,台阁为式;胡广章奏,天下第一;并当时之杰笔也。观伯始谒陵之章,足见其典文之美焉。"①刘勰以"杰笔""典文之美"称赏当时的"表",其说法表明,南朝对两汉"笔"因儒学参与而使"文章尔雅"发生变化是认同的,这种认同的意义在于,当时人们正是在这样的基础上论述"文笔之辨"的。

王充曾论"刀笔"之类公家实用性文字与诗、赋不是一类,其《论衡·佚文》所称"五文"②,就是不含诗、赋的。《文心雕龙·章表》载:"按《七略》《艺文》,谣咏必录;章表奏议,经国之枢机;然阙而不纂者,乃各有故事,而布在职司也。"③"诗、赋"与"章表奏议"著录在不同的地方。而"笔"的"温裕文雅以自润"又使其地位得到极大的提高,王充《论衡》对此有所总结。其《超奇》先单从文章著述而论"上书奏记者"的地位:"故夫能说一经者为儒生,博览古今者为通人,采掇传书以上书奏记者为文人,能精思著文连结篇章者为鸿儒。故儒生过俗人,通人胜儒生,文人逾通人,鸿儒超文人。"④四类人中能"上书奏记"的"文人"排在第二。而此前,儒生之类是耻为"主文簿"的令史的。如《通典·职官四》载:"尚书郎初与令史皆主文簿,其职一也。郎缺,以令史久次者补之。光武始革用孝廉,孝廉耻焉。"⑤其《超奇》又论及这些"文人""长吏":"安可不贵?岂徒用其才力,游文于牒牍哉?州郡有忧,能治章上奏,解理结烦,使州郡连事,有如唐子高、谷子云之吏,出身尽思,竭笔牍之力,烦忧适有不解者哉?"称他们能解决州郡的治理问题。《论衡·超奇》又论"笔"的魅力:"观谷永之陈说,唐林之宜(直)言,刘向之切议,以知为本,笔墨之文,将而送之,岂徒雕文饰辞,苟为华叶之言哉?精诚由中,故其文语感动人深。是故鲁连飞书,燕将自杀;邹阳上疏,梁孝开牢。书疏文义,夺于肝心,非徒博览者所能造,习熟者所能为也。"⑥一是"雕文饰辞",二是"精诚由中","笔"体公家实用性文字的地位,在王充看来似乎是无以复加了。

王充对"笔"类公家实用性文字的推崇,应该说是一种时代思潮。当时还有蔡邕《独断》专门研究公文,其中分公文文体为两大类:天子所用者,

---

① (南朝梁)刘勰著,詹锳义证:《文心雕龙义证》,上海:上海古籍出版社,1989年,第831页。
② (汉)王充:《论衡》,上海:上海人民出版社,1974年,第313页。
③ (南朝梁)刘勰著,詹锳义证:《文心雕龙义证》,上海:上海古籍出版社,1989年,第830页。
④ (汉)王充:《论衡》,上海:上海人民出版社,1974年,第212页。
⑤ (唐)杜佑:《通典》,北京:中华书局,1984年,第134页上。
⑥ (汉)王充:《论衡》,上海:上海人民出版社,1974年,第214页。

"一曰策书,二曰制书,三曰诏书,四曰戒书"①,及"凡群臣尚(上)书于天子者,有四名:一曰章、二曰奏、三曰表、四曰驳议"②。他把"政事"这些实用性公家文体当作"文章"来论述,就是要证实其作为"文章"的性质。周勋初以为,"考文体论的产生,是由研究朝廷公文格式开始的",特举出蔡邕《独断》以示例,称"这是因为朝廷的公文格式特别要求措辞得体的缘故"③。

第二节　敬姜:母教"立言"

一、敬姜"立言"

敬姜"立言",堪称女中臧文仲。

敬姜,齐侯之女,姜姓,谥曰敬,是春秋时期鲁国大夫公父穆伯之妻、公父文伯之母、鲁国正卿季康子的从祖叔母,其生活的年代,稍晚于臧文仲,与孔子同时。《国语》所载"论劳逸"为其"立言"最有名者。公父文伯退朝回家,看到母亲正忙于纺绩,就说:我们这样的人家,主人还要亲自纺绩,鲁国的执政会以为我不能侍奉好母亲呢!敬姜叹气说:鲁国大概要灭亡了,让你这样不懂事的人在朝廷当官。于是她告知他"劳逸"的道理,提出"昔圣王之处民也,择瘠土而处之,劳其民而用之,故长王天下。夫民劳则思,思则善心生;逸则淫,淫则忘善,忘善则恶心生。沃土之民不材,逸也;瘠土之民莫不向义,劳也"④,以"劳则思""思则善""善则向义"来说明国家的长治久安,并举证天子、诸侯、卿大夫、士、庶民,"自上以下,谁敢淫心舍力"?真所谓勤劳足以兴邦,安乐足以亡身。孔子听到她的话,就说:"弟子志之,季氏之妇不淫矣。"孔子以敬姜不贪图安逸,称赏认可其"论劳逸"的"立言"。刘勰《文心雕龙·程器》论证"安有丈夫学文,而不达于政事哉"时说:"盖士之登庸,以成务为用。鲁之敬姜,妇人之聪明耳,然推其机综,以方治

---

① 《独断》二卷本,卷上,见《四部丛刊》三编,上海:上海书店印行,1985年,第1页。
② 《独断》二卷本,卷上,见《四部丛刊》三编,上海:上海书店印行,1985年,第4页。
③ 周勋初:《中国文学批评小史》,见《周勋初文集》第二卷,南京:江苏古籍出版社2000年,第180页。
④ (先秦)左丘明著,(三国)韦昭注,胡文波校点:《国语》,上海:上海古籍出版社,2015年,第133~140页。本部分所述《国语》所载敬姜事迹及言行全见于此。

国。"①视敬姜"立言"的价值在于"以方治国"、在于为国为民。从孔子、刘勰对"论劳逸"的认可与引述,可知敬姜"立言不朽",即孔颖达解释"立言不朽"时所称:"言得其要,理足可传,其身既没,其言尚存。"自宋以来历代多录此文入选本,如《妙绝古今》《文章正宗》《骈志》《文章辨体汇选》《古文渊鉴》之类,从"论劳逸"的历代传诵,亦可知敬姜"立言不朽"。

敬姜还有关于"治国之要"的"立言"。《列女传》载:文伯相鲁,敬姜谓之曰:"吾语汝治国之要,尽在经耳。"经,即织物的纵线,总合丝缕以成文采,因此,敬姜以"经"之类的纺绩工作来给公父文伯讲各级各类官员如将、正(官长)、都大夫、大行人、关内之师、内史、相、三公等的经国治民之道,于是"文伯再拜受教"②。

二、敬姜的母教"立言"

敬姜"论劳逸""论治国之要"的"立言",虽然其指向是为国为民,但其教诲对象则是其子公父文伯。作为一个母亲,其表现在"母教"方面的"立言"尤为"言得其要,理足可传"。

《国语·鲁语下》载季康子问从祖叔母敬姜:您有什么可以教诲我的吗?敬姜回答说:我只是年龄活得够大,"能老而已",哪有什么说的。季康子坚持要问,于是敬姜说:"吾闻之先姑曰:'君子能劳,后世有继。'"这句话有两个意思:一是要听从老辈的母教,"先姑"即已故的婆婆;二是要承传家族"能劳"的优秀传统,即前述"劳则思""思则善""善则向义"的优秀传统,家族才能兴旺发达。孔子的学生子夏听到这样的话后说:"善哉!商闻之曰:'古之嫁者,不及舅、姑,谓之不幸。'夫妇,学于舅、姑者也。"称古时的"不幸"就是嫁过去时公婆已经去世,为人妇,就要向公婆学习。这就告诉我们,敬姜之所以能有母教"立言",是因为得到了"先姑"的母教。

敬姜的母教"立言",体现在指导公父文伯的为人上。《列女传》载:公父穆伯先死,敬姜独自养育文伯,"文伯出学而还归",敬姜看到他的朋友"奉剑而正履",侍奉他"若事父兄",文伯也自以为是个人物了。敬姜就批评他,称说周武王、齐桓公、周公对待别人是如何自居其下的,称"彼二圣一

---

① (南朝梁)刘勰著,詹锳义证:《文心雕龙义证》,上海:上海古籍出版社,1989年,第1888页。
② 绿净:《古列女传译注》,上海:生活·读书·新知三联书店,2018年,第28~31页。下引该文均同此,不复出注。

贤者,皆霸王之君也,而下人如此","其所与游者,皆过己者也",因此日有所增益。而文伯"年之少而位之卑",却交识那些不如他的人,那么他肯定是不能长进的。于是文伯"乃择严师贤友而事之,所与游处者皆黄耄倪齿也";文伯还"引衽攘卷而亲馈之"。这时敬姜才说:"子成人矣。"即言文伯成器了。世上君子称赞说"敬姜备于教化",这是说,敬姜的母教"立言"重在其子与什么人交游往来。

这样的母教,在公父文伯去世时亦可见。《韩诗外传》卷一载:公父文伯死,敬姜不哭,人问其故,回答说:"昔是子也,吾使之事仲尼。仲尼去鲁,送之不出鲁郊,赠之不与家珍。病不见士之来视者,死不见士之流泪者,死之日,宫女缡绖而从者十人。此不足于士而有余于妇人也,吾是以不哭也。"①敬姜称公父文伯去世,哀痛的多是宫女,对此有所不满。其实,敬姜只是表达对官宦人物的生平交游往来非常关注罢了,她也为其子去世而悲痛。《国语》载:"公父文伯之母朝哭穆伯,而莫(暮)哭文伯。"到晚上无人之时,她才为儿子去世而哭。孔子闻之曰:"季氏之妇可谓知礼矣。爱而无私,上下有章。"敬姜也要求家中妇女在公开的悼念场合"从礼而静"。《国语》载:公父文伯卒,其母戒其妾曰:"吾闻之:好内,女死之;好外,士死之。今吾子夭死,吾恶其以好内闻也。二三妇之辱共先祀者,请无瘠色,无洵涕,无捣膺,无忧容,有降服,无加服。从礼而静,是昭吾子也。"这听起来有点矫情,但却是"从礼"而言。于是孔子赞赏曰:"女知莫若妇,男知莫若夫(家中孩子的见识不及长辈)。公父氏之妇知也夫!欲明其子之令德也。"

敬姜的母教"立言",还体现在指导公父文伯的为宦上。《国语·鲁语下》载:"公父文伯饮南宫敬叔酒,以露睹父为客。羞鳖焉,小。睹父怒,相延食鳖,辞曰:'将使鳖长而后食之。'遂出。文伯之母闻之,怒曰:'吾闻之先子曰:"祭养尸,飨养上宾。"鳖于何有?而使夫人怒也!'遂逐之。五日,鲁大夫辞而复之。"敬姜批评公父文伯对客人不敬,称进如此小的鳖不合乎敬客礼。此后"羞鳖"成为教子的典故,五代李瀚《蒙求》就有"文伯羞鳖"之语。

敬姜亦对家族后辈的为宦"立言"。如《国语》载其对季康子讲内朝、外朝事务:"子弗闻乎?天子及诸侯合民事于外朝,合神事于内朝;自卿以下,合官职于外朝,合家事于内朝;寝门之内,妇人治其业焉。上下同之。夫外

---

① (汉)韩婴撰,许维遹校释:《韩诗外传集释》,北京:中华书局,1980年,第18页。

朝,子将业君之官职焉;内朝,子将庀季氏之政焉,皆非吾所敢言也。"敬姜讲各自的职责所在以及自己作为妇人不能擅自从政,这是合乎先秦时期礼制的。

三、敬姜"立言"以"知礼"为基础

敬姜以其"立言"而受到孔子及其弟子的赞赏,后世还有引用敬姜"立言"来实施论证者。《战国策·赵三》载:秦破赵于长平,索六城于赵,楼缓从秦来游说赵王,便引用公父文伯死而敬姜解释自己不哭的"立言",称人们对敬姜有不同的理解,那么,对自己的游说也会有不同的理解。由此可见世人对敬姜"立言"的印象之深。后代对敬姜"立言"多有称赏:刘向《列女传》"敬姜颂"曰"文伯之母,号曰敬姜,通达知礼,德行光明。匡子过失,教以法理,仲尼贤焉,列为慈母",从母教而言;晋左九嫔《鲁敬姜赞》曰"邈矣敬姜,含德之英,于行则高,于理斯明,垂训于宗,厉发奇声,宣尼三叹,万代遗馨"①,从品德而言。敬姜可谓"立言不朽"。

世人把敬姜的"立言"与"知礼"联系起来,从传承来说,"礼"就是传统文化之优秀部分。孔子在不少场合称说敬姜"知礼",如前述称"公父文伯之母朝哭穆伯,而莫(暮)哭文伯","可谓知礼"。又如《国语》载:公父文伯之母,是季康子之从祖叔母,两人相见,敬姜不逾阈(门限)而出,季康子不逾阈而入,合乎古礼"妇人送迎不出门,见兄弟不逾阈";祭祀公公季悼子时,敬姜或不亲手接受祭肉,或稍尝祭酒则退,"仲尼闻之,以为别于男女之礼矣"。

作为贵族妇女,敬姜具有良好的素质。春秋时期,卿大夫都得会"赋诗言志",否则将受到嗤笑。《左传·襄公二十七年》载:齐国庆封出聘鲁国,叔孙设宴招待,"为赋《相鼠》,亦不知也"②,以其如此愚笨无知为其明年逃亡张本;《左传·昭公十二年》载,宋华定出聘鲁国,"为赋《蓼萧》,弗知,又不答赋",人称其"必亡(逃亡)"③。而敬姜则是一位懂"赋诗"的贵族妇女。《国语》载:"公父文伯之母欲室文伯,飨其宗老,而为赋《绿衣》之三章。老请守龟卜室之族。"敬姜的"赋诗"得到师亥"善哉"的赞赏:一称其"不犯礼";二称其"赋诗言志"得当合礼,"诗所以合意,歌所以咏诗也。今诗以合

---

① (清)严可均校辑:《全上古三代秦汉三国六朝文》,北京:中华书局,1958年,第1534页下。
② 《春秋左传正义》,见《十三经注疏》,上海:上海古籍出版社,1997年,第1995页上。
③ 《春秋左传正义》,见《十三经注疏》,上海:上海古籍出版社,1997年,第2061页下。

室,歌以咏之,度于法矣"。清人章学诚《文史通义·妇学》以之论"妇容之必习于礼",曰:"但观传载敬姜之言,森然礼法,岂后世经师大儒所能及!至于妇言主于辞命,古者内言不出于阃,所谓辞命,亦必礼文之所须也。孔子云:'不学《诗》,无以言。'"进而曰:"但观春秋妇人辞命,婉而多风","乃知古之妇学,必由礼而通《诗》"。①指出古代"妇学"的路径为"由礼而通《诗》"。由是可知敬姜"立言不朽"的路径,即"由礼而通《诗》",由礼而"立言"。"立言"而述为国为民、重由自己身份的"立言"则重母教。

敬姜"立言不朽",其母教"立言"的出发点,体现在其教诲公父文伯的"论劳逸"中。她先以"鲁其亡乎"为警诫,又明言其最希望听到的是文伯"必无废先人"的承诺,而文伯说的却是"胡不自安",于是其"惧穆伯之绝嗣也"。她最为关注的,是不能"废先人"的事业、不可令传统与血脉"绝嗣"。后代与社会之所以注重母教,广而言之,就是注重承袭优秀文化传统,并发扬光大之。

第三节　庶人"立言"

庶人,指平民百姓。身份在"士"以下,主要指农业生产者,《左传·襄公九年》:"其士竞于教,其庶人力于农穑。"②也包括割草采薪者"刍荛",《孟子·梁惠王下》:"文王之囿方七十里,刍荛者往焉,雉兔者往焉,与民同之。"赵岐注:"刍荛者,取刍薪之贱人也。"③又特指官府的吏役,《书·胤征》:"瞽奏鼓,啬夫驰,庶人走。"孔颖达疏:"庶人走,盖是庶人在官者,谓诸侯胥徒也。"④此处指下层的士(下层贵族、下层官吏)以及平民,身份较为低贱者。先秦典籍多有"先民有言,询于刍荛"⑤"庶人谤""庶人传语"以及"天下无道而庶人议"之类的记载,这些都是庶人的"立言"。

一、对国家大事的建言

《书·洪范》:"汝则有大疑,谋及乃心,谋及卿士,谋及庶人。"孔传:"有

---

① (清)章学诚著,仓修良编注:《文史通义新编新注》,北京:商务印书馆,2017年,第312页。
② 《春秋左传正义》,见《十三经注疏》,上海:上海古籍出版社,1997年,第1942页下。
③ 《孟子注疏》,见《十三经注疏》,上海:上海古籍出版社,1997年,第2674页中、下。
④ 《尚书正义》,见《十三经注疏》,上海:上海古籍出版社,1997年,第158页上、中。
⑤ 《诗·大雅·板》,《毛诗正义》,见《十三经注疏》,上海:上海古籍出版社,1997年,第549页中。

大疑,先尽汝心以谋虑之,次及卿士、众民。"①国家或有大事,庶人便有了"立言"的机会。

《国语·鲁语上》载:晋公子重耳流亡至曹国,曹共公无礼,想偷看重耳的骈胁。后重耳为晋文公,便削曹国之地以分诸侯。鲁僖公使臧文仲前往办理,宿重地候馆。"重馆人"即守馆之隶跟臧文仲说:"晋始伯而欲固诸侯,故解有罪之地以分诸侯。诸侯莫不望分而欲亲晋,皆将争先;晋不以故班,亦必亲先者,吾子不可以不速行。鲁之班长而又先,诸侯其谁望之?若少安,恐无及也。"守馆之隶是说:晋国称霸,欲获得诸侯的支持,所以分解曹国之地以分诸侯。诸侯莫不希望分到土地进而亲近晋国,都将争着前去。晋国分地本没有固定的次序,必定是谁先到就对谁最好,大人您不可以不尽快赶路前去。鲁国的爵次本来居长,这次又先到,诸侯各国谁能与鲁国相比呢?如果稍稍在此贪图休息多待一会儿,恐怕来不及了。臧文仲听从他的话,尽快赶去,是以获得的土地比其他诸侯的多。臧文仲回国复命鲁僖公,并为守馆之隶请功曰:"地之多也,重馆人之力也。臣闻之曰:'善有章,虽贱,赏也;恶有衅,虽贵,罚也。'今一言而辟境,其章大矣,请赏之。"于是"乃出而爵之",韦昭注此语曰:"出,出之于隶。爵,爵为大夫。"②是以,"重馆人"由下层官吏而为大夫。臧文仲为"立言不朽"的榜样,此番臧文仲以"立言"而立功,本"重馆人"之"立言","重馆人"亦"立言不朽"。

又,《国语·晋语五》载:晋梁山崩塌,晋侯以驿车召见大臣伯宗。载伯宗的驿车碰到大牛车而倾覆,伯宗将驿车立起来,令大牛车让道。"车者"即赶车人说:驿车是要快走赶路的,等到我们的大牛车让道回避,你们就更慢了;不如你们从旁边走捷径,会更快一点。伯宗听了很高兴,问赶车人住在什么地方。赶车人说住在都城绛。伯宗又问赶车人是否听到些什么,赶车人说:听说梁山崩塌,晋侯以驿车召见伯宗。伯宗又说:那该怎么办呢?赶车人回答说:"山有朽壤而崩,将若何?夫国主山川,故川涸山崩,君为之降服、出次、乘缦、不举,策于上帝,国三日哭,以礼焉。虽伯宗亦其如是而已,其若之何?"③意思是说:梁山因土壤松散腐朽而崩塌,那还能怎么办!国君是山川的主人,所以河流干涸、山岭崩塌,国君就要降服穿素、到郊外

---

① 《尚书正义》,见《十三经注疏》,上海:上海古籍出版社,1997年,第191页上。
② (先秦)左丘明著,(三国)韦昭注,胡文波校点:《国语》,上海:上海古籍出版社,2015年,第108页。
③ (先秦)左丘明著,(三国)韦昭注,胡文波校点:《国语》,上海:上海古籍出版社,2015年,第272页。《左传·成公五年》亦载此事。

告祭;不坐彩绘之车、不要乐队伴送,以简策报告上帝,举国大哭三天,以示对神灵的礼敬。虽是伯宗也应该如此来办,还能怎么办!意即国君要从自己做起,在行动上体现对自然的敬畏。伯宗知道这是个高人,便问他的名字,他不说;请他一起去见国君,他不答应。伯宗到了国都,将赶车人之说汇报给国君,国君也照其说行动了。"车者"的"立言"要点,是说对待自然要有敬畏之心,要从自己做起,而国君从自己做起,是实现政治清明的关键。

《左传·庄公十年》所载"曹刿论战"的故事,非常能够说明庶人"立言"的特殊意味:"春,齐师伐我。公将战,曹刿请见。其乡人曰:'肉食者谋之,又何间焉。'刿曰:'肉食者鄙,未能远谋。'乃入见。"曹刿自称非"肉食者",但又能面见国君,可见其身份不会很高,是下层贵族或士。曹刿又称"肉食者鄙,未能远谋",说自己一定要为国家出谋划策以抵御齐师,显见这一阶层在国家大事面前的"立言"自觉。曹刿"立言"的基点在"忠":"(曹刿)问:'何以战?'公曰:'衣食所安,弗敢专也,必以分人。'对曰:'小惠未遍,民弗从也。'公曰:'牺牲玉帛,弗敢加也,必以信。'对曰:'小信未孚,神弗福也。'公曰:'小大之狱,虽不能察,必以情。'对曰:'忠之属也,可以一战,战则请从。'"①由此可见,其所谓"忠",是对"民"的负责精神。"衣食"的"分人",是小惠而不及全民;"牺牲玉帛"也不能令神"福"及全民;而重视"小大之狱"则是"情"及全民,故曹刿认为可以一战。所以说"忠"是对"民"而言,不是对上而言的。

上述庶人"立言",全为建言。建言者,是下层贵族或士,他们是有一定地位的。"重馆人""车者"的建言,是就眼前的场合"立言",虽说也有主动的意味,但毕竟源于一次偶然的机会;而曹刿的"请见",则是一种完全的主动的行为,具有自觉的意味。《荀子·儒效》:"相高下,视硗肥,序五种,君子不如农人;通财货,相美恶,辩贵贱,君子不如贾人;设规矩,陈绳墨,便备用,君子不如工人;不恤是非然不然之情,以相荐撙,以相耻怍,君子不若惠施、邓析。"②"农人""贾人""工人"当属庶人,这里是说他们具有行业智慧与发言权,但此处我们所说的庶人"立言",则侧重国家大事方面。

庶人的"立言"并非全是好主意。如《左传·僖公二十八年》载:"晋侯

---

① 《春秋左传正义》,见《十三经注疏》,上海:上海古籍出版社,1997年,第1767页上。
② (清)王先谦撰,沈啸寰、王星贤点校:《荀子集解》,北京:中华书局,1988年,第122~123页。

围曹,门焉,多死,曹人尸诸城上,晋侯患之,听舆人之谋,曰:'称舍于墓。'师迁焉,曹人凶惧,为其所得者棺而出之,因其凶也而攻之。"①晋军攻打曹国,多有死伤,曹国人把晋军将士的尸体堆放在城上。晋侯很忧虑,"舆人"②即操贱役的吏卒说:军队驻扎到曹国人的墓地上去。曹国人果然害怕了,把晋军的尸体装殓好运送出来,晋军乘曹国人害怕之机发起攻击。先秦时古典规则:"天下县(悬)官法曰:发墓者诛,窃盗者刑。此执政之所司也。"③霸王之兵,"兵至其郊,乃令军师曰:毋伐树木,毋抉坟墓,毋爇五谷,毋焚积聚,毋捕民虏,毋收六畜"④。

又,《左传·僖公三十三年》载:

> (秦师)及滑,郑商人弦高将市于周,遇之。以乘韦先,牛十二犒师,曰:"寡君闻吾子将步师出于敝邑,敢犒从者,不腆敝邑,为从者之淹,居则具一日之积,行则备一夕之卫。"且使遽告郑。⑤

郑国商人在经商途中遇到秦国军队,当得知秦军要去袭击郑国时,便一面派人急速回国报告敌情,一面假装成郑国国君的特使,以四张熟牛皮与十二头牛作为礼物,犒劳秦军。秦军以为郑国已经知道偷袭之事,只好班师返回,使郑国避免了被突袭而灭亡的命运。这是商人的"立言"及爱国行为。

二、指责过失之谤

春秋时期,按照古典规则,"谏"是君王理应接受的。《左传》载:晋灵公不君,士季谏,晋灵公说"吾知所过矣,将改之",但"犹不改",赵盾又谏⑥。又,《左传·宣公九年》载:

> 陈灵公与孔宁、仪行父通于夏姬,皆衷其衵服以戏于朝。泄冶谏曰:"公卿宣淫,民无效焉,且闻不令,君其纳之。"公曰:"吾能

---

① 《春秋左传正义》,见《十三经注疏》,上海:上海古籍出版社,1997年,第1824页上、中。
② 舆人,或为众人,《国语·晋语三》:"惠公入,而背外内之赂。舆人诵之。"韦昭注:"舆,众也。"或为操贱役的吏卒,《左传·昭公四年》:"舆人纳之,隶人藏之。"杜预注:"舆、隶皆贱官。"
③ 《淮南子·泛论训》,见何宁:《淮南子集释》,北京:中华书局,1998年,第976~977页。
④ 《淮南子·兵略训》,见何宁:《淮南子集释》,北京:中华书局,1998年,第1047页。
⑤ 《春秋左传正义》,见《十三经注疏》,上海:上海古籍出版社,1997年,第1833页上。
⑥ "宣公二年",《春秋左传正义》,见《十三经注疏》,上海:上海古籍出版社,1997年,第1867页上。

改矣。"①

陈灵公不管如何不愿意，对"谏"，他还是要说"吾能改矣"的。按照古典规则，对朝政的"谤"也是合理、合法、合情的。我们来看典籍所载对"庶人谤"的意见。先秦前期有"听政"制度，对所有人的"立言"充分重视，《国语·周语上》载："故天子听政，使公卿至于列士献诗，瞽献典，史献书，师箴，瞍赋，蒙（矇）诵，百工谏，庶人传语，近臣尽规，亲戚补察，瞽、史教诲，耆、艾修之，而后王斟酌焉，是以事行而不悖。"韦昭注"庶人传语"："庶人卑贱，见时得失不得达，传以语王也。"②"庶人传语"，庶人的"立言"是通过层层传达才抵达君王之处的。

《国语·晋语六》载赵文子见范文子，范文子曰："而今可以戒矣，夫贤者宠至而益戒，不足者为宠骄。故兴王赏谏臣，逸王罚之。吾闻古之王者，政德既成，又听于民，于是乎使工诵谏于朝，在列者献诗使勿兜，风听胪言于市，辨妖祥于谣，考百事于朝，问谤誉于路，有邪而正之，尽戒之术也。先王疾是骄也。""风听胪言"，韦昭注："风，采也。胪，传也。采听商旅所传善恶之言。"③还要专门"问谤誉于路"。

《战国策·齐一》载齐威王下令："群臣、吏民能面刺寡人之过者，受上赏；上书谏寡人者，受中赏；能谤议于市朝，闻寡人之耳者，受下赏。"④"谤议于市朝"，也在统治阶级的号召之列。

《左传·襄公十四年》载："自王以下，各有父兄子弟，以补察其政。史为书，瞽为诗，工诵箴谏，大夫规诲，士传言，庶人谤，商旅于市，百工献艺。故《夏书》曰：'遒人以木铎徇于路。官师相规，工执艺事以谏。'正月孟春，于是乎有之，谏失常也。"⑤此对"庶人谤"的性质作出总结。"谤"，正面讲是指责别人的过失，反面讲则为诽谤、毁谤。"谤"如果是庶人指责国君的过失，就有充分的合法性、合理性、合情性。"庶人谤"，"以补察其政"是其合法性；"庶人谤"是"各有父兄子弟"之"立言"，故有其合情性；"庶人谤"为"以补察其政""谏失常也"，是其合理性。

---

① 《春秋左传正义》，见《十三经注疏》，上海：上海古籍出版社，1997年，第1874页中、下。
② （先秦）左丘明著，（三国）韦昭注，胡文波校点：《国语》，上海：上海古籍出版社，2015年，第7～8页。
③ （先秦）左丘明著，（三国）韦昭注，胡文波校点：《国语》，上海：上海古籍出版社，2015年，第274～275页。
④ （汉）刘向集录：《战国策》，上海：上海古籍出版社，1985年，第326页。
⑤ 《春秋左传正义》，见《十三经注疏》，上海：上海古籍出版社，1997年，第1958页上、中、下。

《论语·季氏》载孔子曰"天下有道,则礼乐征伐自天下出;天下无道,则礼乐征伐自诸侯出……天下有道,则庶人不议"①,对"庶人谤"的时代性作出某种说明。"天下有道,则庶人不议",那么,天下无道,庶人则议;于是就有"周室衰而王道废,儒、墨乃始列道而议,分徒而讼"②。

社会上"无谤"是政治清明的表现。《国语·晋语九》:"及景子长于公宫,未及教训而嗣立矣,亦能纂修其身以受先业,无谤于国,顺德以学子,择言以教子,择师保以相子。"③

那么,有了"谤言",如何才能"绥谤言"?《吴越春秋》载司马成批评子常,曰:"太傅伍奢,左尹白州犁,邦人莫知其罪,君与王谋诛之,流谤于国,至于今日,其言不绝,诚惑之。盖闻仁者杀人以掩谤者,犹弗为也。今子杀人以兴谤于国,不亦异乎!"此称其受了费无忌的谗言。子常曰:"是囊之罪也,敢不图之!"于是,子常与昭王共诛费无忌,国人乃谤止。④ 这是说,找出"谤"的根由,并消除之,自然"谤止"。又,《国语·齐语》载:桓公要"选其官之贤者而复用之",曰:"有人居我官,有功休德,惟慎端悫以待时,使民以劝,绥谤言,足以补官之不善政。"韦昭注:"绥,止也。"⑤任官而能"绥谤言",也就是在"善政"方面有所作为。

但是,如果强力"弭谤",用权力压制来"弭谤",这是政治恶劣的表现,最著名的事例就是"周厉王弭谤"。《国语·周语上》载:

> 厉王虐,国人谤王。召公告曰:"民不堪命矣!"王怒,得卫巫,使监谤者,以告,则杀之。国人莫敢言,道路以目。王喜,告召公曰:"吾能弭谤矣,乃不敢言。"邵公曰:"是障之也。防民之口,甚于防川。川壅而溃,伤人必多,民亦如之。是故为川者决之使导,为民者宣之使言……民之有口也,犹土之有山川也,财用于是乎出;犹其有原隰之有衍沃也,衣食于是乎生。口之宣言也,善败于是乎兴,行善而备败,所以阜财用,衣食者也。夫民虑之于心而宣之于口,成而行之,胡可壅也?若壅其口,其与能几何?"王弗听,

---

① 《论语注疏》,见《十三经注疏》,上海:上海古籍出版社,1997年,第2521页中。
② 《淮南子·俶真训》,见何宁:《淮南子集释》,北京:中华书局,1998年,第138页。
③ (先秦)左丘明著,(三国)韦昭注,胡文波校点:《国语》,上海:上海古籍出版社,2015年,第330页。
④ 周生春:《吴越春秋辑校汇考》,上海:上海古籍出版社,1997年,第52~53页。
⑤ (先秦)左丘明著,(三国)韦昭注,胡文波校点:《国语》,上海:上海古籍出版社,2015年,第155页。

> 于是国人莫敢出言,三年,乃流王于彘。①

事例流传近三千年,前车之鉴,后人深省。

"谤"与"谏"不同,"谏"是当面提意见,"谤"则是背后议论。《国语·周语上》载"庶人传语",就传播方式来说,"传语"就是传话;庶人"立言"是不会直接到达天子的,是需要"传"的。

三、歌谣表达时政意见

《诗经》所载,述者多矣,此处不赘。现述见他书所载。庶人以歌谣表达对时政的意见,其所言涉及国家政治生活的多个方面。如建言,《左传·僖公二十八年》载:

> 夏四月戊辰,晋侯、宋公、齐国归父、崔夭、秦小子慭次城濮。楚师背酅而舍,晋侯患之,听舆人之诵,曰:"原田每每,舍其旧而新是谋。"(杜预注:"喻晋军美盛,若原田之草每每然,可以谋立新功,不足念旧惠。")公疑焉。②

当年,重耳出亡,得到楚国招待,称如果晋、楚交兵,遇中原,则"辟君三舍";称晋国不必"念旧惠",即此义。此处用比兴的手法,杨伯峻曰:"休耕时,草茂盛,用以为绿肥,'每每'即形容草之盛出。去年已耕种者,今年即不再用,而用其先休耕者,故曰'舍其旧而新是谋'。"③

又如以歌谣"美政"者,《帝王世纪》载帝尧陶唐氏时:

> 作乐《大章》,天下大和,百姓无事,有八十老人击壤于道,观者叹曰:"大哉,帝之德也。"老人曰:"吾日出而作,日入而息,凿井而饮,耕田而食,帝何力于我哉!"④

此为老人直述当前境况,以"帝何力于我哉"而达"天下大和",称赏无为之治。又,《吕氏春秋·期贤》载魏文侯时事:

---

① (先秦)左丘明著,(三国)韦昭注,胡文波校点:《国语》,上海:上海古籍出版社,2015年,第6~7页。
② 《春秋左传正义》,见《十三经注疏》,上海:上海古籍出版社,1997年,第1825页上。
③ 杨伯峻:《春秋左传注》(修订本),北京:中华书局,2016年,第501页。
④ 《帝王世纪》,济南:齐鲁书社,2010年,第13页。

于是君(魏文侯)请相之,段干木不肯受。则君乃致禄百万,而时往馆之。于是国人皆喜,相与诵之曰:"吾君好正,段干木之敬;吾君好忠,段干木之隆。"①

此歌谣为直述,但以小说大,以对段干木的态度称颂魏文侯的"好正""好忠"。《吕氏春秋·乐成》载:邺令史起引漳水灌田,"水已行,民大得其利,相与歌之曰'邺有圣令,时为史公。决漳水,灌邺旁。终古斥卤,生之稻粱'"②。此歌谣直述引漳水灌邺田,民所获利,一直以来的"斥卤(盐碱地)",如今种上了稻谷。《说苑·至公》载:

　　楚令尹子文之族,有干法者,廷理拘之,闻其令尹之族也,而释之。子文召廷理而责之。……(成王)是黜廷理而尊子文,使及内政。国人闻之曰:"若令尹之公也,吾党何忧乎?"乃相与作歌曰:"子文之族,犯国法程。廷理释之,子文不听。恤顾怨萌,方正公平。"③

此歌谣直述令尹子文的"至公"。《说苑·正谏》载:"楚庄王筑层台,延石千重,延壤百里,士有反三月之粮者,大臣谏者七十二人皆死矣。"后诸御己冒生命危险而讽谏成功,楚人歌之曰:"薪乎莱乎?无诸御己,讫无子乎!莱乎薪乎!无诸御己,讫无人乎!"④歌谣是说,难道除了诸御己,就没有别的人能够讽谏成功了吗!

又如"刺"或"谤"的歌谣,《国语·晋语六》载:"古之王者,政德既成,又听于民。"其中有"辨妖祥于谣",韦昭注曰:"行歌曰谣。"⑤关键在"辨",在上位者要从庶人的歌谣"立言"中辨出"妖祥"。《左传·宣公二年》载:宋国华元败归,后监督修葺城墙,城者讴曰:"睅其目,皤其腹,弃甲而复。于思于思,弃甲复来。""睅其目(目大而鼓出),皤其腹(大腹)""于思于思(多须状)"是直述其貌,称其"弃甲"战败。华元使其骖乘谓之曰:"牛则有皮,犀兕尚多,弃甲则那?"称皮甲尚多,"弃甲"又怎么样。役人曰:"从其有皮,丹

---

① (秦)吕不韦:《吕氏春秋》,上海:上海古籍出版社,1989年,第192页上。
② (秦)吕不韦:《吕氏春秋》,上海:上海古籍出版社,1989年,第135页下。
③ (汉)刘向:《说苑》,上海:上海古籍出版社,1990年,第123页下~124页上。
④ (汉)刘向:《说苑》,上海:上海古籍出版社,1990年,第74页下~75页上。
⑤ (先秦)左丘明著,(三国)韦昭注,胡文波校点:《国语》,上海:上海古籍出版社,2015年,第274页。

漆若何?"即纵然有皮甲,哪里去找油漆。华元只好说:躲开他们吧,"夫其口众我寡"①。

庶人歌谣的特点之一即集体式的发言,所谓"口众"。因而,对方是难以抵挡的。《左传·定公十四年》载:"卫侯为夫人南子召宋朝,会于洮……"(宋)野人歌之曰:"既定尔娄猪(母猪,喻南子),盍归吾艾豭(公猪,喻宋朝)。"②意思是:母猪已有了家室,为何还不放过我们漂亮的公猪?其旨在嘲弄卫国。这也是众人之歌。

又如"美刺"对比式的歌谣。《左传·襄公十七年》载:"宋皇国父为大宰,为平公筑台,妨于农功。子罕请俟农功之毕,公弗许。"筑者讴曰:"泽门之晳,实兴我役。邑中之黔,实慰我心。"③"泽门之晳",皇国父住泽门,面孔白晳,因此称之。"邑中之黔",子罕居城内,其色黑,故时呼之。又如《左传·襄公三十年》记载郑国舆人前后吟诵子产的两首歌谣,一刺一美,先刺后美:

> (子产)从政一年,舆人诵之,曰:"取我衣冠而褚之,取我田畴而伍之。孰杀子产,吾其与之!"及三年,又诵之,曰:"我有子弟,子产诲之。我有田畴,子产殖之。子产而死,谁其嗣之?"④

又如《孔丛子·陈士义》载鲁人前后吟诵孔子的两首歌谣,一谤一美,先谤后美:

> 先君初相鲁,鲁人谤诵曰:"麛裘而韠,投之无戾。韠之麛裘,投之无邮。"及三月,政成化既行,民又作诵曰:"衮衣章甫,实获我所。章甫衮衣,惠我无私。"⑤

前者的意思为:穿着鹿裘豪华衣,投他入狱没问题;穿着豪华鹿裘衣,抓他起来没过失。此是孔子初为鲁相时百姓的谤诵。三年后他政绩突出,百姓又歌颂道:穿礼服,戴高帽,我们的心事他想到;戴高帽,穿礼服,恩惠百姓不为己。此为美颂。

---

① 《春秋左传正义》,见《十三经注疏》,上海:上海古籍出版社,1997年,第1866页下。
② 《春秋左传正义》,见《十三经注疏》,上海:上海古籍出版社,1997年,第2151页下。
③ 《春秋左传正义》,见《十三经注疏》,上海:上海古籍出版社,1997年,第1964页上。
④ 《春秋左传正义》,见《十三经注疏》,上海:上海古籍出版社,1997年,第2014页上。
⑤ 傅亚庶:《孔丛子校释》,北京:中华书局,2011年,第333页。

庶人歌谣多因对时事作出判断而发表意见。如《左传·昭公十二年》载：鲁国季氏的家臣南蒯将叛，"其乡人或知之，过之而叹，且言曰：'恤恤（忧愁）乎，湫（愁）乎攸乎！深思而浅谋，迩身而远志，家臣而君图，有人矣哉！'"称南蒯不是成事的人才。"乡人或歌之曰：'我有圃，生之杞乎！从我者子乎，去我者鄙乎，倍其邻者耻乎！已乎已乎，非吾党之士乎！'"①前两句比兴，杞本应生水旁，却生菜地里，比喻南蒯举事不宜；后五句以南蒯非"吾党之士"表达对其举事的反对。《左传·哀公五年》载：齐景公卒，诸公子逃离莱地，莱人歌之曰："景公死乎不与埋，三军之事乎不与谋。师乎师乎，何党之乎？"②哀诸公子流离失所。《左传·哀公二十一年》载：齐侯与鲁哀公会盟，齐人责怪鲁国只知拘泥《儒书》"非天子，寡君无所稽首"而不答齐侯稽首之礼，使齐、邾二国远来而不以礼待之，歌之曰："鲁人之皋（咎），数年不觉，使我高蹈（远行）。唯其《儒书》，以为二国（齐、鲁）忧。"③

又，通过歌谣可判断民意。《韩非子·外储说右上》载：

  景公与晏子游于少海，登柏寝之台而还望其国，曰："美哉！泱泱乎，堂堂乎！后世将孰有此？"晏子对曰："其田成氏乎！"景公曰："寡人有此国也，而曰田成氏有之，何也？"晏子对曰："夫田成氏甚得齐民。……故周秦之民相与歌之曰：'讴乎，其已乎！苞乎，其往归田成子乎！'《诗》曰：'虽无德与女，式歌且舞。'今田成氏之德而民之歌舞，民德归之矣。故曰：'其田成氏乎！'"④

晏子从歌谣知晓田成氏收买人心而"甚得齐民"，并判断齐景公的政权将不长保，又引歌谣来支持自己的判断。

庶人歌谣或有谶意。《战国策·齐六》载：

  秦使陈驰诱齐王内之，约与五百里之地。齐王不听即墨大夫而听陈驰，遂入秦。处之共松柏之间，饿而死。先是齐为之歌曰："松邪！柏邪！住建，共者客耶？"⑤

---

① 《春秋左传正义》，见《十三经注疏》，上海：上海古籍出版社，1997年，第2063页上、中、下。
② 《春秋左传正义》，见《十三经注疏》，上海：上海古籍出版社，1997年，第2159页上、中。
③ 《春秋左传正义》，见《十三经注疏》，上海：上海古籍出版社，1997年，第2181页上。
④ 陈奇猷校注：《韩非子集释》，上海：上海人民出版社，1974年，第716页。
⑤ （汉）刘向集录：《战国策》，上海：上海古籍出版社，1985年，第475页。

所谓"先是"云云,指事先就有歌谣吟咏此事,这就是谶的意味,预言吉凶。

《文心雕龙·颂赞》称庶人歌谣曰:"夫民各有心,勿壅惟口。晋舆之称'原田',鲁民之刺'裘鞸',直言不咏,短辞以讽,丘明、子高,并谓为颂,斯则野颂(诵)之变体,浸被乎人事矣。"①庶人身微言轻,故为歌谣的集体发声,而"谏""谤"的合法性,令庶人歌谣亦具合法性、合理性、合情性。这些庶人歌谣与乐不同,"乐"以声为用,而庶人歌谣则以义为用。既然是歌谣,就具有歌谣的一般性质,即多比兴手法的运用,但在情与意的抒发与表达上,是清清楚楚的。

歌谣是庶人对正在发生的事件发表的意见,而且,我们上述所举例的歌谣都是伴随着事件出现的,歌谣是正在发生的事件中的一环。因此,歌谣具有充分的情感表达。从以上所述看,歌谣歌颂乃至"谏""谤",往往是可以直述的,直接表达情感更为痛快淋漓。刘勰《文心雕龙·书记》称:"万民达志,则有状、列、辞、谚。""谚者,直语也。丧言亦不及文,故吊亦称谚。廛路浅言,有实无华。"②"直语""有实无华"是其显著特点。

---

① (南朝梁)刘勰著,詹锳义证:《文心雕龙义证》,上海:上海古籍出版社,1989年,第319页。
② (南朝梁)刘勰著,詹锳义证:《文心雕龙义证》,上海:上海古籍出版社,1989年,第942、966页。

第五章　赋家"立言"论

王国维称一代有一代之文学,汉代即为"赋"。赋为我国早期文学的代表性文体,汉赋在兴盛时期的最大特点,就是"润色鸿业"的颂美,其文体最大的炫人眼目之处就是"铺采摛文"。但是赋最早出现于诸子的"立言"中,是以"讽喻"为目的的,虽说是用以"体物写志",但却是政论话语。赋,怎样从政论话语的"立言"走向了文学话语的"立言"？先秦赋家的创作,给我们展示了其辉煌的历程。

第一节　荀子以论辩"立言"

关于赋的形成与兴起,《文心雕龙·诠赋》这样说:

> 然则赋也者,受命于诗人,而拓宇于《楚辞》也。于是荀况《礼》《智》,宋玉《风》《钓》,爰锡名号,与诗画境,六义附庸,蔚成大国。①

其中提到荀子的赋作,称荀子亦是辞赋创作的先驱。

荀子的赋作,《汉书·艺文志》著录十篇。今《荀子·赋篇》有七:《礼》《智》《云》《蚕》《箴》五篇,此为一类;又有《佹诗》与《在赵遗春申君赋》,此为一类。《荀子》又有《成相》,若以"请成相"三字开头来分章,可作三篇赋,此为一类。② 总共为十篇三类。以下试析之。

一、说唱体

"成相",中国先秦民间说唱艺术,是一种公共演出。"相"是一种击节乐器,郑玄注《礼记·曲礼上》"邻有丧,舂不相",曰:"相谓送杵声。"③其形

---

① (南朝梁)刘勰著,詹锳义证:《文心雕龙义证》,上海:上海古籍出版社,1989年,第274、277页。
② 马积高:《赋史》,上海:上海古籍出版社,1987年,第49页。
③ 《礼记正义》,见《十三经注疏》,上海:上海古籍出版社,1997年,第1249页中。

制有两说：一说为舂杵；另一说为搏拊，以手拊拍。其演唱方式，或是以手拊拍以配合说唱，或是古代舂米时所唱，如史有"戚夫人舂且歌"的记载①。《汉书·艺文志》著录《成相杂辞》十一卷，王应麟称："相者，助也。举重劝力之歌，史所谓五羖大夫死而舂者不相杵是也。"②《荀子·成相篇》的文体字句排列整齐，换韵有一定的规律，每节都是"三三七四七"的文字格式。荀子主要从两方面来宣传自己的主张：一是民间普遍性经验；二是历史经验。前者如：

> 治之经，礼与刑，君子以修百姓宁。明德慎罚，国家既治四海平。
>
> 治之志，后执富，君子诚之好以待，处之敦固，有深藏之能远思。

后者如：

> 请成相，道圣王，尧、舜尚贤身辞让。许由、善卷，重义轻利行显明。
>
> 尧让贤，以为民，泛利兼爱德施均。辨治上下，贵贱有等明君臣。③

这些韵文既没有叙述故事，又没有散文说白，应该是说唱的文本，不能算真正的说唱；但作者要用这种通俗的文艺形式来阐发他的政治观点，内容明白易懂，读起来朗朗上口，可说是不可多得的通俗文艺作品。先秦诸子虽然以理论性著称，但在其著述中又加入了大众喜闻乐见的"吟唱"文体，看中了"口出以为言"的宣传形式。《荀子·成相篇》载荀况用"口出以为言"的方法著书，以求利于更广大的世俗群众的接受，便是以民间说唱艺术宣传自己政治主张的实例。班固《两都赋序》："不歌而诵谓之赋。"如果"成相"算作赋的话，这就成为文体从"诗"的唱走向"赋"的"不歌而诵"中的某个环节，是又说又歌的，但这是民间形式，非文人创作。

---

① （汉）班固：《汉书·外戚传》，北京：中华书局，1962年，第3937页。
② 陈国庆编：《汉书艺文志注释汇编》引，北京：中华书局，1983年，第177页。
③ （清）王先谦撰，沈啸寰、王星贤点校：《荀子集解》，北京：中华书局，1988年，第461~462页。

二、"佹诗"及"小歌"

《荀子·赋篇》载"佹诗"及"小歌":

> 天下不治,请陈佹诗:天地易位,四时易乡。列星殒坠,旦暮晦盲。幽晦登昭,日月下藏。公正无私,反见从横。志爱公利,重楼疏堂。无私罪人,憼革贰兵。道德纯备,谗口将将。仁人绌约,敖暴擅强。天下幽险,恐失世英。螭龙为蝘蜓,鸱枭为凤皇。比干见刳,孔子拘匡。昭昭乎其知之明也,郁郁乎其遇时之不祥也,拂乎其欲礼义之大行也,暗乎天下之晦盲也。皓天不复,忧无疆也。千岁必反,古之常也。弟子勉学,天不忘也。圣人共手,时几将矣。与愚以疑,愿闻反辞。其《小歌》曰:念彼远方,何其塞矣!仁人绌约,暴人衍矣。忠臣危殆,谗人服矣。
>
> 琁、玉、瑶、珠,不知佩也。杂布与锦,不知异也。闾娵、子奢,莫之媒也。嫫母、力父,是之喜也。以盲为明,以聋为聪,以危为安,以吉为凶。呜呼上天,曷维其同!①

在《赋篇》中有诗又有歌,可以从早期称作"赋"或诗作为"赋"的作品中得到印证。当说"赋者,古诗之流也"时,从某种意义上看,诗就是赋,赋就是诗。而文末附有"歌",则成为赋的一般格式。在屈原的作品中,《离骚》篇末有"乱曰";《九章·抽思》篇末"少歌曰""倡曰""乱曰"三者连用,等等。宋玉的赋作中,诗、歌则为赋中主人公所为。杨倞注"佹诗"曰:"荀卿请陈佹异激切之诗,言天下不治之意也。"②"佹异激切"不但表现在"言天下不治"的作品内容上,还应该表现在形式上,既是赋,也有诗,又有歌,当是新文体创制时期某种尝试的努力。

三、"客说春申君"的文体形式意味

《战国策·楚四》载"客说春申君":

> 客说春申君曰:"汤以亳,武王以鄗,皆不过百里,以有天下。

---

① (清)王先谦撰,沈啸寰、王星贤点校:《荀子集解》,北京:中华书局,1988年,第480～484页。

② (清)王先谦撰,沈啸寰、王星贤点校:《荀子集解》,北京:中华书局,1988年,第480页。

今孙子(荀卿),天下贤人也,君籍之以百里势,臣窃以为不便于君,何如?"春申君曰:"善。"是使人谢孙子。孙子去之赵,赵以为上卿。

客又说春申君曰:"昔伊尹去夏入殷,殷王而夏亡;管仲去鲁入齐,鲁弱而齐强。夫贤者之所在,其君未尝不尊,国未尝不荣也。今孙子,天下贤人也,君何辞之?"春申君又曰:"善。"于是使人请孙子赵。

上述两段是正反两方面的论证:先是客论说荀卿虽为"天下贤人",但"不便于君",于是春申君令荀卿离开楚国;接着客又论说荀卿为"天下贤人",不能"辞之",于是春申君请荀卿回到楚国。鲍彪曰:"春申君之愚昏甚矣!人惟不知贤,故不能用。岂有知之,以一人言去之,又以一人言召之,其持操安在也?"于是就有以下的荀卿拒绝:

孙子为书谢曰:"'疠人怜王',此不恭之语也。虽然,不可不审察也。此为劫弑死亡之主言也。夫人主年少而矜材,无法术以知奸,则大臣主断国私以禁诛己也,故弑贤长而立幼弱,废正適而立不义。《春秋》戒之曰:'楚王子围聘于郑,未出竟,闻王病,反问疾,遂以冠缨绞王,杀之,因自立也。齐崔杼之妻美,庄公通之。崔杼帅其君党而攻。庄公请与分国,崔杼不许;欲自刃于庙,崔杼不许。庄公走出,逾于外墙,射中其股,遂杀之,而立其弟景公。'近代所见:李兑用赵,饿主父于沙丘,百日而杀之;淖齿用齐,擢闵王之筋,县于其庙梁,宿夕而死。夫厉虽痈肿胞疾,上比前世,未至绞缨射股;下比近代,未至擢筋而饿死也。夫劫弑死亡之主也,心之忧劳,形之困苦,必甚于疠矣。由此观之,疠虽怜王可也。"因为赋曰:"宝珍隋珠,不知佩兮;袆布与丝,不知异兮;间妹子奢,莫知媒兮。嫫母求之,又甚喜之兮。以瞽为明,以聋为聪,以是为非,以吉为凶。呜呼上天,曷惟其同!"①

荀卿回绝春申君之书,先是引用史实的叙说,即《春秋》之诫,有楚王子围的自立、崔杼的立景公;"近代所见",有"李兑用赵""淖齿用齐"所招致的赵主父、齐闵王之死。继而"因为赋曰"中,铺陈意味甚重,有"不知佩兮""不知

---

① (汉)刘向集录:《战国策》,上海:上海古籍出版社,1985年,第565~567页。

异兮""莫知媒兮"的铺陈,又有"以瞽为明,以聋为聪,以是为非,以吉为凶"的铺陈,反复叙说对方的不明事理。

上述所引,首先是"说"体,其次是问答体,此二者本是诸子学说文本的通用体例,并不奇怪。但这里呈现的是一种综合的"说"体、问答体,显示出文体的某种探索意味。先是客与春申君问答,这是"口出以为言"的形式;再是荀子答春申君,成为"为书谢曰"的"笔书以为文"的形式。而且,荀子在答春申君之辞中,先引《春秋》所载之事为论据,又引出"因为赋曰",这是新文体"赋"的创制。与后世标准的赋如司马相如的《子虚》《上林》赋作比较,后者也是子虚、乌有、亡是公三人的对话,其差别就在于答春申君之辞中有"因为赋曰"几个字。如果没有这几个字,整个"客说春申君"就可以算作"赋",且把"因为赋曰"改为"因为歌曰",这便是赋中有"歌"的形式。

四、《赋篇》五赋

《荀子·赋篇》有赋五篇,此录第一篇:

> 爰有大物,非丝非帛,文理成章。非日非月,为天下明。生者以寿,死者以葬。城郭以固,三军以强。粹而王,驳而伯,无一焉而亡。臣愚不识,敢请之王。王曰:此夫文而不采者与?简然易知而致有理者与?君子所敬而小人所不者与?性不得则若禽兽,性得之则甚雅似者与?匹夫隆之则为圣人,诸侯隆之则一四海者与?致明而约,甚顺而体,请归之礼。①

这是隐语的格式。隐语的特点即暗示。用什么来暗示?用别的词语来替代本意。那么,别的词语一定要说够,这就是铺叙,以铺叙某种事物的各方面特点来暗示。我们来看此文中的暗示:"文理成章"是否与"礼"有关?"为天下明"是否与"礼"有关?"以寿""以葬"是否与"礼"有关?"以固""以强"是否与"礼"有关?"王""伯(霸)"是否与"礼"有关?答案是肯定的。以下王的回答中的"文""理""君子""性""圣人""一四海"以及"致明而约,甚顺而体",其指向都是"礼"。用了这么多别的词语对某个事物进行平行化的叙说,通过事物的特征来展示事物、认识事物,这就是铺叙的力量。郑玄

---

① (清)王先谦撰,沈啸寰、王星贤点校:《荀子集解》,北京:中华书局,1988年,第472~473页。

注《周礼·大师》，曰："赋之言铺，直铺陈今之政教善恶。"①刘熙《释名·释典艺》："敷布其义谓之赋。"②铺叙在某种程度上可谓"赋"的代名词。

五、荀子"立言"的创造力

诸子文体的基本格式为论辩，而荀子此处所运用的，或是赋这一文体的基本格式，如与赋相类的"诗"体、"客说春申君"的问答体、文中有"歌"、铺叙体等，或是从"诗"的唱走向"赋"的诵的某个环节。荀子以新的文体形式扩充自己的子学著述，其"立言"有着充分的创新性，最终促进并成全了新的文体——赋的诞生与成熟。

从荀子的生活年代看，他稍晚于屈原而稍早于宋玉。屈原以楚地文体作《离骚》等作品；荀子曾三次担任齐国稷下学宫的祭酒，后入楚，两度出任楚兰陵令，晚年蛰居兰陵著书立说。荀子接受楚文化与楚文学的传统，并加以改进，在屈原作品的基础上，其作品已有更多的"赋"体因素，令"赋"体由初创逐步走向成熟，这就是作为诸子之一的荀子"立言"创新的文学史意义。而其后宋玉的创作而定型，则是从屈原、荀子而来，均所谓赋者"拓宇'楚辞'也"。

第二节　屈原以辞赋"立言"

孔颖达解释《左传》"立言不朽"，曰：

> 立言，谓言得其要，理足可传，记传称史佚有言，《论语》称周任有言，及此臧文仲既没，其言存立于世，皆其身既没，其言尚存，故服、杜皆以史佚、周任、臧文仲当之，言如此之类，乃是立言也。老、庄、荀、孟、管、晏、杨、墨、孙、吴之徒，制作子书，屈原、宋玉、贾谊、杨雄、马迁、班固以后，撰集史传及制作文章，使后世学习，皆是立言者也。③

此处述说屈原"制作文章"的"立言"。

---

① 《周礼注疏》，见《十三经注疏》，上海：上海古籍出版社，1997年，第796页上。
② 任继昉纂：《释名汇校》，济南：齐鲁书社，2006年，第340页。
③ "襄公二十四年"，《春秋左传正义》，见《十三经注疏》，上海：上海古籍出版社，1997年，第1979页中。

一、辞赋"立言"

先秦文人的才华表现为纵横之策的"立言",表现为诸子百家的著书立说。荀子的"立言"著述,已有不同于诸子"立言"论辩的文体;而屈原的"立言",则完全不同于诸子"立言"的论辩文体,开辟了"立言"新的文体形式。此即所谓以辞赋而"立言"。

司马迁论屈原的"立言":

> 屈平疾王听之不聪也,谗谄之蔽明也,邪曲之害公也,方正之不容也,故忧愁幽思而作《离骚》。离骚者,犹离忧也。夫天者,人之始也;父母者,人之本也。人穷则反本,故劳苦倦极,未尝不呼天也;疾痛惨怛,未尝不呼父母也。屈平正道直行,竭忠尽智以事其君,谗人间之,可谓穷矣。信而见疑,忠而被谤,能无怨乎?屈平之作《离骚》,盖自怨生也。①

"盖自怨生也",一句话确定了《离骚》创作的自我情感抒发性质。屈原为什么"怨"?所谓"疾王听之不聪也,谗谄之蔽明也,邪曲之害公也,方正之不容也",即完全是为了国家的"正道直行,竭忠尽智"。

班固《离骚序》称屈原"责数怀王,怨恶椒、兰,愁神苦思,强非其人,忿怼不容,沈江而死,亦贬絜狂狷景行之士",但又称其"文弘博丽雅,为辞赋宗,后世莫不斟酌其英华,则象其从容"②。"始楚贤臣屈原被谗放流,作《离骚》诸赋以自伤悼。后有宋玉、唐勒之属慕而述之,皆以显名"③,班固点出屈原创作是以"自伤悼",是因为自己的爱国理想、强国愿望没有实现而"伤悼",并非为自身而"伤悼"。班固称士人以文人创作的祖师——屈原为榜样进行创作,那是可以"显名"的,是"立言不朽"。这就是说,以"伤悼"之类的抒情也可以"显名"而"立言不朽"。东汉时王逸说"屈原执履忠贞,而被谗邪,忧心烦乱,不知所诉,乃作《离骚经》。离,别也;骚,愁也;经,径也。言以放逐离别,中心愁思,犹依道径以风谏君也"④,也确定其撰作以"执履忠贞"不能实现而"忧心烦乱""中心愁思"的抒情性质。司马迁之前

---

① (汉)司马迁:《史记·屈原贾生列传》,北京:中华书局,1982年,第2482页。
② (宋)洪兴祖:《楚辞补注》,北京:中华书局,1983年,第49～50页。
③ (汉)班固:《汉书·地理志》,北京:中华书局,1962年,第1668页。
④ (宋)洪兴祖:《楚辞补注》,北京:中华书局,1983年,第2页。

孔子称"诗可以怨",司马迁之后钟嵘《诗品》称"离群托诗以怨","盖自怨生也"及"自伤悼"成为诗歌"立言"的重要性质之一。但是,孔子的"诗可以怨"与钟嵘的"离群托诗以怨"只是概括化的意义,自然不能与屈原之"怨"相比,屈原是因为不能实现为国家的"正道直行,竭忠尽智"而"怨"。

《毛诗序》曰:"诗者,志之所之也,在心为志,发言为诗,情动于中而形于言,言之不足故嗟叹,嗟叹之不足故永歌之,永歌之不足,不知手之舞之,足之蹈之也。"①抒情类作品的传世与吟咏者的"立言不朽",部分是依靠采诗之官,"《书》曰:'诗言志,歌咏言。'故哀乐之心感,而歌咏之声发。诵其言谓之诗,咏其声谓之歌。故古有采诗之官,王者所以观风俗,知得失,自考正也"。② 屈原"立言不朽",完全是因为其"立言"的爱国主义情怀。

《周书·王褒庾信传论》曰:

> 逮乎两周道丧,七十义乖。淹中、稷下,八儒三墨,辩博之论蜂起;漆园、黍谷,名法兵农,宏放之词雾集。虽雅诰奥义,或未尽善,考其所长,盖贤达之源流也。其后逐臣屈平,作《离骚》以叙志,宏才艳发,有恻隐之美。宋玉,南国词人,追逸辔而亚其迹。③

其称屈原以前"文"的表达为"辩博之论""宏放之词",为"贤达之源流",为诸子之论;而屈原为"文",如其《悲回风》中所言"介眇志之所惑兮,窃赋诗之所明",则是自己创作诗歌以"叙志""恻隐"。比起春秋时期文人普遍流行的"赋诗言志"——以《诗经》的诗句来"言志",楚国的屈原则是以自我作品来"言志",屈原作品为文人抒发情志的起始,确实如此。就此而言,屈原在诗歌史上的作用是无与伦比的,值得文士的崇拜,更值得作为文士的榜样。自屈原始,诗人自抒其情的"立言",也被纳入"立言不朽"的行列。

事实也是如此,先秦的各种史籍不见屈原记载,或许因为屈原及其作品当时只在楚地流传;再加上"秦既得意,烧天下诗书,诸侯史记尤甚,为其有所刺讥也"④,屈原记载更不见流传。追溯其原因,首推楚国统治阶层对

---

① 《毛诗正义》,见《十三经注疏》,上海:上海古籍出版社,1997年,第269页下~270页上。
② (汉)班固:《汉书·艺文志》,北京:中华书局,1962年,第1708页。
③ (唐)令狐德棻等:《周书》,北京:中华书局,1971年,第742~743页。
④ (汉)司马迁:《史记·六国年表》,北京:中华书局,1982年,第686页。

屈原的不认同。看《史记·屈原贾生列传》①,满篇是"王怒而疏屈平""屈平既绌""令尹子兰闻之大怒,卒使上官大夫短屈原于顷襄王,顷襄王怒而迁之"之类。《襄阳耆旧传》载:"宋玉识音而善文,襄王好乐而爱赋,既美其才,而憎其似屈原也。"②楚王对屈原的不满还连累了宋玉。《离骚叙》云"其后周室衰微,战国并争,道德陵迟,谲诈萌生。于是杨、墨、邹、孟、孙、韩之徒,各以所知著造传记,或以述古,或以明世。而屈原履忠被谮,忧悲愁思,独依诗人之义而作《离骚》,上以讽谏,下以自慰。遭时暗乱,不见省纳"③,称屈原"上以讽谏,下以自慰"之作不如诸子"或以述古,或以明世"之作合乎时宜,所以"不见省纳",既不被楚国君王"省纳",也不被战国时其他君王"省纳"。郭建勋说:"在汉王朝建立以前,屈原的辞作主要在楚地的范围内发生影响,其流传主要是通过非官方的渠道,以口耳相传的方式在民间进行的。"④不过,屈原及其作品自汉代起广泛流传,屈原"立言不朽"。

屈原"不朽",是通过汉代文人弘扬屈原精神的"立言"来实现的,有以下三种方式。

二、招魂:祈祷式话语与屈原精神的早期宣扬

弘扬屈原精神的"立言"之一,是祈祷式话语的运用。屈原生前就受到世人的崇敬,宋玉作《招魂》,王逸称这是为屈原招魂,"招者,召也。以手曰招,以言曰召。魂者,身之精也。宋玉怜哀屈原,忠而斥弃,愁懑山泽,魂魄放佚,厥命将落,故作《招魂》欲以复其精神,延其年寿"⑤,"怜哀"成为其情感基调。《招魂》起首为假托屈原自叙:

> 朕幼清以廉洁兮,身服义而未沫。主此盛德兮,牵于俗而芜秽。上无所考此盛德兮,长离殃而愁苦。

屈原自称"廉洁""服义"而君上却不察此"盛德",让自己遭罹殃愁;这是讲招魂仪式的必要性在于屈原有着高洁的品质。接着是天帝与巫阳的对话:

---

① (汉)司马迁:《史记·屈原贾生列传》,北京:中华书局,1982年,第2481~2504页。以下简称《屈原贾生列传》,出自此传者,不再出注。
② (唐)欧阳询:《艺文类聚》,上海:上海古籍出版社,1982年,第771页。
③ (宋)洪兴祖:《楚辞补注》,北京:中华书局,1983年,第48页。
④ 郭建勋:《汉魏六朝骚体文学研究》,长沙:湖南教育出版社,1997年,第21页。
⑤ (宋)洪兴祖:《楚辞补注》,北京:中华书局,1983年,第197页。

> 帝告巫阳,曰:"有人在下,我欲辅之。魂魄离散,汝筮予之。"
> 巫阳对曰:"掌梦,上帝其难从!若必筮予之,恐后之谢,不能复用
> 巫阳焉。"

天帝知道屈子魂魄离散,命巫阳用筮法占卜屈子灵魂所在。巫阳则说:我掌梦司,你却让我卜筮屈子之魂在何处,我难以听从,况卜筮了再去招魂,恐已迟误。于是天帝让他径直去招屈子之魂。这是讲招魂仪式的合理性在于巫阳是招魂的专司,其神圣性又在于此为天帝委派。《招魂》"乱曰":

> 献岁发春兮,汩吾南征。菉蘋齐叶兮,白芷生。路贯庐江兮,
> 左长薄。倚沼畦瀛兮,遥望博。青骊结驷兮,齐千乘。悬火延起
> 兮,玄颜蒸。步及骤处兮,诱骋先。抑鹜若通兮,引车右还。与王
> 趋梦兮,课后先。君王亲发兮,惮青兕。朱明承夜兮,时不可以
> 淹。皋兰被径兮,斯路渐。湛湛江水兮,上有枫。目极千里兮,伤
> 春心。魂兮归来,哀江南!

祈祷屈子之魂归来,陪侍楚王,竭忠尽智;把向屈原表达"怜哀"、崇敬并"尽爱以致祷",提升到忠于楚国的高度,对招魂的正当性作出说明。

楚人重祭祀,楚地民间"其俗信鬼而好祠",屈原《九歌》,也是"上陈事神之敬,下见己之冤结,托之以风谏"的"祭祀之礼"的"歌舞之乐"。《招魂》的祈祷式话语,即是承袭屈原的"行义""文采"而来。《楚辞》有《大招》,或非屈原所作,然王逸称《大招》确为屈原所作:

> 屈原放流九年,忧思烦乱,精神越散,与形离别,恐命将终,所
> 行不遂,故愤然大招其魂,盛称楚国之乐,崇怀、襄之德,以比三
> 王,能任用贤,公卿明察(一无明字),能荐举人,宜辅佐之,以兴至
> 治,因以风谏,达己之志也。①

古代楚辞学者晁补之、黄文焕、林云铭、姚培谦、吴世尚、屈复、顾成天、周中孚、陈本礼,和当代楚辞学者孙作云、陈子展、殷光熹、赵逵夫、吴广平等都认为《大招》的作者是屈原;但无论谁作,此为招楚怀王之魂而作则无疑。《大招》竭力渲染四方如何可怕,家国如何可爱,以诱导和呼唤楚怀王之魂

---

① (宋)洪兴祖:《楚辞补注》,北京:中华书局,1983年,第216页。

回归。回来干什么？即王逸所称"崇怀、襄之德,以比三王,能任用贤,公卿明察,能荐举人,宜辅佐之,以兴至治",王逸也称《招魂》"外陈四方之恶,内崇楚国之美,以讽刺怀王,冀其觉悟而还之也";朱熹称,这是一种"尽爱之道而有祷祠之心"的祈祷式话语①。屈原祈祷楚怀王之魂归来,宋玉祈祷屈原之魂归来,都是在称说家国情怀,要励精图治,振兴楚国。屈原本人以"招魂"弘扬爱国精神而创作作品;宋玉作为屈原的弟子,也运用如此文字来宣扬屈原的爱国精神、家国情怀,以天帝、君王与屈原本人都认同的仪式化话语来表达对屈原的崇敬。

宋玉承袭屈原而作的《招魂》,突出了屈原精神中的家国情怀。"魂兮归来""何为四方些？""东方不可以托些""南方不可以止些""西方之害,流沙千里些""北方不可以止些""君无上天些""君无下此幽都些",魂归何处？只有回归家国。屈原《橘颂》自称"受命不迁,生南国兮",回归家国为什么？《离骚》称为"长太息以掩涕兮,哀民生之多艰"。

"招"的仪式在汉代有所延续。所谓"以章其志也",其意味重在向屈原"魂归家国"表达崇敬,这就是淮南小山的《招隐士》。王逸曰：

> 小山之徒闵伤屈原,又怪其文升天乘云,役使百神,似若仙者,虽身沈没,名德显闻,与隐处山泽无异,故作《招隐士》之赋,以章其志也。②

这个仪式,是招屈原之魂从"身沈没"之处归来,只因"身沈没""与隐处山泽无异",故称为"招隐士"。朱熹曰："说者以为亦托意以招屈原也。"③回归何处？"王孙兮归来,山中兮不可以久留",还是要回归家国的。

三、吊文：实地仪式与再现苦难式话语

弘扬屈原精神的"立言"之二,是再现苦难式话语的运用,苦难是其情感基调。先秦的各种史籍不见屈原记载,前文已对其原因作过讨论,此不多述。

屈原及其作品在汉王朝的流传,据今所见材料,最早是贾谊的介绍。《屈原贾生列传》载："自屈原沈汨罗后百有余年,汉有贾生,为长沙王太傅,

---

① （宋）朱熹：《楚辞集注》,上海：上海古籍出版社,1979年,第133页。
② （宋）洪兴祖：《楚辞补注》,北京：中华书局,1983年,第232页。
③ （宋）朱熹：《楚辞集注》,上海：上海古籍出版社,1979年,第167页。

过湘水,投书以吊屈原。"其《吊屈原赋》称:"共承嘉惠兮,俟罪长沙。侧闻屈原兮,自沈汨罗。造托湘流兮,敬吊先生!""侧闻"一作"仄闻",都是听说的意思,也就是说,贾谊作为中原人士到了长沙,才对屈原有了深切的了解。《屈原贾生列传》又载:"后岁余,贾生征见。孝文帝方受釐,坐宣室。上因感鬼神事,而问鬼神之本。贾生因具道所以然之状。至夜半,文帝前席。既罢,曰:'吾久不见贾生,自以为过之,今不及也。'"贾谊向文帝汇报长沙见闻,其中不可能不说起屈原。是贾谊令屈原文化在中原得以广泛传播。贬谪文人的文化传播作用,一是把中心地区的先进文化传播到边远地区,二是以其在先进文化地区培育出来的文化底蕴以及敏锐的眼光,发掘、发现边远地区的特质文化乃至某些先进文化,把它传播到中心地区。贾谊祭吊屈原与介绍屈原,成为屈原盛名在汉代传播的起点。

屈原在《离骚》中称:"众女嫉余之蛾眉兮,谣诼谓余以善淫。固时俗之工巧兮,偭规矩而改错。背绳墨以追曲兮,竞周容以为度。忳郁邑余侘傺兮,吾独穷困乎此时也!宁溘死以流亡兮,余不忍为此态也!……既莫足与为美政兮,吾将从彭咸之所居。"①《吊屈原赋》则檃栝屈原的遭遇,"遭世罔极兮,乃陨厥身。呜呼哀哉兮,逢时不祥",再现屈原遭受的苦难以突出其不与恶势力妥协的精神。颜延之《祭屈原文》称:"曰若先生,逢辰之缺。温风怠时,飞霜急节。赢芈遘纷,昭怀不端;谋折仪尚,贞蔑椒兰。身绝郢阙,迹遍湘干。"②世人的祭吊之文,也大都是檃栝屈原生平中最不幸的那一面,歌颂其永不低头的高尚。"古之祭祀,止于告飨而已;中世以还,兼赞言行,以寓哀伤之意,盖祝文之变也"③,以称说人物的精神面貌来表达哀伤之意,世人祭吊屈原之文充分表现此意。

贾谊听闻屈原事迹并参与了楚地的吊祭屈原活动才写下《吊屈原赋》,明确了祭吊屈原的仪式。一是要到"屈原所自沈渊"之地实地吊拜屈原,如此行为引起人们的关注与效仿,如《屈原贾生列传》载司马迁所说"适长沙,观屈原所自沈渊,未尝不垂涕,想见其为人。及见贾生吊之",即到长沙去,是要凭吊屈原自沉之处的,还要观览前人的凭吊之文。甚至邓荣自称"愿赴湘、沅之波,从屈原之悲"④,欲在屈原投江之处以从屈原。二是"投书以

---

① (宋)洪兴祖:《楚辞补注》,北京:中华书局,1983年,第14~47页。
② (南朝梁)沈约:《宋书·颜延之列传》,北京:中华书局,1974年,第1892页。
③ (明)徐师曾:《文体明辨序说》,北京:人民文学出版社,1962年,第154页。
④ (南朝宋)范晔:《后汉书·邓荣传》,北京:中华书局,1965年,第631页。

吊屈原",重要的是要有"吊文",贾谊是这样做的,很多人也是这样做的。《水经注》载:"汨水又西为屈潭,即汨罗渊也,屈原怀沙,自沈于此,故渊潭以屈为名。昔贾谊、史迁,皆尝径此,舣楫江波,投吊于渊。"①此称司马迁也有"投吊于渊"的行为。又如梁竦,"坐兄松事,与弟恭俱徙九真。既祖南土,历江、湖、济沅、湘,感悼子胥、屈原以非辜沈身,乃作《悼骚赋》,系玄石而沈之"②。又如颜延之出为始安太守,"道经汨潭,为湘州刺史张邵祭屈原文以致其意"③,其《祭屈原文》称:"访怀沙之渊,得捐佩之浦。弭节罗潭,舣舟汨渚。"唐代柳宗元《吊屈原文》称:"后先生盖千祀兮,余再逐而浮湘。求先生之汨罗兮,揽蘅若以荐芳。"④此皆到汨罗而致吊文之例。不能亲到汨罗,则改换仪式地点,投书江流。如扬雄"又怪屈原文过相如,至不容,作《离骚》自投江而死,悲其文,读之未尝不流涕也","乃作书,往往摭《离骚》文而反之,自岷山投诸江流以吊屈原,名曰《反离骚》",文中称"因江潭而往记兮,钦吊楚之湘累"⑤;这是期望其吊文能够顺江流而到达屈原自沉之所,以表达对屈原的崇敬。后汉蔡邕《吊屈原文》,称"迥隔世而遥吊,托白水而腾文"⑥。

《礼记·曲礼上》"知生者吊,知死者伤",孔颖达《正义》曰:"吊辞乃使口致命,若伤辞当书之于板,使者读之而奠致殡前也。"⑦"吊"一定要到达现场,无论口头致辞还是书面表达。故《文心雕龙·哀吊》称"吊":"吊者,至也。《诗》云'神之吊矣',言神至也。君子令终定谥,事极理哀,故宾之慰主,以至到为言也。"⑧"投吊于渊"是出自"礼"对"吊"的规定,一定要"至"、一定要"到",如此与屈原交流而为知音。

世人到现场吊祭屈原,或到屈原故居,或到屈原庙。"归乡县有屈原宅、女须庙、捣衣石,犹存"⑨。屈原宅、女须庙等,也是吊祭、纪念屈原最合适的场所。汉代确实已有屈原庙。史载后汉人延笃,"后遭党事禁锢,永康

---

① (北魏)郦道元著,陈桥驿校证:《水经注校证》,北京:中华书局,2007年,第897页。
② (南朝宋)范晔:《后汉书·梁统传》,北京:中华书局,1965年,第1170页。
③ (南朝梁)沈约:《宋书·颜延之传》,北京:中华书局,1974年,第1892页。
④ (宋)朱熹:《楚辞集注·楚辞后语》,上海:上海古籍出版社,1979年,第287页。
⑤ (汉)班固:《汉书·扬雄传》,北京:中华书局,1962年,第3515~3516页。
⑥ (唐)虞世南:《北堂书钞》,北京:中国书店,1989年,第391页下。
⑦ 《礼记正义》,见《十三经注疏》,上海:上海古籍出版社,1997年,第1249页上、中。
⑧ (南朝梁)刘勰著,詹锳义证:《文心雕龙义证》,上海:上海古籍出版社,1989年,第474页。
⑨ (南朝宋)庾仲雍:《荆州记》,见(唐)欧阳询:《艺文类聚》,上海:上海古籍出版社,1982年,第108页。

元年,卒于家,乡里图其形于屈原之庙"①。延笃为南阳郡犨县人,其地为楚,"乡里"有"屈原之庙",可见时人对屈原的崇敬。《水经注》"湘水"载:"(汨罗)渊北有屈原庙,庙前有碑。又有《汉南太守程坚碑》,寄在(屈)原庙。"②《后汉书》所载郎中南阳程坚,如果就是汉南太守程坚,那么此庙亦建于汉时。又,明董斯张《广博物志》:"项羽遣英布弑义帝,武陵人哭于招屈亭下。"③

祭吊屈原,以再现屈原遭受的苦难,抨击对美好事物的嫉妒与压制,抨击社会丑恶现象,表达对屈原"九死不悔"奋不顾身的斗争精神的崇敬。以屈原自沉之处、屈原故宅、屈原之庙等为祭吊、纪念馆所,令屈原祭吊仪式的举办有了固定的场所,令屈原祭拜成为常态,也令屈原精神的弘扬与传播成为常态。以仪式作为形式、作为媒介弘扬与传播屈原精神,由此奠定了基础。

四、代屈原"立言"与文人表现自我

弘扬屈原精神的"立言"之三,是自述式话语,"追愍"是其情感基调。楚国本崇仰屈原的创作,"(屈)原死之后,秦果灭楚,其辞为众贤所悼悲,故传于后"④;楚国本多有追随屈原的创作,《史记·屈原贾生列传》称"楚有宋玉、唐勒、景差之徒者,皆好辞而以赋见称""皆祖屈原之从容辞令"。贾谊以后,汉代兴起崇尚《离骚》之风,如淮南王刘安入朝,武帝"使为《离骚传》,旦受诏,日食时上"⑤;班固、贾逵"复以所见改易前疑,各作《离骚经章句》"⑥;荀悦《汉纪·孝武皇帝纪》及高诱《淮南鸿烈解叙》称刘安作《离骚赋》。为"离骚"作注、作传、作解,只是理解与诠释屈原"立言",汉代文人又多撰文纪念屈原,其行文的特点,既"祖屈原之从容辞命",又代屈原"立言",王泗原称"那就是追愍屈原而章明屈原之志"⑦。王逸编《楚辞章句》,把屈原作品全部归于"离骚"名下,"离骚"成为集合体,"骚"俨然成体;又把汉代文人上述作品全部归于"楚辞"。其《九思序》称:"屈原终没之后,忠臣

---

① (南朝宋)范晔:《后汉书·延笃传》,北京:中华书局,1965年,第2108页。
② (北魏)郦道元著,陈桥驿校证:《水经注校证》,北京:中华书局,2007年,第897页。
③ (明)董斯张:《广博物志》,上海:上海古籍出版社,1992年,第141页上。
④ (汉)班固:《离骚赞序》,见(宋)洪兴祖《楚辞补注》,北京:中华书局,1983年,第51页。
⑤ (汉)班固:《汉书·淮南王传》,北京:中华书局,1962年,第2145页。
⑥ (汉)王逸:《离骚叙》,见(宋)洪兴祖《楚辞补注》,北京:中华书局,1983年,第48页。
⑦ 王泗原:《楚辞校释·自序》,北京:人民教育出版社,1990年,第5页。

介士游览学者读《离骚》《九章》之文,莫不怆然,心为悲感,高其节行,妙其丽雅。至刘向、王褒之徒,咸嘉其义,作赋骋辞,以赞其志。则皆列于谱录,世世相传。"①

贾谊《惜誓》开风气之先,陈子展说:"《吊屈原赋》,作者用己意、作己语吊之;《惜誓》,作者用屈意、作屈语惜之。其语意有同,而口吻则异。"②以下是《招隐士》,已见前述。再以下,王逸称曰:《七谏》,"东方朔追悯屈原,故作此辞,以述其志,所以昭忠信,矫曲朝也"。《哀时命》,"(严)忌哀屈原受性忠贞,不遭明君而遇暗世,斐然作辞,叹而述之"。《九怀》,"怀者,思也。言屈原虽见放逐,犹思念其君,忧国倾危而不能忘也。褒读屈原之文,嘉其温雅,藻采敷衍,执握金玉,委之污渎。遭世溷浊,莫之能识,追而愍之"。《九叹》,"叹者,伤也,息也。言屈原放在山泽,犹伤念君,叹息无已,所谓赞贤以辅志,骋词以曜德者也"。《九思》,"(王)逸与屈原同土共国,悼伤之情,与凡有异,窃慕向、褒之风,作颂一篇,号曰《九思》,以禆其辞"③。上述作品都是"追悯屈原"而"用屈意、作屈语",代屈原"立言",是一种自述性话语。

或以屈原为榜样抒发自我情怀,甚或傍屈原作品而作。如扬雄"又旁《惜诵》以下至《怀沙》一卷,名曰《畔牢愁》"④;或直接以"骚"为名,"及党事起,(应)奉乃慨然以疾自退。追愍屈原,因以自伤,著《感骚》三十篇,数万言"⑤。桑弘羊称:"淑好之人,戚施之所妒也;贤智之士,阘茸之所恶也。是以上官大夫短屈原于顷襄。"⑥汉末曹操说:"及至其敝,睚眦之怨必仇,一餐之惠必报。故晁错念国,遘祸于袁盎;屈平悼楚,受谮于椒、兰。"⑦说到底,汉代文人看到了社会的黑暗之处,其集体"代屈原立言",表达自己的生活态度。汉代文人以实现"美政"理想的屈原精神为榜样,以"路曼曼其修远兮,吾将上下而求索"为激励,表明自己渴望能用于世的心愿,期望像屈原一样,即《史记·屈原贾生列传》所谓"正道直行,竭忠尽智以事其君":

---

① (宋)洪兴祖:《楚辞补注》,北京:中华书局,1983年,第314页。
② 陈子展撰述,杜月村、范祥雍校阅:《楚辞直解》,上海:复旦大学出版社,1996年,第390页。
③ (宋)洪兴祖:《楚辞补注》,北京:中华书局,1983年,第236、259、268~269、282、314页。
④ (汉)班固:《汉书·扬雄传》,北京:中华书局,1962年,第3515页。
⑤ (南朝宋)范晔:《后汉书·应奉传》,北京:中华书局,1965年,第1609页。
⑥ (汉)桓宽撰,马非百注释:《盐铁论简注》,北京:中华书局,1984年,第58页。
⑦ (南朝宋)范晔:《后汉书·孔融传》,北京:中华书局,1965年,第2272~2273页。

既实现"美政",又实现自我用世。孟子曰"何以异于人哉？尧、舜与人同耳",倡导"人皆可以为尧、舜"①,代屈原"立言"自述式话语,则提出人人可为屈原,用世便可实现"美政"理想。

又有从代屈原"立言"到以其行为为榜样。后汉冯衍"历观九州山川之体,追览上古得失之风,愍道陵迟,伤德分崩",于是作《显志赋》"自厉","显志者,言光明风化之情,昭章玄妙之思也"。赋中提及自己学习屈原,"凿岩石而为室兮,托高阳以养仙",在那里"纂前修之夸节兮,曜往昔之光勋;披绮季之丽服兮,扬屈原之灵芬。高吾冠之岌岌兮,长吾佩之洋洋;饮六醴之清液兮,食五芝之茂英"②。其不仅志向、行为以屈原为榜样,而且在服饰、饮食上也以屈原为榜样。

五、汉代辞赋家"立言不朽"

值得注意的是,效法屈原进行辞赋创作的宋玉、唐勒之属,所谓"竹帛不纪者,屈原在其上也",亦"立言不朽":"始楚贤臣屈原被谗放流,作《离骚》诸赋以自伤悼。后有宋玉、唐勒之属慕而述之,皆以显名。"③"显名"者,"立言不朽"！"屈原终没之后,忠臣介士游览学者读《离骚》《九章》之文,莫不怆然,心为悲感,高其节行,妙其丽雅。至刘向、王褒之徒,咸嘉其义,作赋骋辞,以赞其志。则皆列于谱录,世世相传"④,"列于谱录,世世相传"即"立言不朽"。又如《论衡·案书》曰：

> 广陵陈子回、颜方,今尚书郎班固,兰台令杨终、傅毅之徒,虽无篇章,赋、颂、记、奏,文辞斐炳,赋象屈原、贾生;奏象唐林、谷永,并比以观好,其美一也。当今未显,使在百世之后,则子政、子云之党也。⑤

其明确地说创作出"美"的"赋、颂、记、奏",也是能够后世"显名"的。

辞赋崇尚以屈原为源头的意义即在于此,屈原及宋玉、唐勒之属以辞赋而"立言不朽"。

---

① 《孟子·离娄下》《孟子·告子下》,《孟子注疏》,见《十三经注疏》,上海：上海古籍出版社,1997年,第2732上、2755下。
② (南朝宋)范晔：《后汉书·冯衍传》,北京：中华书局,1965年,第987、999页。
③ (汉)班固：《汉书·地理志》,北京：中华书局,1962年,第1668页。
④ (宋)洪兴祖：《楚辞补注》,北京：中华书局,1983年,第314页。
⑤ (汉)王充：《论衡》,上海：上海人民出版社,1974年,第440～441页。

上述事例的意味还在于,虽然政治上"不遇"或被人批评,但这不妨害以辞赋而"立言不朽"。班固《离骚序》虽批评屈原在政治上为"贬絜狂狷景行之士",但又称:

> 然其文弘博丽雅,为辞赋宗,后世莫不斟酌其英华,则象其从容。自宋玉、唐勒、景差之徒,汉兴,枚乘、司马相如、刘向、扬雄,骋极文辞,好而悲之,自谓不能及也。虽非明智之器,可谓妙才者也。①

他赞赏屈原其文为"为辞赋宗",其人为"妙才者也",辞赋崇尚,令屈原崇拜带有"妙才"崇拜的意味。那么,士人的才华施展有了另一个出口:当政治生命"不遇"时,或许有文学生命之"遇",则有以"文"立身而"立言不朽"。故班固《汉书》为冯奉世"赞",曰:"故伯奇放流,孟子宫刑,申生雉经,屈原赴湘,《小弁》之诗作,《离骚》之辞兴。"②"不遇"、不幸的经历却令作家创作出优秀的作品而立身扬名!班固发挥了司马迁"发愤著书"而"立言不朽"的意思。

汉代文人以《离骚》为榜样进行创作,王褒"读屈原之文,嘉其温雅,藻采敷衍,执握金玉,委之污渎,遭世溷浊,莫之能识,追而愍之,故作《九怀》,以裨其词"③。屈原以其崇高的人品与人格力量、《离骚》以其巨大的艺术力量,影响着多少后代文人,这难道不是"立言不朽"吗?

辞赋创作"立言不朽"达到了无与伦比的高度,沈约论"歌咏所兴",总称其"宜自生民始也",又称其为文人的创作,"原其飙流所始,莫不同祖《风》《骚》"④。风发生于底层民间的百姓而关乎社会的时代风尚,"风,风也,教也,风以动之,教以化之"⑤;骚是发生于文人、独立于民间"国风"的另一类作品,而关乎社会的文化风流。"风骚"并列,《离骚经》与《诗经》并列,成为中华文学的源头。

---

① 《四部丛刊》影明翻宋本《楚辞》卷一。
② (汉)班固:《汉书·冯奉世传》,北京:中华书局,1962年,第3308页。
③ (宋)洪兴祖:《楚辞补注》,北京:中华书局,1983年,第269页。
④ (南朝梁)沈约:《宋书·谢灵运传论》,北京:中华书局,1974年,第1778页。
⑤ 《毛诗序》,《毛诗正义》,见《十三经注疏》,上海:上海古籍出版社,1997年,第269页。

第三节 宋玉以"微辞""立言"

宋玉的同僚登徒子称宋玉"口多微辞",宋玉也自称"口多微辞"。司马迁称:"屈原既死之后,楚有宋玉、唐勒、景差之徒者,皆好辞而以赋见称;然皆祖屈原之从容辞令,终莫敢直谏。其后楚日以削,数十年竟为秦所灭。"①我们知道宋玉是个辞赋家,以"赋"命名的作品,就是荀子、宋玉最先创作的。本节以"微辞""直谏""赋"为关键词,讨论先秦的政治话语是如何转换成为文学话语的,以示宋玉在中国文学史上的地位。

一、何谓"微辞"

宋玉《登徒子好色赋》②:"大夫登徒子侍于楚王,短宋玉曰:'玉为人,体貌闲丽,口多微辞,又性好色,愿王勿与出入后宫。'王以登徒子之言问宋玉,玉曰:'体貌闲丽,所受于天也;口多微辞,所学于师也;至于好色,臣无有也。'"登徒子称宋玉"口多微辞",隐含着批评其以"口多微辞"做不利于君王之事的意味;宋玉自称"口多微辞",不讳言自己有如此的语言技巧,并自夸这是"所学于师",是才能的表现。由此而言,"微辞"应该是一种语言才能。《登徒子好色赋》中章华大夫所言"因迁延而辞避,盖徒以微辞相感动",李善注曰:"微辞,谓向所陈辞甚妙者,若即折登徒言多微词。""微辞"还应该是一种"妙"语。历来认为,"微辞"这种语言技巧是不妨碍意思的表达的。南朝梁刘勰《文心雕龙·征圣》:"虽精义曲隐,无伤其正言;微辞婉晦,不害其体要。"③这是说"微辞"虽然"婉晦(委婉隐晦)",也可以有切实而简要的表达。

登徒子称宋玉"口多微辞",是从反面称以"微辞"而"刺",所谓"微文刺讥",即班固《典引》:"司马迁著书,成一家之言,扬名后世,至以身陷刑之故,反微文刺讥,贬损当世,非谊士也。"④而宋玉自诩"口多微辞",则是指"讽谏",以下辩之。

二、"讽谏"——"微辞"的政治运用

宋玉为什么也标榜自己"口多微辞,所学于师也"? 这要从"谏"谈起。

---

① (汉)司马迁:《史记·屈原贾生列传》,北京:中华书局,1982年,第2491页。
② (南朝梁)萧统编,(唐)李善注:《文选》,北京:中华书局,1977年,第268~269页。
③ (南朝梁)刘勰著,詹锳义证:《文心雕龙义证》,上海:上海古籍出版社,1989年,第48页。
④ (南朝梁)萧统编,(唐)李善注:《文选》,北京:中华书局,1977年,第682页下。

谏,指当面提意见。"谏"的对立面为"谤",即背后说坏话。《国语·周语上》:"厉王虐,国人谤王。召公告曰:'民不堪命矣!'王怒,得卫巫,使监谤者,以告,则杀之。国人莫敢言,道路以目。"①"谤"亦称"陈",《白虎通》:"事君欲谏不欲陈。"其注:"陈,谓言过于外。"②

依照古礼,从远古到春秋时期,"谏"应该具有充分的合法性、合理性,从以下几条记载可见。《左传·襄公十四年》:"自王以下,各有父兄子弟,以补察其政。史为书,瞽为诗,工诵箴谏,大夫规诲,士传言,庶人谤,商旅于市,百工献艺。故《夏书》曰:'遒人以木铎徇于路。官师相规,工执艺事以谏。'正月孟春,于是乎有之,谏失常也。天之爱民甚矣。岂其使一人肆于民上,以从其淫,而弃天地之性?必不然矣。"③《国语·周语上》:"是故为川者决之使导,为民者宣之使言。故天子听政,使公卿至于列士献诗,瞽献典,史献书,师箴,瞍赋,蒙(矇)诵,百工谏,庶人传语,近臣尽规,亲戚补察,瞽、史教诲,耆、艾修之,而后王斟酌焉,是以事行而不悖。"④《国语·晋语六》:"吾闻古之王者,政德既成,又听于民,于是乎使工诵谏于朝,在列者献诗使勿兜,风听胪言于市,辨妖祥于谣,考百事于朝,问谤誉于路,有邪而正之,尽戒之术也。"⑤《韩诗外传》载:"天子有争臣七人,虽无道,不失其天下。""诸侯有争臣五人,虽无道,不失其国。""大夫有争臣三人,虽无道,不失其家。"⑥

因此,古史屡载君王纳谏的事例,如《左传》载鲁隐公年间就有数项臣子之谏的事例:有卫庄公将立州吁时的石碏之谏;有鲁隐公将如棠观鱼时的臧僖伯之谏;有郑伯与陈和解而陈侯不许时的五父之谏。即便是品行很恶劣的君王,表面上也要纳谏。如《左传·宣公二年》载:"晋灵公不君",先是士季进谏,晋灵公曰:"吾知所过矣,将改之。"后犹不改,赵盾"骤谏"⑦。《左传·宣公九年》载:陈灵公与孔宁、仪行父通于夏姬,泄冶谏曰:"公卿宣

---

① (先秦)左丘明著,(三国)韦昭注,胡文波校点:《国语》,上海:上海古籍出版社,2015年,第6~7页。
② (唐)徐坚:《初学记·人部中》"讽谏第三"引,北京:中华书局,1962年,第437页。
③ 《春秋左传正义》,见《十三经注疏》,上海:上海古籍出版社,1997年,第1958页上、中。
④ (先秦)左丘明著,(三国)韦昭注,胡文波校点:《国语》,上海:上海古籍出版社,2015年,第7页。
⑤ (先秦)左丘明著,(三国)韦昭注,胡文波校点:《国语》,上海:上海古籍出版社,2015年,第274页。
⑥ (汉)韩婴撰,许维遹校释:《韩诗外传集释》,北京:中华书局,1980年,第353页。
⑦ 《春秋左传正义》,见《十三经注疏》,上海:上海古籍出版社,1997年,第1867页上。

淫,民无效焉,且闻不令,君其纳之。"公曰:"吾能改矣。"①

但是,春秋时期"礼崩乐坏","谏"成为一件很危险的事。如晋灵公、陈灵公虽然承诺改正,但暗地里却屡次加害进谏者,赵盾惊险地保全了性命,泄冶则被陈灵公杀掉了。在这种情况下,社会上有这样的话:"有能尽言于君,用则留之,不用则去之,谓之谏。用则可生,不用则死,谓之诤。"②所谓"去之",就是离开危险之地。社会并不赞赏像士季、泄冶等的"直谏",如孔子曰:《诗》云:'民之多辟,无自立辟。'其泄冶之谓乎。"杜预注"陈杀其大夫泄冶",曰:"泄冶直谏于淫乱之朝,以取死,故不为《春秋》所贵,而书名。"③意为有人多行邪恶,泄冶就不能自理法度;说泄冶不知道明哲保身。因"直谏"而招祸的还有屈原。班固批评说:"今若屈原,露才扬己,竞乎危国群小之间,以离谗贼。然责数怀王,怨恶椒、兰,愁神苦思,强非其人,忿怼不容,沈江而死,亦贬絜狂狷景行之士。"④

因此,社会上流行"讽谏"。刘向《说苑·正谏》曰:

> 《易》曰:"王臣蹇蹇,匪躬之故。"人臣之所以蹇蹇为难而谏其君者,非为身也,将欲以匡君之过,矫君之失也。君有过失者,危亡之萌也;见君之过失而不谏,是轻君之危亡也。夫轻君之危亡者,忠臣不忍为也。三谏而不用,则去;不去,则身亡,亡身者,仁人所不为也。是故谏有五:一曰正谏,二曰降谏,三曰忠谏,四曰戆谏,五曰讽谏。孔子曰:"吾其从讽谏矣乎!"夫不谏则危君,固谏则危身,与其危君,宁危身。危身而终不用,则谏亦无功矣。智者度君权时,调其缓急,而处其宜,上不敢危君,下不以危身。故在国而国不危,在身而身不殆。昔陈灵公不听泄冶之谏而杀之,曹羁三谏曹君不听而去,《春秋》序义虽俱贤,而曹羁合礼。⑤

此举泄冶、曹羁之例,泄冶因直谏而被杀;曹羁是春秋时期曹国大夫,"三谏不从,遂去"。《公羊传·庄公二十四年》载:"戎将侵曹,曹羁谏曰:'戎众以无义。君请勿自敌也。'曹伯曰:'不可。'三谏不从,遂去之,故君子以为得

---

① 《春秋左传正义》,见《十三经注疏》,上海:上海古籍出版社,1997年,第1874页中、下。
② (汉)刘向:《说苑·臣述》,上海:上海古籍出版社,1990年,第20页。
③ "宣公十年",《春秋左传正义》,见《十三经注疏》,上海:上海古籍出版社,1997年,第1874页下、中。
④ (汉)班固:《离骚序》,(宋)洪兴祖:《楚辞补注》,北京:中华书局,1983年,第49页。
⑤ (汉)刘向:《说苑》,上海:上海古籍出版社,1990年,第70页。

君臣之义也。"①而所谓"讽谏",既要进谏以"矫君之失",又要保证自己不被君王杀掉而"身亡"。其最高境界为"上不敢危君,下不以危身",故推崇"在国而国不危,在身而身不殆"。"故孔子曰:'谏有五,吾从于讽。'讽也者,谓君父有阙而难言之。或托兴诗赋以见乎词,或假托他事以陈其意,冀有所悟而迁于善。"②

《毛诗序》:"上以风化下,下以风刺上,主文而谲谏,言之者无罪,闻之者足以戒,故曰风。"郑笺:"风化、风刺,皆谓譬喻不斥言也。主文,主与乐之宫商相应也。谲谏,咏歌依违,不直谏。"孔颖达疏:"其作诗也,本心主意,使合于宫商相应之文,播之于乐。而依违谲谏,不直言君之过失;故言之者无罪,人君不怒其作主而罪戮之,闻之者足以自戒,人君自知其过而悔之。"③讽谏也就是"主文而谲谏""譬喻不斥言也"。社会主流舆论不赞赏"直谏"而提倡"讽谏"。

"讽谏",即以婉言隐语相劝谏,史称"优孟,故楚之乐人也。长八尺,多辩,常以谈笑讽谏"④,即是。"微辞"也是一种"讽谏",《公羊传·定公元年》:"定、哀多微辞,主人习其读而问其传,则未知己之有罪焉尔。"孔广森《通义》:"微辞者,意有所托而辞不显,唯察其微者,乃能知之。"⑤《春秋》讲究"微言大义",其"意有所托而辞不显"者,指的就是"微";但从"唯察其微者,乃能知之"来看,还是可以知道所指是什么的。

因此,从正面说,"微辞"在当时也可以说就是以"微辞"而"谏",不然用"微辞"干什么?"微辞"的同义词有"几谏",即以隐约委婉的话进谏。《论语·里仁》:"子曰:事父母几谏,见志不从,又敬不违,劳而不怨。"⑥何晏注引包咸曰:"几者,微也。当微谏,纳善言于父母。"几谏,即微谏,也即《礼记·内则》"父母有过,下气怡色柔声以谏"之"柔声以谏"⑦。"微谏"也是"微辞"的同义词,《汉书·伍被传》:"淮南王阴有邪谋,(伍)被数微谏。"⑧

---

① 《春秋公羊传注疏》,见《十三经注疏》,上海:上海古籍出版社,1997年,第2238页上。
② 《白虎通》,(唐)徐坚:《初学记·人部中》"讽谏第三"引,北京:中华书局,1962年,第437页。
③ 《毛诗正义》,见《十三经注疏》,上海:上海古籍出版社,1997年,第271页中。
④ (汉)司马迁:《史记·滑稽列传》,北京:中华书局,1982年,第3200页。
⑤ (清)孔广森撰,郭晓东、陆建松、邹辉杰点校:《春秋公羊经传通义》,上海:上海古籍出版社,2014年,第675~676页。
⑥ 《论语注疏》,见《十三经注疏》,上海:上海古籍出版社,1997年,第2471页下。
⑦ 《礼记正义》,见《十三经注疏》,上海:上海古籍出版社,1997年,第1463页上。
⑧ (汉)班固:《汉书》,北京:中华书局,1962年,第2168页。

"微辞"的同义词还有以微言劝谏、暗中讽喻的"微讽",《韩非子·内储说下》:"吕仓,魏王之臣也,而善于秦、荆,微讽秦、荆令之攻魏,因请行和以自重也。"[①]于是可以说,"微辞"换一种说法,就是"几谏""微谏""微讽"等。

因此,宋玉自诩"口多微辞,所学于师也"是可以理解的,这也就是社会所赞许的"上不敢危君,下不以危身"的讽谏,既进谏而国不危、君不危,又尽到了责任且身不危。

三、宋玉的"微辞"运用

诸人"直谏"招祸的事例,尤其是屈原"直谏"的遭遇,应该给了宋玉很大的刺激。然而,"谏"为君王身边人的职责所在,宋玉采取"微辞"的方式"讽谏",当是合乎社会潮流的。

宋玉"讽谏"的"微辞",有着特殊的形式,有超越前代"讽谏"之处。

一为讲故事。如《登徒子好色赋》中登徒子有"短宋玉"之举,于是宋玉讲自己与东家之子的故事,又引发章华大夫叙说自己与美女相遇的故事。《高唐》《神女》二赋,讲述楚王梦神女的故事。"假托他事以陈其意",本是讽谏的本色,总要讲个事情以喻其讽谏。而且,宋玉讲故事,往往故事套故事,如《登徒子好色赋》中宋玉与东家之子的故事及章华大夫与美女的故事;或故事连故事,如《高唐》《神女》二赋、《大言》《小言》二赋,两赋相通就是两个故事。彼时君王对臣下有所谓"有说则可,无说则死"的要求,说点故事是理所当然的。

二为由讲故事演化而来的对问体。宋玉撰作的"讽谏""微辞",擅长用对问,都是君王问、宋玉答。如《登徒子好色赋》中楚王有"子不好色,亦有说乎?"的追问,于是宋玉有答;又如《风赋》,楚襄王四问,宋玉四答。于是呈现出这样的意味:是君王要问臣下的,因此是请教臣下,而不是君王出题考臣下。

宋玉的对问体或驳难,是针对对方言论而驳斥的,甚或针对谗言而反戈一击,前者如《钓赋》,后者如《登徒子好色赋》。又有"竟于使人不能加也"的意味,如《大言》《小言》二赋,两赋相连。《大言赋》君王自诩,先称"大言",先发制人;宋玉最后说"大言",则后发制人。《小言赋》景差、唐勒先称"小言",宋玉最后称说"小言"。

[①] 陈奇猷校注:《韩非子集释》,上海:上海人民出版社,1974年,第585页。

"讽谏"则不同,一般是先叙说王有过,于是臣方谏;如果宋玉也遵循如此设置,那么王无过则臣不谏,作品就没有展开的理由了。从叙说方法上讲,赋中对问体的"君问臣答"设置,虽然也有展开作品叙说的意图,但是更内在的原因,则是明确自己是被问、被请教或者是被侵犯的一方,自己的回答,是完全能够保持自己的尊严的。

三为铺垫、铺叙的手法,这也是由讲故事演化而来。有刺入人物描摹的铺叙,见于《登徒子好色赋》对东家之子的铺叙性描摹:"东家之子,增之一分则太长,减之一分则太短;着粉则太白,施朱则太赤。眉如翠羽,肌如白雪,腰如束素,齿如含贝。嫣然一笑,惑阳城,迷下蔡。"又见于《神女赋》对神女的铺叙性描摹。亦有景物描摹的铺叙,典范性的如《风赋》对大王之风的铺叙、《高唐赋》对巫山景物的铺叙等。而《大言》《小言》二赋中"大言""小言"层层递进,无不令人赞叹。

四、宋玉"微辞"的文学史意义——从政治到文学

上述就是宋玉的"微辞"以及作为语言技巧的"微辞"的基本情况。在政治场合运用语言技巧,其意义比让君王乐意接受更为深远。

一是宋玉"微辞"对赋创建的意义。《文心雕龙·诠赋》曰:"赋者,铺也,铺采摛文,体物写志也。"又曰:"然则赋也者,受命于诗人,而拓宇于《楚辞》也。于是荀况《礼》《智》,宋玉《风》《钓》,爰锡名号,与诗画境,六义附庸,蔚成大国。遂客主以首引,极声貌以穷文。斯盖别诗之原始,命赋之厥初也。"[①]是宋玉的"讽谏""微辞"奠定了刘勰所说的赋的体制,是宋玉的"讽谏""微辞"令政治话语因其语言技巧而成为文学。文学作品如此生成,意味深长。

二是宋玉"微辞"突出的是情感的力量,而不是说理的逻辑。如登徒子既不追逐美女,也不嫌弃他那位容貌丑陋的妻子,而宋玉则把忠贞爱情称为好色,实为偷换概念;但这并不影响读者对美女美貌的欣赏。"微辞"的同义词"微言",指精深微妙的言辞。《逸周书·大戒》:"微言入心,夙喻动众。"朱右曾《校释》:"微言,微眇之言。"[②]正是文学性的"微辞",其"入心"而打动了历代读者的心灵。宋玉的"微辞"运用,韩非子称是所谓"事以微

---

① (南朝梁)刘勰著,詹锳义证:《文心雕龙义证》,上海:上海古籍出版社,1989年,第270、274~277页。
② 黄怀信等:《逸周书汇校集注》(修订本),上海:上海古籍出版社,2007年,第564页。

巧成,以疏拙败"①,达到了时代的高峰。宋玉赋中所设置的讽谏背景,大多是君王与几个臣子相处的私密场合,没有突出朝堂之上、廷辩之中;所涉主题,大多是爱情、婚姻、山水、游乐等。而所谓"谏",则不见得是有关国家社稷、有关君王形象的大事。从作品发展来看,按照文学的规律设计、突出思想情感的矛盾主线,坚持"情"的路线,这就是《登徒子好色赋》《神女赋》的情与理的矛盾,《风赋》的"大王之雄风"与"庶人之雌风"所表达的大王之情与庶人之情,《高唐赋》的山水之情、《钓赋》的游乐之情以及《笛赋》的音乐之情,等等。

三是突出鉴赏性而引起作品撰作标准的变化,此可从世人对其评价中见出。扬雄《法言·吾子》称宋玉之赋曰:"或问:'景差、唐勒、宋玉、枚乘之赋也,益乎?'曰:'必也,淫。''淫,则奈何?'曰:'诗人之赋丽以则,辞人之赋丽以淫。'"②《汉书·艺文志》:"大儒孙卿及楚臣屈原离谗忧国,皆作赋以风,咸有恻隐古诗之义。其后宋玉、唐勒,汉兴,枚乘、司马相如,下及扬子云,竞为侈丽闳衍之词,没其风谕之义。"③班固《离骚序》:"自宋玉、唐勒、景差之徒,汉兴,枚乘、司马相如、刘向、扬雄,骋极文辞,好而悲之,自谓不能及也。虽非明智之器,可谓妙才者也。"④如果从政治的角度看,当然如此;但从文学的角度,自然如彼。东方朔《非有先生论》讲文学侍臣"卑身贱体",故"说色微辞,愉愉煦煦",文学的情况应该就是如此,虽然可能是"终无益于主上之治"⑤,但满足了社会审美的需要。

史书未载宋玉本人有"谏"的实践,宋玉的"谏"都是宋玉自己叙写在赋中的。宋玉"微辞"的本意,并不在重大的政治事件,而只在楚王的日常生活,于是,他运用自己的语言技巧,把对政治的讽谏改造为另外一种讽谏。他在进行此番改造的过程中,确定赋的文体框架与叙写方式,赋由此成为日后赫赫兴盛的文学样式,"微辞"也完成了从政治话语到文学语言的转变。登徒子抨击宋玉"口多微辞",始料不及的是,宋玉最终却凭"口多微辞"成就了其在文学史上的地位。

---

① 《韩非子·难四》,见陈奇猷校注:《韩非子集释》,上海:上海人民出版社,1974年,第875页。
② 汪荣宝撰,陈仲夫点校:《法言义疏》,北京:中华书局,1987年,第49页。
③ (汉)班固:《汉书》,北京:中华书局,1962年,第1756页。
④ (宋)洪兴祖:《楚辞补注》,北京:中华书局,1983年,第50页。
⑤ (南朝梁)萧统编,(唐)李善注:《文选》,北京:中华书局,1977年,第170页下。

第六章 "立言"与文章学

古来"立言",圣人君王的"立言"即"立德",确定了对"有德者必有言"的追求,影响到传统文学对文章品格的追求;王官职官"立言"的规则、规矩,以及传统文学对文体规则的追求,促进了文体学的诞生;士人"立言"欲起到改变现实的作用,形成了文学与现实紧密联系的优秀传统。在"立言"文化下,先秦已初步形成以经、子、史、文章为分类的话语体系各自的特点。而论辩式"立言"的"谈说之术",则促进着文人对文章之"气"的重视与强调,构成了"文以气为主"的文论观念。

第一节 三大群体的"立言"与文章学传统

"上古结绳而治,后世圣人易之以书契,百官以治,万民以察"①。"以书契"治国,最早的"立言"者为圣人及君王。随着国家的建立,官府垄断了学术文化,有文字记录的法规、典籍文献以及祭祀典礼的礼器全部掌握在官府。又有王官,即巫祝卜史之类的"立言"者。西周初年的分封诸侯,带来了中国学术史上的第一次官学下移,如周武王克商,"封纣子武庚、禄父,以续殷祀,令修行盘庚之政"②。纣之子武庚统治原来的商王畿地区(即宋国),承袭的就是商的学术文化。又如《左传·昭公二年》载:晋韩宣入鲁,"观书于大史氏,见《易》《象》与《鲁春秋》,曰'周礼尽在鲁矣。吾乃今知周公之德,与周之所以王也'"③。周的学术文化因为周公的关系而在鲁被承袭。后又有周官外流,《论语·微子》载周官外流的情况:"大师挚适齐,亚饭干适楚,三饭缭适蔡,四饭缺适秦,鼓方叔入于河,播鼗武入于汉,少师阳、击磬襄入于海。"④《左传·昭公二十六年》载,"王子朝及召氏之族、毛

---

① 《易·系辞下》,《周易正义》,见《十三经注疏》,上海:上海古籍出版社,1997年,第87页中。
② (汉)司马迁:《史记·殷本纪》,北京:中华书局,1982年,第108页。
③ 《春秋左传正义》,见《十三经注疏》,上海:上海古籍出版社,1997年,第2029页上。
④ 《论语注疏》,见《十三经注疏》,上海:上海古籍出版社,1997年,第2530页上。

伯得、尹氏固、南宫嚚奉周之典籍以奔楚"①，使周人典籍大量移入他国。春秋战国之际，诸侯国的权柄落在卿大夫手里，学术文化再一次下移，最终，士阶层崛起，学术文化上形成了百家争鸣的局面。在上述过程中，圣人、君王，巫祝、史官、卿大夫、士、诸子三大群体，在不同的历史时段都有所"立言"，其各自"立言"的特点为古代文章学留下了深刻的印记。

一、圣人、君王"立言"与其立法性

远古时期对圣人、君王"立言"的记载，所谓"左史记言，右史记事，事为《春秋》，言为《尚书》，帝王靡不同之"②。《尚书》的"尚"，或理解为"上古""尊尚"，或据书内容（大多是对"君上"言论的记载），释其为"君上"。《尚书》有"六体"，首先是"典"，《仪礼·士昏礼》"吾子顺先典"，郑玄注："典，常也，法也。"③典，即常道，准则。《书·尧典》"慎徽五典，五典克从"，伪孔传："五典，五常之教：父义、母慈、兄友、弟恭、子孝。"④《尧典》伪孔传"言尧可为百代常行之道"，孔颖达疏："称典者，以道可百代常行。"⑤尧、舜之事与言为"典"，立足在其"可为百代常行之道"，可为后世立法者。

"六体"中的"谟、训、诰、誓、命"，也有"典"的性质。谟，谋。《胤征》"圣有谟训"⑥，伪孔传："圣人所谋之教训。"《皋陶谟》"允迪厥德，谟明弼谐"，伪孔传："言人君当信蹈行古人之德，谋广聪明，以辅谐其政。"⑦"谟"是君王的行为，是帝舜与禹、皋陶君臣之间的讨论、谋划所产生的文辞。训，教诲。《盘庚上》："王若曰：格汝众，予告汝训汝，猷黜乃心，无傲从康。"⑧"训"体，就是训导这个行为动作所产生之辞，作教诲、训导之言，如《酒诰》"聪听祖考之彝训"⑨，所谓"彝训"，即常训。诰，告诉。《大诰》"王若曰：猷大诰尔多邦越尔御事"，伪孔传："周公称成王命，顺大道以告天下众国，及于御治事者，尽及之。"⑩这里的"诰"，是上对下的。誓，告诫、约束。《甘

---

① 《春秋左传正义》，见《十三经注疏》，上海：上海古籍出版社，1997年，第2114页上。
② （汉）班固：《汉书·艺文志》，北京：中华书局，1962年，第1715页。
③ 《仪礼注疏》，见《十三经注疏》，上海：上海古籍出版社，1997年，第972页中。
④ 《尚书正义》，见《十三经注疏》，上海：上海古籍出版社，1997年，第125页下。
⑤ 《尚书正义》，见《十三经注疏》，上海：上海古籍出版社，1997年，第118页下。
⑥ 《尚书正义》，见《十三经注疏》，上海：上海古籍出版社，1997年，第157页下。
⑦ 《尚书正义》，见《十三经注疏》，上海：上海古籍出版社，1997年，第138页上。
⑧ 《尚书正义》，见《十三经注疏》，上海：上海古籍出版社，1997年，第169页上。
⑨ 《尚书正义》，见《十三经注疏》，上海：上海古籍出版社，1997年，第206页中。
⑩ 《尚书正义》，见《十三经注疏》，上海：上海古籍出版社，1997年，第198页上。

誓》"大战于甘,乃召六卿。王曰:嗟!六事之人,予誓告汝",伪孔传:"将战先誓。"孔颖达疏:"《曲礼》云:'约信曰誓。'将与敌战,恐其损败,与将士设约,示赏罚之信也。将战而誓,是誓之大者。"①此"誓"是夏启所作。命,最高统治者所言、所命令。《尧典》"乃命羲、和""分命羲仲",其后虽无"曰"字,但其后的文辞是"命"产生的,这就是"命"体,为帝王的诏令。

"六体"中"诰""训",也有臣下所为。如"诰",《尚书·太甲下》:"伊尹申诰于王曰:'呜呼!惟天无亲,克敬惟亲。'"②又如"训",《高宗肜日》祖己"乃训于王曰",伪孔传:"祖己既言,遂以道训谏王。"③这是臣下之言。但总体而言,"六体"多为君王"立言"。即《史通·六家》所言:

> 盖《书》之所主,本于号令,所以宣王道之正义,发话言于臣下,故其所载,皆典、谟、训、诰、誓、命之文。④

圣人、君王的"立言"具有立法性质。如《逸周书·明堂解》称周公的"立言"即"制礼作乐,颁度量,而天下大服,万国各致其方贿"⑤。又有其他帝王的"立言"。《国语·周语中》"襄王拒晋文公请隧"章、"定王论不用全烝"章,周襄王、周定王的"立言",就是重申先王之礼、先王之法。《左传·昭公元年》:"君子有四时,朝以听政,昼以访问,夕以修令,夜以安身。"⑥所谓"修令",亦是"制法度"之义,都是"立言"。《左传·文公六年》载君子所言,称"先王违世,犹诒之法",又称"古之王者知命之不长,是以并建圣哲"云云。孔颖达《正义》曰:"知命之不长,知其必将有死,不得长生久视,故制法度以遗后人,非独为当己之世设善法也。"⑦"制法度""设善法"即是"立言"。

后世立为"经"者,都被视为君王"立言",如"六经"。"君举必书"的"左史记言,右史记事",为《尚书》《春秋》;周公"制礼作乐",为《礼》《乐》;《易》者,所谓周文王演《周易》;《诗》者,"《关雎》,后妃之德也""《关雎》《麟趾》之

---

① 《尚书正义》,见《十三经注疏》,上海:上海古籍出版社,1997年,第155页下。
② 《尚书正义》,见《十三经注疏》,上海:上海古籍出版社,1997年,第165页上。
③ 《尚书正义》,见《十三经注疏》,上海:上海古籍出版社,1997年,第176页中。
④ (唐)刘知几撰,(清)浦起龙释《史通通释》,上海:上海古籍出版社,1978年,第2页。
⑤ 黄怀信等:《逸周书汇校集注》(修订本)上海:上海古籍出版社,2007年,第716页。
⑥ 《春秋左传正义》,见《十三经注疏》,上海:上海古籍出版社,1997年,第2024页上、中。
⑦ 《春秋左传正义》,见《十三经注疏》,上海:上海古籍出版社,1997年,第1844页上。

化,王者之风,故系之周公"①,等等。

二、王官"立言"与其规则性

上古时的王官,主要就是巫、祝、卜、史等。从事求神占卜等活动的人为"巫""祝",掌管天文、星象、历数、史册的人为"卜""史",巫、祝、卜、史之类的王官掌控学术文化,其权力也是非常大的。《书·洪范》称"汝则有大疑,谋及乃心,谋及卿士,谋及庶人,谋及卜筮"②,即国家某政事,是要与他们讨论的。

王官职官掌控学术文化的特点,就是一切按规则办、按规定办;其"立言"是其职务撰作,更应如此。所以,其面对君王也有独立自主的表现。《国语·晋语一》载:晋献公伐骊戎,史苏占卜之,曰:"胜而不吉。"献公弗听,遂伐骊戎而克之,获骊姬以归。宴会上献公赏史苏酒而罚其无肴。史苏曰:"兆有之,臣不敢蔽。蔽兆之纪,失臣之官,有二罪焉,何以事君?大罚将及,不唯无肴。抑君亦乐其吉而备其凶,凶之无有,备之何害?若其有凶,备之为瘳。臣之不信,国之福也,何敢惮罚。"史苏论说的根据,是自己的专业才能——占卜视龟兆。史苏对晋献公不服从占卜结论作出评论:"有男戎必有女戎。若晋以男戎胜戎,而戎亦必以女戎胜晋,其若之何!"他还依兆辞分析曰:"且其兆云:'挟以衔骨,齿牙为猾,'我卜伐骊,龟往离散以应我。夫若是,贼之兆也,非吾宅也,离则有之。不跨其国,可谓挟乎?不得其君,能衔骨乎?若跨其国而得其君,虽逢齿牙,以猾其中,谁云不从?诸夏从戎,非败而何?从政者不可以不戒,亡无日矣!"史苏的"立言"完全是按照"兆"来进行的。他所提出的"蔽兆之纪,失臣之官,有二罪焉",可称为王官掌控学术文化特点的具体化;韦昭注"失臣之官",曰:"失官,失守官之节也。"③也就是说,王官职官所"守"者有二:一为客观的职责所守——占卜就不能"蔽兆之纪";二为王官职官之"节",这就是规矩、规则。

又如《国语·鲁语上》载:

> 莒太子仆弑纪公,以其宝来奔。宣公使仆人以书命季文子

---

① 《毛诗序》,《毛诗正义》,见《十三经注疏》,上海:上海古籍出版社,1997年,第269~272页。
② 《尚书正义》,见《十三经注疏》,上海:上海古籍出版社,1997年,第191页上。
③ (先秦)左丘明著,(三国)韦昭注,胡文波校点:《国语》,上海:上海古籍出版社,2015年,第167~169页。

曰:"夫莒太子不惮以吾故杀其君,而以宝来,其爱我甚矣。为我予之邑。今日必授,无逆命矣。"里革(韦昭注:"里革,鲁太史克也。")遇之而更其书曰:"夫莒太子杀其君而窃其宝来,不识穷固又求自迩,为我流之于夷。今日必通,无逆命矣。"

里革按古典规则所认可的事件性质更改修正了宣公的文书,宣公质问他:"违君命者,女亦闻之乎?"他回答说:"臣闻之曰:'毁则者为贼,掩贼者为藏,窃宝者为宄,用宄之财者为奸。'使君为藏奸者,不可不去也。"①里革任太史,为史官之长,掌管起草文书、策命诸侯卿大夫、记载史事,兼管典籍、历法、祭祀等事;所谓"臣闻之曰"的内容即古典规则,其中最重的一句话是"毁则者为贼"——毁坏规则者就是贼。里革按照古典规则来起草文书,而不以一国、一己之利来处理事务。这是一个极端的坚持史官职责的"立言"之例。

而王官假如不按规定办事,则必有灾。《国语·鲁语上》载:夏父弗忌为宗(韦昭注"宗,宗伯,掌国祭祀之礼也"),"烝将跻僖公",他要把继闵公而立的僖公的灵位排在闵公前面。有司曰"夫宗庙之有昭穆也,以次世之长幼,而等胄之亲疏也。夫祀,昭孝也。各致齐敬于其皇祖,昭孝之至也。故工史书世,宗祝书昭穆,犹恐其逾也",称"无乃不可乎"。但夏父弗忌不听,"遂跻之"。于是展禽曰:"夏父弗忌必有殃。"果然,夏父弗忌死后下葬时,有人焚烧他的棺椁,"焚,烟彻于上"②。

史的"立言"也有其规则。孔子曰:"董狐,古之良史也,书法不隐。"③孔子论《春秋》,曰:"其义则丘窃取之矣。"④《史记·孔子世家》称:孔子"为《春秋》,笔则笔,削则削,子夏之徒不能赞一辞。"所谓《春秋》"大义"。史的"立言"以"书法""义"为准,并非事实是怎样的就怎样记述,王官以职业化的身份,对职务撰作按规定、规则建立了文书规范,并形成传统。章学诚对此有所解释,其《校雠通义》云:

---

① (先秦)左丘明著,(三国)韦昭注,胡文波校点:《国语》,上海:上海古籍出版社,2015年,第116页。
② (先秦)左丘明著,(三国)韦昭注,胡文波校点:《国语》,上海:上海古籍出版社,2015年,第114~116页。
③ "宣公二年",《春秋左传正义》,见《十三经注疏》,上海:上海古籍出版社,1997年,第1867页中。
④ 《孟子·离娄下》,《孟子注疏》,见《十三经注疏》,上海:上海古籍出版社,1997年,第2728页上。

> 理大物博,不可殚也,圣人为之立官分守,而文字亦从而纪焉。有官斯有法,故法具于官;有法斯有书,故官守其书;有书斯有学,故师传其学;有学斯有业,故弟子习其业。①

如《周礼·春官·大祝》载:

> 大祝掌六祝之辞,以事鬼神示,祈福祥,求永贞。一曰顺祝,二曰年祝,三曰吉祝,四曰化祝,五曰瑞祝,六曰策祝。掌六祈以同鬼神示,一曰类,二曰造,三曰禬,四曰禜,五曰攻,六曰说。作六辞以通上下亲疏远近,一曰祠,二曰命,三曰诰,四曰会,五曰祷,六曰诔。②

"六祝之辞""六祈""六辞"都是有规定写法的,郑众说称"六辞":"此皆有文雅辞令,难为者也,故大祝官主作六辞。"③怎么是"文雅辞令"呢?郑众和郑玄等人对"六辞"的解释,集中在文体的理论定义上,叙说其文体功能。又如祝辞都是具有固定格式的,《礼记·礼运》载:"祝、嘏莫敢易其常古(嘏),是谓大假(嘏)。祝、嘏辞说,藏于宗、祝、巫、史,非礼也,是谓幽国。"清孙希旦曰"常古,旧法也","故祝、嘏之常法,祝、史莫敢变易"④。

巫祝之类王官还有更多的职务撰作"立言",如《周礼·春官·诅祝》:"诅祝掌盟、诅、类、造、攻、说、禬、禜之祝号。作盟诅之载辞,以叙国之信用,以质邦国之剂信。"⑤但由于这些职务撰作"立言"过于专业化,一旦巫祝之类王官被士大夫所替代,这些撰作"立言"就不时兴了,人们对这些撰作的文体规范也就不甚了解了,至为可惜。

《礼记·乐记》称:"故知礼乐之情者能作,识礼乐之文者能述。作者之谓圣,述者之谓明。明圣者,述作之谓也。"⑥王官职官的撰作"立言"就是所谓"述"。巫、史之"述"自然讲究程序性,以程序为判断的依据,程序上要对鬼神负责,以面对鬼神"无愧心矣"为实现程序性的依凭。《国语·楚语上》载左史倚相自称:"若子方壮,能经营百事,倚相将奔走承序。"承序,韦

---

① (清)章学诚著,王重民通解:《校雠通义通解》,上海:上海古籍出版社,1987年,第1页。
② 《周礼注疏》,见《十三经注疏》,上海:上海古籍出版社,1997年,第808页下～809页中。
③ 《周礼注疏》,见《十三经注疏》,上海:上海古籍出版社,1997年,第809页中。
④ (清)孙希旦撰,沈啸寰、王星贤点校:《礼记集解》,北京:中华书局,1989年,第599页。
⑤ 《周礼注疏》,见《十三经注疏》,上海:上海古籍出版社,1997年,第816页上。
⑥ 《礼记正义》,见《十三经注疏》,上海:上海古籍出版社,1997年,第1530页中。

昭注:"承受事业次序也。"①即依照程序做事。《左传·昭公二十年》载晏子曰:若遇有德之君,"祝、史荐信,无愧心矣",祝、史向鬼神汇报有德之君的实情,那么"鬼神用飨,国受其福"。若遇淫君,祝、史就很难办,若实事求是地汇报,就是说君王的坏话,即所谓"荐信,是言罪也";若隐匿君王的过错,则是虚诈欺骗,所谓"盖失数美,是矫诬也"。"进退无辞",只能"虚以求媚"。②《晏子春秋·内篇谏上》:"且夫祝直言情,则谤吾君也;隐匿过,则欺上帝也。"③这些都是说王官职官的"立言"具有强烈的规则性,所以祝、史面对鬼神又面对君王,有时会感到两难。

三、卿大夫、士、诸子"立言"与其现实性

卿大夫为西周、春秋时国王及诸侯所分封的臣属,卿大夫的家臣为士,士之"立言"者为诸子,他们的"立言"与君王、王官巫史有所不同。

《礼记·玉藻》:"君日出而视之,退适路寝听政。"④"听政"时代卿大夫、士有所"立言",是时代的需要,即召公所言"为川者决之使导,为民者宣之使言"⑤。范文子曰:"吾闻古之王者,政德既成,又听于民,于是乎使工诵谏于朝,在列者献诗使勿兜,风听胪言于市,辨妖祥于谣,考百事于朝,问谤誉于路,有邪而正之,尽戒之术也。"⑥左史倚相曰:"昔卫武公年数九十有五矣,犹箴儆于国,曰:'自卿以下至于师长士,苟在朝者,无谓我老耄而舍我,必恭恪于朝,朝夕以交戒我;闻一二之言,必诵志而纳之,以训道我。'"⑦

"故天子听政,使公卿至于列士献诗"⑧,"献诗"即卿大夫、士的"立

---

① (先秦)左丘明著,(三国)韦昭注,胡文波校点:《国语》,上海:上海古籍出版社,2015年,第370页。
② 《春秋左传正义》,见《十三经注疏》,上海:上海古籍出版社,1997年,第2092页下~2093页上。
③ 吴则虞:《晏子春秋集释》,北京:中华书局,1962年,第43页。
④ 《礼记正义》,见《十三经注疏》,上海:上海古籍出版社,1997年,第1474页中。
⑤ (先秦)左丘明著,(三国)韦昭注,胡文波校点:《国语·周语上》,上海:上海古籍出版社,2015年,第7页。
⑥ (先秦)左丘明著,(三国)韦昭注,胡文波校点:《国语·晋语六》,上海:上海古籍出版社,2015年,第274页。
⑦ (先秦)左丘明著,(三国)韦昭注,胡文波校点:《国语·楚语上》,上海:上海古籍出版社,2015年,第370页。
⑧ (先秦)左丘明著,(三国)韦昭注,胡文波校点:《国语·周语上》,上海:上海古籍出版社,2015年,第7页。

言"。《诗经》中多有卿大夫"诗"的表达,如《小雅·节南山》:"家父作诵,以究王讻。式讹尔心,以畜万邦。"①《小雅·巷伯》:"彼谮人者,谁适与谋?取彼谮人,投畀豺虎。豺虎不食,投畀有北。有北不受,投畀有昊!杨园之道,猗于亩丘。寺人孟子,作为此诗。凡百君子,敬而听之。"②《大雅·崧高》:"申伯番番,既入于谢。徒御啴啴。周邦咸喜,戎有良翰。不显申伯,王之元舅,文武是宪。申伯之德,柔惠且直。揉此万邦,闻于四国。吉甫作诵,其诗孔硕。其风肆好,以赠申伯。"③《大雅·烝民》:"四牡骙骙,八鸾喈喈。仲山甫徂齐,式遄其归。吉甫作诵,穆如清风。仲山甫永怀,以慰其心。"④"家父""寺人孟子""吉甫"等,就是卿大夫的身份。所以《毛诗序》说:"雅者,正也,言王政之所由废兴也。"⑤此"言"的发出者就是卿大夫。"献诗"者或颂或刺,而从"使公卿至于列士献诗"以下称为"瞽献典,史献书,师箴,瞍赋,蒙(矇)诵,百工谏,庶人传语,近臣尽规,亲戚补察,瞽、史教诲,耆、艾修之,而后王斟酌焉,是以事行而不悖"⑥,可见"刺"是其主要职能。正如清人程廷祚所言:"诗人自不讳刺,而诗之本教,盖在是矣。胡可以不察耶?"⑦"刺",当然是针对现实问题而发了。

但是,"献诗"或是卿大夫、士未取得完全的话语权的表现:一来"王者所以观风俗,知得失,自考正"之诗,来自民间所"采",只是民情的一种反映;二来"诗"为"风谏",如司马迁言:"相如虽多虚辞滥说,然要其归引之于节俭,此亦《诗》之风谏何异?"⑧"风谏"即是用委婉曲折的语言规劝君主。《孔子家语·辩政》:"孔子曰:忠臣之谏君有五义焉:一曰谲谏,二曰戆谏,三曰降谏,四曰直谏,五曰风谏。"王肃注:"风谏,依违远罪避害者也。"⑨所以"诗"多讲究"比兴"。因此,卿大夫、士以"献诗""立言"自然有借用的意味。

卿大夫"立言"以"谏"的形式出现,此为在政者的在政之言,非在政是

---

① 《毛诗正义》,见《十三经注疏》,上海:上海古籍出版社,1997年,第441页下。
② 《毛诗正义》,见《十三经注疏》,上海:上海古籍出版社,1997年,第456页下。
③ 《毛诗正义》,见《十三经注疏》,上海:上海古籍出版社,1997年,第567页下。
④ 《毛诗正义》,见《十三经注疏》,上海:上海古籍出版社,1997年,第569页中。
⑤ 《毛诗正义》,见《十三经注疏》,上海:上海古籍出版社,1997年,第272页中。
⑥ (先秦)左丘明著,(三国)韦昭注,胡文波校点:《国语·周语上》,上海:上海古籍出版社,2015年,第7页。
⑦ 郭绍虞主编:《中国历代文论选》第一册,上海:上海古籍出版社,1979年,第14页。
⑧ (汉)班固:《汉书·司马相如列传》"赞曰"引,北京:中华书局,1962年,第2609页。
⑨ (三国)王肃注:《孔子家语》,上海:上海古籍出版社,1990年,第37页。

难以参与的,当时"谏"的常态是"肉食者谋之"①。如《国语》第一篇记载"穆王将征犬戎,祭公谋父谏曰"的文字,最后以"王不听,遂征之,得四白狼,四白鹿以归。自是荒服者不至"结尾,告知结果。② 后世《古文观止》题名为《祭公谏征犬戎》,全为谏语。《国语·郑语》:"择臣取谏工而讲以多物。"韦昭注:"工,官也。"③谏工即谏官。《左传》《国语》《战国策》录卿大夫以"谏"的形式出现的"立言"甚多。在上位者如果忽视"谏",终将害国害己,如《韩非子·十过》所云:"离内远游而忽于谏士,则危身之道也。"④反过来说,即《韩非子·说难》所载:"故谏说谈论之士,不可不察爱憎之主而后说焉。"⑤"谏"者也要注意自己的"立言"如何才能被君王接受。

卿大夫的在政之言,是行政事务方面的"立言",即卿大夫的"为命",或为集体行为。如《论语·宪问》载:

> 子曰:"为命,裨谌草创之,世叔讨论之,行人子羽修饰之,东里子产润色之。"⑥

这显示出卿大夫、士"立言"的集体自觉。《史记·孔子世家》亦载:"孔子在位听讼,文辞有可与人共者,弗独有也。"

而非在政者的参政、从政之"立言",则以士——诸子的兴起为标志。学术下移的第二阶段,学术扩散到士阶层,进而扩散到民间庶人。《左传·昭公十七年》载:郯子来鲁国,孔子向其请教后,说:"吾闻之,天子失官,学在四夷,犹信。"⑦此时原本应该由官府所守之学术文化、众多文化典籍,已流散到民间,普通的"士"都能看到、读到。随着士阶层的崛起,于是有战国时期谋臣策士的纵横捭阖。刘向曰:"战国之时,君德浅薄,为之谋策者,不得不因势而为资,据时而为。故其谋,扶急持倾,为一切之权,虽不可以临国教化,兵革救急之势也。皆高才秀士,度时君之所能行,出奇策异智,转

---

① "庄公十年",《春秋左传正义》,见《十三经注疏》,上海:上海古籍出版社,1997年,第1767页上。
② (先秦)左丘明著,(三国)韦昭注,胡文波校点:《国语·周语上》,上海:上海古籍出版社,2015年,第1~5页。
③ (先秦)左丘明著,(三国)韦昭注,胡文波校点:《国语》,上海:上海古籍出版社,2015年,第347~348页。
④ 陈奇猷校注:《韩非子集释》,上海:上海人民出版社,1974年,第164页。
⑤ 陈奇猷校注:《韩非子集释》,上海:上海人民出版社,1974年,第223页。
⑥ 《论语注疏》,见《十三经注疏》,上海:上海古籍出版社,1997年,第2510页下。
⑦ 《春秋左传正义》,上海:上海古籍出版社,1997年,第2084页上。

危为安,运亡为存。"①策士的"立言"活动,甚或能够"运亡为存",完全是对现实而言并有所效果。这些策士的"立言"合而为《战国策》。

又有诸子百家的"立言"。《文心雕龙·诸子》:"诸子者,入道见志之书。太上立德,其次立言。百姓之群居,苦纷杂而莫显;君子之处世,疾名德之不章。唯英才特达,则炳曜垂文,腾其姓氏,悬诸日月焉。"②一般认为诸子百家由王官演化而来,如《汉书·艺文志》曰:"儒家者流,盖出于司徒之官,助人君顺阴阳明教化者也。""道家者流,盖出于史官,历记成败存亡祸福古今之道,然后知秉要执本,清虚以自守,卑弱以自持,此君人南面之术也。"③也有认为诸子百家为适应时代而独立发表意见,如《汉书·艺文志》曰:"诸子十家,其可观者九家而已。皆起于王道既微,诸侯力政,时君世主,好恶殊方,是以九家之术蜂出并作,各引一端,崇其所善,以此驰说,取合诸侯。"④此为以"立言"参政、从政。综合而言,士阶层的"立言",在社会上有着很大的影响。

以"立言"参政、从政者在当时的情况而言,"立言"是他们个人的行为,而当其面向社会传播时,又带有集体撰作的性质。如先秦诸子的撰述,大多由其后学编纂而成,自然也就有了"草创之、讨论之、修饰之、润色之"之类程序。如《管子》,"《管子》非一人之笔,亦非一时之书,以其言毛嫱、西施、吴王好剑推之,当是春秋末年。今考其文,大抵后人附会多于仲之本书"⑤。又如《庄子》,庄周和他的门人以及后学所著,内篇七篇一般定为庄子著;外篇、杂篇可能掺杂他的门人和后来道家的作品。余嘉锡《古书通例》论"古书不皆手著"云:

> 古书之中有记载古事、古言者,此或其人平日所诵说,弟子熟闻而笔记之,或是读书时之札记,后人录之以为书也。《荀子·大略篇》文多细碎,以数句说一事。《宥坐》《子道》《法行》《哀公》《尧问》五篇,杂叙古事,案而不断,文体皆不与他篇同。杨倞于《大略篇》注曰:"此篇盖弟子杂录荀卿之语,皆略举其要,不可以一事名篇,故总谓之'大略'也。"于《宥坐篇》注曰:"此以下皆荀卿及弟子

---

① (汉)刘向集录:《战国策·刘向书录》,上海:上海古籍出版社,1985年,第1198页。
② (南朝梁)刘勰著,詹锳义证:《文心雕龙义证》,上海:上海古籍出版社,1989年,第622页。
③ (汉)班固:《汉书·艺文志》,北京:中华书局,1962年,第1728、1732页。
④ (汉)班固:《汉书·艺文志》,北京:中华书局,1962年,第1746页。
⑤ (清)永瑢等:《四库全书总目》,北京:中华书局,1965年,第847页。

所引记传杂事。"……古书似此者甚多,皆可以此推之。①

因此,先秦子书之作,主要的思想、观点是某一人的,但多出于集体之手,真正代表着某一学派的思想、观点;准确地说,是某一学派的著述。

四、三大群体"立言"对后世文章的影响

其一,对文章品格的追求。圣人、君王的"立言"而为"法"者,或有身份象征的意味。"法",或是在圣人、君王的旨意下,由众人所为,但以圣人、君王的名义颁布之,如董仲舒献"天人三策"及其《春秋繁露》以天人感应解释孔子学说,而汉武帝则以"罢黜百家,独尊儒术"立法。古代有"立德、立功、立言"三不朽之说,孔颖达称说"立德"曰:

> 立德,谓创制垂法、博施济众,圣德立于上代,惠泽被于无穷。②

圣人、君王的"创制垂法"即是"立言","创制垂法、博施济众"即是"立德",其"圣德立于上代,惠泽被于无穷",则是"立德"的作用。圣人、君王的"立言"以其具有立法性质而流行于当时、流传于后世,并以其"惠泽"而具有"立德"性质。中国古代文人本分的"三不朽"追求是"立言",但当孔子说"有德者必有言,有言者不必有德"③,当文人以"有德者必有言"追求文章的品格时,圣人、君王以"立言"而"立德"便成为榜样与向往。何况古代有"人皆可以为尧、舜"之说,所谓"子服尧之服,诵尧之言,行尧之行,是尧而已矣"④。何况古代又有"内圣外王"之说,内有圣人之德,外即可施王者之政,即人格理想以及政治理想两者的结合。对"内圣"的追求,使文章起到"外王"的作用;那么,通过文章也可以"立德"。

其二,对文体规范的关注。巫、史是我国古代最早的文字记录、文字撰录者,其文字记录、文字撰录建立起来的文体规范,一直受到人们的重视,并被视为文体的源头。如刘师培曰"盖古代文词,恒施祈祀,故巫祝之职,

---

① 余嘉锡:《目录学发微(含〈古书通例〉)》,北京:中国人民大学出版社,2004年,第276页。
② "襄公二十四年",《春秋左传正义》,见《十三经注疏》,上海:上海古籍出版社,1997年,第1979页中。
③ 程树德撰,程俊英、蒋见元点校:《论语集释》,北京:中华书局,1990年,第952页。
④ 《孟子·告子下》,《孟子注疏》,见《十三经注疏》,上海:上海古籍出版社,1997年,第2755页下~2756页上。

文词特工。今即《周礼》祝官职掌考之,若六祝六词之属,文章各体,多出于斯"①,《文镜秘府论·论体》"凡制作之士,祖述多门,人心不同,文体各异","故词人之作也,先看文之大体,随而用心。遵其所宜,防其所失"②,就是强调文体规范。

其三,对文章撰作实用价值的关注。君王"立言"成为立法,其自主性自不待言;其自主性是依凭其权威地位而实现的。巫祝"立言"的自主性,是依凭其与鬼神之关系而实现的,实际上,巫祝往往利用其与鬼神的关系来发表对现实的看法。如《国语·周语上》所载内史过论神之事:有神降于莘,王问于内史过,曰:"是何故?固有之乎?"对曰:国之将兴,"故明神降之,观其政德而均布福焉";国之将亡,"故神亦往焉,观其苛慝而降之祸"。王问:"今是何神也?""吾其若之何?""虢其几何?"内史过以此批评曰:"今虢公动匮百姓以逞其违,离民怒神而求利焉,不亦难乎!"③这就是以通晓鬼神之事的身份来述说对现实的看法。

卿大夫、士、诸子"立言"的现实性,是以对现实的分析为支撑的。如以下这段文字所述说的卿大夫、士、诸子"立言"与筮史"立言"即强调规则性的不同:

  公子亲筮之,曰:"尚有晋国。"得贞屯、悔豫,皆八也。筮史占之,皆曰:"不吉。闭而不通,爻无为也。"司空季子曰:"吉。是在《周易》,皆利建侯。不有晋国,以辅王室,安能建侯?我命筮曰'尚有晋国',筮告我曰'利建侯',得国之务也,吉孰大焉!震,车也。坎,水也。坤,土也。屯,厚也。豫,乐也。车班外内,顺以训之,泉原以资之,土厚而乐其实。不有晋国,何以当之?震,雷也,车也。坎,劳也,水也,众也。主雷与车,而尚水与众。车有震,武也。众而顺,文也。文武具,厚之至也。故曰《屯》。其繇曰:'元亨利贞,勿用有攸往,利建侯。'主震雷,长也,故曰元。众而顺,嘉也,故曰亨。内有震雷,故曰利贞。车上水下,必伯。小事不济,壅也。故曰勿用有攸往,一夫之行也。众顺而有武威,故曰'利建

---

① 《文学出于巫祝之官说》,陈引驰编校:《刘师培中古文学论集》,北京:中国社会科学出版社,1997年,第217页。
② 王利器:《文镜秘府论校注》,北京:中国社会科学出版社,1983年,第331、333页。
③ (先秦)左丘明著,(三国)韦昭注,胡文波校点:《国语》,上海:上海古籍出版社,2015年,第20~23页。

侯'。坤,母也。震,长男也。母老子强,故曰《豫》。其繇曰:'利
建侯行师。'居乐、出威之谓。①

筮史的"立言"是以卦象为依据的,而司空季子反驳筮史,是以现实为依凭
的,当筮得"尚有晋国"时,他解释卦象就完全以"不有晋国,以辅王室,安能
建侯"的现实为依凭,所以他以"吉"驳斥"不吉"。诸子百家"入道见志",更
体现以个人及个人所属阶层的意志来"立言"。

面对春秋战国纷杂混乱的现实,卿大夫、士、诸子的"立言"有两大走
向:一是以自我学派的"立言"主张来应对,如儒家认定只有"法先王""仁"
"礼"才能够救现实之类;二是以不同的"立言"来应对,极端的例子如"秦孝
公下令国中求贤者,将修缪公之业,东复侵地",公孙鞅先"说公以帝道,其
志不开悟矣",又"说公以王道而未入也",最后"说公以霸道,其意欲用之
矣"②。

战国之时,"邦无定交,士无定主"③,"士"身份独立。因此,其"立言"
也就全从现实出发而以才智为之,但其"立言"叙说陈述自己意见也是有危
险的,如不能掌握逆顺之机、不能辨察"爱憎之主",不但不能说服君主,还
可能招致杀身之祸,《韩非子·说难》对此就有详述。

以"有德者必有言"追求文章品格,以王官职官的严谨来追求文体规
范,以现实性来追求文人撰写的实用价值,这就是先秦三大群体的"立言"
给予后世文章学的影响。

五、传统文论"立言"的"王天下"境界

传统文论走过的道路,先是汲取传承经、子、史的学术经验,或切换或
转化,既底气十足,又开拓创新以生成壮大。独立于世的文论,通过文体谱
系的建设,以"文"融通文学与经、子、史,建立起"文"的大一统。于是,虽然
圣人、孔子、诸子、史家还是圣人、孔子、诸子、史家,经、子、史还是经、子、
史,但其中合乎"文"的部分已经两属,既是经、子、史,又属于集、属于文学。
"文"扩大了范围,经、子、史亦以其别样特色而更加光彩。这一切都是传统
文论的功劳。其成功经验何在?

---

① (先秦)左丘明著,(三国)韦昭注,胡文波校点:《国语·晋语四》,上海:上海古籍出版社,
2015年,第241~242页。
② (汉)司马迁:《史记·商君列传》,北京:中华书局,1982年,第2228页。
③ (清)顾炎武著,黄汝成集释:《日知录集释》,上海:上海古籍出版社,2006年,第749页。

其一,传统文论坚持"文"为一切书写文字而皆为批评对象的基本立场。孔子称"文",或为文化与学术,"周监于二代,郁郁乎文哉!吾从周";或为《诗》《书》六艺,所谓"行有余力,则以学文"①,都是书写成为文本上的。从普遍意义上讲,"文之为德也大矣,与天地并生者"②。与天文、地文并列的人文,其突出形式就是文字撰作,章太炎有云:"文学者,以有文字著于竹帛,故谓之文。论其法式,谓之文学。"③

于是,古代文论坚持其基本指向是文章作法。传统文论注重理论,但更认定"不如见之于行事之深切著明也"④,此即章学诚所谓"古人未尝离事而言理"⑤。所以,"体大而虑周"的《文心雕龙》根本上是指导写作的书。而经、子、史进入文体谱系,追溯其原因就是为了文章作法,如韩愈即"穷究于经传史记百家之说"而"奋发乎文章"⑥。宋时,学习《左传》等古文以应课试成为时尚,姚铉《唐文粹序》称编纂"古文"入总集,"盖资新进后生干名求试者之急用"⑦;吕祖谦自称"谈余语隙,波及课试之文",所作《左氏博议》是"为诸生课试之作"⑧;真德秀《文章正宗》称取《左氏》《史》《汉》叙事之有可喜者入集,是"以为作文之式"⑨。经、子、史的文字经过再造,合乎文体以方便进入文体谱系,也顺应了为"作文之式"而提高写作水平的现实需要。而就文体谱系而言,不仅仅重在思辨与理论阐述,更重在应用。

其二,传统文论坚持以"文"而"王天下"的情怀,并以此为最高境界。

传统文论以"文"而"王天下",一是靠以文章为核心的文化建设、文化制度建设。《文选序》言:"逮乎伏羲氏之王天下也,始画八卦,造书契,以代结绳之政,由是文籍生焉。"⑩这是说"王天下"而创造"文籍"。《易·系辞下》:"上古结绳而治,后世圣人易之以书契,百官以治,万民以察。"⑪这是说圣人"以书契"而"王天下"。《左传·文公六年》所载"古之王者知命之不

---

① 《论语注疏》,见《十三经注疏》,上海:上海古籍出版社,1997年,第2467页中、2458页上。
② 《文心雕龙·原道》,见(南朝梁)刘勰著,詹锳义证:《文心雕龙义证》,上海:上海古籍出版社,1989年,第2页。
③ 章太炎:《国故论衡》,上海:上海古籍出版社,2003年,第49页。
④ (汉)司马迁:《史记·太史公自序》,北京:中华书局,1982年,第3297页。
⑤ (清)章学诚著,仓修良编注:《文史通义新编新注》,北京:商务印书馆,2017年,第1页。
⑥ 《上兵部侍郎李巽书》,见(唐)韩愈:《韩愈集》,长沙:岳麓书社,2000年,第199页。
⑦ (宋)姚铉:《唐文粹》,见《四部丛刊》初编本,第3页。
⑧ (宋)吕祖谦:《东莱先生左氏博议》,北京:中华书局,1985年,第1页。
⑨ (宋)真德秀:《文章正宗》,清《文渊阁四库全书》本。
⑩ (南朝梁)萧统编,(唐)李善注:《文选》,北京:中华书局,1977年,第1页。
⑪ 《周易正义》,见《十三经注疏》,上海:上海古籍出版社,1997年,第87页中。

长,是以并建圣哲",其目的就是令贤能之人进行文化建设,其中就包括"著之话言""告之训典"等文章撰作,这些应该是传统文论所认定的"文"与"王天下"关系的基调,即"观乎人文,以化成天下"①。且不说经、子、史,单从文学、文章来说,《论衡·别通》所谓"萧何入秦,收拾文书,汉所以能制九州者,文书之力也",即所谓"以文书御天下"②,也即曹丕所说"盖文章,经国之大业,不朽之盛事"。文学、文章统合经、子、史、集而为"文",形成"文"的大一统,这就是自古而来崇尚的"文道"。《国语·齐语》所谓"隐武事,行文道"③;白居易所称"国家以文德应天,以文教牧人,以文行选士,以文学取士,二百余载,焕乎文章"④;韩愈《燕河南府秀才》诗"文人得其职,文道当大行"⑤。以"文"而"王天下"就是"文道"。

以"文"而"王天下",二是靠"文"的情感的力量,靠人心的感染。传统文论视"文"的核心为思想感情问题。《易·系辞下》称"近取诸身,远取诸物,于是始作八卦"的目的,就是"以通神明之德,以类万物之情"⑥。传统文论以"言志、缘情"为其核心价值,"发乎情,止乎礼义":"志"虽然说含有封建礼教的内容,但其理路是值得肯定的;"情"提升为"志",即"情"应该上升为思想。挚虞《文章流别论》"文章者,所以宣上下之象,明人伦之叙,穷理尽性,以究万物之宜者也"⑦,更强调文章表达的是思想。《文心雕龙》中:《原道》称"性灵所钟,是为三才",称孔子"雕琢情性,组织辞令",意谓"雕琢情性"才能锻炼出思想;《征圣》称"陶铸性情",称"见乎文辞"者,乃"圣人之情";《宗经》称"性灵镕匠,文章奥府"⑧。《隋书·经籍志四》:"文者,所以明言也。古者登高能赋,山川能祭,师旅能誓,丧纪能诔,作器能铭,则可以为大夫。言其因物骋辞,情灵无拥者也。"所谓"叙事缘情,纷纶相袭"⑨,强调"文"就是以"因物骋辞"而达到"情灵无拥"的。"文"与"情

---

① 《易·贲》,《周易正义》,见《十三经注疏》,上海:上海古籍出版社,1997年,第37页下。
② (汉)王充:《论衡》,上海:上海人民出版社,1974年,第206页。
③ (先秦)左丘明著,(三国)韦昭注,胡文波校点:《国语》,上海:上海古籍出版社,2015年,第160页。
④ (唐)白居易:《策林六十八》"议文章碑碣词赋",《四部丛刊》本《白氏长庆集》卷四十八。
⑤ (唐)韩愈:《韩愈集》,长沙:岳麓书社,2000年,第58页。
⑥ 《周易正义》,见《十三经注疏》,上海:上海古籍出版社,1997年,第86页中。
⑦ (唐)欧阳询:《艺文类聚》,上海:上海古籍出版社,1982年,第1018页。
⑧ (南朝梁)刘勰著,詹锳义证:《文心雕龙义证》,上海:上海古籍出版社,1989年,第4、22、33、88页。
⑨ (唐)魏徵等:《隋书》,北京:中华书局,1973年,第1090页。

志、性情、性灵、情灵"相辅相成。《毛诗序》："风以动之,教以化之。"①《文心雕龙·风骨》："《诗》总六义,风冠其首,斯乃化感之本源,志气之符契也。"②"文"的产生与发生作用,即"在心为志,发言为诗"而"人心",其力量也在于"人心",所谓出己心、入彼心。

"文"是与时俱进的,文章、文学既反映时代的社会矛盾,又弘扬时代精神。于是,传统文论促进着"王天下"与"文"的互动。国运盛则文章、文学强,文章、文学强则国运盛。《文心雕龙·时序》："时运交移,质文代变。""文变染乎世情,兴废系乎时序。"③什么样的时代有什么样的文学,这就是传统文论给"文"与时代确定的关系。

第二节 "立言"与先秦学术话语体系

汉代时,刘歆汇录天下图书编成《七略》,这是我国第一部官修目录,也是第一部目录学著作。全书分为辑略、六艺略、诸子略、诗赋略、兵书略、术数略、方技略七部,其中《辑略》为每部书的叙录的汇编,图书实则分为"六略"。班固根据《七略》来编写《汉书·艺文志》,他沿用了《七略》的六分法,把天下图书分为六部。后西晋荀勖将群书分为四部：六艺、小学为甲部；诸子、兵书、术数为乙部；历史记载和杂著为丙部；诗赋、图赞、《汲冢书》为丁部。东晋李充加以调整,以"五经"为甲部、历史记载为乙部、诸子为丙部、诗赋为丁部。隋唐以后沿用此种四部分法,称为经、史、子、集,至今仍沿用。现在我们以"四部"的视角来审视先秦"立言"观念下的学术话语体系。

一、作为"常道"的经学话语体系

经学的话语体系,在先秦已经完整地形成,这首先要归功于孔子的工作,人称"六经"是经孔子整理而成,《史记》对此有完整的记述："孔子之时,周室微而礼乐废,《诗》《书》缺。追迹三代之礼,序《书传》,上纪唐虞之际,下至秦缪,编次其事。曰：'夏礼吾能言之,杞不足征也。殷礼吾能言之,宋不足征也。足,则吾能征之矣。'""故《书传》《礼记》自孔氏。"这是讲《书》与

---

① 《毛诗正义》,见《十三经注疏》,上海：上海古籍出版社,1997年,第269页下。
② （南朝梁）刘勰著,詹锳义证：《文心雕龙义证》,上海：上海古籍出版社,1989年,第1047页。
③ （南朝梁）刘勰著,詹锳义证：《文心雕龙义证》,上海：上海古籍出版社,1989年,第1653、1713页。

《礼》的成书。又,孔子整理《乐》,"孔子语鲁大师'乐其可知也。始作翕如,纵之纯如,皦如,绎如也,以成''吾自卫反鲁,然后乐正,雅颂各得其所'"。又,孔子整理《诗》,"古者诗三千余篇,及至孔子,去其重,取可施于礼义""三百五篇孔子皆弦歌之,以求合韶、武、雅、颂之音。礼乐自此可得而述"。又,孔子整理《易》,"孔子晚而喜《易》,序《彖》《系》《象》《说卦》《文言》"。又,孔子整理《春秋》,"乃因史记作《春秋》"。①

《庄子·天运》载:孔子与老子关于"六经"的讨论,是把"六经"与治国、道联系在一起的。先是孔子谓老聃曰:"丘治《诗》《书》《礼》《乐》《易》《春秋》六经,自以为久矣,孰知其故矣;以奸者七十二君,论先王之道而明周、召之迹,一君无所钩用。甚矣夫!人之难说也,道之难明邪?"孔子言:自己研究《诗》《书》《礼》《乐》《易》《春秋》很久了,已熟知其中的要义;但向七十二位国君论述先王的治国之道,阐明周公、召公的业绩,却没有一个国君愿意采纳。于是他询问老聃:是人君难以劝说,还是"六经"大道难以阐明?老子回答说:"夫六经,先王之陈迹也,岂其所以迹哉!今子之所言,犹迹也。夫迹,履之所出,而迹岂履哉!"老子是以"迹"与"履"比拟"六经"与道的关系,称把握了道,"六经"自然可以行通天下,此即所谓:"性不可易,命不可变,时不可止,道不可壅。苟得于道,无自而不可;失焉者,无自而可。"本性不可易,天命不可改,时间不可止,大道不可滞。如果领悟了道,无一事不可;如果失去了道,无一事而可。② 孔子的话是把"六经"与治国联系起来;老子的话是把"六经"与道联系起来。虽说庄子的话往往有比拟、虚构的成分,但这段话对"六经"作为"常道"的地位的认可,是肯定的。

诸子对"六经"的话语体系多有评论。如《庄子·天下》:

> 古之人其备乎!配神明,醇天地,育万物,和天下,泽及百姓,明于本数,系于末度,六通四辟,小大精粗,其运无乎不在。其明而在数度者,旧法世传之史尚多有之。其在于《诗》《书》《礼》《乐》者,邹鲁之士、搢绅先生多能明之。③

庄子说:古代的圣人配合神明圣王、天地之醇养育万物,调和天下,恩泽施及百姓,通晓本末,上下四方、春夏秋冬通达、通畅,无论小大精粗的各种事

---

① (汉)司马迁:《史记·孔子世家》,北京:中华书局,1982年,第1935~1943页。
② (清)郭庆藩撰,王孝鱼点校:《庄子集释》,北京:中华书局,1961年,第531~532页。
③ (清)郭庆藩撰,王孝鱼点校:《庄子集释》,北京:中华书局,1961年,第1067页。

物,帝圣之道的运行无所不在。这些东西,很多都保存在传世的史书中;而保存在《诗》《书》《礼》《乐》中的,邹鲁搢绅先生大多明了。这就是:

> 《诗》以道志,《书》以道事,《礼》以道行,《乐》以道和,《易》以道阴阳,《春秋》以道名分。其数散于天下而设于中国者,百家之学时或称而道之。①

这指出了"六经"话语体系中各自的核心观点、话语,"百家之学时或称而道之",就是说"六经"的这些核心观点、话语是"百家之学"所共同认可的,也是通过"百家之学"来宣扬、传播的。

又有荀子对"六经"体系的核心话语的论述。《荀子·劝学》曰:

> 故《书》者,政事之纪也;《诗》者,中声之所止也;《礼》者,法之大分,类之纲纪也,故学至乎《礼》而止矣。夫是之谓道德之极。《礼》之敬文也,《乐》之中和也,《诗》《书》之博也,《春秋》之微也,在天地之间者毕矣。②

因此,先秦所形成的经学话语体系:一是称其为"经",所谓常道,指常行的义理、准则、法制;二是其话语体系的核心,或是庄子所说"道志""道事""道行""道和""道阴阳""道名分",或是荀子所说云云。总之,理论概括而言是"常道",具体来说是社会治理、人生行事等的指南。

二、重"法"重"义"及"文胜质则史"的史学话语体系

史,在王左右的史官,担任祭祀、星历、卜筮、记事等职。其设置很早,黄帝时,"其史仓颉,又取像鸟迹,始作文字。史官之作,盖自此始。记其言行,策而藏之,名曰书契"③。《书·金縢》:"史乃册祝。"④《周礼·春官·占人》:"凡卜筮,君占体,大夫占色,史占墨,卜人占坼。"⑤《周礼·春官》载太史的职责有观象制历、颁告邦国一项:"正岁年,以序事。颁之于官府及都

---

① 《庄子·天下》,见(清)郭庆藩撰,王孝鱼点校:《庄子集释》,北京:中华书局,1961年,第1067页。
② (清)王先谦撰,沈啸寰、王星贤点校:《荀子集解》,中华书局,1988年,第11~12页。
③ (宋)李昉等:《太平御览》,北京:中华书局,1960年,第367页下。
④ 《尚书正义》,见《十三经注疏》,上海:上海古籍出版社,1997年,第196页中。
⑤ 《周礼注疏》,见《十三经注疏》,上海:上海古籍出版社,1997年,第805页中。

鄙,颁告朔于邦国。闰月,诏王居门,终月。"①罗家湘说:史官之职,"观象制历最古老,具有本源性质"②。司马迁追溯家族历史,为"重黎之后""世序天地";司马谈称"余先周室之太史也",其"学天官"又"既掌天官,不治民"。故先秦史学的话语体系是围绕着祭祀、星历、卜筮、记事等事务展开的,其核心在于"天官"的"究天人之际",直至司马迁作《史记》,其话语主要围绕记言记事展开,但他仍要说其话语核心的"究天人之际"。

后世所重的史学话语,是以记言记事为核心的。《汉书·艺文志》曰:

> 古之王者世有史官。君举必书,所以慎言行,昭法式也。左史记言,右史记事,事为《春秋》,言为《尚书》,帝王靡不同之。③

先秦史书的主要作用并非保存史料,而是作为警诫而监察君王,为后世立法垂宪。《诗·大雅·荡》序曰:"召穆公伤周室大坏也,厉王无道,天下荡荡,无纲纪文章,故作是诗也。"其诗正文有"殷鉴不远,在夏后之世"④,周人的观念就是常常要以史为鉴。《孟子·滕文公下》载:"世衰道微,邪说暴行有作,臣弒其君者有之,子弒其父者有之。孔子惧,作《春秋》。"⑤孔子恐弒君、弒父之暴行无有已时,故作《春秋》谴责这种社会风气,以维持奴隶制社会的安定。《春秋》以褒贬为手段,代行天子之赏罚,《史记·孔子世家》云孔子"乃因史记作《春秋》""贬损之义,后有王者举而开之,《春秋》之义行,则天下乱臣贼子惧焉"⑥,所以孔子说:"知我者其惟《春秋》乎!罪我者其惟《春秋》乎!"⑦

史学话语体系之一的史书话语,最早见于《左传·成公十四年》所载:"君子曰:《春秋》之称,微而显,志而晦,婉而成章,尽而不污,惩恶而劝善。非圣人,谁能修之?"⑧《春秋》非常讲究"记言记事",司马迁称《春秋》"文成数万,其指数千"⑨,显然是说《春秋》的记言记事是为了突出其"指"。"指"

---

① 《周礼注疏》,见《十三经注疏》,上海:上海古籍出版社,1997年,第817页中、下。
② 罗家湘:《先秦文学制度研究》,上海:上海古籍出版社,2011年,第199页。
③ (汉)班固:《汉书》,北京:中华书局,1962年,第1715页。
④ 《毛诗正义》,见《十三经注疏》,上海:上海古籍出版社,1997年,第552页下、554页上。
⑤ 《孟子注疏》,见《十三经注疏》,上海:上海古籍出版社,1997年,第2714页下。
⑥ (汉)司马迁:《史记·孔子世家》,北京:中华书局,1982年,第1943页。
⑦ 《孟子·滕文公下》,《孟子注疏》,见《十三经注疏》,上海:上海古籍出版社,1997年,第2714页下。
⑧ 《春秋左传正义》,见《十三经注疏》,上海:上海古籍出版社,1997年,第1913页下。
⑨ (汉)司马迁:《史记·太史公自序》,北京:中华书局,1982年,第3297页。

即旨意,甚至记言记事之"指"应该重于其自身。举一个例子,春秋时,大史书"赵盾弑其君"事件引起世人关注,《左传·宣公二年》载事是"赵穿攻灵公于桃园"的弑君,而记事则是"赵盾弑其君",事件真正的原因在于"子(赵盾)为正卿,亡不越竟,反不讨贼"①。因此,"赵穿攻灵公于桃园"之"指"就是"赵盾弑其君"。这是先秦良史"书法不隐"的突出例子,即"不隐"历史的真正原因。所谓记事以"法",也是为了显示其"指"。《左传·庄公二十三年》载曹刿谏鲁庄公曰:"君举必书,书而不法,后嗣何观?"②这强调的是记事一定要有一个准则,这个准则就是直接叙写出历史事件的原因或本质,这就是"法"。于是,当记事以"事"时,是"赵穿攻灵公于桃园"的弑君;而当记事以"法",所谓《春秋》"诛心",揭示出事件的真正内涵时,则是"赵盾弑其君"。两者的差异,在于一为就事记事,一为记事重"法"重"义"。

先秦史书话语的重"法"重"义",对后世有深刻影响。如同是史学家,班固批评司马迁说:"其是非颇缪于圣人,论大道则先黄、老而后六经,序游侠则退处士而进奸雄,述货殖则崇势利而羞贱贫,此其所蔽也。然自刘向、扬雄博极群书,皆称迁有良史之材,服其善序事理,辨而不华,质而不俚,其文直,其事核,不虚美,不隐恶,故谓之实录。"③班固批评司马迁在重"法"重"义"方面做得不够,但对其"不虚美""不隐恶"方面又有所赞扬。这是新时代对史学话语的要求,即要求重"法"重"义"与"不虚美""不隐恶"之间的协调。

先秦史书话语又有"文胜质则史"的特点。古史传承本有"记注"和"传诵"两种形式。"记注",史官记其大略于简册;"传诵"以简约的"记注"为底本有所繁衍与阐释,如所谓《春秋》三传就都是以《春秋》为底本的繁衍与阐释,不过《左传》以释事为主,而《公羊》《穀梁》以义理为主。《左传》"释经"的繁衍与阐释,依据深厚的史事材料来补充《春秋》。桓谭《新论》曰"《左氏》经之与传,犹衣之表里,相持而成,经而无传,使圣人闭门思之,十年不能知也"④,是说"传"之类的解释的重要性。"文胜质则史",强化"史"的记事功能。刘知几《史通·杂说上》对《左传》的"叙事"有具体解说:

> 《左氏》之叙事也,述行师则簿领盈视,哤聒沸腾,论备火则区

---

① 《春秋左传正义》,见《十三经注疏》,上海:上海古籍出版社,1997年,第1867页中、下。
② 《春秋左传正义》,见《十三经注疏》,上海:上海古籍出版社,1997年,第1779页上。
③ (汉)班固:《汉书》,北京:中华书局,1962年,第2737~2738页。
④ (宋)李昉等:《太平御览》,北京:中华书局,1960年,第2746页上。

分在目,修饰峻整;言胜捷则收获都尽,记奔败则披靡横前;申盟誓则慷慨有余,称谲诈则欺诬可见;谈恩惠则煦如春日,纪严切则凛若秋霜;叙兴邦则滋味无量,陈亡国则凄凉可悯。或腴辞润简牍,或美句入咏歌,跌宕而不群,纵横而自得。若斯才者,殆将工侔造化,思涉鬼神,著述罕闻,古今卓绝。①

"述行师""论备火""言胜捷""记奔败""申盟誓""称谲诈"是指"史"之"文",更好地实现"史"的记事功能。而"煦如春日""滋味无量""凄凉可悯"等,则是指《左传》叙事的感染力。"或腴辞润简牍,或美句入咏歌,跌宕而不群,纵横而自得"云云,则是指《左传》叙事的语言运用。可以说,刘知几认为的"史"叙事应该表现在这几方面。

三、"百家争鸣"的子学话语体系

子学话语体系,既是以思想理论为导向的话语体系,又是个体的一家之说;既是个人的话语,更是学派的话语:诸子本以学术、知识立足社会,他们以"学"获得了学术、知识,进而凭借其学术参与治国从政。因此,先秦子学话语体系,不断在学术与政治两边切换,总的倾向是从政治话语到学术话语。如《庄子·天下》称墨翟、禽滑釐为"不侈于后世,不靡于万物,不晖于数度,以绳墨自矫而备世之急",称宋钘、尹文为"不累于俗,不饰于物,不苟于人,不忮于众,愿天下之安宁以活民命,人我之养毕足而止,以此白心"②,就是结合政治实践的理论概括。又如《荀子·非十二子》称它嚣、魏牟"纵情性,安恣睢,禽兽行,不足以合文通治",称墨翟、宋钘"不知壹天下、建国家之权称,上功用,大俭约而僈差等,曾不足以容辨异、县君臣",称慎到、田骈"尚法而无法,下修而好作,上则取听于上,下则取从于俗,终日言成文典,反纠(循)察之,则倜然无所归宿,不可以经国定分",称惠施、邓析"不法先王,不是礼义,而好治怪说,玩琦辞,甚察而不惠,辩而无用,多事而寡功,不可以为治纲纪",也是以诸子的理论概括,并都冠以"然而其持之有故,其言之成理,足以欺惑愚众"之语。③ 又,《荀子·解蔽》从"解蔽"角度对六子学说的核心及"蔽"的评价,更多的是从政治实践方面展开的。而

---

① (唐)刘知几撰,(清)浦起龙释:《史通通释》,上海:上海古籍出版社,1978年,第451页。
② (清)郭庆藩撰,王孝鱼点校:《庄子集释》,北京:中华书局,1961年,第1072~1098页。
③ (清)王先谦撰,沈啸寰、王星贤点校:《荀子集解》,北京:中华书局,1988年,第91~94页。

《尸子·广泽》"墨子贵兼,孔子贵公,皇子贵衷,田子贵均,列子贵虚,料子贵别囿。其学之相非也数世矣而已,皆弇于私也"①,虽然各以一个字评价诸子,但学术意味颇浓。《吕氏春秋·不二》说:"听群众人议以治国,国危无日矣。何以知其然也? 老耽(聃)贵柔,孔子贵仁,墨翟贵廉,关尹贵清,子列子贵虚,陈骈贵齐,阳生贵己,孙膑贵势,王廖贵先,兒(倪)良贵后。"②先称"议以治国",是政治实践评价,后则是概括化的学术观点评价。

《庄子·天下》曰:"天下之治方术者多矣,皆以其有为不可加矣。古之所谓道术者,果恶乎在?"又曰:"后世之学者,不幸不见天地之纯,古人之大体,道术将为天下裂。"③但诸子中有诡道诡术,正如刘勰评价诸子话语,称其正面曰"诸子者,入道见志之书""述道言治,枝条五经",称其反面曰"至如商、韩,六虱五蠹,弃孝废仁,辕药之祸,非虚至也。公孙之白马、孤犊,辞巧理拙,魏牟比之鸮鸟,非妄贬也",称之为"诸子杂谲术也"。他提出这样正确对待诸子话语:"然洽闻之士,宜撮纲要,览华而食实,弃邪而采正,极睇参差,亦学家之壮观也。"④

庄子称自己的话语曰:"古之道术有在于是者。庄周闻其风而悦之。以谬悠之说,荒唐之言,无端崖之辞,时恣纵而不傥,不以觭见之也。以天下为沈浊,不可与庄语,以卮言为曼衍,以重言为真,以寓言为广。"⑤《庄子》的话语体系,据司马迁说:"(庄子)其学无所不窥,然其要本归于老子之言。故其著书十余万言,大抵率寓言也。"⑥而先秦诸子的话语有二:一为"庄语",二为"寓言""卮言""重言",尤以"寓言"为主。刘勰把诸子话语分为纯粹、错杂两类,称其"然繁辞虽积,而本体易总""其纯粹者入矩,踳驳者出规"⑦。诸子话语一般是理论表述,但又有譬喻作用的故事,如《孟子》中"揠苗助长""齐人有一妻一妾",已近乎寓言故事。而《庄子》则"寓言十九",大量虚构神话式寓言故事,作为论证的根据,行文色彩奇幻,如内篇的

---

① (清)汪继培辑,魏代富疏证:《尸子疏证》,南京:凤凰出版社,2018年,第63~64页。
② (秦)吕不韦:《吕氏春秋》,上海:上海古籍出版社,1989年,第150页下。
③ (清)郭庆藩撰,王孝鱼点校:《庄子集释》,北京:中华书局,1961年,第1065、1069页。
④ (南朝梁)刘勰著,詹锳义证:《文心雕龙义证》,上海:上海古籍出版社,1989年,第622~646页。
⑤ 《庄子·天下》,见(清)郭庆藩撰,王孝鱼点校:《庄子集释》,北京:中华书局,1961年,第1098页。
⑥ (汉)司马迁:《史记·老子韩非列传》,北京:中华书局,1982年,第2143页。
⑦ 《文心雕龙·诸子》,见(南朝梁)刘勰著,詹锳义证:《文心雕龙义证》,上海:上海古籍出版社,1989年,第637页。

《逍遥游》《人间世》《德充符》《大宗师》等篇，基本上是以多个寓言故事组成的。刘勰也举例说："若乃汤之问棘，云蚊睫有雷霆之声；惠施对梁王，云蜗角有伏尸之战；《列子》有移山跨海之谈，《淮南》有倾天折地之说，此踳驳之类也。"①

诸子话语本为论辩所用，其语气、语势尤为重要，孟子既说"岂好辩哉？予不得已也"，又说"我知言，我善养吾浩然之气"，"其为气也，至大至刚，以直养而无害，则塞于天地之间。其为气也，配义与道。无是，馁也。是集义所生者，非义袭而取之也。行有不慊于心，则馁矣"②。后人也很重诸子话语之"气"，刘勰称说"百氏之华采""辞气之大略"曰：

> 研夫孟、荀所述，理懿而辞雅；管、晏属篇，事核而言练；列御寇之书，气伟而采奇；邹子之说，心奢而辞壮；墨翟、随巢，意显而语质；尸佼、尉缭，术通而文钝；鹖冠绵绵，亟发深言；鬼谷眇眇，每环奥义；情辨以泽，文子擅其能；辞约而精，尹文得其要；慎到析密理之巧，韩非著博喻之富；吕氏鉴远而体周，淮南泛采而文丽。③

不过，刘勰的称说，是把"气"与语辞运用结合起来讲的，即所谓"辞气"。

综上而言，诸子的话语体系中，"道术""辞气"二者尤为重要。

四、"文"——辞章之学话语体系的开始形成

章学诚《文史通义·文集》称诸子学说的话语体系：

> 自治学分途，百家风起，周、秦诸子之学，不胜纷纷，识者已病道术之裂矣。然专门传家之业，未尝欲以文名，苟足显其业而可以传授于其徒，则其说亦遂止于是，而未尝有参差庞杂之文也。④

此谓诸子之书"止于"学说"而未尝有参差庞杂之文也"，彼时文体还不甚丰富，那么，诸子学说什么时候有了"参差庞杂之文"？屈宋楚骚和荀子著述

---

① 《文心雕龙·诸子》，见（南朝梁）刘勰著，詹锳义证：《文心雕龙义证》，上海：上海古籍出版社，1989年，第638页。
② 《孟子注疏》，见《十三经注疏》，上海：上海古籍出版社，1997年，第2715页上、2685页下。
③ 《文心雕龙·诸子》，见（南朝梁）刘勰著，詹锳义证：《文心雕龙义证》，上海：上海古籍出版社，1989年，第648～653页。
④ （清）章学诚著，仓修良编注：《文史通义新编新注》，北京：商务印书馆，2017年，第318页。

中说唱体的"成相"以及"佹诗""小歌""赋"、说体、问答体,这些"参差庞杂之文",是作为子书的一部分或子书的附属而产生的;这些"参差庞杂之文"的产生,标志着文学史进入辞章时代。

随着辞章之学的兴起,新的话语体系逐渐建立起来。新的话语体系的特点是"记诵之学大行",刘师培曰:"盖古代之时,教曰'声教',故记诵之学大行,而中国词章之体,亦从此而生。"①而诸如楚骚以及"成相""佹诗""小歌""赋"等,其演唱是脱离"诗乐"系统的,或者就是"不歌"而诵的。

进入辞章时代的又一标志,即章学诚所称"后世之文,其体皆备于战国",并称"子史衰而文集之体盛,著作衰而辞章之学兴"②。笔者尝概括统计《左传》中出现的文体,以见"后世之文其体皆备于战国"之一斑,兹列于下:载(盟)、铭、诔、令龟、命、策、书、牒等。其意义在于证明彼时已出现多种文体。追求以更多文体来表达自己的思想意志情感,已经成为学人的努力方向。原先诸子追求"辩",是有特定对象的,是在双方辩论之中面向确定的对象的;现在则是追求如何打动非特定对象的广大读者。

后世的辞章之学,就是要为自己、为新文体争取地位。于是,汉代称屈原作品为"经",即所谓《离骚经》。南朝刘勰提出文体源于"五经":"论、说、辞、序,则《易》统其首;诏、策、章、奏,则《书》发其源;赋、颂、歌、赞,则《诗》立其本;铭、诔、箴、祝,则《礼》总其端;纪、传、盟、檄,则《春秋》为根:并穷高以树表,极远以启疆,所以百家腾跃,终入环内者也。"③北朝颜之推也提出文体源于"五经":"夫文章者,原出'五经':诏、命、策、檄,生于《书》者也;序、述、论、议,生于《易》者也;歌、咏、赋、颂,生于《诗》者也;祭、祀、哀、诔,生于《礼》者也;书、奏、箴、铭,生于《春秋》者也。"④辞章之学话语,随着对经学的依附而日益强大,但又有以"经"为"文"、所谓"六经皆文"之义。

而辞章之学的最大原动力,就是春秋时提出的"立言不朽",士人既为国家、朝廷、人民而"立言",又为自我的后世之"名"而"立言"。不能作经、不能作史,那么就写作子书,退而作子书的附属吧!

从经、子、史、辞章的生成与发展,可见诸子"立言"的巨大能量:先秦时

---

① 陈引驰编校:《刘师培中古文学论集》,北京:中国社会科学出版社,1997年,第227页。
② (清)章学诚著,仓修良编注:《文史通义新编新注》,北京:商务印书馆,2017年,第46页。
③ 《文心雕龙·宗经》,见(南朝梁)刘勰著,詹锳义证:《文心雕龙义证》,上海:上海古籍出版社,1989年,第78~79页。
④ (北齐)颜之推撰,王利器集解:《颜氏家训集解》,上海:上海古籍出版社,1980年,第221页。

期史学的话语体系,虽说仍是由王官把控的,但士人不断地要参与进来;而经学、子学、辞章之学的话语,全是诸子——"士"参与并创造的,经学、子学、辞章之学的话语权,也全是由诸子——"士"把控着的,"士"成为"立言"主体,已成现实。

第三节 "立言"与"土宜"

《逸周书·度训》:"土宜天时,百物行治。"①《周礼·地官·大司徒》:"以土宜之法,辨十有二土之名物。"②土宜,本谓各地不同性质的土壤,对于不同的生物各有所宜。因此,要根据土地情况来判别生物。农耕社会对"土宜"特别注重,是可以想见的。先秦时提出"土宜",强调人应该根据不同地区的土地情况,制订适宜的种植措施,即所谓"因地制宜"。《周书》载周文王召太子发:"我所保与我所守,传之子孙。吾厚德而广惠,不为骄佚,不为泰靡,童牛不服,童马不驰,土不失其宜,万物不失其性,天下不失时,以成万材。"③他把"土不失其宜"当作人的主观努力以及主观努力下事物达到的某种良好状态。

"土宜"的普遍性意味即因地制宜,即所做事情应该合乎当地的实际情况。本节要讨论的是:先秦时对"土宜"的深入性、扩展性思考是什么?此即"土宜"的运用可恃与否问题,以及"土宜"的运用的实践问题。"土宜"与移风易俗有什么样的关系?"土宜"与士人"立言"有什么样的关系?

一、"土宜"与国家的地利应用

夏、商、周三代的山川之祭,诸国祭祀不超过境内山川之神。当日楚昭王生病,大夫请祭黄河,楚昭王称:"三代命祀,祭不越望。"望,即山川之祭,他声称"江、汉、睢、漳,楚之望也",而"河"不是。于是孔子称:"楚昭王知大道矣!"④只有当地的山川之神才会保佑自己,因此,当时人们最注重利用当地"土宜"。

《左传·僖公十五年》载:秦、晋交战,晋侯乘郑国贡献的马,庆郑曰:

---

① 黄怀信:《逸周书校补注译》(修订本),西安:三秦出版社,2006年,第6页。
② 《周礼正义》,见《十三经注疏》,上海:上海古籍出版社,1997年,第703页下。
③ (唐)欧阳询:《艺文类聚》,上海:上海古籍出版社,1982年,第222页。
④ "哀公七年",《春秋左传正义》,见《十三经注疏》,上海:上海古籍出版社,1997年,第2162页上。

"古者大事,必乘其产,生其水土而知其人心,安其教训而服习其道,唯所纳之,无不如志。今乘异产,以从戎事,及惧而变,将与人易。乱气狡愤,阴血周作,张脉偾兴,外强中干。进退不可,周旋不能,君必悔之。"①庆郑称乘骑别国产的战马,必定会有后悔之事。果然,韩原之战,战马陷于泥泞,于是晋侯被秦俘虏。这是讲战马的"土宜"与否,对战争的胜负有着相当的影响。

先秦大多数执政者都认识到,国家建设一定要遵照"土宜"的原则。如选择建都之地,古时有所谓"君子九能"而"可以为大夫",其中之一就是"建邦能命龟",大夫以"命龟"来确定"建邦"之地。《左传·成公六年》记载晋国君臣一次关于迁都的讨论:诸大夫提出"必居郇、瑕氏之地",韩献子称其地虽然"沃饶而近盬",但"土薄水浅,其恶易觏",污秽之物容易聚集,不如新田之地,"有汾、浍以流其恶",有河流可以清除、排流污染②。这是从自然环境的"土宜"——怎样长居久安来考虑迁都的问题,而不是只考虑地区是否富饶。

"土宜"不可改变,于是,就有以"土宜"来坚决维护本国利益之事。《左传·成公二年》载:齐晋鞌之战,晋胜齐,提出"而使齐之封内尽东其亩",即要求齐国把南北向的田垄改为东西向,那么道路也都改为了东西向。如此一来,晋兵车进入齐国则易于通行。齐人回答:"先王疆理天下,物土之宜,而布其利,故《诗》曰:'我疆我理,南东其亩。'今吾子疆理诸侯,而曰'尽东其亩'而已,唯吾子戎车是利,无顾土宜,其无乃非先王之命也乎? 反先王则不义,何以为盟主? 其晋实有阙。"③齐人意指晋国为了兵车进入齐国的方便,就不考虑齐国的"物土之宜",这不符合"先王之命",这样的话怎么能当盟主? 以晋"无顾土宜"拒绝了其要求。

以"土宜"对抗强敌,还有一个例子。《吴越春秋·阖闾内传》载:阖闾提问如何对抗相邻的越国、楚国,伍子胥曰"凡欲安君治民,兴霸成王,从近制远者,必先立城郭,设守备,实仓廪,治兵库。斯则其术也",并提出除了"筑城郭,立仓库,因地制宜",还要"有天气之数,以威邻国",如"筑小城,周十里,陵门三。不开东面者,欲以绝越明也""立阊门者,以象天门,通阊阖风也""欲西破楚,楚在西北,故立阊门以通天气,因复名之破楚门""立蛇门

---

① 《春秋左传正义》,见《十三经注疏》,上海:上海古籍出版社,1997年,第1806页上。
② 《春秋左传正义》,见《十三经注疏》,上海:上海古籍出版社,1997年,第1902页下。
③ 《春秋左传正义》,见《十三经注疏》,上海:上海古籍出版社,1997年,第1895页中下。

者,以象地户也""欲东并大越,越在东南,故立蛇门,以制敌国";又提出"吴在辰,其位龙也,故小城南门上反羽为两鲵鳔,以象龙角。越在巳地,其位蛇也,故南大门上有木蛇,北向首内,示越属于吴也"①;等等。现在看起来,伍子胥如此以天象、地象筑城郭、筑城门的方式,号称是"因地制宜"。实际上"有天气之数,以威邻国"是说吴国以合乎"土宜"来充分鼓舞士气并表达出同仇敌忾的信念,是说对抗强敌不仅仅要在物质建设方面有所强化,还要以精神方面的"土宜"压倒强敌。

先秦时期十分注意利用"土宜"的地利条件。《左传·僖公二十八年》载晋楚交战,子犯曰"战而捷,必得诸侯。若其不捷,表里山河,必无害也"②,就是称说本国"表里山河"这一特殊的地利条件。

事情还有另外一面,也有人认为仅仅"土宜"实在是不够的。《史记·孙子吴起列传》载:魏武侯浮西河而下,谓吴起曰:"美哉乎山河之固,此魏国之宝也!"吴起对曰:"在德不在险。"③"险"是"土宜",但"德"更为重要。或称"土宜"不可恃,《左传·昭公四年》载晋平公自称:"国险而多马,齐、楚多难。有是三者,何乡而不济?"楚国伍举说"四岳、三涂、阳城、大室、荆山、中南,九州之险也,是不一姓。冀之北土,马之所生,无兴国焉。恃险与马,不可以为固也,从古以然。是以先王务修德音以亨神人,不闻其务险与马也"④,指出"务修德音以亨神人"才是正道。这是比"土宜"更高层次的东西。

二、"土宜"与朝廷政策制定

中国古代是农耕社会,时时有论政如论农功之谈。春秋时子大叔问政于子产,子产曰:"政如农功,日夜思之,思其始而成其终。朝夕而行之,行无越思,如农之有畔。其过鲜矣。"⑤"政如农功",那么,"土宜"也会应用于社会生活的其他方面。

先秦时的有识之士认为,正确的政策制定,应该是在掌握本国的情况的前提下,因地制宜而成的。《左传·襄公二十五年》记载:楚国蒍掩为司

---

① 周生春:《吴越春秋辑校汇考》,上海:上海古籍出版社,1997年,第39~40页。
② 《春秋左传正义》,见《十三经注疏》,上海:上海古籍出版社,1997年,第1825页上。
③ (汉)司马迁:《史记》,北京:中华书局,1982年,第2166页。
④ 《春秋左传正义》,见《十三经注疏》,上海:上海古籍出版社,1997年,第2033页上、中。
⑤ "襄公二十五年",《春秋左传正义》,见《十三经注疏》,上海:上海古籍出版社,1997年,第1986页中。

马,令尹子木命其"庀赋,数甲兵"(征收赋税,清查军备),于是,蒍掩"书土田"(登记土地田泽)、"度山林"(度量山林之材)、"鸠薮泽"(聚集水泽出产)、"辨京陵"(测量各处高地)、"表淳卤"(标列盐碱地亩)、"数疆潦"(计算水涝面积)、"规偃猪"(规划蓄水池塘)、"町原防"(划分堤间耕地)、"牧隰皋"(定出放牧低地)、"井衍沃"(划定肥沃井田)"等。正是令自己国家的资源分布与利用合乎"土宜",这才"量入修赋,赋车籍马,赋车兵、徒卒、甲楯之数"①,即制定合乎"土宜"的量入为用的税收制度,使楚康王后期呈现复兴的景象,在与晋国执政赵武会盟中,楚、晋平分了霸权。

文化政策的制定,也要合乎"土宜",要"与俗同好恶"。史载管仲任政相齐的政策制定:"以区区之齐在海滨,通货积财,富国强兵,与俗同好恶。故其称曰:'仓廪实而知礼节,衣食足而知荣辱,上服度则六亲固。四维不张,国乃灭亡。下令如流水之原,令顺民心。'故论卑而易行。俗之所欲,因而予之;俗之所否,因而去之。"②以"与俗同好恶"来制定政策,此即"毋失其土宜",故太史公曰:"语曰'将顺其美,匡救其恶,故上下能相亲也',岂管仲之谓乎?"③"土宜"即"顺其美"。

《吕氏春秋·季秋》载春秋战国时期的税收政策:"与诸侯所税于民,轻重之法,贡职之数,以远近土地所宜为度。"④这是说税赋也要以"土地所宜为度",州郡农桑赏罚之制,须根据地利来实行。

反过来说,如果实施不合乎本国国情的经济政策,就会招来恶果。《左传·昭公二十年》载:齐景公生疥癣、得疟疾,整年不愈,有人认为"是祝、史之罪也";晏子则称是齐景公各项经济政策有过失所致,是各级官府的经济苛政"失其土宜"致"民人苦病,夫妇皆诅"所致,祝、史虽然"善祝","岂能胜亿兆人之诅",并称"修德而后可"。于是齐景公"使有司宽政,毁关(撤销关卡),去禁(废除海禁),薄敛(减轻赋敛),已责(赦免债务)"⑤,制定合乎"土宜"的经济政策。

春秋战国时期的人口政策,尤显出合乎"土宜"的重要性。《国语·越

---

① 《春秋左传正义》,见《十三经注疏》,上海:上海古籍出版社,1997年,第1985页下~1986页中。
② (汉)司马迁:《史记·管晏列传》,北京:中华书局,1982年,第2132页。
③ (汉)司马迁:《史记·管晏列传》,北京:中华书局,1982年,第2136页。
④ (秦)吕不韦:《吕氏春秋》,上海:上海古籍出版社,1989年,第66页上。
⑤ 《春秋左传正义》,见《十三经注疏》,上海:上海古籍出版社,1997年,第2092页下~2093页中。

语上》载:越王勾践兵败吴王,为了复兴,采取了多种措施,如制定人口政策。勾践称自己不能令"四方之民归之",只能是"将帅二三子夫妇以蕃",于是采取鼓励生育的政策。这个政策起码包括三个部分:其一,"令壮者无取老妇,令老者无取壮妻。女子十七不嫁,其父母有罪;丈夫二十不娶,其父母有罪",这是结婚政策,要求优婚早婚;其二,"生丈夫,二壶酒,一犬;生女子,二壶酒,一豚。生三人,公与之母;生二人,公与之饩",这是生子的优待政策;其三,"令孤子、寡妇、疾疹、贫病者,纳宦其子",这是对特殊人群的优育政策。① 这些为了打败吴国的临时人口政策,皆是从符合"土宜"出发的。

春秋战国时期的人才引进政策,也要看是否合乎"土宜"。史载秦宗室大臣提出"逐客",驱除外来人才,皆言秦王曰"诸侯人来事秦者,大抵为其主游间于秦耳,请一切逐客",称引进人才不利秦国,即不合"土宜"。而李斯上书,称:"缪公求士,西取由余于戎,东得百里奚于宛,迎蹇叔于宋,来丕豹、公孙支于晋。此五子者,不产于秦,而缪公用之,并国二十,遂霸西戎。"又有"孝公用商鞅之法""惠王用张仪之计""昭王得范雎"等,"秦成帝业",秦之君王者,"皆以客之功"②。上举事例,以实效证明引进人才是合乎"土宜"的。

如何根据本土的实际情况来制定各项政策,如经济政策、人口政策、人才政策等,以合乎"土宜"来办好本国的事?先秦时的远见卓识人士,所谓"君子",更注重"土宜"对文化建设的重要作用。《左传·文公六年》载"君子"曰"古之王者知命之不长,是以并建圣哲,树之风声,分之采物,著之话言,为之律度,陈之艺极,引之表仪,予之法制,告之训典,教之防利,委之常秩,道之礼则,使毋失其土宜,众隶赖之,而后即命。圣王同之"③,称进行文化建设还有总的原则,即"毋失其土宜"。吕祖谦注曰:"使人民万物各得其所,如稼穑之类亦使各得其性。"④杜预注"树之风声":"因土地风俗为立声教之法。"这是指立足现实与适合国情来进行文化建设,不要让各项文化建设失去其生长的土壤。

古代朝廷之"制乐"在"土宜"的基础上产生。《左传·昭公二十一年》:

---

① (先秦)左丘明著,(三国)韦昭注,胡文波校点:《国语》,上海:上海古籍出版社,2015年,第427页。
② (汉)司马迁:《史记·李斯传》,北京:中华书局,1982年,第2541~2542页。
③ 《春秋左传正义》,见《十三经注疏》,上海:上海古籍出版社,1997年,第1844页上、中。
④ (宋)吕祖谦:《春秋左氏传续说》卷五,清《文渊阁四库全书》本。

"夫乐,天子之职也。""天子省风以作乐,器以钟之,舆以行之。小者不窕,大者不槬,则和于物,物和则嘉成。故和声入于耳而藏于心,心亿则乐。"①其核心意思是,制乐要"和于"当地的"物",即要与各地域民风联系在一起。《诗三百》的十五国风,就是在"土宜"的基础上产生的,是从十五个地区采集来的带有地方色彩的民间歌谣,也即刘勰《文心雕龙·乐府》所说:"匹夫庶妇,讴吟土风,诗官采言,乐胥被律,志感丝篁,气变金石。"②诗官采"土风"者,由朝廷审定而确定,也是"天子省风以作乐"。

因此就有从各地之乐了解各地风情的情况。《左传·襄公二十九年》载:吴公子札来聘,请观于周乐。使工为之歌《周南》《召南》,曰:"美哉!始基之矣,犹未也。然勤而不怨矣。"为之歌《邶》《鄘》《卫》,曰:"美哉!渊乎!忧而不困者也。吾闻卫康叔、武公之德如是,是其《卫风》乎?"为之歌《王》,曰:"美哉!思而不惧,其周之东乎?"为之歌《郑》,曰:"美哉!其细已甚,民弗堪也,是其先亡乎!"为之歌《齐》,曰:"美哉!泱泱乎!大风也哉!表东海者,其大公乎!国未可量也。"为之歌《豳》,曰:"美哉!荡乎!乐而不淫,其周公之东乎?"为之歌《秦》,曰:"此之谓夏声。夫能夏则大,大之至也,其周之旧乎?"为之歌《魏》,曰:"美哉!沨沨乎!大而婉,险而易行,以德辅此,则明主也。"为之歌《唐》,曰:"思深哉!其有陶唐氏之遗民乎?不然,何忧之远也?非令德之后,谁能若是?"为之歌《陈》,曰:"国无主,其能久乎?"③

反过来说,有什么样的"土宜",就有什么样的乐。《韩非子·十过》载:"昔者卫灵公将之晋,至濮水之上,税车而放马,设舍以宿。夜分,而闻鼓新声者而说之。"召师涓"听而写之"。至晋,令师涓为晋平公"援琴鼓之"。晋师旷曰:"此亡国之声。"称:"此师延之所作,与纣为靡靡之乐也。及武王伐纣,师延东走,至于濮水而自投。故闻此声者必于濮水之上。"④《礼记·乐记》载:"桑间濮上之音,亡国之音也。其政散,其民流,诬上行私而不可止也。"郑玄注:"濮水之上,地有桑间者,亡国之音于此之水出也。昔殷纣使师延作靡靡之乐,已而自沈于濮水,后师涓过焉,夜闻而写之,为晋平公鼓

---

① 《春秋左传正义》,见《十三经注疏》,上海:上海古籍出版社,1997年,第2097页上、下。
② (南朝梁)刘勰著,詹锳义证:《文心雕龙义证》,上海:上海古籍出版社,1989年,第226页。
③ 《春秋左传正义》,见《十三经注疏》,上海:上海古籍出版社,1997年,第2006页上~2007页上。
④ 陈奇猷:《韩非子新校注》,上海:上海古籍出版社,2000年,第205~206页。

之。"①《汉书·地理志下》载:"卫地有桑间濮上之阻,男女亦亟聚会,声色生焉,故俗称郑、卫之音。"②于是,或把某种音乐的"淫"与地域联系起来。《论语·卫灵公》:"子曰:……放郑声,远佞人。郑声淫,佞人殆。"③这是以地域定"乐"的性质。

三、"土宜"与先秦文学及士人"立言"

先秦诸子的作品,多有"地理风物之篇",此当然是"土宜"之作,"土宜"影响着作品的内容、风格。如章学诚《文史通义·书坊刻诗话后》说"《京都》诸赋,本于《国策》(陈说六国形势),《管子》《吕览》《淮南》俱有地理风物之篇,至班、左诸君而益畅其支,乃有源流派别之文,辞章家之大著作也"④,并指出《管子》《吕览》中的"地理风物之篇"对《京都》诸赋和纵横家"言"的影响。又如刘勰所称"江山之助"与《楚辞》的生成,《文心雕龙·物色》:"若乃山林皋壤,实文思之奥府,略语则阙,详说则繁。然屈平所以能洞监《风》《骚》之情者,抑亦江山之助乎?"⑤

后世文学批评亦运用"土宜"的观点。如颜之推《颜氏家训·文章》:"凡诗人之作,刺箴美颂,各有源流,未尝混杂,善恶同篇也。陆机为《齐讴篇》,前叙山川物产风教之盛,后章忽鄙山川之情,殊失厥体。其为《吴趋行》,何不陈子光、夫差乎?《京洛行》,胡不述赧王、灵帝乎?""文章地理,必须惬当。梁简文《雁门太守行》乃云:'鹅军攻日逐,燕骑荡康居,大宛归善马,小月送降书。'萧子晖《陇头水》云:'天寒陇水急,散漫俱分泻,北注徂黄龙,东流会白马。'此亦明珠之颣,美玉之瑕,宜慎之。"⑥他称文学作品的叙写不能与地理有太大的出入。

是否合乎"土宜",决定着先秦士人的"立言"能否成功。如史载战国时孟子游说列国的败因:"当是之时,秦用商君,富国强兵;楚、魏用吴起,战胜弱敌;齐威王、宣王用孙子、田忌之徒,而诸侯东面朝齐。天下方务于合从

---

① 《礼记正义》,见《十三经注疏》,上海:上海古籍出版社,1997年,第1528页中。
② (汉)班固:《汉书》,北京:中华书局,1962年,第1665页。
③ 《论语注疏》,见《十三经注疏》,上海:上海古籍出版社,1997年,第2517页中。
④ (清)章学诚著,仓修良编注:《文史通义新编新注》,北京:商务印书馆,2017年,第300页。
⑤ (南朝梁)刘勰著,詹锳义证:《文心雕龙义证》,上海:上海古籍出版社,1989年,第1759页。
⑥ (北齐)颜之推撰,王利器集解:《颜氏家训集解》,上海:上海古籍出版社,1980年,第265、271页。

连衡,以攻伐为贤,而孟轲乃述唐、虞、三代之德,是以所如者不合。"①这是指孟子游说不合时宜,其中也包含了不合"土宜"之处,即不符合诸国的具体情况,"是以所如者不合"。故诸子游说,必先陈其"土宜",称说其地理、地利优势,然后再展开政治游说。如苏秦的游说:说秦惠王,曰:"秦四塞之国,被山带渭,东有关河,西有汉中,南有巴蜀,北有代马,此天府也。"说燕文侯,曰:"燕东有朝鲜、辽东,北有林胡、楼烦,西有云中、九原,南有呼沱、易水,地方二千余里……南有碣石、雁门之饶,北有枣栗之利,民虽不佃作而足于枣栗矣。此所谓天府者也。"说韩宣王,曰:"韩北有巩、成皋之固,西有宜阳、商阪之塞,东有宛、穰、洧水,南有陉山,地方九百余里,带甲数十万,天下之强弓劲弩皆从韩出。"说魏襄王,曰:"大王之地,南有鸿沟、陈、汝南、许、郾、昆阳、召陵、舞阳、新都、新郪,东有淮、颍、煮枣、无胥,西有长城之界,北有河外、卷、衍、酸枣,地方千里。"说齐宣王,曰:"齐南有泰山,东有琅邪,西有清河,北有勃海,此所谓四塞之国也。"说楚威王,曰:"西有黔中、巫郡,东有夏州、海阳,南有洞庭、苍梧,北有陉塞、郇阳,地方五千余里。"②对各诸侯王称说"土宜"地利是霸王之资,这些都切合"君子九能"之"山川能说"。又如范雎对秦王所言,先陈说"土宜":"大王之国,四塞以为固,北有甘泉、谷口,南带泾、渭,右陇、蜀,左关、阪,奋击百万,战车千乘,利则出攻,不利则入守,此王者之地也。民怯于私斗而勇于公战,此王者之民也。王并此二者而有之。夫以秦卒之勇,车骑之众,以治诸侯,譬若施韩卢而搏蹇兔也,霸王之业可致也。"③接着指出"土宜"那么好而未实现"霸王之业",是因为"大王之计有所失也",于是展开其政治游说。

　　士的政治游说如要成功,必须就"土宜"而发,具体来说,针对该国现实及君王最关切的问题,引起君王注意。实际上,"土宜"应该结合"时宜","时宜"要求游说者的"立言"合乎时代形势。如范雎初见秦王,故为谬曰:"秦安得王?秦独有太后、穰侯耳。"欲以感怒昭王。"秦王跽而请,曰:'先生何以幸教寡人?'"④《史记·商君列传》载:"公孙鞅闻秦孝公下令国中求贤者,将修缪公之业,东复侵地,乃遂西入秦。"公孙鞅先是"说公以帝道",又"说公以王道",皆未入,最后"说公以霸道","以强国之术说君",孝公"意

---

① (汉)司马迁:《史记·孟子荀卿列传》,北京:中华书局,1982年,第2343页。
② (汉)司马迁:《史记·苏秦列传》,北京:中华书局,1982年,第2242~2259页。
③ (汉)司马迁:《史记·范雎蔡泽列传》,北京:中华书局,1982年,第2408页。
④ (汉)司马迁:《史记·范雎蔡泽列传》,北京:中华书局,1982年,第2406页。

欲用之矣"①。而苏秦游说秦惠王，秦惠王曰："毛羽未成，不可以高蜚；文理未明，不可以并兼。"且因为"方诛商鞅，疾辩士"，故弗用苏秦。苏秦历秦、赵游说，主政者皆不接受。此后去游燕，燕文侯以"与赵从亲"，如能以"安燕"为条件，"寡人请以国从"②。所谓"安燕"，就是从本国利益出发的愿望。游说者的成功，都是在原有的"土宜"基础上，进而实施某些改革。

四、"土宜"与移风易俗及天下一统

《荀子·荣辱》曰："越人安越，楚人安楚，君子安雅。是非知能材性然也，是注错习俗之节异也。"③这是讲"土宜"习俗的稳定性。而《易·系辞下》称："黄帝、尧、舜氏作，通其变，使民不倦，神而化之，使民宜之。"④"通其变"而达到"使民不倦""使民宜之"，这是讲"土宜"也应该随时代的变化而有所变化，实现新的"土宜"，强调"土宜"的变革性，即移风易俗。

"土宜"在社会生活方面体现在习俗、风俗上。《荀子·强国》就认为物质方面的"土宜"会影响精神方面的"风"。荀子访秦归来，称秦"其固塞险，形执（势）便，山林川谷美，天材之利多，是形胜也"，这是其"土宜"，又称："入境，观其风俗，其百姓朴，其声乐不流污，其服不挑，甚畏有司而顺，古之民也。及都邑官府，其百吏肃然，莫不恭俭、敦敬、忠信而不楛，古之吏也。入其国，观其士大夫，出于其门，入于公门，出于公门，归于其家，无有私事也，不比周，不朋党，倜然莫不明通而公也，古之士大夫也。观其朝廷，其闲，听决百事不留，恬然如无治者，古之朝也。"⑤这是习俗、风俗之"土宜"。山林川谷之"土宜"与习俗、风俗之"土宜"是相辅相成的，是秦击败六国的基础。

先秦时的执政者对于"风""俗"持有两面态度。一是"观民风""观民之所好恶"以顺从民风，如《礼记·王制》载天子五年一巡守，"觐诸侯；问百年者就见之。命大师陈诗，以观民风，命市纳贾，以观民之所好恶，志淫好辟"⑥。另一是"观民风"，而后要移风易俗。杜预注"天子省风以作乐"，曰

---

① （汉）司马迁：《史记》，北京：中华书局，1982年，第2228页。
② （汉）司马迁：《史记·苏秦列传》，北京：中华书局，1982年，第2242～2244页。
③ （清）王先谦撰，沈啸寰、王星贤点校：《荀子集解》，北京：中华书局，1988年，第62页。
④ 《周易正义》，见《十三经注疏》，上海：上海古籍出版社，1997年，第86页下。
⑤ （清）王先谦撰，沈啸寰、王星贤点校：《荀子集解》，北京：中华书局，1988年，第303页。
⑥ 《礼记正义》，见《十三经注疏》，上海：上海古籍出版社，1997年，第1328页中。

"省风俗,作乐以移之"①,就是说要移风易俗,实施风教、教化。《史记·周本纪》载:古公亶父"乃与私属遂去豳,度漆、沮,逾梁山,止于岐下","豳人举国扶老携弱,尽复归古公于岐下。及他旁国闻古公仁,亦多归之。于是古公乃贬戎狄之俗,而营筑城郭室屋,而邑别居之",古公亶父来到戎狄之地,未服从其"土宜",而是移风易俗,"贬戎狄之俗",以新的风俗取得诸侯的尊重与支持。又载:"西伯阴行善,诸侯皆来决平。于是虞、芮之人有狱不能决,乃如周。入界,耕者皆让畔,民俗皆让长。虞、芮之人未见西伯,皆惭,相谓曰:'吾所争,周人所耻,何往为,只取辱耳。'遂还,俱让而去。诸侯闻之,曰'西伯盖受命之君'。"②移风易俗所向,就是要以自己所认为的正统"风、俗"去一统其他区域,换句话说,就是在"风、俗"方面限制其他区域的"土宜"。

史书又以西周初年鲁、齐的经历,分别讲述了"土宜"顺从民风与移风易俗两个方面:"鲁公伯禽之初受封之鲁,三年而后报政周公。周公曰:'何迟也?'伯禽曰:'变其俗,革其礼,丧三年然后除之,故迟。'太公亦封于齐,五月而报政周公。周公曰:'何疾也?'曰:'吾简其君臣礼,从其俗为也。'"③或"变其俗",或"从其俗",二者都是需要的。故《汉书·地理志》称:"凡民函五常之性,而其刚柔缓急,音声不同。系水土之风气,故谓之风;好恶取舍,动静亡常,随君上之情欲,故谓之俗。孔子曰:'移风易俗,莫善于乐。'言圣王在上,统理人伦,必移其本,而易其末,此混同天下一之乎中和,然后王教成也。"④其中"圣王在上,统理人伦"的一统是最主要的。

移风易俗,就是统治阶级提倡的"混同天下一之乎中和,然后王教成也"。晋潘岳《笙赋》:"乐所以移风于善,亦所以易俗于恶,故丝竹之器未改,而桑濮之流已作。"⑤移风易俗的根本在于"时宜",风俗、习俗的"土宜",还应该适合、适宜于时代。我们常说南北文学不同,李延寿《北史·文苑传》称:"江左宫商发越,贵于清绮;河朔词义贞刚,重乎气质。气质则理胜其词,清绮则文过其意;理深者便于时用,文华者宜于咏歌。"⑥但其基本

---

① "昭公二十一年",《春秋左传正义》,见《十三经注疏》,上海:上海古籍出版社,1997年,第2097页上。
② (汉)司马迁:《史记》,北京:中华书局,1982年,第114、117页。
③ (汉)司马迁:《史记·鲁周公世家》,北京:中华书局,1982年,第1524页。
④ (汉)班固:《汉书》,北京:中华书局,1962年,第1640页。
⑤ (南朝梁)萧统编、(唐)李善注:《文选》,北京:中华书局,1977年,第261~262页。
⑥ (唐)李延寿:《北史》,北京:中华书局,1974年,第2781~2782页。

条件就是地理、政治在某种程度上隔绝的产物。后世人们往往把南北文学的不同归结为"土宜"因素。刘师培曰:"大抵北方之地,土厚水深,民生其间,多尚实际;南方之地水势浩洋,民生其间,多尚虚无。民尚实际,故所著之文不外记事、析理二端;民尚虚无,故所作之文或为言志、抒情之体。"①但是,当一统社会后,朝廷以及大众就都有一统文学的愿望,所谓"混同天下一之乎中和,然后王教成也",再加上地域界限被打破,人员流动自由,尽管还有"一方水土养一方人"之说,但有什么样的地理就有什么样的"土宜"文学的程度越来越低,故汉、唐、元、明、清就不那么突出所谓南北文学不同了。

因此,移风易俗,改变某些方面不合时宜的"土宜"以适应时代,成为当时朝廷的大事。就某个局部而言,如西门豹治邺,移风易俗,改变河伯娶妇的恶习。战国时赵武灵王称"今骑射之服,近可以备上党之形,远可以报中山之怨",于是"将胡服骑射以教百姓"。他以"胡服骑射"的移风易俗,使国家强大。赵武灵王胡服骑射其理论基础即其称"圣人观乡而顺宜,因事而制礼",称"法度制令各顺其宜"②。"各顺其宜",不是说"土"就是"宜",而是强调"顺"才是"宜","顺宜"就是顺合"时宜"。就秦统一天下而言,海内为郡县,法令由一统,书同文、车同轨、行同伦,其中就有整体疆土、全体臣民的移风易俗。

第四节 "立言":从"谈说之术"到"文以气为主"

曹丕《典论·论文》提出"文以气为主",人们多从宇宙观、人体精神来考察、溯源"文气说"。其实,考察"文气说"的缘起或先声,还有一个途径,即从"言笔之辨"来展开。人类表达经历先是"口出",而后有"笔书",即先有口头表达,后有书面表达,"笔书以为文"是随着文字的出现才实现的。那么,"口出"之"立言"与"气"是否也有某种关联?"口出""立言"之"气"又与"笔书以为文""立言"之"气"有什么联系和不同?先秦"口出""立言"之"气"对曹丕提出"文以气为主"有什么影响?此处拟对这些问题作一考察。

---

① 陈引驰编校:《刘师培中古文学论集》,北京:中国社会科学出版社,1997年,第261页。
② (汉)刘向集录:《战国策·赵二》,上海:上海古籍出版社,1985年,第658~663页。

一、"口出"与语言态度

表达见诸文字,但人们发现,有时身体动作也能像"口出"一样表达意思。如《吕氏春秋·重言》:

> 齐桓公与管仲谋伐莒,谋未发而闻于国,桓公怪之,曰:"与仲父谋伐莒,谋未发而闻于国,其故何也?"管仲曰:"国必有圣人也。"……东郭牙至。管仲曰:"此必是已。"乃令宾者延之而上,分级而立。管子曰:"子邪言伐莒者?"对曰:"然。"管仲曰:"我不言伐莒,子何故言伐莒?"对曰:"臣闻君子善谋,小人善意。臣窃意之也。"管仲曰:"我不言伐莒,子以意之?"对曰:"臣闻君子有三色:显然喜乐者,钟鼓之色也;湫然清静者,衰绖之色也;艴然充盈、手足矜者,兵革之色也。日者臣望君之在台上也,艴然充盈、手足矜者,此兵革之色也。君呿而不唫,所言者'莒'也;君举臂而指,所当者莒也。臣窃以虑诸侯之不服者,其惟莒乎!臣故言之。"凡耳之闻,以声也。今不闻其声,而以其容与臂,是东郭牙不以耳听而闻也。桓公、管仲虽善匿,弗能隐矣。故圣人听于无声,视于无形。詹何、田子方、老耽(聃)是也。①

伴随着"口出"的行为动作尤其是语言态度更能表达内心的真实意思。如《左传·文公十二年》载:

> 臾骈曰:"使者目动而言肆,惧我也,将遁矣。"(杜预注:"目动,心不安;言肆,声放失常节。")②

臾骈从使者行为动作的"目动"与语言态度的"言肆"看出其内心的隐秘。

《韩非子·八经》:"呐者言之疑;辩者言之信。"③"口出"表达得怎么样,是"呐"还是"辩",看起来是纯粹的形式,却决定着办事的效果。先秦时非常重视诸如"呐""辩"之类"口出"的语言态度,甚至认为语言态度决定着"口出"的意义表达。《韩非子·难言》就举出种种事例:

---

① (秦)吕不韦:《吕氏春秋》,上海:上海古籍出版社,1989年,第154页下~155页下。
② 《春秋左传正义》,见《十三经注疏》,上海:上海古籍出版社,1997年,第1852页上。
③ 陈奇猷校注:《韩非子集释》,上海:上海人民出版社,1974年,第1029页。

> 臣非非难言也,所以难言者,言顺比滑泽,洋洋洒洒然,则见以为华而不实。敦祗恭厚,鲠固慎完,则见以为掘而不伦。多言繁称,连类比物,则见以为虚而无用。总微说约,径省而不饰,则见以为刿而不辩。激急亲近,探知人情,则见以为谮而不让。闳大广博,妙远不测,则见以为夸而无用。家计小谈,以具数言,则见以为陋。言而近世,辞不悖逆,则见以为贪生而谀上。言而远俗,诡躁人间,则见以为诞。捷敏辩给,繁于文采,则见以为史。殊释文学,以质信言,则见以为鄙。时称《诗》《书》,道法往古,则见以为诵。此臣非之所以难言而重患也。①

言语者"顺比滑泽,洋洋洒洒然""敦祗恭厚,鲠固慎完"等语言态度,人们把其当作语言的"华而不实""掘而不伦"来接受,这是从言语者在言语时的语言态度出发谈实际效果,可见语言态度在"口出"时的重要性,只因为语言态度如此而被人们接受,或许这并非言语者"口出"的初衷。于是,就有人把行为动作、语言态度看作是所谓"不言之言"。《管子·心术下》:

> 人能正静者,筋肕而骨强;能戴大圆者,体乎大方,镜大清者,视乎大明。正静不失,日新其德,昭知天下,通于四极。金心在中不可匿,外见于形容,可知于颜色。善气迎人,亲如弟兄;恶气迎人,害于戈兵。不言之言,闻于雷鼓。②

"外见于形容,可知于颜色"的"善气""恶气"之类,就是"不言之言"。

因此,"口出"时的语言态度事关重大,而在当时的现实生活中,由于"口出"时的行为动作、语言态度或失败或顺利达到目的的例子很多,以下略举几例。《左传·昭公十一年》载:

> 单子会韩宣子于戚,视下言徐。叔向曰:"单子其将死乎! 朝有著定,会有表,衣有襘,带有结。会朝之言,必闻于表著之位,所以昭事序也。视不过结、襘之中,所以道容貌也。言以命之,容貌以明之,失则有阙。今单子为王官伯,而命事于会,视不登带,言

---

① 陈奇猷校注:《韩非子集释》,上海:上海人民出版社,1974年,第48～49页。
② 黎翔凤撰,梁运华整理:《管子校注》,北京:中华书局,2004年,第783页。

不过步,貌不道容,而言不昭矣。不道,不共;不昭,不从。无守气矣。"①

叔向从单子"口出"时"视下言徐"的语言态度。得出"单子其将死乎"的结论,这是反面。《后汉书·窦融传》载:

> (窦)融自以非旧臣,一旦入朝,在功臣之右,每召会进见,容貌辞气卑恭已甚,帝以此愈亲厚之。②

窦融"容貌辞气卑恭已甚"的语言态度使皇帝对其"愈亲厚之"。《后汉书·江革传》载江革以"辞气愿款,有足感动人者"的语言态度使自己获救:

> 江革字次翁,齐国临淄人也。少失父,独与母居。遭天下乱,盗贼并起,革负母逃难,备经阻险,常采拾以为养。数遇贼,或劫欲将去,革辄涕泣求哀,言有老母,辞气愿款,有足感动人者。贼以是不忍犯之,或乃指避兵之方,遂得俱全于难。③

"口出"时的行为动作、语言态度可不重视乎?于是,人们普遍认为言语制胜的因素有二:所谓"义正""词严"。王充《论衡·物势》:

> 一堂之上,必有论者;一乡之中,必有讼者。讼必有曲直,论必有是非,非而曲者为负,是而直者为胜。亦或辩口利舌,辞喻横出为胜;或诎弱缀踤,蹏塞不比者为负。以舌论讼,犹以剑戟斗也。利剑长戟,手足健疾者胜;顿刀短矛,手足缓留者负。夫物之相胜,或以筋力,或以气势,或以巧便。小有气势,口足有便,则能以小而制大;大无骨力,角翼不劲,则以大而服小。④

是非或曲直与辩口利舌或诎弱缀踤,此二者相合,才是"口出"之"言"完整的力量,即所谓"物之相胜"的"筋力、气势、巧便"。

---

① 《春秋左传正义》,见《十三经注疏》,上海:上海古籍出版社,1997年,第2060页中、下。
② (南朝宋)范晔:《后汉书》,北京:中华书局,1965年,第807页。
③ (南朝宋)范晔:《后汉书》,北京:中华书局,1965年,第1302页。
④ (汉)王充:《论衡》,上海:上海人民出版社,1974年,第49~50页。

二、"听其声,处其气"与"文以气为主"

对"口出"所要表达的内容,《论语·卫灵公》载孔子曰:"辞达而已矣。"① 而"口出"时的语言态度如此被人们看重,这是说"口出以为言"的内容表达与"口出"时的语言态度具有某种一致性,即"口出"时的语言态度或许表达着与"口出以为言"相同的意味,或许表达着比"口出以为言"更深层的意味。《易·系辞下》载:

> 将叛者其辞惭,中心疑者其辞枝,吉人之辞寡,躁人之辞多,诬善之人其辞游,失其守者其辞屈。②

辞之"惭、枝、寡、多、游、屈"都是语言态度,这些语言态度表达出言语者更深层次的、更真实的内心,所谓"叛、疑、吉、躁、诬善、失其守"。其实这也是说,言语者有什么样的品性,就有什么样的语言态度。《论语·颜渊》所谓"仁者其言也讱"③,这是正面称说;《论语·学而》所谓"巧言令色,鲜矣仁"④,这是反面称说。当人们认为语言态度表达的是言语者更深层次的、更真实的内心时,语言态度就成为"口出"时最为重要的因素。

因此,所谓以"口出以为言"观"志"的"考言",就是通过语言态度以观人的性格乃至品性。《逸周书·官人》载:

> 二曰:方与之言,以观其志。□渊其器,宽以悌,其色俭而不谄;其礼先人,其言后人,见其所不足,曰益者也。好临人以色,高人以气,贤人以言,防其所不足,发其所能,曰损者也。其貌直□□□,其言正而不私;不饰其美,不隐其恶,不防其过,曰有质者也。其貌曲媚,其言工巧;饰其见物,务其小证,以故自说,曰无质者也。……设之以物而数决,敬之以卒而度应,不文而辩,曰有虑者也。……移易以言志不能固,已诺无决,曰弱志者也。……顺予之弗为喜,非夺之弗为怒,沉静而寡言,多稽而险貌,曰质静者也。屏言弗顾,自顺而弗让,非是而强之,曰始诬者也。……华废

---

① 《论语注疏》,见《十三经注疏》,上海:上海古籍出版社,1997年,第2519页上。
② 《周易正义》,见《十三经注疏》,上海:上海古籍出版社,1997年,第91页中。
③ 《论语注疏》,见《十三经注疏》,上海:上海古籍出版社,1997年,第2502页下。
④ 《论语注疏》,见《十三经注疏》,上海:上海古籍出版社,1997年,第2457页中。

而诬,巧言令色,皆以无为有者也。此之谓考言。①

所谓"方与之言,以观其志",就是以"口出以为言"来"观志"。其中"其言后人""贤人以言""其言正而不私""其言工巧""不文而辩""移易以言志不能固""沉静而寡言""屏言弗顾""巧言令色"等语言态度,一一对应"益者""损者""有质者""无质者""有虑者""弱志者""质静者""始诬者""无为有者",实际上就是以"口出"时的行为动作、语言态度考察其是一个怎样的人。

又有《国语·周语下》所载单穆公讨论"口、耳、目"三者关系,提出"口出"时的行为动作、语言态度就是"气"的观点,所谓"气在口为言":

> 夫耳目,心之枢机也,故必听和而视正。听和则聪,视正则明。聪则言听,明则德昭。听言昭德,则能思虑纯固。以言德于民,民歆而德之,则归心焉。上得民心,以殖义方,是以作无不济,求无不获,然则能乐。夫耳内和声,而口出美言(韦昭注:耳闻和声,则口有美言,此感于物也),以为宪令,而布诸民,正之以度量,民以心力,从之不倦。成事不贰,乐之至也。口内味而耳内声,声味生气(韦昭注:口内五味,则耳乐五声;耳乐五声,则志气生也)。气在口为言,在目为明。言以信名(韦昭注:信,审也。名,号令也),明以时动。名以成政,动以殖生。政成生殖,乐之至也。若视听不和,而有震眩,则味入不精,不精则气佚,气佚则不和。于是乎有狂悖之言,有眩惑之明,有转易之名,有过慝之度。出令不信,刑政放纷,动不顺时,民无据依,不知所力,各有离心。②

"口出"之"言"与"耳、目"之"听、视"构成"和"的关系,就能"口出美言"。此三者"和"则"志气生",就不会产生"气佚则不和"的情况。我们要注意这里提到的"气",即所谓"气在口为言"。《毛诗序》提出"诗者,志之所之也,在心为志,发言为诗;情动于中,而形于言"③,"诗"是"志"与"言"的特殊关系;而"气在口为言",则是"气"与"口出以为言"的一般关系,即"气"与"口出以为言"都有如此的关系。《文心雕龙·杂文》:

---

① 黄怀信:《逸周书校补注译》(修订本),西安:三秦出版社,2006年,第306~307页。
② (先秦)左丘明著,(三国)韦昭注,胡文波校点:《国语》,上海:上海古籍出版社,2015年,第82~83页。
③ 《毛诗正义》,见《十三经注疏》,上海:上海古籍出版社,1997年,第269页下~270页上。

> 宋玉含才,颇亦负俗,始造对问,以申其志,放怀寥廓,气实使之。①

这是从作家选用文体的角度说明"气在口为言"的例子,宋玉以"对问"展示其"放怀寥廓"。

《逸周书·官人》又把"口出"时的行为动作、语言态度就是"气"论述得完完整整,其称:

> 三曰:诚在其中,必见诸外。以其声,处其实。气初生物,物生有声。声有刚柔、清浊、好恶,咸发于声。心气华设者,其声流散;心气顺信者,其声顺节;心气鄙戾者,其声醒丑;心气宽柔者,其声温和。信气中易,义气时舒,和气简备,勇气壮力。听其声,处其气。考其所为,观其所由。以其前,观其后。以其隐,观其显。以其小,占其大,此之谓视声。②

这里认为各种"气"有各自的特性,所谓"信气中易,义气时舒,和气简备,勇气壮力"云云;这里更把不同的"心气"与不同的语言态度联系在一起,认为有什么样的"心气"就有什么样的语言态度,所谓"心气华设者,其声流散"云云,最后提出"听其声,处其气"。

"听其声,处其气"讲的就是"言以气为主"而被社会公认,"笔书以为文"逐渐盛行并取得与"口出以为言"相同的地位,那么,"文以气为主"的提出是自然而然的事。"口出"时的语言态度是属于言语者个性的某些东西,现在人们把个性的某些东西与"口出"之"言"联系在一起讨论,那么,为什么不能把"笔书"之"文"与作家个性的某些东西联系在一起讨论呢?这应该就是"口出"时的行为动作、语言态度与"口出以为言"的一致性的讨论对建安时期"文气说"的影响。

建安时曹丕就把"文"的撰作及其风格与作家的才智、个性联系在一起。曹丕《典论·论文》提出:

> 文以气为主,气之清浊有体,不可力强而致。譬诸音乐,曲度虽均,节奏同检,至于引气不齐,巧拙有素,虽在父兄,不能以移

---

① (南朝梁)刘勰著,詹锳义证:《文心雕龙义证》,上海:上海古籍出版社,1989年,第489页。
② 黄怀信:《逸周书校补注译》(修订本),西安:三秦出版社,2006年,第309页。

子弟。

其称"徐干时有齐气""应场和而不壮""刘桢壮而不密"等,又称孔融最有典型意义,把"体气高妙"视作其"然不能持论,理不胜词""杂以嘲戏"的必然结果①。曹丕《与吴质书》称刘桢"公干有逸气,但未遒耳",称王粲"惜其体弱,不足起其文";具有典型意义的是把"伟长独怀文抱质,恬淡寡欲,有箕山之志,可谓彬彬君子者矣",与其"著《中论》二十余篇,成一家之言,辞义典雅"②联系起来论述。

当然,无论"口出"还是"笔书","气"都是内在的。刘勰《文心雕龙·定势》就说:

> 刘桢云:"文之体指,虚实强弱,使其辞已尽而势有余,天下一人耳,不可得也。"公干所谈,颇亦兼气。然文之任势,势有刚柔,不必壮言慷慨,乃称势也。③

这是强调"气"在言辞、文章中都是内在的,并不是外在的"壮言慷慨"就可称得上"气",俗话有所谓"色厉内荏",就是称外在过分的"壮言慷慨"而实际上没什么东西。又如葛洪《抱朴子外篇·酒戒》:

> 管辂年少,希当剧谈,故假酒势以助胆气。若过其量,亦必迷错。④

即便是外在"剧谈","假酒势"之类非但不能"以助胆气",反而只能落得"迷错"的下场。

三、"谈说之术"与养气说

各种不同的言语表达时的语言态度是有各自不同的意味的,或许这更能反映言语者所期望表达的效果。孔子在不同场合的"口出"有着不同的行为动作、语言态度。《论语·乡党》载:

---

① (南朝梁)萧统编,(唐)李善注:《文选》,北京:中华书局,1977年,第720页下。
② (南朝梁)萧统编,(唐)李善注:《文选》,北京:中华书局,1977年,第591页下。
③ (南朝梁)刘勰著,詹锳义证:《文心雕龙义证》,上海:上海古籍出版社,1989年,第1131页。
④ (晋)葛洪撰,杨明照校笺:《抱朴子外篇校笺》,北京:中华书局,1991年,第597页。

> 孔子于乡党,恂恂如也,似不能言者。(朱熹《集注》:恂恂,信实之貌。似不能言者,谦卑逊顺。不以贤知先人也。乡党,父兄宗族之所在,故孔子居之,其容貌辞气如此。)其在宗庙、朝廷,便便言,唯谨尔。(朱熹《集注》:便便,辩也。宗庙,礼法之所在;朝廷,政事之所出。言不可以不明辨,故必详问而极言之,但谨而不放尔。)①

此一节,记孔子在乡党、宗庙、朝廷言貌之不同。

以下一节,记孔子在朝廷事上接下之不同:

> 朝,与下大夫言,侃侃如也;与上大夫言,誾誾如也。(朱熹《集注》引《说文》:"侃侃,刚直也。""誾誾,和悦而诤也。")君在,踧踖如也,与与如也。(朱熹《集注》:君在,视朝也。踧踖,恭敬不宁之貌。与与,威仪中适之貌。)②

语言风格,其愿望或目的是要对方能顺利接受自己的语言所表达的内容。我们看到,先秦人们所论语言风格,大都与如何接受语言或判断语言结合起来:一是所谓什么人说什么话;二是从语言来判断人的情性品德,即孔子所称"不知言,无以知人也"③。这是与内容紧密结合的语言风格,具有强烈的实用性,而不是论证或叙说语言风格本身。而《论语·乡党》中对孔子语言风格的记载,进入对个性的语言风格的记载与评述。《论语·乡党》所载最突出的意义,在于告诉人们:"口出"时的行为动作、语言态度有时是可以自己控制、主观而为的。《韩诗外传》卷九则论言语制胜不在"辞气甚隘,颜色甚变":

> 传曰:孔子过康子,子张、子夏从。孔子入坐,二子相与论,终日不决。子夏辞气甚隘,颜色甚变。子张曰:"子亦闻夫子之议论邪?徐言暗暗,威仪翼翼。后言先默,得之推让,巍巍乎,荡荡乎,道有归矣!小人之论也,专意自是,言人之非。瞋目扼腕,疾言喷喷,口沸目赤,一幸得胜,疾笑嗌嗌。威仪固陋,辞气鄙俗,是以君

---

① (宋)朱熹:《四书集注》,长沙:岳麓书社,1986年,第145~146页。
② (宋)朱熹:《四书集注》,长沙:岳麓书社,1986年,第146页。
③ 《论语·尧曰》,见(宋)朱熹:《四书集注》,长沙:岳麓书社,1986年,第235页。

子贱之也。"①

这里提出了许多"君子贱之"的"辞气鄙俗"。孔子的事例与子夏的事例从正反两方面说明:"口出"时的行为动作、语言态度,即"口出"时追求一种什么样的"气",是需要认真对待的。这就是《孟子·公孙丑上》所载孟子曰:

> 不得于心,勿求于气,可;不得于言,勿求于心,不可。夫志,气之帅也;气,体之充也。(赵岐注:志,心所念虑也;气,所以充满形体为喜怒也。志,帅气而行之,度其可否也。)夫志至焉,气次焉;(赵岐注:志为至要之本,气为其次焉。)故曰"持其志,无暴其气"。(赵岐注:暴,乱也。言志所向,气随之,当正持其志,无乱其气,妄以喜怒加人也。)②

杨伯峻释曰:

> 不能在思想上得到胜利,便不去求助于意气,是对的;不能在言语上得到胜利,便不去求助于思想,是不对的。(为什么呢?)因为思想意志是意气感情的主帅,意气感情是充满体内的力量。思想意志到了哪里,意气感情也就在哪里表现出来。所以我说,"要坚定自己的思想意志,也不要滥用自己的意气感情"。③

于是就提出了"善养浩然之气"的问题。《孟子·公孙丑上》载:

> "敢问何谓浩然之气?"曰:"难言也。其为气也,至大至刚,以直养而无害,则塞于天地之间。其为气也,配义与道,无是,馁也。是集义所生者,非义袭而取之也。行有不慊于心,则馁也。"④

孟子善言辞,他自称"予岂好辩哉?予不得已也"⑤,又说"我知言,我善养浩然之气"。"善养浩然之气"之"知言",应该是知道怎么说话,知道在"志至"情况下则"气"次之。孟子善言辞,这是其作家身份对自身的要求。而

---

① (汉)韩婴撰,许维遹校释:《韩诗外传集释》,北京:中华书局,1980年,第333页。
② 《孟子注疏》,见《十三经注疏》,上海:上海古籍出版社,1997年,第2685页下。
③ 杨伯峻:《孟子译注》,北京:中华书局,1960年,第65页。
④ 杨伯峻:《孟子译注》,北京:中华书局,1960年,第62页。
⑤ 《孟子·滕文公下》,见杨伯峻:《孟子译注》,北京:中华书局,1960年,第154页。

所谓"知言",即是对他人言辞的一种理解与判断评价,这就是文学批评。孟子在强调自身道德的基础上,提出"我知言",这种作为批评家的自信是难能可贵的。

于是又有"谈说之术"的提出。一是从"口出以为言"的接受而言,鬼谷子称"善说",曰:

> 人之不善而能矫之者,难矣。说之不行,言之不从者,其辩之不明也;既明而不行者,持之不固也;既固而不行者,未中其心之所善也。辩之明之,持之固之,又中其人之所善,其言神而珍,白而分,能入于人之心,如此而说不行者,天下未尝闻也。此之谓善说。①

称"善说"的要点,不仅仅在于"辩之明""持之固",还在于能不能有的放矢,即"中其心之所善""能入于人之心"。二是从"谈说之术"而言,《荀子·非相》称:

> 凡说之难:以至高遇至卑,以至治接至乱。未可直至也,远举则病缪,近世则病佣。善者于是间也,亦必远举而不缪,近世而不佣,与时迁徙,与世偃仰,缓急、赢绌,府然若渠匽、檃栝之于己也,曲得所谓焉,然而不折伤。……谈说之术:矜庄以莅之,端诚以处之,坚强以持之,分别以喻之,譬称以明之,欣骧、芬芗以送之,宝之,珍之,贵之,神之,如是则说常无不受。虽不说人,人莫不贵。夫是之谓为能贵其所贵。《传》曰:"唯君子为能贵其所贵。"此之谓也。②

他力主加强表达方法,即"术",认为只要方法得当,语言接受方即使可能不喜欢这些言辞的内容,也不得不接受它。荀子所说,多是语言态度等,这与谈说的内容同等重要,故刘向《说苑·善说》引《诗》"无易由言,无曰苟矣"以称说之。③ 而《孟子·公孙丑上》曰:"志壹则动气,气壹则动志也。"壹,即专一。"气"的内在性,不单单是"谈说之术"的问题,归根到底,"谈说之

---

① (汉)刘向:《说苑·善说》,上海:上海古籍出版社,1990年,第91页。
② (清)王先谦撰,沈啸寰、王星贤点校:《荀子集解》,北京:中华书局,1988年,第84~87页。
③ (汉)刘向:《说苑》,上海:上海古籍出版社,1990年,第91页。

术"是由内在的"气"决定的。

曹丕说"气之清浊有体,不可力强而致。譬诸音乐,曲度虽均,节奏同检,至于引气不齐,巧拙有素,虽在父兄,不能以移子弟",是指已然之事,其写《典论·论文》时,他所评价的七子已经逝世。而孟子、荀子讲"口出",论的是语气态度,是未然之事。

一称"养",一称"不可力强而致",虽有未然、已然之别,但更重要的还在于"口出以为言"与"笔书以为文"的不同性质。"口出"者,在与对手交锋中展开,现场没有太多时间来做准备,完全是随机应变式的。如《孟子·梁惠王下》:

> 齐宣王问曰:"文王之囿方七十里,有诸?"孟子对曰:"于传有之。"曰:"若是其大乎?"曰:"民犹以为小也。"曰:"寡人之囿方四十里,民犹以为大,何也?"曰:"文王之囿方七十里,刍荛者往焉,雉兔者往焉。与民同之,民以为小,不亦宜乎?臣始至于境,问国之大禁,然后敢入。臣闻郊关之内有囿方四十里,杀其麋鹿者如杀人之罪,则是方四十里为阱于国中。民以为大,不亦宜乎?"①

人们赞叹其随机应变,不免设想其平日的"养"。如《史记·苏秦列传》载:

> (苏秦)乃闭室不出,出其书遍观之。曰:"夫士业已屈首受书,而不能以取尊荣,虽多亦奚以为!"于是得周书《阴符》,伏而读之。期年,以出揣摩,曰:"此可以说当世之君矣。"②

而"笔书"者,人们都知道这是集长久岁月而成的,如"司马相如为《上林》《子虚》赋,意思萧散,不复与外事相关,控引天地,错综古今,忽然如睡,焕然而兴,几百日而后成"③;左思"造《齐都赋》,一年乃成",造《三都赋》,"遂构思十年"④。人们赞叹其下功夫之深,不免设想其"不可力强而致"。其实,"气"之"养"与"气"之"不可力强而致"又有殊途同归之处,即二者都成为个人语言文字表达的特殊之处;无论其"养"还是"不可力强而致",都是每个个人根深蒂固的东西,这就是"气"的特性。

---

① 杨伯峻:《孟子译注》,北京:中华书局,1960年,第29页。
② (汉)司马迁:《史记》,北京:中华书局,1982年,第2241~2242页。
③ (晋)葛洪撰,周天游校注:《西京杂记》,西安:三秦出版社,2006年,第93页。
④ (唐)房玄龄等:《晋书·左思传》,北京:中华书局,1974年,第2376页。

四、辞气与文气

王运熙、杨明指出"还有以'气'形容言辞的",其举如《论语·泰伯》"出辞气,斯远鄙倍矣",《三国志·吴书·张顾诸葛步传》载周昭称张承"每升朝堂,循礼而动,辞气謇謇,罔不惟忠"、载张昭"每朝见,辞气壮厉,义形于色",《三国志·魏书·臧洪传》载臧洪盟誓"辞气慷慨,涕泣横下,闻其言者,虽卒伍厮养,莫不激扬,人思致节",崔瑗《河间相张平子碑》称张衡"声气芬芳",孔融《荐祢衡表》称祢衡"飞辩骋辞,溢气坌涌"等之例,并得出结论:"用'气'形容言辞,与用'气'形容文章,可以说是相当接近的。"①这是对本书溯源"文气说"的启发。又如司马彪《九州春秋》称孔融:"高谈教令,盈溢官曹,辞气温雅,可玩而诵。"②《吴历》曰:"晃入,口谏曰:'太子仁明,显闻四海。今三方鼎峙,实不宜摇动太子,以生众心。愿陛下少垂圣虑,老臣虽死,犹生之年。'叩头流血,辞气不挠。"③"辞气"成为人们"口出以为言"时必定要十分注意的问题。

对"辞气"的重视,在玄学时代最盛。正始以来的玄学清谈,所依据者有二,一是学问,赵翼《廿二史札记》卷八《六朝清谈之习》称,正始时期"其中未尝无好学者,然所学亦正以供谈资",称"专推究《老》《庄》以为口舌之助,五经中惟崇《易》理,其他尽阁束也"。而至南朝亦清谈经学,"梁武帝始崇尚经学,儒术由之稍振,然谈义之习已成,所谓经学者,亦皆以为谈辨之资","是当时虽从事于经义,亦皆口耳之学,开堂升座,以才辨相争胜,与晋人清谈无异,特所谈者不同耳"④。二是"才辩"的"辞气",最著名的事例就是《世说新语·文学》所载:

> 支道林、许掾诸人共在会稽王斋头。支为法师,许为都讲。支通一义,四坐莫不厌心。许送一难,众人莫不抃舞。但共嗟咏二家之美,不辩其理之所在。⑤

---

① 王运熙、杨明:《魏晋南北朝文学批评史》,上海:上海古籍出版社,1989年,第29~30页。
② (晋)陈寿著,(南朝宋)裴松之注:《三国志》,北京:中华书局,1982年,第371页。
③ (晋)陈寿著,(南朝宋)裴松之注:《三国志》,北京:中华书局,1982年,第1370页。
④ (清)赵翼撰,曹光甫校点:《廿二史札记》,上海:上海古籍出版社,2011年,第149~150页。
⑤ (南朝宋)刘义庆著,(南朝梁)刘孝标注,余嘉锡笺疏:《世说新语笺疏》(修订本),上海:上海古籍出版社,1993年,第227页。

虽然"不辩其理之所在",即没有完全听懂所述之理,但因为"才辩"具有"辞气",人们听起来才"莫不厌心""莫不抃舞"。

赵翼又谈到汉代的论辩,认为其产生是现实的需要,南朝梁时的论辩则不同:

> 汉时本有讲经之例,宣帝甘露三年,诏诸生讲"五经"异同,萧望之等平奏其议,上亲临决。又施雠论"五经"于石渠阁。章帝建初四年,亦诏博士议郎郎官及诸生诸儒会白虎观,讲议"五经"异同,使五官中将魏应承制问,侍中淳于恭奏,帝亲称制临决,作《白虎奏议》,今《白虎通》是也。然此特因经义纷繁,各家师说互有异同,故聚群言以折衷之,非以此角胜也。至梁时之升座说经,则但以炫博斗辩而已。①

"炫博斗辩",仅仅就是为了显示知识与口才,更讲究"辞气"。曹丕的"文以气为主"也为"口出以为文"作出了诠释。

从"口出"之语言态度追溯"文气说"的产生,是追寻着从"口出以为言"到"气在口为言"再到"笔书以为文"的语言文字作品发展进程而来的,但"言、笔"都强调"气",二者虽有互动,但二者之"气"又有不一样的地方,还需进一步探讨。

---

① (清)赵翼撰,曹光甫校点:《廿二史札记》,上海:上海古籍出版社,2011年,第150页。

结语 "立言"文化的后世影响

后世往往把"立言"与文化建设联系起来,并建立起"文章者,经国之大业,不朽之盛事"的"立言"观。而文人树立"立言不朽"的目标,在现实生活中往往张扬个性,文士以"立言不朽"与社会黑暗对抗,"立言"文化在后世对朝廷与个人都有所影响。司马迁、班固论世家的"立言不朽",史书可成"不朽",著者亦可成"不朽",促进了古代史学的发展。"立德""立功"均须"立言",即"笔书以为文"方能"不朽","立言"的成效既扩大为文士在当代的"贵显",又鼓励文士的撰作"立言",促进了中国古代文化的传承与发展。

第一节 "立言不朽"与张扬个性

文士因"立言"而"不朽",但"立言"能否赢得尊重?"立德""立功",肯定是受后人尊重的,但就文士来说,"立言"或许会招致人们的抨击与批评,称其"立言"表现人生有所瑕疵。

一、传统文论对士人"立言"的批评

古代常常指出士人瑕疵。较早如班固《离骚序》称屈原所谓"露才""责数怀王,怨恶椒、兰,愁神苦思,强非其人,忿怼不容"云云①,都是就屈原"立言"而说的。而曹丕《与吴质书》曰"观古今文人,类不护细行,鲜能以名节自立"②。韦诞云王粲"伤于肥戆"、繁钦"都无格检"、阮瑀"病于体弱"、陈琳"实自粗疏"、路粹"性颇忿鸷"③。袁淑《吊古文》对六位文士的品格与遭遇作出评价:

> 贾谊发愤于湘江,长卿(司马相如)愁悉于园邑,彦真(张升)因文以悲出,伯喈(蔡邕)衔史而求入,文举(孔融)疏诞以殃速,德

---

① (宋)洪兴祖:《楚辞补注》,北京:中华书局,1983年,第49页。
② (晋)陈寿著,(南朝宋)裴松之注:《三国志》,北京:中华书局,1982年,第608页。
③ (晋)陈寿著,(南朝宋)裴松之注:《三国志·王卫二刘傅传》注引鱼豢语,北京:中华书局,1982年,第604页。

祖(杨修)精密而祸及。①

又有颜之推《颜氏家训·文章》称"自古文人,多陷轻薄"②。上述都是偏重批评文士名节疵瑕的问题,但也涉及其疵瑕由"立言"而至。

刘勰《文心雕龙·程器》一方面数说历代作家在为人上的疵瑕,另一方面又说文士"摛文必在纬军国,负重必在任栋梁",认为光会写文章"立言"还不够,还要"达于政事"。他说"彼扬马之徒,有文无质,所以终乎下位也",认为作家"任栋梁"了,"达于政事"了,那么有疵瑕也不必担心别人的攻击。刘勰又指出"古之将相,疵咎实多",并举了许多例子,接着说:"然将相以位隆特达,文士以职卑多诮,此江河所以腾涌,涓流所以寸折者也。"具体就文士来说,"安有丈夫学文,而不达于政事哉?"③。显而易见,他认为"立言"并不能促成作家独立或高尚的地位,所以他们会受到有疵瑕的讥诮。

隋文中子王通把政治人生品格、道德行为与文学行为、文学成就联系起来进行评价,他认为文士品行与其"立言"成就二者相辅相成。其《中说·事君篇》称:

> 子谓文士之行可见。谢灵运小人哉!其文傲,君子则谨;沈休文小人哉!其文冶,君子则典。鲍照、江淹,古之狷者也,其文急以怨;吴筠(当为吴均,或为王筠)、孔珪,古之狂者也,其文怪以怒;谢庄、王融,古之纤人也,其文碎;徐陵、庾信,古之夸人也,其文诞。或问孝绰兄弟。子曰:鄙人也,其文淫。或问湘东王兄弟。子曰:贪人也,其文繁。谢朓,浅人也,其文捷;江总,诡人也,其文虚。皆古之不利人也。子谓颜延之、王俭、任昉有君子之心焉,其文约以则。④

但此中体现出重道轻艺、重行轻文的倾向。

---

① (唐)欧阳询:《艺文类聚》,上海:上海古籍出版社,1982年,第730页。
② (北齐)颜之推撰,王利器集解:《颜氏家训集解》,上海:上海古籍出版社,1980年,第221页。
③ (南朝梁)刘勰著,詹锳义证:《文心雕龙义证》,上海:上海古籍出版社,1989年,第1880~1895页。
④ 郭绍虞主编:《中国历代文论选》第二册,上海:上海古籍出版社,2001年,第2页。

二、"立言"与文士张扬个性

传统文论又深入探讨文士有疵瑕的原因——张扬个性,尤其是文学"立言"张扬个性。颜之推《颜氏家训·文章》称说文士遭受批评的原因:

> 每尝思之,原其所积,文章之体,标举兴会,发引性灵,使人矜伐,故忽于持操,果于进取。今世文士,此患弥切,一事惬当,一句清巧,神厉九霄,志凌千载,自吟自赏,不觉更有傍人。①

他认为所谓文士疵瑕的出现全是由作家文学创作时的张扬个性所致。上述那段话有三层意思。一是文学创作有"发引性灵"的特性。作家在作品中就是要张扬个性、抒发情感。这种张扬个性、抒发情感有时会达到令人不可思议的地步,令作家神扬气昂,所谓"笼天地于形内,挫万物于笔端""心懔懔以怀霜,志眇眇而临云"②,一切都不在话下,"发引性灵,使人矜伐"是当然的。史载韩非、司马相如、左思诸人,在现实生活中口讷不能言,而下笔千言滔滔不绝,就是作家在文学作品中张扬个性的一个最外在且显见的事例;更不要说作家在作品中无拘无束地抒发情感就会给人留下"矜伐"的印象。二是文学创作过程常使作家沉浸其中而忘乎所以。如《西京杂记》载司马相如创作《上林》《子虚》二赋时,"意思萧散,不复与外事相关""忽然如睡,焕然而兴"③;又如何光远《鉴戒录·贾忤旨》载贾岛捉摸"推敲"二字在诗中的用法而冲撞了韩愈一事。作家失礼也是事出有因的,如果失礼也算德行上的疵瑕,那疵瑕确实是与文学创作有关的。三是文士以自己的文学成就傲视他人。如王筠与诸儿盛称自己家族的文学成就,称世上"非有七叶之中,名德重光,爵位相继,人人有集,如吾门世者也"④;又如《南史·刘峻传》载文士刘峻与梁武帝在文学上相互争胜的事,就是恃才傲物的表现。

张扬个性的贬义说法就是"伐能",即以自己的文学成就傲视他人。袁淑《吊古文》这样总结文士被批评有疵瑕的原因:"士以伐能见斥,女以骄色

---

① (北齐)颜之推撰,王利器集解:《颜氏家训集解》,上海:上海古籍出版社,1980年,第222页。
② (晋)陆机:《文赋》,见(南朝梁)萧统编,(唐)李善注:《文选》,北京:中华书局,1977年,第240页。
③ (晋)葛洪撰,周天游校注:《西京杂记》,西安:三秦出版社,2006年,第93页。
④ (唐)姚思廉:《梁书·王筠传》,北京:中华书局,1973年,第486~487页。

贻遣。"所以他告诫道:"以往古为镜鉴,以未来为针艾,书余言于子绅,亦何劳乎菁蔡。"①所以韦诞称文士是"以脂烛自煎糜也",是文学才能害了文士自己。北魏杨遵彦《文德论》说:"以为古今辞人,皆负才遗行,浇薄险忌。"②所谓"负才",也就是"伐能"。

但如此张扬个性、"伐能"的"立言",恰恰是文学的特性,恰恰是文士保持独立人格之所在。嵇康《与山巨源绝交书》谈到做官任职有"必不堪者七""甚不可者二":

> 卧喜晚起,而当关呼之不置,一不堪也。抱琴行吟,弋钓草野,而吏卒守之,不得妄动,二不堪也。危坐一时,痹不得摇,性复多虱,把搔无已,而当裹以章服,揖拜上官,三不堪也。素不便书,又不喜作书,而人间多事,堆案盈机,不相酬答,则犯教伤义,欲自勉强,则不能久,四不堪也。不喜吊丧,而人道以此为重,已为未见怨者所怨,至欲见中伤者。虽瞿然自责,然性不可化,欲降心顺俗,则诡故不情,亦终不能获无咎无誉如此,五不堪也。不喜俗人,而当与之共事,或宾客盈坐,鸣声聒耳,嚣尘臭处,千变百伎,在人目前,六不堪也。心不耐烦,而官事鞅掌,机务缠其心,世故繁其虑,七不堪也。又每非汤、武而薄周、孔,在人间不止,此事会显,世教所不容,此甚不可一也。刚肠疾恶,轻肆直言,遇事便发,此甚不可二也。③

文学创作的"立言"追求心灵自由与张扬个性,恰与官场的束缚个性形成鲜明的对比,文士以自己的创作实践表明自己的地位、自己的人格,文士以自己所从事的文学事业傲立世上。

三、"立言"与文士对抗社会黑暗

所谓张扬个性、"伐能",从特殊性来说,就是文士直抒胸怀的哀怨之情。他们把自身遭遇的不公平及对统治阶级的不满与怨恨表现在作品里。班固《离骚序》称屈原就是"责数怀王,怨恶椒、兰",为"贬絜狂狷景行之士"。《隋书·文学传》概括叙述这种情况:

---

① (唐)欧阳询:《艺文类聚》,上海:上海古籍出版社,1982年,第730页。
② (北齐)魏收:《魏书·文苑传》,北京:中华书局,1974年,第1876页。
③ (南朝梁)萧统编,(唐)李善注:《文选》,北京:中华书局,1977年,第602页。

> 或离谗放逐之臣,途穷后门之士,道轗轲而未遇,志郁抑而不申,愤激委约之中,飞文魏阙之下,奋迅泥滓,自致青云,振沈溺于一朝,流风声于千载,往往而有。①

此处先是说文士有哀怨、有牢骚,后又说文士以文学如此抗议或许改变了其人生轨迹。《隋书·文学传》的史臣所论则谈到文士张扬个性、叙写哀怨与牢骚而招致的抨击,其云:

> 魏文有言"古今文人,类不护细行,鲜能以名节自立",信矣!王胄、虞绰之辈,崔儦、孝逸之伦,或矜气负才,遗落世事,或学优命薄,调高位下,心郁抑而孤愤,志盘桓而不定,啸傲当世,脱略公卿。是知跅弛见遗,嫉邪忤物,不独汉阳赵壹、平原祢衡而已。故多离咎悔,鲜克有终。②

这是说文士的哀怨之辞、愤激之言让正统人士认定文士德有所亏、行有所缺,认为其品格有疵瑕。又如《梁书·文学传论》引姚察之言云:

> 魏文帝称古之文人,鲜能以名节自全,何哉?夫文者妙发性灵,独拔怀抱,易邈等夷,必兴矜露。大则凌慢侯王,小则傲蔑朋党,速忌离讥,启自此作。若夫屈、贾之流斥,桓、冯之摈放,岂独一世哉?盖恃才之祸也。③

作家以自己能从事文学创作的才华傲视有权有势者,自然会受到有权有势者的抨击。接着姚察又说:"群士值文明之运,摛艳藻之辞,无郁抑之虞,不遭向时之患,美矣。"这实际上是他的一种理想,他期望在"无郁抑之虞"的境况中从事文学创作。

把《隋书》《梁书》所论与刘勰、颜之推所论比较,可以发现这样一个不同:后者以文士张扬个性为疵瑕,前者强调文士"立言"是在抒发被压抑的个性,所谓"道轗轲而未遇,志郁抑而不申"。姚察期望的"无郁抑之虞,不遭向时之患"的局面能否出现尚存别论,但这种说法表明文士抒发内心的愤懑是正当的、应该的。

---

① (唐)魏徵等:《隋书》,北京:中华书局,1973年,第1729页。
② (唐)魏徵等:《隋书》,北京:中华书局,1973年,第1750页。
③ (唐)姚思廉:《梁书》,北京:中华书局,1973年,第727~728页。

四、"哀怨起骚人"与为社会、为时代张扬个性

刘勰、颜之推为文士地位低下而感到遗憾,他们鼓吹文士要"达于政事",正是在这样的情感与观念的背景下,他们述说着"文士之疵""文士之瑕累""自古文人多陷轻薄";他们如此述说,是称文士的怨愤产生于社会及时代对其的不公平。唐代是如何看待文士个人的怨愤与牢骚的?

李白《古风二首》(其一)有"王风委蔓草,战国多荆榛。龙虎相啖食,兵戈逮狂秦。正声何微茫,哀怨起骚人"云云。袁行霈先生认为"此诗主要不是论诗,而是论政,重点在政治与诗歌乃至整个文化的关系"①。因此,李白说"哀怨起骚人",是讲诗人作家心系社会、时代而创作,这就不同于颜之推称"屈原露才扬己,显暴君过"的强调个人哀怨。又有元结,其在《系乐府序》中说自己的创作"尽欢怨之声者"的目的,是"可以上感于上,下化于下"②。这也就是说,个人的"欢怨"是与社会联系在一起的。又有白居易,其《与元九书》称自己"(仆)常痛诗道崩坏,忽忽愤发",此与其主张的"文章合为时而著,歌诗合为事而作"相合③,称个人怨愤出自对社会现象的不满。

作家如此总结自己的创作,这就为传统文论的论证奠定了基础。韩愈《送孟东野序》把"立言"称为"大凡物不得其平则鸣",确定了文学作品是作家内心情感激涌而产生的基调,然后说时代"尤择其善鸣者而假之鸣",于是他一一数来:

> 其在唐虞,咎陶、禹其善鸣者,而假以鸣。夔弗能以文辞鸣,又自假于韶以鸣。夏之时,五子以其歌鸣。伊尹鸣殷,周公鸣周。凡载于《诗》《书》六艺,皆鸣之善者也。周之衰,孔子之徒鸣之,其声大而远。传曰"天将以夫子为木铎",其弗信矣呼! 其末也,庄周以其荒唐之辞鸣。楚,大国也,其亡也,以屈原鸣。臧孙辰、孟轲、荀卿、以道鸣者也。杨朱、墨翟、管夷吾、晏婴、老聃、申不害、韩非、慎到、田骈、驺衍、尸佼、孙武、张仪、苏秦之属,皆以其术鸣。秦之兴,李斯鸣之。汉之时,司马迁、相如、扬雄,最其善鸣

---

① 袁行霈:《李白〈古风〉(其一)的再探讨》,载《文学评论》,2004年第1期,第64页。
② 郭绍虞主编:《中国历代文论选》第二册,上海:上海古籍出版社,2001年,第94页。
③ 郭绍虞主编:《中国历代文论选》第二册,上海:上海古籍出版社,2001年,第98页。

者也。①

而魏、晋以下的文学,"其声清以浮,其节数以急,其辞淫以哀,其志弛以肆,其为言也乱杂而无章。将天丑其德,莫之顾邪?何为乎不鸣其善鸣者也",魏、晋"不鸣其善鸣者",即魏、晋缺乏"不得其平则鸣"的诗人。以下又说到唐代的能鸣者。韩愈所说的善鸣者,即是作家把张扬个性与为社会、为时代进而为人民结合起来,传统文论在更高层次上论证了诗人作者的张扬个性,并且完全是用赞赏的口吻。至此,"立言不朽"完成了对张扬个性与同社会相结合、为时代而呐喊的论证。

第二节　后世"立言"文化更广阔的意蕴

孔颖达解释"立言不朽"称:

> 屈原、宋玉、贾谊、扬雄、马迁、班固以后,撰集史传及制作文章,使后世学习,皆是立言者也。②

以下先后述司马迁、班固、贾谊、扬雄及其相关文人的"立言"与"立言不朽",再述及汉末建安时期的"立言"与"立言不朽"。

一、司马迁与"立言不朽"

司马迁作《史记》,"立言不朽"自有定论。此处结合司马迁的《史记》撰作,来看他如何论述"立言不朽",以显示出新时代史之"立言"新的意味。

司马迁,字子长。《史记·太史公自序》③中多有司马谈、司马迁父子对"立德""立言"的论述。《自序》先载司马谈对司马迁的谈话,"是岁天子始建汉家之封,而太史公留滞周南,不得与从事,故发愤且卒。而子迁适使反,见父于河洛之间。太史公执迁手而泣",曰:

> 余先周室之太史也。自上世尝显功名于虞夏,典天官事。后

---

① 郭绍虞主编:《中国历代文论选》第二册,上海:上海古籍出版社,2001年,第125页。
② "襄公二十四年",《春秋左传正义》,见《十三经注疏》,上海:上海古籍出版社,1997年,第1979页中。
③ (汉)司马迁:《史记·太史公自序》,北京:中华书局,1982年,第3288~3300页。以下所引皆见于此,不复出注。

> 世中衰,绝于予乎?汝复为太史,则续吾祖矣。今天子接千岁之统,封泰山,而余不得从行,是命也夫,命也夫!余死,汝必为太史;为太史,无忘吾所欲论著矣。且夫孝始于事亲,中于事君,终于立身。扬名于后世,以显父母,此孝之大者。

司马谈把"立言"与"孝"联系在一起,所谓"无忘吾所欲论著矣",则"扬名于后世,以显父母"。可见史家的"立言"既是个人的事业,又是家族的事业。司马家族即是自虞夏时典天官事,后为太史自周室到如今的。

司马迁"立言"的志愿,其一,在于诵"海内一统"。司马谈曾向司马迁讲述著史"立言"的原则,其曰:

> 夫天下称诵周公,言其能论歌文武之德,宣周邵之风,达太王王季之思虑,爰及公刘,以尊后稷也。幽厉之后,王道缺,礼乐衰,孔子修旧起废,论《诗》《书》,作《春秋》,则学者至今则之。

此称"立德"者周公亦有"立言",其"立言"即"论歌文武之德,宣周邵之风,达太王王季之思虑"云云;而孔子亦为"立德"者,其"立言"即为"修旧起废,论《诗》《书》,作《春秋》","作《春秋》"为作史,亦为"立言"。司马谈又曰:

> 自获麟以来四百有余岁,而诸侯相兼,史记放绝。今汉兴,海内一统,明主贤君忠臣死义之士,余为太史而弗论载,废天下之史文,余甚惧焉,汝其念哉!

太史的职责,就是"史"的"立言",太史不能"废天下之史文",尤其在当时,就是"论载""海内一统,明主贤君忠臣死义之士"。于是司马迁俯首流涕,当面向其父司马谈保证:虽然"小子不敏",但一定会"悉论先人所次旧闻,弗敢阙"。

司马迁称,既然"余尝掌其官",那么如今自己作史书,最重要的是记载当今皇皇大汉之"德",其曰:

> 汉兴以来,至明天子,获符瑞,封禅,改正朔,易服色,受命于穆清,泽流罔极,海外殊俗,重译款塞,请来献见者,不可胜道。臣下百官力诵圣德,犹不能宣尽其意。且士贤能而不用,有国者之耻;主上明圣而德不布闻,有司之过也。且余尝掌其官,废明圣盛德不载,灭功臣世家贤大夫之业不述,堕先人所言,罪莫大焉。

"余所谓述故事,整齐其世传",就是为了记载大汉皇皇之"德",而不是"孔子之时,上无明君,下不得任用,故作《春秋》"之意。

要而言之,司马迁论"立言"及"立言不朽",强调史家的"立言"是为时代服务的,是记载大汉的皇皇之"德"的,是向周公学习"论歌文武之德,宣周邵之风"的,而不似孔子作《春秋》专批评"王道缺,礼乐衰"。虽然因遭遇李陵之祸,司马迁对社会黑暗多有揭露,但当初他是这样对壶遂说的:《太史公自序》载司马迁作《史记》,壶遂曾以孔子作《春秋》的"垂空文以断礼义,当一王之法"问道:"夫子所论,欲以何明?"司马迁答曰:"余闻之先人曰:'伏羲至纯厚,作《易》八卦。尧舜之盛,《尚书》载之,礼乐作焉。汤武之隆,诗人歌之。《春秋》采善贬恶,推三代之德,褒周室,非独刺讥而已也。'""余所谓述故事,整齐其世传,非所谓作也,而君比之于《春秋》,谬矣。"此称"《春秋》采善贬恶""非独刺讥而已也",已不同于所称《春秋》"贬损之义,后有王者举而开之,《春秋》之义行,则天下乱臣贼子惧焉"①,即强调自己也是要叙写新时代的大汉之"德"。

其二,在于对传统的"史"之"立言"形式的改进。《自序》载司马迁自述:

> 上大夫壶遂曰:"昔孔子何为而作《春秋》哉?"太史公曰:"余闻董生曰:'周道衰废,孔子为鲁司寇,诸侯害之,大夫壅之。孔子知言之不用,道之不行也,是非二百四十二年之中,以为天下仪表,贬天子,退诸侯,讨大夫,以达王事而已矣。'子曰:'我欲载之空言,不如见之于行事之深切著明也。'"

司马迁以孔子的"载之空言,不如见之于行事之深切著明"来述说自己的作《史记》。何谓"空言"? 先说被标榜为"立言不朽"的人物——史佚的"立言"。《左传》载:

> 《僖公十五年》:史佚有言曰:"无始祸,无怙乱,无重怒。"②
> 《文公十五年》:史佚有言曰:"兄弟致美。"③

---

① (汉)司马迁:《史记·孔子世家》,北京:中华书局,1982年,第1943页。
② 《春秋左传正义》,见《十三经注疏》,上海:上海古籍出版社,1997年,第1806页下。
③ 《春秋左传正义》,见《十三经注疏》,上海:上海古籍出版社,1997年,第1855页中。

《宣公十二年》：君子曰："史佚所谓'毋怙乱者'，谓是类也。"①

《成公四年》：《史佚之志》有之曰："非我族类，其心必异。"②

《襄公十四年》：史佚有言曰："因重而抚之。"③

《昭公元年》：史佚有言曰："非羁何忌？"④

《左传》所载史佚的"立言"都是格言，而无"行事"。再看先秦的史书，先秦有一类书曰"志"。《周礼·春官·小史》"掌邦国之志"，郑玄注引郑司农："志，谓记也，《春秋传》所谓《周志》，《国语》所谓《郑书》之属是也。史官主书，故韩宣子聘于鲁，观书大史氏。"⑤"志"为史书类，前已述《左传》所录有古书意味的"志"之"言"，这些基本上是格言，"唐虞则羲和继轨，有夏则昆吾绍德。年代绵邈，文籍靡传。至于殷之巫咸，周之史佚，格言遗记，于今不朽"⑥。而司马迁称，如此格言化的史书，其作用"不如见之于行事之深切著明也"，所以他要作一部"见之于行事"的史书，这也意味着史家的"立言"从格言向"见之于行事"的转变。

《春秋左氏传》可以说是一部"见之于行事"的史书，《史记》与《春秋左氏传》有何不同？《春秋左氏传》又名《左传》，是左丘明为解释孔子的《春秋》而作，"传"即解说、注释。《公羊传·定公元年》："主人习其读而问其传。"何休注："读谓经，传谓训诂。"⑦《汉书·淮南衡山济北王传》："初，(刘)安入朝，献所作《内篇》，新出，上爱秘之。使为《离骚传》，旦受诏，日食时上。"颜师古注："传为解说之，若《毛诗传》。"⑧章炳麟《国故论衡·明解故上》："古之为传，异于章句。章句不离经而空发，传则有异。《左氏》事多离经，《公羊》《穀梁》二传，亦空记孔子生。"⑨《左传》虽然"事多离经"，虽然亦多"行事"，但其性质为《春秋》的解说；而《史记》为独立的史著，为记载独立的"行事"。司马迁解决了新时代"史"之"立言"的独立性问题。

---

① 《春秋左传正义》，见《十三经注疏》，上海：上海古籍出版社，1997年，第1883页上。
② 《春秋左传正义》，见《十三经注疏》，上海：上海古籍出版社，1997年，第1901页中。
③ 《春秋左传正义》，见《十三经注疏》，上海：上海古籍出版社，1997年，第1958页下。
④ 《春秋左传正义》，见《十三经注疏》，上海：上海古籍出版社，1997年，第2026页上。
⑤ 《周礼注疏》，见《十三经注疏》，上海：上海古籍出版社，1997年，第818页中。
⑥ （唐）房玄龄等：《晋书·天文志》，北京：中华书局，1974年，第277页。
⑦ 《春秋公羊传注疏》，见《十三经注疏》，上海：上海古籍出版社，1997年，第2334页中。
⑧ （汉）班固：《汉书》，北京：中华书局，1962年，第2145～2146页。
⑨ 章太炎：《国故论衡》，上海：上海古籍出版社，2003年，第70页。

其三,在于坚定自己著史的决心与信心。司马迁遭受变故,他引证古时优秀的"立言","大抵贤圣发愤之所为作也"以自勉:

> 于是论次其文。七年而太史公遭李陵之祸,幽于缧绁。乃喟然而叹曰:"是余之罪也夫!是余之罪也夫!身毁不用矣。"退而深惟曰:"夫诗书隐约者,欲遂其志之思也。昔西伯拘羑里,演《周易》;孔子厄陈蔡,作《春秋》;屈原放逐,著《离骚》;左丘失明,厥有《国语》;孙子膑脚,而论《兵法》;不韦迁蜀,世传《吕览》;韩非囚秦,《说难》《孤愤》;诗三百篇,大抵贤圣发愤之所为作也。此人皆意有所郁结,不得通其道也,故述往事,思来者。"于是卒述陶唐以来,至于麟止,自黄帝始。

于是奠定了古时"发愤"以"立言"的传统,而"立言不朽"也成了司马迁撰作《史记》的动力之一。

其四,在于肯定了"立言"的地位。《史记·高祖功臣侯者年表》载:

> 太史公曰:古者人臣功有五品,以德立宗庙定社稷曰勋,以言曰劳,用力曰功,明其等曰伐,积日曰阅。①

此"以言曰劳"为第二品,显然是对"立言"地位的重视。

二、班固及其后世史家论"立言不朽"

班固,字孟坚,班固自称:"永平中为郎,典校秘书,专笃志于博学,以著述为业。"②班固确实博学且多著述,其《汉书》是继《史记》之后中国古代又一部重要史书;班固又是"汉赋四大家"之一,其《两都赋》开创了京都赋的范例;班固还是经学理论家,其编撰而成的《白虎通义》,集当时经学之大成,使谶纬神学理论化、法典化。班固是自觉以博学多著述的身份论"立言不朽"的。其《幽通之赋》曰:

> 所贵圣人之至论兮,顺天性而断谊。物有欲而不居兮,亦有恶而不避,守孔约而不贰兮,乃辖德而无累。三仁殊而一致兮,夷、惠舛而齐声。木偃息以蕃魏兮,申重茧以存荆。纪焚躬以卫

---

① (汉)司马迁:《史记》,北京:中华书局,1982年,第877页。
② (汉)班固:《汉书·叙传》,北京:中华书局,1962年,第4225页。

> 上兮,晧颐志而弗营。侯草木之区别兮,苟能实而必荣。要没世而不朽兮,乃先民之所程。①

其中所论殷末微子、箕子、比干三仁以及伯夷、柳下惠、蕃魏之段干木、存荆之申包胥、卫刘邦之纪信、颐志之四晧,都是立德、立功之人,都是"没世而不朽"之人,是先民乃至班固自己"所程(效法)"之人。此赋以陈述家族盛衰表达发愤而求"没世而不朽"的誓愿。

那么自己如何才能"没世而不朽"呢?班固《答宾戏》直接述说其以"立言"而"不朽"的志向:

> 昔咎繇谟虞,箕子访周,言通帝王,谋合圣神;殷说梦发于傅岩,周望兆动于渭滨,齐宁激声于康衢,汉良受书于邳沂,皆俟命而神交,匪词言之所信,故能建必然之策,展无穷之勋也。近者陆子优繇,《新语》以兴;董生下帷,发藻儒林;刘向司籍,辩章旧闻;扬雄覃思,《法言》《大玄》:皆及时君之门闱,究先圣之壸奥,婆娑乎术艺之场,休息乎篇籍之囿,以全其质而发其文,用纳乎圣听,烈炳于后人,斯非其亚与!若乃夷抗行于首阳,惠降志于辱仕,颜耽乐于箪瓢,孔终篇于西狩,声盈塞于天渊,真吾徒之师表也。

"昔咎繇谟虞"数句,述说前贤以"立言"而"立功";"近者陆子优繇"数句,述说近贤以"立言"而立身;"若乃夷抗行于首阳"数句,述说"立言"者亦以"立德"作为自己的榜样与努力方向。以下又曰:

> 若乃牙、旷清耳于管弦,离娄眇目于豪分;逢蒙绝技于弧矢,班输椎巧于斧斤;良、乐轶能于相驭,乌获抗力于千钧;和、鹊发精于针石,研、桑心计于无垠。仆亦不任厕技于彼列,故密尔自娱于斯文。②

此以伯牙、师旷、离娄、逢蒙、般输、王良、伯乐、乌获、医和、扁鹊、计研、桑弘羊诸人的以"技"而立作比,称自己不能列入他们的行列,那就只能"密尔自娱于斯文"而"立言"。

班固作《汉书》,重前人的"立言"。其一,《汉书》所录西汉史实,相对于

---

① (汉)班固:《汉书·叙传》,北京:中华书局,1962年,第4222页。
② (汉)班固:《汉书·叙传》,北京:中华书局,1962年,第4230~4231页。

《史记》，作了许多必要的补充。所增补者，或为《史记》所缺，或为《史记》所略，其中以名臣奏议和讨论政治问题的文章为最主要。如贾谊《治安策》，晁错《言兵事》和《募民徙塞下》等疏，韩安国与王恢反复辩论伐匈兵事，董仲舒的《天人三策》，都是《汉书》所补充的；《汉书》亦多载武帝以后名臣的重要奏议等。因此，重"立言"的载录，为《汉书》的主要特色。其二，《汉书》有《艺文志》，为刘歆《七略》的缩编。《艺文志》所载，主要是"立言"而成的图书，这些图书在了解古代学术发展和图书流传方面有特别重要的意义。

　　班固又曾作《封燕然山铭》。这是东汉永元年间窦宪率领军大败北匈奴后，在燕然山南麓勒石铭刻纪功的摩崖文字，由随军出征的中护军班固撰文，宣扬了东汉与北匈奴之间最后一场大战的战绩与汉朝的德威。后以"燕然勒功"作为建立或成就功勋的典故。班固的"立言"，让"立功"以铭刻的形式永久流传下来，千古流芳。

　　司马迁论"立言不朽"，多是从时代、社会及史家的职责而言的，所谓"发愤"，只是激励自己；班固论"立言不朽"，虽然也多从时代、社会及史家的职责而论，但也不乏从其个人而言。于是就形成了一种传统：历代多从社会与个人两方面论述撰史而"立言不朽"。

　　东吴时，韦曜获罪于吴主孙皓，华覈上疏，以其撰《吴书》可成"不朽之书"而"垂之百世"救韦曜，其曰：

> 今曜在吴，亦汉之史迁也。……又《吴书》虽已有头角，叙赞未述。昔班固作《汉书》，文辞典雅，后刘珍、刘毅等作《汉记》，远不及固，叙传尤劣。今《吴书》当垂千载，编次诸史，后之才士论次善恶，非得良才如曜者，实不可使阙不朽之书。如臣顽蔽，诚非其人。曜年已七十，余数无几，乞赦其一等之罪，为终身徒，使成书业，永足传示，垂之百世。①

但孙皓不许，遂诛韦曜，可谓历史的遗憾。

　　东晋元帝时，祖纳好弈棋以"忘忧"，王隐谓祖纳曰：

> 当晋未有书，而天下大乱，旧事荡灭，君少长五都，游宦四方，华裔成败，皆当闻见，何不记述而有裁成？应仲远作《风俗通》，崔子真作《政论》，蔡伯喈作《劝学篇》，史游作《急就章》，犹皆行于

---

① （晋）陈寿著，（南朝宋）裴松之注：《三国志》，北京：中华书局，1982年，第1463～1464页。

世,便成没而不朽。仆虽无才,非志不立,故疾没世而无闻焉,所以自强不息也。况国史明乎得失之迹,俱取散愁,此可兼济,何必围棋然后忘忧也!

王隐极力推崇著述"行于世,便成没而不朽",以勉励祖纳,可见"立言不朽"之深入人心。其中又说"国史明乎得失之迹",所谓"可兼济",即兼"立功""立言"二者,显然更为注重著史的"立言不朽"。于是祖纳乃言之于帝曰"自古小国犹有史官,况于大府,安可不置?"并推荐王隐著史,称"清纯亮直,学思沈敏,五经、群史多所综悉,且好学不倦,从善如流。若使修著一代之典,褒贬与夺,诚一时之俊也"。虽然此事最终未成,"然史官之立,自纳始也"①。

刘宋时,宋文帝使裴松之注陈寿《三国志》。"松之鸠集传记,增广异闻,既成奏上。上善之,曰:'此为不朽矣!'"好的史著是可以"不朽"而流传于世的,"松之所著文论及《晋纪》,駰注司马迁《史记》,并行于世"②。

刘璠,先在南朝梁,后入周,其著《梁典》,"未及刊定而卒",临终时曰:"能成我志,其在此书乎?"史官评价曰:

> 梁氏据有江东,五十余载。挟策纪事,勒成不朽者,非一家焉。刘璠学思通博,有著述之誉,虽传疑传信,颇有详略,而属辞比事,足为清典。盖近代之佳史欤。③

所谓"挟策纪事,勒成不朽者,非一家焉","不朽"成为著史的代称。

北魏时魏彦,字惠卿,博学善属文,"思树不朽之业"便"求为著作郎","以晋书作者多家,体制繁杂,欲正其纰缪,删其游辞,勒成一家之典"④。这也是说著史为"不朽之业"。

"元嘉中,使著作郎何承天草创国史。世祖初,又使奉朝请山谦之、南台御史苏宝生踵成之。六年,又以(徐)爰领著作郎,使终其业。爰虽因前作,而专为一家之书"。徐爰上表则曰:"国典体大,方垂不朽。"⑤撰作史书,以成"立言不朽",史书可成"不朽",著者亦"不朽"。

---

① (唐)房玄龄等:《晋书·祖逖传》,北京:中华书局,1974年,第1698~1699页。
② (南朝梁)沈约:《宋书·裴松之传》,北京:中华书局,1974年,第1701页。
③ (唐)令狐德棻等:《周书·刘璠传》,北京:中华书局,1971年,第765、769页。
④ (唐)李延寿:《北史·魏长贤传》,北京:中华书局,1974年,第2040页。
⑤ (南朝梁)沈约:《宋书·恩倖传》,北京:中华书局,1974年,第2308~2309页。

《北史》的作者唐人李延寿论自南入北的作家,云:

> 古人之所贵名不朽者,盖重言之尚存。王褒、庾信、颜之推、虞世基、柳䛒、许善心、明克让、刘臻、王贞、虞绰、王胄等,并极南土誉望,又加之以才名,其为贵显,固其宜也。自余或位下人微,居常亦何能自达。及其灵蛇可握,天纲俱顿,并编缃素,咸贯辞林。虽其位可下,其身可杀,千载之外,贵贱一焉。非此道也,孰云能致?凡百士子,可不务乎!①

这些文人都是北朝能撰文者,李延寿称他们"名不朽",就是因为他们所撰之文"言之尚存",故以此勉励说:"凡百士子,可不务乎!"

《隋书·文学传》说:

> 时之文人,见称当世,则范阳卢思道、安平李德林、河东薛道衡、赵郡李元操、巨鹿魏澹、会稽虞世基、河东柳䛒、高阳许善心等,或鹰扬河朔,或独步汉南,俱骋龙光,并驱云路,各有本传,论而叙之。其潘徽、万寿之徒,或学优而不切,或才高而无贵仕,其位可得而卑,其名不可埋没,今总之于此,为《文学传》云。②

这些文人"其名不可埋没",也就是"立言不朽"之义。

三、贾谊、扬雄、王符等汉代文人与"立言不朽"

贾谊是继屈原的第一人,司马迁《史记》即作屈原、贾谊合传。《屈原贾生列传》称:"自屈原沈汨罗后百有余年,汉有贾生,为长沙王太傅,过湘水,投书以吊屈原。"《屈原贾生列传》又称:

> 贾生以为汉兴至孝文二十余年,天下和洽,而固当改正朔,易服色,法制度,定官名,兴礼乐,乃悉草具其事仪法,色尚黄,数用五,为官名,悉更秦之法。孝文帝初即位,谦让未遑也。诸律令所更定,及列侯悉就国,其说皆自贾生发之。③

---

① (唐)李延寿:《北史·文苑传》,北京:中华书局,1974年,第2817页。
② (唐)魏徵等:《隋书》,北京:中华书局,1973年,第1730~1731页。
③ (汉)司马迁:《史记》,北京:中华书局,1982年,第2492页。

贾谊认为新的时代应该"悉更秦之法",有自己的法制,冲破文帝时道家、黄老之学的束缚,崇尚儒家学说,制定仁与礼相结合的政治蓝图。贾谊散文的主要文学成就是政论文,其文评论时政,风格朴实峻拔,议论酣畅,被今人称为"西汉鸿文",代表作有《过秦论》《论积贮疏》《陈政事疏》等。其辞赋皆为骚体,是汉赋发展的先声,以《吊屈原赋》《鵩鸟赋》最为著名。鲁迅先生称:"惟(贾)谊尤有文采,而沉实则稍逊,如其《治安策》《过秦论》,与晁错之《贤良对策》《言兵事疏》《守边劝农疏》,皆为西汉鸿文,沾溉后人,其泽甚远。"①《汉书·艺文志》记载贾谊散文共五十八篇,收录于《新书》。

贾谊后又有扬雄,是继屈原的第二人。班固称扬雄:

> 实好古而乐道,其意欲求文章成名于后世,以为经莫大于《易》,故作《太玄》;传莫大于《论语》,作《法言》;史篇莫善于《仓颉》,作《训纂》;箴莫善于《虞箴》,作《州箴》;赋莫深于《离骚》,反而广之;辞莫丽于相如,作四赋;皆斟酌其本,相与放依而驰骋云。②

但是,扬雄的"意欲求文章成名于后世",即追求"立言不朽",又是有作什么文章、不作什么文章之别的,即有一个在哪些方面有所"立言"的问题。据《汉书·扬雄传》③:他作赋,"先是时,蜀有司马相如,作赋甚弘丽温雅,雄心壮之,每作赋,常拟之以为式",但后来,扬雄"以为赋者,将以风之也,必推类而言,极丽靡之辞,闳侈巨衍,竞于使人不能加也,既乃归之于正,然览者已过矣。往时武帝好神仙,相如上《大人赋》,欲以风,帝反缥缥有陵云之志。由是言之,赋劝而不止,明矣。又颇似俳优淳于髡、优孟之徒,非法度所存,贤人君子诗赋之正也,于是辍不复为"。

扬雄"又怪屈原文过相如,至不容,作《离骚》,自投江而死,悲其文,读之未尝不流涕也。以为君子得时则大行,不得时则龙蛇,遇不遇命也,何必湛身哉",于是"作书,往往摭《离骚》文而反之,自岷山投诸江流以吊屈原,名曰《反离骚》;又旁《离骚》作重一篇,名曰《广骚》;又旁《惜诵》以下至《怀沙》一卷,名曰《畔牢愁》"。扬雄"见诸子各以其知舛驰,大氐诋訾圣人,即

---

① 鲁迅:《汉文学史纲要》,见《鲁迅全集》,北京:人民文学出版社,2005年,第404页。
② (汉)班固:《汉书·扬雄传赞》,北京:中华书局,1962年,第3583页。
③ (汉)班固:《汉书·扬雄传》,北京:中华书局,1962年,第3513~3585页。以下引文均见于此,不复出注。

为怪迂。析辩诡辞,以挠世事,虽小辩,终破大道而或众,使溺于所闻而不自知其非也。及太史公记六国,历楚、汉,讫麟止,不与圣人同,是非颇谬于经。故人时有问雄者,常用法应之,撰以为十三卷,象《论语》,号曰《法言》"。这些是如何"立言"即"立"怎样的"言"的问题。

又,扬雄所作《太玄》,"观之者难知,学之者难成。客有难《玄》大深,众人之不好也,雄解之,号曰《解难》"。其中称自己不能"立功","仆诚不能与此数公者并,故默然独守吾《太玄》"。后"时有好事者载酒肴从游学,而巨鹿侯芭常从雄居,受其《太玄》《法言》焉"。刘歆谓扬雄曰:"空自苦!今学者有禄利,然向不能明《易》,又如《玄》何?吾恐后人用覆酱瓿也。"扬雄笑而不应,坚持自己的"立言"。这些是"立言"是否迎合社会的问题。

扬雄追求"立言不朽",但他撰作有自己的原则,如上述先作赋后不作赋,"往往摭《离骚》文而反之",以及一定要作"观之者难知,学之者难成"的《太玄》,扬雄继承前辈"立言"的优秀传统,坚持自主撰作,其"欲求文章成名于后世"展示了士人的独立人格。

汉代提起"立言"又有王符。《后汉书·王符列传》载:

> 王符字节信,安定临泾人也。少好学,有志操,与马融、窦章、张衡、崔瑗等友善。安定俗鄙庶孽,而符无外家,为乡人所贱。自和、安之后,世务游宦,当涂者更相荐引,而符独耿介不同于俗,以此遂不得升进。志意蕴愤,乃隐居著书三十余篇,以讥当时失得,不欲章显其名,故号曰《潜夫论》。其指讦时短,讨谪物情,足以观见当时风政。①

《后汉书》载其五篇。虽说"不欲章显其名,故号曰《潜夫论》",但"潜夫"也要"立言"。其《叙录》篇曰:

> 夫生于当世,贵能成大功,太上有立德,其下有立言。阘茸而不才,先器能当官,未尝服斯役,无所效其勋。中心时有感,援笔纪数文,字以缀愚情,财令不忽忘。刍荛虽微陋,先圣亦咨询。②

---

① (南朝宋)范晔:《后汉书》,北京:中华书局,1965年,第1630页。
② (汉)王符著,(清)汪继培笺,彭铎校正:《潜夫论笺校正》,北京:中华书局,1985年,第465页。

王符对其"立言"有着充分的自信,所谓"刍荛虽微陋,先圣亦咨询",相信自身"立言"一定能够得到社会的肯定。

东汉时期,对生命问题的认识,多归结于其自然本性,如《世说新语·文学》载:

> 王孝伯在京行散,至其弟王睹户前,问:"古诗中何句为最?"睹思未答。孝伯咏:"'所遇无故物,焉得不速老!'此句为佳。"①

"所遇无故物,焉得不速老",这是自然规律。生命本身的无限延续是不可能的,那么,什么应该作为人生的努力目标呢?产生于汉末的《古诗十九首》(其十一)曰:

> 回车驾言迈,悠悠涉长道。四顾何茫茫,东风摇百草。所遇无故物,焉得不速老?盛衰各有时,立身苦不早。人生非金石,岂能长寿考?奄忽随物化,荣名以为宝。

《六臣注文选》中,张铣曰:"恐盛时将迁而立身不早。立身,谓立功立事。"李周翰曰:"奄忽,疾也。人非金石,将疾随万物同为化灭矣。将求荣名以为宝贵,扬名于后世,亦为美也。"②此处以愤激之语气说,既然生命"岂能长寿考",那么,生命的意义就在于"立身",就在于"荣名以为宝"。虽然张铣、李周翰之注只称"立功立事",但所谓"扬名"之"荣名",应该就包括"三立"之"立言不朽"吧。

四、"立言不朽"的朝廷文化建设取向

明确提出朝廷也要"立言不朽"是在建安时代。东汉末年,天下大乱,群雄并起,一方面需要依靠武力重建社会政治秩序,另一方面则要重建社会文化秩序。那么,如何重建社会的文化秩序?先看占据荆州的刘表,他力倡文化教育,称"设教导化,叙经志业"以"建雍泮、立师保",称建学校就是"作为礼乐,以节其性;表陈载籍,以持其德",使"上知所以临下,下知所以事上,官不失守,民听无悖","然后太阶平焉"。刘表实质上是讲官方的

---

① (南朝宋)刘义庆著,(南朝梁)刘孝标注,余嘉锡笺疏:《世说新语笺疏》(修订本),上海:上海古籍出版社,1993年,第276页。

② (南朝梁)萧统编,(唐)李善等注:《六臣注文选》,北京:中华书局,1987年,第540页下、541页上。

文化建设。王粲衍化刘表之意，称："夫文学也者，人伦之首，大教之本也。"王粲所谈的"文学"，是一种文化教育机构，其"文学"活动包括："训六经，讲礼物，谐八音，协律吕，修纪历，理刑法，六略咸秩，百氏备矣。"①这多种活动是学校所应承担的职责。

再看"外定武功，内兴文学"的曹操，史载：

> 是时征役草创，制度多所兴复，（荀）或尝言于太祖曰："……今公外定武功，内兴文学，使干戈戢睦，大道流行，国难方弭，六礼俱治，此姬旦宰周之所以速平也。既立德立功，而又兼立言，诚仲尼述作之意；显制度于当时，扬名于后世，岂不盛哉！若须武事毕而后制作，以稽治化，于事未敏。宜集天下大才通儒，考论六经，刊定传记，存古今之学，除其烦重，以一圣真，并隆礼学，渐敦教化，则王道两济。"②

"外定武功"是曹操的军事政治，"内兴文学"则是曹操政权的文化制度建设，包括"显制度"宗旨下的"六礼俱治""稽治化""考论六经，刊定传记，存古今之学""隆礼学""敦教化"以及文化活动的实施，达到"以一圣真"的文化思想的统一③。值得注意之处有二：一是曹魏政权是把"内兴文学"当作一种"立言""述作"来宣扬的，所谓"兼立言，诚仲尼述作之意"，就是说文化制度建设、文化活动体现为话语言说著述活动；二是称如此的文化制度建设可以使朝廷"扬名于后世"。这极大地扩展了"立言不朽"的意义范围，抬高了"立言不朽"的活动平台，把"立言"扩展到文化建设，把本属于个人行为的"立言不朽"提升到朝廷的"扬名于后世"。因此，"内兴文学"可以说是曹操文化立国的具体表述。

曹操的文化立国，在曹魏时期有所延续。如魏文帝黄初中，护军蒋济奏曰："夫帝王大礼，巡狩为先；昭祖扬祢，封禅为首。是以自古革命受符，

---

① （魏）王粲：《荆州文学记官志》，见俞绍初辑校：《建安七子集》，北京：中华书局，2005年，第136～137页。

② （晋）陈寿著，（南朝宋）裴松之注：《三国志·荀彧传》注引《彧别传》，北京：中华书局，1982年，第317～318页。

③ 曹魏政权也有具体的文化建设的实施，如建安八年秋七月，令曰："丧乱已来，十有五年，后生者不见仁义礼让之风，吾甚伤之。其令郡国各修文学，县满五百户置校官，选其乡之俊造而教学之，庶几先王之道不废，而有以益于天下。"［（晋）陈寿著，（南朝宋）裴松之注：《三国志·武帝纪》，北京：中华书局，1982年，第24页］

未有不蹈梁父,登泰山,刊无竟之名,纪天人之际者也。故司马相如谓有文以来,七十二君,或顺所繇于前,谨遗教于后。太史公曰:主上有圣明而不宣布,有司之过也。然则元功懿德,不刊梁山之石,无以显帝王之功,示兆庶不朽之观也。"①蒋济上奏曹丕,请求朝廷"蹈梁父,登泰山"封禅,以"显帝王之功,示兆庶不朽之观",也是以文化礼仪活动追求朝廷的"不朽"。

正是在这个意义上,魏明帝曹叡歌颂其祖父曹操,其《苦寒行》称曹操"虽没而不朽,书贵垂休名""遗化布四海,八表以肃清"②。曹叡时期,高堂隆上疏"宜崇礼乐,班叙明堂,修三雍、大射、养老,营建郊庙,尊儒士,举逸民,表章制度,改正朔,易服色,布恺悌,尚俭素,然后备礼封禅,归功天地,使雅颂之声盈于六合,缉熙之化混于后嗣。斯盖至治之美事,不朽之贵业也"③,称文化建设是朝廷的"至治之美事,不朽之贵业"。

此后,历代朝廷都把文化建设作为"不朽"的事业。如十六国时南凉秃发利鹿孤之祠部郎中史暠曰"今取士拔才,必先弓马,文章学艺为无用之条,非所以来远人,垂不朽也。孔子曰:'不学礼,无以立。'宜建学校,开庠序,选耆德硕儒以训胄子"④,称应提倡"文章学艺",这是朝廷"来远人,垂不朽"的必要条件。

历代朝廷又要把朝廷功德刻于金石,以追求"不朽"。十六国夏赫连勃勃时,以统万城宫殿大成,"刻石都南,颂其功德",其中称"昔周宣考室而咏于诗人,閟宫有侐而颂声是作。况乃太微肇制,清都启建,轨一文昌,旧章唯始,咸秩百神,宾享万国,群生开其耳目,天下咏其来苏",如此朝廷功德,就要"播之管弦,刊之金石","乃树铭都邑,敷赞硕美,俾皇风振于来叶,圣庸垂乎不朽"⑤。"树铭都邑"的目的就是追求"不朽"。

历代朝廷又把制礼作乐当作"垂之不朽"的事业。如北魏时修明堂辟雍,袁翻议曰:"谨案明堂之义,古今诸儒论之备矣,异端竞构,莫适所归,故不复远引经传、傍采纪籍以为之证,且论意之所同,以酬诏旨耳。盖唐虞已上,事难该悉;夏殷已降,校可知之。谓典章之极,莫如三代;郁郁之盛,从

---

① (唐)房玄龄等:《晋书·礼志》,北京:中华书局,1974年,第654页。
② (南朝梁)沈约:《宋书》,北京:中华书局,1974年,第613页。
③ (晋)陈寿著,(南朝宋)裴松之注:《三国志·高堂隆传》,北京:中华书局,1982年,第712页。
④ (唐)房玄龄等:《晋书·秃发利鹿孤传》,北京:中华书局,1974年,第3146页。
⑤ (唐)房玄龄等:《晋书·赫连勃勃传》,北京:中华书局,1974年,第3210、3212页。

周斯美。制礼作乐,典刑在焉;遗风余烈,垂之不朽。"①他述说夏、殷以来"制礼作乐"的"典刑",称其"垂之不朽"。又,北魏高祖时刘芳主持制定礼乐,"以礼乐事大,不容辄决",于是"博延公卿,广集儒彦,讨论得失,研究是非""被报听许,数旬之间,频烦三议",目的就是"垂之万叶,为不朽之式"②。阳固《演赜赋》更演化了制礼作乐而"垂之不朽",所谓"诵风雅以导志兮,蕴六籍于胸襟。敦儒墨之大教兮,崇逸民之远心。播仁声于终古兮,流不朽之徽音"③。

进而言之,一般的朝廷典制,也被人们以高标准要求而定为"不朽之法"。如灵太后要求刊定属籍,称:"刊制律宪,垂之不朽。"④又如北魏高祖临光极堂大选,高祖曰:"朝因月旦,欲评魏典。夫典者,为国大纲,治民之柄。君能好典则国治,不能则国乱。"于是制定选拔人才的"九流"门阀制度,称"故令班镜九流,清一朝轨,使千载之后,我得仿像唐虞,卿等依俙元、凯"。由南入北的臣下刘昶说"陛下光宅中区,惟新朝典,刊正九流为不朽之法,岂唯仿像唐虞,固以有高三代"⑤,称赏"新朝典"为"不朽之法"。

又,君王也想让自己的言语"立言不朽"。北齐皇帝高洋曾下诏曰:"朕以虚寡,嗣弘王业,思所以赞扬盛绩,播之万古。虽史官执笔,有闻无坠,犹恐绪言遗美,时或未书。在位王公文武大小,降及民庶,爰至僧徒,或亲奉音旨,或承传傍说,凡可载之文籍,悉宜条录封上。"⑥他令满朝文武乃至民庶、僧徒,把亲耳听到的或间接听到的有关高欢、高澄的美言,凡"可载之文籍"者都呈献上来,撰成"文籍"以求"赞扬盛绩,播之万古"。

五、"立言不朽"与文人身份

自汉代起,社会与朝廷对文人都充分重视。"刀笔"是治国的日常性工作,"萧何入秦,收拾文书,汉所以能制九州者,文书之力也",此即所谓"以文书御天下"⑦。秦至汉初,这些"刀笔"之吏的地位并不高,名声不怎么样,汉武帝独尊儒术时,"刀笔吏"的成分与文化素养有了变化。先是汉武

---

① (北齐)魏收:《魏书·袁翻传》,北京:中华书局,1974年,第1536~1537页。
② (北齐)魏收:《魏书·刘芳传》,北京:中华书局,1974年,第1225页。
③ (北齐)魏收:《魏书·阳尼传》,北京:中华书局,1974年,第1609页。
④ (北齐)魏收:《魏书·礼志》,北京:中华书局,1974年,第2766页。
⑤ (北齐)魏收:《魏书·刘昶传》,北京:中华书局,1974年,第1310~1311页。
⑥ (唐)李百药:《北齐书·文宣帝经》,北京:中华书局,1972年,第53页。
⑦ (汉)王充:《论衡·别通》,上海:上海人民出版社,1974年,第206页。

帝"征天下举方正贤良文学材力之士,待以不次之位"①,于是多有儒生充任"刀笔",最终形成儒生"文吏化"与文吏"儒生化"②,"刀笔吏"兼具儒术与政事才能。学官公孙弘曾明确要求公家之文应该"文章尔雅,训辞深厚"③。由是,撰作者既温文尔雅又通晓吏法,在儒家文化的滋润下,实现了"吏服训雅,儒通文法"④。"上书奏记者"的地位也有所提高。王充《论衡·超奇》说:"故夫能说一经者为儒生,博览古今者为通人,采掇传书以上书奏记者为文人,能精思著文连结篇章者为鸿儒。故儒生过俗人,通人胜儒生,文人逾通人,鸿儒超文人。"⑤四类人中能"上书奏记"的"文人"排在第二。而此前,儒生之类是耻为"主文簿"的令史的。

东汉末年,清议人士的行为言论成为社会崇尚的对象。时人称陈仲举"言为士则,行为世范"⑥;郭太与李膺"同舟而济","众宾望之,以为神仙焉"⑦。当时谣谚对某些文人进行歌咏,如"天下模楷李元礼(李膺),不畏强御陈仲举(陈蕃),天下俊秀王叔茂(王畅)"⑧,称胡广(字伯始)"万事不理问伯始,天下中庸有胡公"⑨。

汉末时,群雄并起、军阀混战,急需领军作战、身先士卒的武才,时人津津乐道的是曹操对文才的招揽,所谓"宜集天下大才通儒"。曹植所谓"人人自谓握灵蛇之珠,家家自谓抱荆山之玉","吾王于是设天网以该之,顿八纮以掩之,今悉集兹国矣"⑩。其佼佼者王粲,就是曹魏政权文化建设的主要参与者,或撰写军国书檄,或因"时旧仪废弛,兴造制度"而"粲恒典之"⑪。而待时局稳定下来,社会对文才又特别推扬从事理论著述者。曹丕这样说:

---

① (汉)班固:《汉书·东方朔传》,北京:中华书局,1962年,第2841页。
② 参见阎步克:《波峰与波谷——秦汉魏晋南北朝的政治文明》之第五章《儒·法与儒·吏》,北京:北京大学出版社,2009年,第89~106页。
③ (汉)班固:《汉书·儒林传》,北京:中华书局,1962年,第3594页。
④ (汉)王粲:《儒吏论》,见俞绍初辑校:《建安七子集》,北京:中华书局,2005年,第132页。
⑤ (汉)王充:《论衡》,上海:上海人民出版社,1974年,第212页。
⑥ (南朝宋)刘义庆撰,(南朝梁)刘孝标注,余嘉锡笺疏:《世说新语笺疏》,上海:上海古籍出版社,1993年,第1页。
⑦ (南朝宋)范晔:《后汉书·郭太传》,北京:中华书局,1965年,第2225页。
⑧ (南朝宋)范晔:《后汉书·党锢传》,北京:中华书局,1965年,第2186页。
⑨ (南朝宋)范晔:《后汉书·胡广传》,北京:中华书局,1965年,第1510页。
⑩ 《与杨德祖书》,见(南朝梁)萧统编,(唐)李善注:《文选》,北京:中华书局,1977年,第594页上。
⑪ (晋)陈寿著,(南朝宋)裴松之注:《三国志·王粲传》,北京:中华书局,1982年,第598页。

> 而伟长独怀文抱质,恬淡寡欲,有箕山之志,可谓彬彬君子者矣。著《中论》二十余篇,成一家之言,辞义典雅,足传于后,此子为不朽矣。德琏常斐然有述作意,其才学足以著书,美志不遂,良可痛惜。①

他以著述子书为"立言不朽"之首。而《中论序》称徐干本人的观念是"废诗、赋、颂、铭、赞之文,著《中论》之书二十篇",是"阐弘大义,敷散道教,上求圣人之中,下救流俗之昏者"②。曹丕本人也因《典论》这样的子书受到夸赞,吴质盛赞曹丕"发言抗论,穷理尽微。摛藻下笔,鸾龙之文奋矣",并以"往者孝武之世,文章为盛,若东方朔、枚皋之徒,不能持论,即阮、陈之俦也"云云为对比③,吴质推崇的是曹丕《典论》之文。魏明帝时,有诏称"先帝昔著《典论》,不朽之格言,其刊石于庙门之外及太学,与石经并,以永示来世"④,当时的社会舆论也以子书为重。今存桓范《世要论》,今存论文体者有《序作》《赞像》《铭诔》,而称"不朽"也只是指"序作"。其《序作》言:

> 夫著作书论者,乃欲阐弘大道,述明圣教,推演事义,尽极情类,记是贬非,以为法式。当时可行,后世可修。且古者富贵而名贱废灭,不可胜记,唯篇、论倜傥之人为不朽耳。夫奋名于百代之前,而流誉于千载之后,以其览之者益,闻之者有觉故也。⑤

又如曹植所称,当"建永世之业,留金石之功"的"戮力上国,流惠下民"不能实现时,只能从事撰述,但"辞赋"为"小道",自己一定"采庶官之实录,辩时俗之得失,定仁义之衷,成一家之言"⑥,而先作史书、子书。

此前古人云"达者兼济天下,穷则独善其身",而晋时王隐则说:"盖闻

---

① 《与吴质书》,见(南朝梁)萧统编,(唐)李善注:《文选》,北京:中华书局,1977年,第591页下。
② 《中论序》,见郁沅、张明高编选:《魏晋南北朝文论选》,北京:人民文学出版社,1996年,第57页。
③ 《答魏太子笺》,见(南朝梁)萧统编,(唐)李善注:《文选》,北京:中华书局,1977年,第566页。
④ 《搜神记》,见(晋)陈寿著,(南朝宋)裴松之注:《三国志》注引,北京:中华书局,1982年,第118页。
⑤ 郁沅、张明高编选:《魏晋南北朝文论选》,北京:人民文学出版社,1996年,第60~61页。
⑥ 《与杨德祖书》,见(南朝梁)萧统编,(唐)李善注:《文选》,北京:中华书局,1977年,第594页上。

古人遭逢,则以功达其道,若其不遇,则以言达其道。"①虽说置"立言"于"立功"之下,但"独善其身"则转化为"立言","以言达其道"更显示出儒家积极向上的人生态度。

于是,著书立说成为士人以"文章"从事"经国之大业"的最高层次与境界,它既不若"笔"类文字是朝廷日常运转,又不似"文"类文字是个人情趣;既不是经义之说的"述而不作",又不是史传之文的记事记言。它是辨别得失的判断,是推演事义的理论,是面对现实的思想,是上下追索的理想。这也就成为一代士人理论自觉的身份认定。

因此我们看到,曹丕应该是在"内兴文学"的文化建设前提下,提出"文章"为"经国之大业",进而在普遍意义上提出"文章"为个人的"不朽之盛事"的,所谓"年寿有时而尽,荣乐止乎其身,二者必至之常期,未若文章之无穷。是以古之作者,寄身于翰墨,见意于篇籍,不假良史之辞,不托飞驰之势,而声名自传于后"②,所谓"生有七尺之形,死唯一棺之土,唯立德扬名,可以不朽,其次莫如著篇籍。疫疠数起,士人凋落,余独何人,能全其寿?"③与臧文仲"立言不朽"是"其身既没"后社会对其价值的认定不同,曹操、曹丕倡导"立言""文章"的"内兴文学"意义,是当代政权、朝廷在文化建设的前提下对"立言""文章"价值的认定。至是,"文章"实现"成一家之言"的个体行为向朝廷话语政治的转换,"声名自传于后"也是由此而生的,这样便使"立言不朽"有了现实政治的意义。曹魏时代从"经国之大业"与"不朽之盛事"两方面来论证"文章"撰作,也就畅通了士人身前、身后的出路。所谓士人,即知书能文之人,知书与能文相比,前者易而后者难。《论衡·超奇》所谓"好学勤力,博闻强识,世间多有;著书表文,论说古今,万不耐一""夫通览者,世间比有;著文者,历世希然"④,即是此意。曹魏政权提倡士人能文,能够进行"文章"撰作;而且,"文章"撰作当然是广于"文吏"的公文撰作的。这也是曹魏时代士人的定位。作为士人,一要有"寄身于翰墨,见意于篇籍"的能力,即有"文章"撰作的能力,从事如此"盛事"则有"不朽"的愿景;二要有"文章"为"经国之大业"的实践。整体来说,士人的定位就

---

① (唐)房玄龄等:《晋书·祖逖传》,北京:中华书局,1974年,第1698页。
② 《典论·论文》,见(南朝梁)萧统编,(唐)李善注:《文选》,北京:中华书局,1977年,第720~721页。
③ (晋)陈寿著,(南朝宋)裴松之注:《三国志·文帝纪》注引,北京:中华书局,1982年,第88页。
④ (汉)王充:《论衡》,上海:上海人民出版社,1974年,第211页。

是以"文章"从事"经国之大业"以求取"不朽",此即所谓文章的自觉。

而且,"立言"者的后代还可受到朝廷的庇荫。北魏太和十四年,尚书李冲奏曰:"(刘)昞河右硕儒,今子孙沉屈,未有禄润,贤者子孙宜蒙显异。""于是除其一子为郢州云阳令。"正光三年,太保崔光奏曰"臣闻太上立德,其次立功、立言。死而不朽,前哲所尚;思人爱树,自古称美。故乐平王从事中郎敦煌刘昞,著业凉城,遗文兹在,篇籍之美,颇足可观",请求"甄免碎役",优待其后人,"用广圣朝旌善继绝。敦化厉俗,于是乎在"。于是朝廷下诏曰:"(刘)昞德冠前世,蔚为儒宗,太保启陈,深合劝善。其孙等三家,特可听免。"①刘昞以其"立言"保子孙官位福禄。

刘勰《文心雕龙·序志》曰:

> 夫宇宙绵邈,黎献纷杂,拔萃出类,智术而已。岁月飘忽,性灵不居,腾声飞实,制作而已。夫肖貌天地,禀性五才,拟耳目于日月,方声气乎风雷,其超出万物,亦已灵矣。形同草木之脆,名逾金石之坚,是以君子处世,树德建言,岂好辩哉?不得已也!②

刘勰以"立言"为"拔萃出类"之"智术",以"君子处世,树德建言"激励自己,自然也是激励广大文人。《魏书·文苑传》史臣曰:"古之人所贵名不朽者,盖重言之尚存,又加之以才名,其为贵显,固其宜也。自余或位下人微,居堂亦何能自达。及其灵蛇可握,天网俱顿,并编缃素,咸贯儒林,虽其位可下,其身可杀,千载之后,贵贱一焉。非此道也,孰云能致。凡百士子,可不务乎!"③意思是说:这些文人,虽然有地位不高的,但凭其"才名"(即文章之名),便"并编缃素,咸贯儒林",与达官贵人"贵贱一焉",不是凭借文章之道,哪能如此呢?所以"凡百士子"要积极努力啊!《北史·文苑传》史臣也有一模一样的话,只不过多说了几个人的名字。

"立言不朽"经历了臧文仲、诸子、曹魏以后数个阶段,这数个阶段的"立言"有着内容与形式的不同,也决定着各自"不朽"意味的不同。臧文仲的"立言不朽",是因为其社会价值以及接受者的行为而在其身后"立"于世,如此"立言不朽"有着一种成就感、崇高感。诸子之"立言",既为解决社

---

① (北齐)魏收:《魏书·刘昞传》,北京:中华书局,1974年,第1161页。

② (南朝梁)刘勰著,詹锳义证:《文心雕龙义证》,上海:上海古籍出版社,1989年,第1903页。

③ (北齐)魏收:《魏书》,北京:中华书局,1974年,第1877页。

会问题而发,又是一种主动地追求后世留名的行为,其"不朽"是就其作为"一家之言"的独特性质而言的,具有文士的独立性特点。曹魏时期,"立言不朽"兼及个人与朝廷,凡写出来的文字即为"经国之大业",凡写出来的文字即为"不朽之盛事",于是,封建社会文士的身份也由此二者定位。

第三节 "立德、立功、立言"与"笔书以为文"

一、"立德"与"立言"

"立德"者自有其品格。《淮南子·泛论训》曰:

> 尧《大章》、舜《九韶》、禹《大夏》、汤《大濩》、周《武象》,此乐之不同者也。故五帝异道而德覆天下;三王殊事而名施后世,此皆因时变而制礼乐者。譬犹师旷之施瑟柱也,所推移上下者无寸尺之度,而靡不中音,故通于礼乐之情者能作,音有本主于中,而以知矩䂓之所周者也。①

此称"立德"者只要"有本主于中",那么不论"异道"还是"殊事",都能够"德覆天下""名施后世",这是以"乐"讲"立德"之"变"。司马谈《论六家要指》则讲"圣人不朽,时变是守"②,此语出自《鬼谷子》,圣人即"立德不朽"者,他们之所以能够"不朽",在于其"立德"的"时变是守",是随着时代的变化而变化、与时俱进的。这些都是"立德"者的品格。

司马谈又把"立德"与"立言"联系在一起,其称:"夫天下称诵周公,言其能论歌文武之德,宣周邵之风,达太王王季之思虑,爰及公刘,以尊后稷也。幽厉之后,王道缺,礼乐衰,孔子修旧起废,论《诗》《书》,作《春秋》,则学者至今则之。"③周公、孔子是"立德"者,但其"立德"行为是与"论歌文武之德,宣周邵之风"(周公)、"论《诗》《书》,作《春秋》"(孔子)的"立言"相辅相成的,圣人"立德"行为是与其"立言"联系在一起的,周公、孔子即"立德"又"立言"者。

历史上的朝廷曾"诏访舜后,获东莱郡民妫苟之,复其家毕世,以彰盛

---

① 何宁:《淮南子集释》,北京:中华书局,1998年,第919页。
② (汉)司马迁:《史记·太史公自序》,北京:中华书局,1982年,第3292页。
③ (汉)司马迁:《史记·太史公自序》,北京:中华书局,1982年,第3295页。

德之不朽"①。但这不是"立德不朽"常规的意义。孔颖达曰:"立德,谓创制垂法,博施济众,圣德立于上代,惠泽被于无穷,故服以伏羲、神农,杜以黄帝、尧、舜当之,言如此之类,乃是立德也。《礼运》称'禹、汤、文、武、成王、周公'。后代人主之选,计成王非圣,但欲言周公,不得不言成王耳。禹、汤、文、武、周公与孔子皆可谓立德者也。"②"创制垂法,博施济众",这是《立德》"不朽"的原因,"垂法"即以"立言"的方式、文字形式留存、流于后世而"博施济众"的。司马迁曾论"立德"是凭"立言"记载下来的,其与上大夫壶遂对话,司马迁以"余闻之先人曰:'伏羲至纯厚,作《易》八卦。尧、舜之盛,《尚书》载之,礼乐作焉。汤武之隆,诗人歌之。《春秋》采善贬恶,推三代之德,褒周室,非独刺讥而已也。'"③称伏羲、尧、舜、汤、武、之"德",是以"立言"、文字形式留存、流于后世而"不朽"的;这些"立言",既有"立德"者自己的"立言",如"伏羲至纯厚,作《易》八卦"之类,又有他人的"立言",如"尧、舜之盛,《尚书》载之"。无论何者"立言",这里说圣人"立德"都是凭《易》《尚书》《春秋》之类的"立言"而留存下来的,这些"立言"的"不朽",进一步确保"立德"的"不朽"。故王充《论衡·须颂》曰:"古之帝王建鸿德者,须鸿笔之臣。褒颂纪载,鸿德乃彰,万世乃闻。"④"立德"靠"纪载"的"立言"才能保存下来,于是"立德"者方"万世乃闻"而"不朽"!

故曹植《班婕妤赞》云:"有德有言,实为班婕。"⑤此为最高赞赏之语。

二、"立功"与"立言"

"立功"者如何"不朽"？或是靠祭祀,孔颖达曰:"立功,谓拯厄除难,功济于时,故服、杜皆以禹、稷当之,言如此之类,乃是立功也。《祭法》云:'圣王之制祭祀也,法施于民则祀之,以死勤事则祀之,以劳定国则祀之,能御大灾则祀之,能捍大患则祀之。'法施于民,乃谓上圣,当是立德之人。其余勤民定国,御灾捍患,皆是立功者也。"⑥"法施于民"为"立德之人",其他为

---

① (北齐)魏收:《魏书·高祖纪》,北京:中华书局,1974年,第137页。
② "襄公二十四年",《春秋左传正义》,见《十三经注疏》,上海:上海古籍出版社,1997年,第1979页中。
③ (汉)司马迁:《史记·太史公自序》,北京:中华书局,1982年,第3299页。
④ (汉)王充:《论衡》,上海:上海人民出版社,1974年,第307页。
⑤ (魏)曹植著,赵幼文校注:《曹植集校注》,北京:人民文学出版社,1984年,第86页。
⑥ "襄公二十四年",《春秋左传正义》,见《十三经注疏》,上海:上海古籍出版社,1997年,第1979页中。

国为民做过一些事情的人都可谓"立功者";而其"不朽"在于"民则祀之",人民记得他们、祭祀他们。南朝陈时还有这样的说法:"至于铭德太常,从祀清庙,以贻厥后来,垂诸不朽者也。"又:"汉室功臣,形写宫观,魏朝猛将,名配宗祧,功烈所以长存,世代因之不朽。"①

北周时王罴,立有大功。其孙王述,字长述,少聪敏,有识度。年八岁,太祖见而奇之,曰:"王公有此孙,足为不朽。"②其实,以有优秀后代为"不朽"已不流行,对本人"不朽"来说,应该是人民还记得他们,或刻铭刻石,即古时所谓"夫铭,天子令德诸侯言时计功,大夫称伐"③,把死者生平功德,书刻金属器或石头上,以作为纪念物。刻石,汉以后称立碑。汉蔡邕《郭有道碑文》:"凡我四方同好之人,永怀哀悼,靡所置念。乃相与惟先生之德,以谋不朽之事。佥以为先民既没,而德音犹存者,亦赖之于见述也。今其如何,而缺斯礼!于是树碑表墓,昭铭景行,俾芳烈奋于百世,令问显于无穷。"④"德音"的留存亦依靠文字的"见述","俾芳烈奋于百世,令问显于无穷",为了使郭有道的"德音"留存而"树碑",即把文字刻于石上,以物质的"不朽"求名声的"不朽"。南朝梁王巾《头陀寺碑文》:"夫民劳事功,既镂文于钟鼎;言时称伐,亦树碑于宗庙。"⑤

人民记得"立功"者、祭祀"立功"者,其实依据的是"立功"者相关的文字记录。如记录在册的功勋,《左传》就有勋策、勋劳书:

> 《桓公二年》:冬,公至自唐,告于庙也。凡公行,告于宗庙;反行,饮至、舍爵,策勋焉,礼也。(杜预注:"爵,饮酒器也,既饮置爵,则书勋劳于策,言速纪有功也。")⑥

> 《襄公十三年》:十三年春,公至自晋,孟献子书劳于庙,礼也。(杜预注:"书勋劳于策也。")⑦

历代都是如此以"书勋"纪功的。如汉末吕布与韩暹、杨奉书曰:"二将军拔

---

① (唐)姚思廉:《陈书》,北京:中华书局,1972年,第53、170页。
② (唐)令狐德棻等:《周书》,北京:中华书局,1971年,第293页。
③ "襄公十九年",《春秋左传正义》,见《十三经注疏》,上海:上海古籍出版社,1997年,第1968页中。
④ (南朝梁)萧统编,(唐)李善注:《文选》,北京:中华书局,1977年,第801页上下。
⑤ (南朝梁)萧统编,(唐)李善注:《文选》,北京:中华书局,1977年,第815页上。
⑥ 《春秋左传正义》,见《十三经注疏》,上海:上海古籍出版社,1997年,第1743页中。
⑦ 《春秋左传正义》,见《十三经注疏》,上海:上海古籍出版社,1997年,第1954页上。

大驾来东,有元功于国,当书勋竹帛,万世不朽。"①诸葛亮葬汉中定军山,因山为坟,蜀汉后主诏策曰:"惟君体资文武,明叡笃诚,受遗托孤,匡辅朕躬,继绝兴微,志存靖乱;爰整六师,无岁不征,神武赫然,威镇八荒,将建殊功于季汉,参伊、周之巨勋。如何不吊,事临垂克,遘疾陨丧!朕用伤悼,肝心若裂。夫崇德序功,纪行命谥,所以光昭将来,刊载不朽。"②所谓"序功""纪行"就是"书勋"。东晋义熙初,诏曰:"夫旌善纪功,有国之通典,没而不朽,节义之笃行。"③这是表彰故冀州刺史檀凭之的诏文,即以"旌善纪功",亦即以"书勋"纪功的方式令其"立功不朽"。

"书勋"是为"立功者"记载功勋,"书勋"也是"立言",用文字记载下来。如此"立言"而使"立功"者"不朽",是朝廷应该做的事,也是史书应该做的事;叙写"立功者"功勋以令其"不朽",这也是有识之士"立言"的动机与职责。如《隋书·列女传》载:

> 自昔贞专淑媛,布在方策者多矣。妇人之德,虽在于温柔,立节垂名,咸资于贞烈。温柔,仁之本也;贞烈,义之资也。非温柔无以成其仁,非贞烈无以显其义。是以诗书所记,风俗所在,图像丹青,流声竹素,莫不守约以居正,杀身以成仁者也。若文伯、王陵之母,白公、杞植之妻,鲁之义姑,梁之高行,卫君灵主之妾,夏侯文宁之女,或抱信以含贞,或蹈忠而践义,不以存亡易心,不以盛衰改节,其修名彰于既往,徽音传于不朽,不亦休乎!或有王公大人之妃偶,肆情于淫僻之俗,虽衣绣衣,食珍膳,坐金屋,乘玉辇,不入彤管之书,不沾良史之笔,将草木以俱落,与麋鹿而同死,可胜道哉!④

全凭"彤管之书""良史之笔"的记载,才让这些"贞专淑媛,布在方策"而"修名彰于既往,徽音传于不朽",否则她们"将草木以俱落,与麋鹿而同死"。又如谢灵运之作《撰征赋》,也是这样的意味。东晋末年,谢灵运奉使慰劳刘宋王朝的开创者刘裕于彭城,作《撰征赋》称颂记载相国宋公刘裕的功

---

① 《九州春秋》,见(晋)陈寿著,(南朝宋)裴松之注:《三国志》注引,北京:中华书局,1982年,第226页。
② (晋)陈寿著,(南朝宋)裴松之注:《三国志·诸葛亮传》,北京:中华书局,1982年,第927页。
③ (唐)房玄龄等:《晋书·檀冯之传》,北京:中华书局,1974年,第2217页。
④ (唐)魏徵等:《隋书》,北京:中华书局,1973年,第1797页。

绩,其序曰:"作赋《撰征》,俾事运迁谢,托此不朽。"①

三、"立言不朽"的延伸意味

王充《论衡·佚文》载:

> 扬子云作《法言》,蜀富人赍钱十万,愿载于书,子云不听。夫富无仁义之行,犹圈中之鹿,栏中之牛也,安得妄载?②

蜀之富人要出钱让扬雄把自己记载在其书中,书的流传,就是他"名"的流传,可见"立言不朽"影响之深。但扬雄没有这样做。这是反面的例子。正面的例子是,士人不仅因为自己有所撰作而"立言不朽",而且还依凭他人的文章的载录而"立言不朽",如曹丕在"徐、陈、应、刘,一时俱逝"后,"顷撰其遗文,都为一集"③。又如蜀国的秦宓谈到"文章"令严君平、李仲元、扬雄扬名"不朽"。秦宓称:严君平有道德、有文章,自可扬名后世;扬雄这样的文章大家,"于今海内,谈咏厥辞",也是会扬名后世的;而李仲元没有文章,"无虎豹之文",但扬雄《法言·渊骞》称赏"其貌肃如""其言愀如""其行穆如"且"不屈其意,不累其身",为在野有德之士,如此"攀龙附凤",李仲元也依凭扬雄的文章扬名"不朽"④。文章使其"立德"的情况留存下来,文章"不朽",文章所叙写的对象"立德"者"不朽",也有"立言"的一份功劳。

又,梁时刘显"博闻强记,过于裴、顾,时魏人献古器,有隐起字,无能识者,显案文读之,无有滞碍,考校年月,一字不差"。刘显去世,友人刘之遴请求皇太子萧纲为他"题目",即有所品评。启中称刘显"韫椟艺文,研精覃奥,聪明特达,出类拔群。阖棺郢都,归魂上国,卜宅有日,须镌墓板",又曰"之遴尝闻,夷、叔、柳惠,不逢仲尼一言,则西山饿夫,东国黜士,名岂施于后世。信哉! 生有七尺之形,终为一棺之土,不朽之事,寄之题目。怀珠抱玉,有殁世而名不称者,可为长太息,孰过于斯",称有权有名之人的"题目"(品评)对人物"不朽"的意义,于是"略撰其事行,今辄上呈。伏愿鸿慈,降兹睿藻,荣其枯骴,以慰幽魂",然后再"蒙令为志铭"⑤。世人、士人已充分

---

① (南朝梁)沈约:《宋书》,北京:中华书局,1974年,第1744页。
② (汉)王充:《论衡》,上海:上海人民出版社,1974年,第314页。
③ (南朝梁)萧统编,(唐)李善注:《文选》,北京:中华书局,1977年,第591页下。
④ 《与王商书》,见(晋)陈寿著,(南朝宋)裴松之注:《三国志》,北京:中华书局,1982年,第973页。
⑤ (唐)姚思廉:《梁书·刘显传》,北京:中华书局,1973年,第570~571页。

认识到名之"不朽"还在于文字的"立言"记述。

古时,"言之尚存"还在于文字书写材料。《墨子·明鬼下》说:

> 又恐后世子孙不能知也,故书之竹帛,传遗后世子孙。咸恐其腐蠹绝灭,后世子孙不得而记,故琢之盘盂、镂之金石以重之。①

"琢之盘盂、镂之金石"就是为了能够存世更长久。史载,曹丕在东宫时,赐钟繇五熟釜,为之铭,又有《与钟繇书》,曰:

> 昔有黄三鼎,周之九宝,咸以一体使调一味,岂若斯釜五味时芳?盖鼎之烹饪,以飨上帝,以养圣贤,昭德祈福,莫斯之美。故非大人,莫之能造;故非斯器,莫宜盛德。今之嘉釜,有逾兹美。夫周之尸臣,宋之考父,卫之孔悝,晋之魏颗,彼四臣者,并以功德勒名钟鼎。今执事寅亮大魏,以隆圣化。堂堂之德,于斯为盛。诚太常之所宜铭,彝器之所宜勒。故作斯铭,勒之釜口,庶可赞扬洪美,垂之不朽。②

"功德勒名钟鼎"者,就是为了"垂之不朽"。

又有"刊石纪功"以"垂之不朽"。北魏拓跋猗㐌去世,谥号桓,卫操立碑于大邗城南,以颂其功德,其中曰:"刊石纪功,图像存形。靡辍享祀,飨以牺牲。永垂于后,没有余灵。长存不朽,延于亿龄。"③"刊石纪功"就是为了"长存不朽"。北魏崔浩撰国史,就有人"劝浩刊所撰国史于石,用垂不朽"④。南齐萧嶷去世,众人请求为其立碑,乐蔼与竟陵王子良笺曰:"道德以可久传声,风流以浸远挥称。虽复青简缔芳,未若玉石之不朽;飞翰图藻,岂伊雕篆之无沫!""玉石""雕篆"能够更为"不朽"⑤。刘勰《文心雕龙·诔碑》称:

> 写实追虚,诔碑以立。铭德纂行,文采允集。观风似面,听辞

---

① (清)孙诒让撰,孙启治点校:《墨子间诂》,北京:中华书局,2001年,第237~238页。
② 《魏略》,见(晋)陈寿著,(南朝宋)裴松之注:《三国志》注引,北京:中华书局,1982年,第395页。
③ (北齐)魏收:《魏书·卫操传》,北京:中华书局,1974年,第601页。
④ (北齐)魏收:《魏书·高允传》,北京:中华书局,1974年,第1070页。
⑤ (南朝梁)萧子显:《南齐书》,北京:中华书局,1972年,第418页。

如泣。石墨镌华，颓影岂戢。①

经过墨写石刻，人物形象怎会消失？隋炀帝为杨素立碑下诏，曰："夫铭功彝器，纪德丰碑，所以垂名迹于不朽，树风声于没世。""春秋递代，方绵岁祀，式播雕篆，用图勋德，可立碑宰隧（墓道），以彰盛美。"②此称以"立碑"的形式"以彰盛美"。

上述种种，都是说雕篆金石可以更为长久而"不朽"。

---

① （南朝梁）刘勰著，詹锳义证：《文心雕龙义证》，上海：上海古籍出版社，1989年，第461页。
② （唐）魏徵等：《隋书·杨素传》，北京：中华书局，1973年，第1292页。

参考文献

[1] 周易正义. 阮元校刻. 十三经注疏. 上海：上海古籍出版社，1997.

[2] 尚书正义. 阮元校刻. 十三经注疏. 上海：上海古籍出版社，1997.

[3] 毛诗正义. 阮元校刻. 十三经注疏. 上海：上海古籍出版社，1997.

[4] 周礼注疏. 阮元校刻. 十三经注疏. 上海：上海古籍出版社，1997.

[5] 仪礼注疏. 阮元校刻. 十三经注疏. 上海：上海古籍出版社，1997.

[6] 礼记正义. 阮元校刻. 十三经注疏. 上海：上海古籍出版社，1997.

[7] 春秋左传正义. 阮元校刻. 十三经注疏. 上海：上海古籍出版社，1997.

[8] 春秋公羊传注疏. 阮元校刻. 十三经注疏. 上海：上海古籍出版社，1997.

[9] 春秋穀梁传注疏. 阮元校刻. 十三经注疏. 上海：上海古籍出版社，1997.

[10] 论语注疏. 阮元校刻. 十三经注疏. 上海：上海古籍出版社，1997.

[11] 孟子注疏. 阮元校刻. 十三经注疏. 上海：上海古籍出版社，1997.

[12] 黄怀信. 逸周书校补注译. 西安：西北大学出版社，1996.

[13] 左丘明. 国语. 上海：上海古籍出版社，2015.

[14] 刘向. 战国策. 上海：上海古籍出版社，1985.

[15] 司马迁. 史记. 北京：中华书局，1982.

[16] 刘向. 新序；说苑. 上海：上海古籍出版社，1990.

[17] 班固. 汉书. 北京：中华书局，1962.

[18] 范晔. 后汉书. 北京：中华书局，1965.

[19] 陈寿. 三国志. 北京：中华书局，1982.

[20] 房玄龄，等. 晋书. 北京：中华书局，1974.

[21] 刘知几. 史通通释. 浦起龙释. 上海：上海古籍出版社，2009.

[22] 章学诚. 文史通义新编新注. 仓修良编注. 北京：商务印书馆，2017.

[23] 永瑢，等. 四库全书总目. 北京：中华书局，1965.

[24]黎翔凤.管子校注.梁运华整理.北京:中华书局,2004.
[25]任继愈.老子新译.上海:上海古籍出版社,1978.
[26]高亨.商君书注译.北京:中华书局,1974.
[27]孙诒让.墨子间诂.北京:中华书局,1986.
[28]郭庆藩.庄子集释.北京:中华书局,1961.
[29]王先谦.荀子集解.北京:中华书局,1988.
[30]陈奇猷.韩非子集释.上海:上海人民出版社,1974.
[31]何宁.淮南子集释.北京:中华书局,1998.
[32]吕不韦.吕氏春秋.上海:上海古籍出版社,1989.
[33]韩婴.韩诗外传集释.许维遹校释.北京:中华书局,1980.
[34]王充.论衡.上海:上海人民出版社,1974.
[35]王肃.孔子家语.上海:上海古籍出版社,1990.
[36]虞世南.北堂书钞.北京:中国书店,1989.
[37]欧阳询.艺文类聚.上海:上海古籍出版社,1982.
[38]徐坚,等.初学记.北京:中华书局,1962.
[39]李昉,等.太平御览.北京:中华书局,1960.
[40]朱熹.诗集传.上海:上海古籍出版社,1980.
[41]朱熹.四书集注.长沙:岳麓书社,1986.
[42]朱熹.楚辞集注.上海:上海古籍出版社,1979.
[43]洪兴祖.楚辞补注.北京:中华书局,1983.
[44]刘勰.文心雕龙义证.詹锳义证.上海:上海古籍出版社,1989.
[45]萧统.文选.北京:中华书局,1977.
[46]严可均.全上古三代秦汉三国六朝文.北京:中华书局,1958.